Другу
також варто
придбати

Олег Сенцов

Другу також варто придбати

З російської переклав Сергій Осока

Львів
Видавництво Старого Лева
2020

УДК 821.161.2-31
С 32

Олег Сенцов

С 32   Другу також варто придбати [Текст] : роман / Олег Сенцов; пер.
з рос. Сергій Осока. — Львів : Видавництво Старого Лева, 2020. — 560 с.

ISBN 978-617-679-791-3

Джим Гаррісон, головний герой книжки, господар дому, сидить у вбиральні й гортає майже «підпільні» журнальчики, його дружина — готує сніданок... Це мав бути звичайний день звичайних людей, та зненацька у місто розпочинається вторгнення: з глибин космосу, небайдужого до долі людської цивілізації, прилетів... рай. А хто ж не мріє про щасливий контакт із позаземним розумом і не вірить, що вищий інтелект — однозначно добрий? Навіть якщо його представники схожі на ящірок і прагнуть навернути землян — заради їхнього ж спасіння — ̶ ̶ ̶ ̶ ̶ ̶ ̶ ̶ ̶ ̶ оди щодалі більше нагадують «абори ̶ ̶ ̶ ̶ ̶ ̶ ̶ емної історії...

УДК 821.161.2-31

Дякуємо за сприяння у виданні книжки Анастасії Чорній, асистенту режисера Олега Сенцова

© Олег Сенцов, текст, 2020
© Сергій Осока, переклад, 2020
© Іван Шкоропад, обкладинка, 2020
© Видавництво Старого Лева, 2020

ISBN 978-617-679-791-3

— Це про того самого Джима Гаррісона?

— Ні, про іншого. Але її також варто придбати.

(З розмови у книжковій крамниці)

Р О З Д І Л

1

Того ранку, коли на нас напали інопланетяни, Джим Гаррісон, як завжди, сидів у туалеті. Не те щоб у цьому була гостра фізіологічна потреба, хоча своє до непристойності тривале перебування на унітазі сам Джим пояснював якраз проблемами травлення. Насправді він використовував цей привід, аби бодай трохи побути на самоті, почитати свої науково-популярні журнальчики й не чути повчань дружини Дебори. Вона, однак, дуже швидко збагнула цей його маневр, як, власне, й усі попередні — чоловіки взагалі вкрай наївні й не винахідливі у своїх маленьких обманах, — проте дозволяла чоловікові усамітнюватися вранці на годинку у вбиральні, аби він не заважав їй готувати сніданок своєю присутністю на кухні. Цей дозвіл був виданий з умовою — під час Джимових регулярних відсидок двері в туалет мають бути постійно трохи прочинені. По-перше, щоб кіт — ця жирна й ледача істота, невизначеної після кастрування статі, — міг безперешкодно справляти свою природну потребу нарівні з Джимом. По-друге, аби Джим завжди міг почути те важливе, що рекла йому дружина. І по-третє, щоб вона була спокійна: раптом із чоловіком щось трапиться, то Деборі не доведеться вибивати двері, аби порятувати його життя. Коли чоловіка не було вдома, Дебора періодично перлюструвала Джимову журнальну добірку, що зберігалася за туалетним бачком, аби викрити його захоплення оголеними глянцевими дівулями на обкладинках і розворотах. Проте нічого такого не виявляла — і з дещицею розчарування недбало запихала невинні з погляду сімейної моралі журнали назад, так, аби досі не зловлений на гарячому чоловік знав, що в нього немає заборонених для неї місцин. На жаль, та більше, мабуть, на щастя, Джим був неуважний, та ще й короткозорий, а тому не помічав жодних слідів цих домашніх обшуків, навіть якщо потім довго не міг знайти журнал, читаний напередодні, — він пояснював це власною роззявкуватістю. Заочно конкуруючи з гламурними красунями, Дебора хотіла, аби Джим розглядав лише її. На це вимагалося дещо більше часу, ніж на розглядання звичайної жінки, оскільки ходячий центнер у халаті одним поглядом і не охопиш. Звісно, за десять років шлюбу Джим устиг як слід вивчити свою дружину, та вона не зупинялася на досягнутому — росла вшир і якось униз, аби бути для чоловіка щораз більшою й цікавішою. Джимова думка з цього приводу нікого не цікавила.

Того ранку спочатку все було як завжди. Дебора готувала скромний сніданок із чотирьох страв, враховуючи десерт, — господиня вона була чудова, і це значною мірою пояснює прихильність до неї Джима, завжди охочого смачно попоїсти. Сам Джим був на своїй точці, гортаючи цього разу видання про подорожі й непристойно довго розглядаючи ілюстрації зі статті про життя папуасів, а здебільшого — папуасок. Кіт зневажив можливістю справити свою потребу в туалеті одночасно з цим нікчемою, тому просто наклав, як завжди, на килимі у вітальні й тепер вдоволено терся об м'ясисті литки своєї господарки, винявкуючи вже другу порцію ковбаси за сьогодні. По кухонному телевізору, що стояв на холодильнику, йшла нецікава ранкова передача про куховарство. Дебора час від часу всміхалася, чуючи наївні поради ведучого, і відповідала йому власними, а найбільші проколи телекухаря голосно коментувала, закликаючи у свідки Джима. Той подавав сигнали наче з глибини, здебільшого мугиканням, угуканням та двома фразами, які відскакували, наче м'ячик для пінг-понгу: «Га, люба?» і «Ага, люба!». Іноді притискаючи їх зверху, наче печаткою нотаріуса, монументальним: «Ти, як завжди, маєш рацію, моя квіточко!». Коли остаточно з'ясувалося, що ведучий не тільки не вміє правильно готувати засмажку, а геть нічого не тямить у всесвіті баклажанів, передача обірвалася на півслові. Замість студійної кухні на екрані з'явився диктор новин, страшенно перепуджений — ніби його щойно витягли з постелі коханки й за п'ять хвилин розстріляють, — і розкошланим голосом повідомив: «Над Америкою виявлені невідомі літаючі об'єкти». Далі, ковтнувши залишки хоробрості, він промовив: «За пів години очікується звернення президента до американського народу», а насамкінець свого короткого виступу мимоволі видихнув: «Схоже, вони таки прилетіли...». Ще кілька секунд телевізор показував обличчя диктора, який, судячи з усього, аж ніяк не радів цій події, а потім він зник і кулінарна програма продовжилася, мов нічого й не було. Але її ведучий більше не встиг скоїти жодної наруги над бідними овочами, бо телевізор вимкнувся і, як згодом з'ясувалося, вже назавжди. Перестав шарудіти холодильник і навіть кіт. Дебора глянула на годинник, що висів на стіні. Секундна стрілка на ньому гойднулася востаннє під пильним поглядом господині — і годинник завмер на часі 7:20.

— Отакої, а це що? — зовні спокійне запитання, не адресоване начебто нікому в раптово запалій тиші, не віщувало цьому «нікому» жодного добра. Кіт, щось таке відчувши й одразу згадавши про купку на килимі, терміново зник із кухні в пошуках надійного схову — за шафою в передпокої. Джим зіщулився на своєму місці в очікуванні гуркоту грому й навіть на кілька сантиметрів спробував причинити двері в туалет, і вони одразу ж зрадницьки заскрипіли. До початку серіалу «Відчайдушні домогосподарки» залишалося рівно десять хвилин. Це знали всі. Це знав навіть кіт. Тим більше

це знали всі сусіди, адже перегляд зазвичай відбував-
ся за незмінно високої гучності звуку. І звісно, це знав
Джим, який ненавидів цей фільм усіма пухирцями сво-
єї жаб'ячої душі. Сперш у Дебора дала телевізійникам
п'ять хвилин на відновлення трансляції. Потім, швидко
збагнувши, що це вимкнулося світло, вона надала елек-
трикам три хвилини на усунення несправностей, бо
телевізійники вже цілком бездарно змарнували дві хви-
лини часу з відведеного їм ультиматуму. Проте Дебора
не стала чекати, поки скінчиться весь термін — певно,
не зовсім вірила у кмітливість працівників енергетич-
ної компанії, — і тигрицею стрибнула до телефону, — та
він уперто мовчав, як Тутанхамон. Вона додала ще три
хвилини телефоністам — для налагодження зв'язку, ро-
зуміючи, що часові резерви не безмежні й цейтнот уже
настав. Про це, до речі, попередив своїм ревматичним
човганням механічний настінний годинник її дідуся,
що його вона купила на розпродажі два роки тому. Цей
годинник мав невиправну звичку поспішати на кілька
хвилин і тепер готувався пробити вирішальну мить.
Увесь цей час Джим, забувши про папуасок, судомно мо-
лився своїм богам, аби ті повернули в дім електрику, бо
зрештою відповідати за всіх телевізійників, електриків
і телефоністів, які не впоралися зі своїми обов'язками,
доведеться йому самому. Та боги нічого не хотіли знати
ні про закон Ома, ні про горопаху Джима і лишилися,
втім як і завжди, недоступні й байдужі. Джим заплю-
щився й за кілька митей до апокаліпсиса прокрутив на

прискореному перемотуванні все своє життя, і воно виявилося настільки нудним, що деякі більш-менш цікаві моменти довелося переглядати двічі, аби якось заповнити паузу. «Хоч би вже швидше прилетіли ці кляті інопланетяни, поки не почалося...» — такою була остання думка Джима.

Прибульці, цілком можливо, вже прилетіли, та були ще надто далеко, аби врятувати Джима. І тут почалося. Двері у вбиральню раптово розчинилися, у них з'явився власною персоною Молох у квітчастому халаті — і почав жбурляти у свого раба блискавки-фрази. Хоча їхній склад був досить стандартним, Джим усе ніяк не міг до них звикнути, беручи деякі надто близько до серця, особливо якщо у звичних голосових розрядах траплялися нові формулювання.

— Що ти в дідька за мужик! Ти й висратися нормально не можеш, а про щось більше нема чого й казати! Світ упаде, а він сидітиме на товчку й гортатиме свої журнальчики! — Дебора взагалі часто в їхніх односторонніх суперечках висловлювалася про Джима в третій особі, можливо, щоб якось, нехай і образно, розширити коло учасників скандалу, які можуть публічно засвідчити ницість її чоловіка. Аж тут, під час цієї кульмінації, Дебора помітила на колінах Джима чужу напівголу жінку! Нехай вона й дикунка в намисті, живе на іншому кінці земної кулі й присутня тут лише як фотографія, але ж це практично зрада! А оскільки за сценарієм сімейної сцени головна трагічна героїня в цьому місці мала перейти від слів до діла, а потім до сліз, то Дебора заревла, як тюлениха, вхопила ненависний журнал, відшмагала ним негідника й, пожбуривши пожмаканий жмут Джимові в пику, з усієї сили грюкнула дверима туалету. Згадані двері, хоч і багато вже встигли пережити на своєму куцому віку і звикли, здавалося, до всього, все ж не очікували такого удару й, відкинувши внутрішню ручку, насупилися новою зморшкою-тріщиною на своїй фарбованій поверхні. Джим був замурований усередині, він крутив одірвану ручку в руках, марно намагаючись поставити її на місце. Тим часом крізь відчинені двері з вітальні долинав передсмертний стогін великого ссавця. Джим, трохи почекавши, натягнув штани й почав шкребтися у двері, як кіт, що нашкодив на нічних гульбах, а тепер ось повернувся додому. Цього разу його звільнили досить швидко. Уламок ручки різко смикнувся, і двері з тріском розчинилися. Дебора-визволителька з червоними повіками стояла на порозі. І хоч слова давалися їй через силу, вона все ж змогла вимовити:

— Піди взнай, що там у сусідів. Спробуй подзвонити від них. І зразу додому! Сніданок, звісно, безнадійно зіпсований... А тобі все одно потім на роботу...

Джим, не вірячи, що врятований і що все так щасливо скінчилося, слухняно пішов ватяними ногами по вказаному дружиною маршруту. Його довели до вхідних дверей, водночас допомагаючи вдягнути піджака — чоловік Дебори, виходячи на вулицю навіть на кілька хвилин, повинен мати пристойний вигляд. Уже біля виходу Джим осмілів настільки, що навіть зважився обережно висунути власну версію:

— Люба, може, це все через інопланетян?

— Тобі вічно хтось винен, тільки не ти сам! — була відповідь Дебори, після якої вона підштовхнула Джима в прочинені двері. Та він устиг ступити тільки два кроки доріжкою й завмер, високо задравши голову, — там пропливало величезне Це. Дебора, щойно роззявивши рота, аби словами зрушити Джима з місця, так і не змогла стулити губи, бо вона теж побачила Це. Величезний пузир, що пропливав над будинками, був вочевидь не земного походження. Це ненадовго затулило ранкове сонце й попливло далі, а сотні Джимів та Дебор стояли на своїх газонах і не могли вимовити ані слова. Усі вони безліч разів бачили таке пришестя інопланетян — у фільмах, але, зустрівшись із ним у реальному житті, виявилися геть не готовими до нього.

Р О З Д І Л

2

Щойно літаючий об'єкт проплив кудись у бік горизонту, люди на вулиці почали потроху оговтуватися від першого шоку. Вони купчилися, обговорювали побачене й намагалися спрогнозувати, що буде далі. Дебора, встигнувши змінити халат на домашню сукню, стояла в гурточку сусідок і дискутувала про те, який вигляд мають прибульці, роздумувала, коли ж то почнеться свято на честь першого контакту з братами нашими позаземними. Жінки виявляли певне занепокоєння перспективою залишитися без обіду, оскільки в будинках досі не було електрики, але в тому, що до вечора вона з'явиться й усі вони повечеряють у родинному колі, ніхто не сумнівався — бо в Америці є речі непорушні, які жодним інопланетянам не вдасться змінити. Джим, потинявшись трохи на вулиці й не знайшовши серед захоплених свідків пришестя космічних гостей свого єдиного друга Філа Коллінза, рушив просто до нього додому. На щастя, той жив неподалік — у кінці вулиці.

Спортивної статури Філ, його красуня дружина Меріон та троє шестирічних близнюків були взірцем ідеальної родини — здавалося, вони зійшли в цей світ із телевізійної реклами зубної пасти. Трійнят звали Біллі, Віллі та Діллі. Філові це здавалося напрочуд дотепним — назвати своїх дітей іменами каченят із мультсеріалу про дядечка Скруджа. Звичайно, він нізащо не зміг би таке утнути в присутності Меріон — вона з дівоцтва мріяла пойменувати синів не інакше як Ромео, Роллан і Росинант. Та поки вона оговтувалася після тяжких пологів, Філ устиг уписати їхні качині імена в свідоцтва про народження, і згодом уже нічого не можна було виправити, незважаючи на страшенний скандал. За час, що минув, історія з іменами трохи забулася, а до самих імен усі звикли. Джим погано розрізняв близнюків — власне, майже так само, як і їхній батько. Самого Філа не дуже бентежило, як кого звуть, головне, щоб загальна кількість дітей, яких йому іноді доручала дружина, сходилася, коли їх належало здати матері. Щоправда, таке траплялося дуже рідко. Здебільшого коли Меріон працювала в лікарні в нічну зміну і Філ залишався наодинці з дітьми — а вони навіть сплячі могли становити певну небезпеку й змушували хвилюватись. Того ранку хвилювання було особливо помітним, адже Меріон не повернулася з роботи вчасно, аби розбудити чоловіка й дітей, нагодувати їх усіх сніданком, відвезти близнюків до школи, а Філові нарешті дати спокій. Сам Філ ось уже два роки ні на яку роботу не ходив — усе не траплялося вакансії, вартої його талантів. На попередньому місці охоронця в супермаркеті він не зміг повністю розкритися, тому був тепер у вільному пошуку, який уже давно став просто лежанням на канапі. Добре, що оклад медсестри, який отримувала Меріон, поки що дозволяв їй годувати чотирьох дітей одразу.

Коли Джим зайшов до свого друга додому, той був на кухні й не в настрої, бо мусив годувати трьох маленьких чортенят. Зробити це самотужки Філ ніяк не міг, особливо якщо врахувати відсутність кулінарних здібностей і присутність несправної мікрохвильовки. Джим прийшов йому на допомогу, і спільними зусиллями вони спромоглися відкрити банки з джемом і арахісовою пастою, а також нарізати хліб. Поки діти мазали вмістом бляшанок то стіл, то одне одного, а Філ намагався налити колу в три високі склянки, які одразу ж нетерпляче хапали маленькі липкі ручки, Джим повідомив другові найголовнішу новину цього дня, а можливо, й усіх наступних.

— Філе, друзяко! — вигукнув він. — Сьогодні сталася неймовірна подія: до нас прилетіли інопланетяни!

— Сподіваюся, це не вони поцупили нашу маму! — одказав Філ. — Бо інакше я з цими трьома й до вечора не дотягну!

— Нашу маму поцупили інопланетяни? — один із малюків сперту вимовив це вголос, потім подивувався сказаному, після чого зіщулився й заревів. До нього приєдналися двоє його братів, і невдовзі дитячий лемент заповнив усю кухню. Філ у відповідь загарчав аки лев і сказав, що тих, хто зараз не заткнеться, він сам віддасть на поталу інопланетянам, а мама скоро прийде.

Вгамувати сльози вдалося не зразу. Найбільше стала в пригоді знята з горішньої полиці коробка з цукерками. Коли рев перейшов у схлипи, а потім у дружне плямкання, Філ відвів Джима вбік і сказав:

— Друзяко, це був не найкращий твій жарт. Що на тебе найшло з самісінького ранку? Дебора взагалі в курсі, що ти знову не пішов на роботу, а тиняєшся по чужих домівках і лякаєш маленьких дітей?

— Філе, це чистісінька правда, — гаряче переконував друга Джим. — Сперша було повідомлення по телевізору, згодом зникла електрика, а потім по небу пролетів величезний пузир!

— Це ще нічого не доводить, — Філ був переконаним скептиком, тому, навіть якби Джим привів за руку живого інопланетянина, він би повірив не відразу, а лише після ретельного допиту. Одначе Філ вирішив припинити цю безглузду суперечку, його непокоїли більш земні й важливі речі. — Гаразд, Джиме, нас із тобою це не обходить. Поможи мені посадити дітей у машину, я маю відвезти їх сам, бо Меріон кудись поділася.

Їм двом ледве вдалося відірвати дітей від джему, допомогти їм одягнутися й сісти в машину, де ті продовжили облизувати свої липкі пальці. Джим відчинив двері гаража, Філ махнув йому на прощання рукою, повернув ключ запалювання — але нічого не сталося. Філ повернув його ще раз, потім ще — дужче, лайнувся, гепнув рукою по керму, але машина не забажала заводитися навіть після всіх цих принук.

— Знов акумулятор барахлить! — сказав він, виходячи з авто й відкриваючи капот. Філ зазирнув усередину, але не побачив там нічогісінько нового й цікавого. Джим теж заглянув у розкриті нутрощі машини. Філ щось там смикнув. Джим утримався. Капот із гуркотом зачинився, й господар гаража прорік:

— Ніколи не погоджуйся купувати в сім'ю друге авто, бо тобі обов'язково доведеться їздити на старому, а твоя жінка візьме нове!

Джим кивнув, хоча йому така ситуація й не загрожувала. У його родині був лише один автомобіль, та й то їздити на ньому йому не дозволялося, він міг хіба помити його по суботах. Дебора керувати авто не вміла й узагалі вважала легковики небезпечним видом транспорту, на відміну від автобусів чи потягів.

— Гаразд, — сказав Філ, обравши іншу тактику. — Тоді будемо штовхати.

Він посадив одного хлопчика за кермо й суворо наказав тримати його прямо й більше нічого не чіпати. Пацан був щасливий, двоє інших теж потяглися рученятами до керма з вереском: «А я?!». Але Філ заспокоїв дітей, гримнувши, що всі поїдуть по черзі, і вони з Джимом почали обережно виштовхувати автомобіль із гаража.

Будинок стояв на невеликому схилі, машина наче знехотя викотилася на свіже повітря, та потім, на доріжці вниз, хутко розігналася, вискочила на вулицю й там, уже без сторонньої допомоги, врізалася у стовп по той бік дороги. Друзі залишилися стояти по сей бік. Один чухав потилицю, а другий тер лоба, метикуючи, де і що в них пішло не так. Не поспішаючи — бо поспішати було вже нікуди — вони підійшли до завмерлої машини ззаду. Джим почав зазирати всередину, певно боячись там побачити скривавлені дитячі тільця, а Філ обережно, як щойно відкриті карти в покері, оглянув пошкодження передка свого автомобіля. На щастя, удар був несильний і маленькі пасажири вціліли. На відміну від бампера, який погано пережив несподівану зустріч зі стовпом, але, вочевидь, дуже зрадів їй, бо намагався обійняти нового знайомого всією своєю шириною. Малюк, призначений водієм, був на своєму місці, він міцно стискав кермо, тільки ще ширше витріщив очі, боячись від страху навіть моргнути. Двоє його братів сумирно сиділи на задньому сидінні й уже не виявляли особливого бажання гратися сьогодні в шоферів. На запитання Джима крізь зачинені дверцята: «З вами все гаразд?» — він чомусь боявся їх відчиняти, певно, щоб не порушити крихкої тиші в салоні, — один із малюків відповів, вочевидь звертаючись до когось більш компетентного, може, свого ангела-охоронця:

— А коли мама приїде?

Джим не знав, що йому відповісти, випростався й звернувся до Філа:

— З хлопцями наче все гаразд...

— Угу. На відміну від машини, — відповів той.

— Не завелася... — висловив припущення Джим, на що Філ зміг тільки кивнути, після чого закурив. Джим від запропонованої цигарки відмовився — курив він рідко, та й то тільки там, де його точно не могла побачити Дебора, а зараз відстань від неї не була цілком безпечною.

— Джиме, треба заштовхати машину назад у гараж! — цигарковий дим вивів Філа із заціпеніння й повернув йому ентузіазм. — Вона тут увесь шлях загородила, та й узагалі... люди можуть побачити, — додав він уже тихше.

Джим погодився, але запропонував більше не ризикувати дітьми. Філ підняв догори вказівного пальця — мабуть, згадав, що він тричі щасливий батько, відчинив дверцята й вигукнув фразу, ідентичну бойовому поклику вождя індіанців:

— Мультики!

Його плем'я миттю вискочило з машини й кинулося, погикуючи, навипередки штурмувати дім. Філ тільки й устиг гукнути вслід:

— І якщо мама по вас не приїде, школи сьогодні не буде!

Йому відповіло потрійне «Ура!» — і червонощока трійця зникла в будинку.

Коли тупіт дитячих ніг на дерев'яних сходах затих, Джим і Філ узялися штовхати машину у зворотному напрямку, але це їм давалося важко. Автівка знехотя попрощалася зі стовпом, заледве поповзла на рідний бік вулиці, ткнулася задніми колесами в бордюр і спинилася вже остаточно. Намагання вмовити її змінити траєкторію й закотитися в належний в'їзд не мали успіху і призвели лише до того, що друзяки стали частіше дихати, а потім і зовсім облишили цього впертого залізного коня стояти де стоїть. Утім, йому наразі більше б пасувало порівняння з віслюком. Роздуми чоловіків про те, що ж робити далі, адже машина остаточно перегородила дорогу, були перервані дитячим плачем із другого поверху.

— Чорт, електрики ж немає! — зметикував Філ і пішов у дім, міркуючи на ходу, чим же ще втихомирити дітей за відсутності мультфільмів, цукерок і мами.

Джим услід за ним не пішов — видовища дитячих страждань, як і інших вражень, сьогодні з нього було задосить. Він присів на сходи перед будинком і став чекати наступних змін у своїй долі — на неї, як він уже давно збагнув, впливав хто завгодно, тільки не він сам. До того ж Джим вважав, що виконує корисну функцію — охороняє автомобіль, щоб його ніхто не почав штовхати замість них із Філом, а також попереджає проїжджих водіїв, що дорога перекрита. Щоправда, сигналити про небезпеку було особливо нікому, оскільки іншого транспорту навколо не спостерігалося, а якби хто і їхав повз, то напевно б помітив аж настільки велику перепону на своєму шляху. Збагнувши це, Джим вирішив посидіти на сходинках просто так.

Невдовзі двері будинку прочинилися й вийшов Філ. Він, наче старий гусак, вів за лапки свій виводок і приказував:

— Ось зараз ми сядемо отут і будемо всі разом чекати нашу любу матусю.

Уважна людина почула б у словосполученні «люба матуся» певний металевий присмак, але це тільки дуже уважна людина. Філ тим часом продовжував збивати з пантелику дітей, точніше — переклав цей обов'язок на ближнього свого:

— А дядечко Джим поки що розкаже вам казку!

— Так! Так! — задзвеніли радістю дитячі голоси.

— Лозкази, лозкази, дядецьку Дзиме! — шепелявив один із братів, що мав труднощі з вимовою. Джим не був цілком упевнений, але, здається, його звали Біллі.

— Дядечку Джиме, розкажи казку про піратів і відрубані голови! Бо татові казки надто страшні! — це, схоже, сказав Віллі, який побував сьогодні хвилину водієм.

— Ага! Я від них часто пісяюся! — приєднався до прохань останній малюк — за методом виключення він виявився Діллі.

Джим не міг, звісно ж, відмовити цим настирним проханням:

— Ну, добре.

Дітки повсідалися на ґанку, як молоді півники на сідалі, і він почав розповідати історію про Острів Скарбів. Джим це робив уже, напевно, всоте, поступово, щоб не набридало, додаючи в оповідку щоразу нові подробиці — починаючи від підводних човнів і закінчуючи лазерними бластерами. Філ, завдяки тому що його дітлахи, роззявивши роти, знову жадібно слухали повість про кровожерливих піратів, хороброго хлопчика й таємничу карту, зміг детально роздивитися наслідки аварії на автомобілі й викурити другу, найприємнішу за ранок цигарку.

Коли морські розбійники захопили в полон Джима Гокінса й відрізали йому першого пальця, аби дізнатися код доступу до центрального комп'ютера форту, прийшов порятунок, якого ніхто вже й не ждав, — то була прекрасна Меріон. Діти одразу ж покинули тезку Джима — одного, в темному погребі, на поталу злодіям — і чимдуж кинулися до мами, радіючи й наперебій розповідаючи про власні пригоди сьогоднішнього ранку. Філ, стоячи у другому ряду зустрічаючих, намагався легко й аргументовано доповісти про свої героїчні дії щодо захисту дітей, заодно виправдовуючи катастрофу машини, відсутність електрики, а також поступово готуючи дружину до видовища безладу на кухні, який він не встиг ліквідувати. Джим просто стояв поряд і всміхався, як ідіот. Роздивлятися Меріон було для нього особливим задоволенням, та ще й безкарним, оскільки Дебора вважала сімейно-дружні стосунки святими, непорушними й поза будь-якими підозрами. Меріон, стягнувши з себе дітей, оглянула спершу машину, потім чоловіків — без презирства, але з відчуттям очевидної біологічної переваги, як можуть дивитися тільки вродливі жінки на своїх невродливих подруг.

— Ви її штовхали? — спитала Меріон і, не отримавши чіткої відповіді, додала: — А де ж у цей час були діти?

Подвійне чоловіче «Е-е...» сказало їй чимало й навіть більше.

— Ви що, дебіли? — прозвучало з вуст Меріон як діагноз лікаря. — Яка машина? У місті взагалі нічого не працює! — І вона повела дітей у дім, залишивши дебілам право вибору: врятуватися, пішовши за нею, чи зостатися на вулиці — щоби гинути в трясовині власної безпорадності. Слова «нічого не працює» лишилися висіти над ними, як дамоклів меч, готовий будь-якої миті зірватися вниз — і якщо це станеться, у своїй загибелі будуть винні лише вони самі. Філ, а за ним і Джим слухняно потупцяли вгору сходами до вхідних дверей. Першого впустили всередину, а другого на порозі спинив голос Меріон:

— А ти сходи по Дебору! Пообідаємо в нас усі разом! — І після деякої паузи, уже в спину Джима, мов контрольний постріл: — У вас же немає вуличного мангала...

Він зітхнув і, не обертаючись, побрів угору вулицею в напрямку свого будинку, роздумуючи про те, що йому завжди подобалися недільні пікніки на задньому дворі подружжя Коллінзів, але сьогодні він чогось не радів цьому. Джим звик до постійних штурханів з боку

Дебори і сприймав їх як належне, як частину свого життя, хай і не найприємнішу, але докори Меріон були йому вкрай болючі, а такого дня ще більше. Про іно планетян Джим геть не думав.

РОЗДІЛ

3

Незапланований обід на свіжому повітрі минув добре. Усім знайшлася робота: чоловіки займалися м'ясом для барбекю, жінки кришили салати, діти просто бігали один за одним по траві. Усе це нагадувало мирний пікнік на вікенді, за одним лише винятком — сьогодні був вівторок. Хороше для Джима полягало ще й у тому, що Дебора жодного разу не обмовилася про те, що він пропустив цього дня роботу. Чи то літаючий інопланетний об'єкт так на неї вплинув, чи то факт, що практично ніхто з сусідів не поїхав нині на службу, адже жоден вид транспорту не функціонував. Вулиці в середині дня практично спустіли, ото лише проїхала парочка велосипедистів і поспіхом пройшло кілька одиноких пішоходів.

За обідом Гаррісони й Коллінзи обговорювали ситуацію, що склалася, але в якомусь жартівливо-піднесеному тоні. Причиною цьому була друга пляшка вина, а може, взагалі вся ця нестандартна ситуація, яка змінила набридлу буденність, але ніхто з дорослих, а тим більше дітей, не висловлював особливого занепокоєння — навпаки, настрій у всіх був майже різдвяний. Дебора дотепно розповідала, як відома в їхньому подвійному сімейному колі місіс Мессенджер разом зі своїм візком рушила було в найближчий магазин, щоб закупити стратегічний запас продуктів на випадок війни. Але там її зустріла табличка «Зачинено», і бідасі довелося деркочучи повертатися додому під принизливими і зневажливими посмішками всіх сусідів.

— Панікери будуть завжди! — підсумував цей короткий анекдот Філ. Після ранкового фіаско з автомобілем до нього знову повернулася впевненість — коли він зміг роздмухати вугілля в мангалі, адже виконання цієї суто чоловічої функції добувача вогню здатне підвищити самооцінку кому завгодно.

— Так, так, — підтримала чоловіка Меріон. — Я впевнена, що завтра вже все буде добре. Головне — не пропустити першого випуску новин!

Філ не гаючись витяг телевізора на веранду, запевнивши всіх, що тепер вони точно не прогавлять першу після контакту телепередачу, в якій буде купа цікавого, і їм усе покажуть, розкажуть та пояснять. З відчуттям повторно виконаного обов'язку Філ повернувся за стіл, на чільне місце, і вгризся зубами в найбільший шмат смаженого м'яса, який зміг знайти на спільному блюді.

Довкола кружляв святковий настрій із передчуттям нових подарунків у найближчому майбутньому й додавав хмелю в голови присутніх.

Після ситного обіду та смачного вина настав загальний релакс, і дорослі вирішили трошки подрімати, розлігшись у шезлонгах, поставлених на зеленому газоні. Джим заснув практично одразу, і йому вже почав снитися сон, ніби він гуляє тропічним лісом і збирає ягоди, як раптом хтось учепився йому в руку й почав смикати. Джим миттю прокинувся, не встигнувши навіть скрикнути, і виявив біля себе одного з Філових синів, — той тягнув його за рукав.

— Дядецьку Дзиме, піcли з нами, — тихесенько просичав малюк. — У нас є для тебе стласна таємниця!

Видихнувши суміш легкого перегару із залишками адреналіну, Джим виліз зі свого спального місця і слухняно почимчикував за хлопчиком у дім. У дитячій кімнаті на них чекали його двоє братів із лицями ще загадковішими, ніж у першого. Усі четверо сіли в коло на килимі посеред кімнати. Атмосфера ставала ще більш таємничою.

— Дядецьку Дзиме, — почав той, хто привів його сюди; судячи з дефекту мовлення, це був Біллі, їхній неформальний лідер. — Ми відклиємо тобі стласну таємницю! Ми не діти!

Запала коротенька пауза, під час якої Джим устиг пожалкувати, що в нього немає заповіту, хоч і не знати, як саме той міг би захистити його в цій ситуації.

— Інопланетяни? — тільки й зміг він вичавити з себе й почав шукати очима двері.

— Ти що, дурень, дядечку Джиме?! — більше стверджував, аніж запитував другий малюк, схожий на Віллі.

— Ми — черепашки-ніндзя! — голосним шепотом урочисто підсумував третій, уже без сумніву Діллі. — Я — Леонардо, Віллі — Рафаель, Біллі — Мікеланджело. Нам потрібен четвертий — Донателло. І ми постановили, що ним будеш ти!

Джим полегшено зітхнув, зрадівши, що цього разу обійшлося без жертв, і одразу ж запропонував свою ідею:

— Чуєте, а не простіше Діллі бути Донателло, так хоча б зручніше буде запам'ятати?

— Ти сьцо, дурень? — уже геть безапеляційно заявив Біллі.

— Ні, я просто запропонував...

— То ти згоден? — запитав Віллі, й усі троє змовників подивилися на четвертого претендента з надією.

— Звичайно! — не роздумуючи, випалив Джим. — А що я маю робити?

У радісному крику потонули перші інструкції для новонаверненого, але потім Біллі повторив їх:

— Головне — мовчати, бо це стласна таємниця! Ти тепел не дядецько Дзим, ти тепел челепашка-ніндзя на ім'я Донателло!

— Ми тебе там, серед людей, називатимемо по-старому, а тут, серед своїх, по-черепашко-ніндзевому: брат Донателло.

— А зараз, — трохи тихіше сказав Віллі, — ми одягнемо тобі пов'язку, й ти пройдеш обряд посвяти.

— Більше крові я не питиму! — рішуче відмовився Джим, одразу відчувши той, уже майже забутий, нудотний присмак у роті.

— І не треба! Ми пили кров, коли бавилися у вампірів, — нагадав Діллі.

— І вона була не справжня, — підтримали його брати. — І домовина, в якій ти лежав, теж!

— Мені все одно досі моторошно, — зізнався Джим.

— Гаразд, присягнися лишень, що будеш вірним нашому братству, захищатимеш слабких, боротимешся зі злом і ніколи не їстимеш черепахового супу!

— Амінь, — сказав Джим і поклав руку на серце.

Біллі встав і витягнув із шафи чотири пов'язки на обличчя з дірками для очей. Він роздав їх усім, і присутні почали зав'язувати ті клаптики матерії на своїх головах, кому як вдавалося. Джим першим упорався із символічним перевтіленням у бойову черепашку, а потім допоміг своїм побратимам.

— Ну все, — підсумував Віллі. — Ти тепер справжнісінький черепашка-нінзя на ім'я Донателло!

— Тепер тобі лишилося тільки зробити собі зброю, — додав брат Леонардо.

— Палицю бо, — уточнив Рафаель.

— І мені, нунчаки! У мене досі немає... — повідомив несподівано Діллі, який без них, схоже, не міг уповні відчути себе Мікеланджело.

— Гаразд, щось вигадаємо, — підбадьорив його Джим-Донателло й по-братерськи поклав молодшому товаришеві руку на плече.

— Ура! Ура! — застрибала вдоволена дітвора, знову ставши сама собою.

Усі обнялися, зняли й заховали назад у шафу свої пов'язки — до пластикових мечів та кинджалів, які вже там лежали, — і щасливі побігли надвір.

Вони це зробили саме вчасно — трохи осторонь, над сусіднім районом, знову пропливала величезна хмара-пузир. Здаля видавалося навіть, що всередині об'єкта щось світиться, хоча, можливо, це було тільки віддзеркалення сонячних променів. Діти одразу ж заходилися відчайдушно-захоплено горлати й тицяти пальцями на позаземний дирижабль. Решта, тобто дорослі, які саме спали, посхоплювалися зі своїх місць і, переконавшись, що це все ж не пожежа, теж почали, потираючи очі, роздивлятися летюче диво. Діти, які проґавили першу появу інопланетян, тепер радісно стрибали та плескали в долоні. Філ виніс із дому бінокля, й одразу ж почалася жорстка гра під назвою «Дай подивитися». Джим, коли черга дійшла до нього, більшу частину відведених йому десяти секунд витратив на пошук дирижабля в небі, а коли нарешті виявив, то навіть у двократному збільшенні об'єкт не став ані цікавішим, ані зрозумілішим. Тому Джим спокійно повернув бінокль дітям, і ті, отримавши візуальний пристрій, побігли назад у дім, щоб роздивитися корабель прибульців із висоти другого поверху. А от у дорослих другий його проліт чомусь не викликав такого ентузіазму, як перший, і коли пузир уже майже зник з очей, Меріон висловила загальне відчуття фразою:

— Як же страшно...

Після цього обідній святковий настрій остаточно вивітрився, залишивши після себе тільки легкий головний біль від випитого вина та денного сну. Подружжя Гаррісонів почало збиратися додому, а подружжя Коллінзів не надто їх умовляло побути ще.

Прощання на ґанку було коротким, тим більше що на дорозі досі понуро стояла розбита машина — вона знову привернула їхню увагу. Меріон, намагаючись врятувати потопаючий настрій, бадьоро сповістила, що завтра, коли все знову працюватиме, Філ зажене її назад, у крайньому разі йому хтось допоможе. Джим навіть не звернув уваги на те, що він хоч і присутній зараз при цій розмові, але явно не належить до числа претендентів на цього «когось». Поза сумнівом, Меріон вважала саме його, Джима, головним винуватцем ранкової аварії, а не свого чоловіка. Вона хоч і тримала Філа міцно під каблуком, проте намагалася не розчавлювати його до кінця і не принижувати на людях без крайньої потреби, а навпаки — виставляла напоказ, на заздрість подругам і всім іншим. І, звісно, їй ніколи й на думку не спадало порівнювати свого, хай і не без ґанджів, але все ж ідеального чоловіка з цією нікчемною ганчіркою на ім'я Джим Гаррісон. Той, звичайно ж, всього цього не помічав, власне як і сам Філ, — але що взагалі здатні помічати ці неуважні й черстві чоловіки? Дебора ж рідко захищала свого чоловіка навіть публічно, а тим більше — від прозорих натяків Меріон, яку вона наразі мала за найліпшу подругу. Методи, якими Дебора керувала своїм чоловіком, були набагато брутальніші та принизливіші. Вони ніколи не ховалися від стороннього ока й вуха під напівпрозорим покривалом пристойності, а навпаки — часто виставлялися напоказ перед іншими людьми, здебільшого перед друзями. Навіщо вона це робила, Дебора й сама собі не могла пояснити, єдине, що вона знала: воістину немає для жінки мерзеннішої істоти, ніж приручений нею ж чоловік. Та, незважаючи на всі ці підводні й надводні камені та течії, подружжя Гаррісонів і Коллінзів гармонійно існували як усередині себе, так і між собою. Філ і, тим більше, Джим давно вже примирилися з таким становищем і були навіть задоволені сімейним життям, жінки ж часом жалілися одна одній на своїх чоловіків, однак загалом усі були більш-менш щасливі.

Друзі попрощалися, але Гаррісони, зійшовши сходами вниз, обернулися. Філ, обіймаючи дружину, помахав їм згори вільною рукою. Меріон підняла вгору долоню, Дебора послала поцілунок, Джим просто усміхнувся. Місіс Гаррісон узяла містера Гаррісона під руку, і вони, як зазвичай, неспішно пішли порожньою вулицею до свого будинку. Дорогою обоє мовчали, а Джим думав над словами Меріон: «Завтра, коли все знову працюватиме».

Звідки в неї ця впевненість, що завтра все налагодиться
й устаткується, а не почне розвалюватися й ламатися
ще дужче? Та він проганяв цю думку, бо теж вважав за
краще вірити в щасливе, спокійне й завжди недосяжне
завтра.

Удома Дебору захопила жага діяльності. Електрики
досі не було, а тому, доки не стемніло, вона вирішила
трохи прибрати — і Джим теж узяв у цій роботі діяльну,
хоча й не вельми корисну участь. Дебора була доволі
акуратною господинею, особливо щодо чистоти житла,
і лише після того, як у домі запанував, за її словами, від-
носний порядок, вона накрила легеньку вечерю — яку
було можливо влаштувати без плити. За вікном уже
впали сутінки, тому за столом горіли дві свічки, дивля-
чись на які Дебора вигукнула:

— Як романтично!

Джим кивнув на знак згоди й далі жував холодну
шинку. Вода з крана текла ледь-ледь, і Джим мав на-
повнити нею сперш відро, а потім поливати дружину
з кухлика — такий собі різновид душу. Джимові ж до-
велося свої водні процедури здійснювати самотужки,
бо Дебора була зайнята місією вселенського масштабу:
«Я сушу голову!».

Уклавшись після всіх цих турбот у ліжко й відпих-
кавши свій короткий подружній обов'язок, Джим потім
ще довго не міг заснути. Він усе думав — то про іно-
планетний дирижабль, який йому сьогодні пощастило
побачити двічі, то про Меріон та її вузьку домашню

спідницю і блузку, то згадував пошкоджену машину, то те, що він тепер черепашка-ніндзя і що треба десь роздобути якусь палицю бо та нунчаки. Дебора часом починала хропти, лежачи на спині, і Джим давно розрахованим і відпрацьованим стусаном у бік обривав ці звуки, які заважали пливу його думок, але хропіння за кілька хвилин поновлювалося. Урешті-решт, після деяких зусиль, Джимові вдалося перевернути дружину на бік. Сам він ліг на інший, щоб звично лежати з Деборою спина до спини, у позі збайдужілих коханців, і невдовзі заснув. Уночі йому снилося, як він котиться в замкненій машині під укіс, а ззаду його радісно штовхають троє черепашок-ніндзя з пов'язками на очах. Придивившись, Джим зрозумів, що то не близнюки, а Дебора, Філ і Меріон у дитячих маскарадних костюмах. Він хотів закричати, але звуку не було, а машина тим часом, розігнавшись, полетіла з обриву. Джим раптово прокинувся, смикнувшись усім тілом. Він лежав на своєму ліжку, у темряві, цілий, — і знайомий, обридлий до роздратування голос мовив:

— Чого репетуєш, оглашенний?

Джим зрозумів, що то був сон і що він у безпеці, у себе вдома. Перевернувшись на інший бік, він обережно обійняв дружину і з відчуттям полегшення та захищеності знову заснув. Більше йому сни до ранку не снилися, ну або він їх не запам'ятав.

РОЗДІЛ

4

Наступний ранок почався звичайно. Дебора поралася на кухні, Джим сидів у туалеті з прочиненими поламаними дверима, холодильник із телевізором мовчали, мурчав тільки кіт. Через учорашні події Дебора майже забула про журнал з оголеною папуаскою, і Джим його сховав, як йому здавалося, надійно — за бачок, а на його колінах лежало нейтрально моральне в усіх сенсах видання з новинами у світі астрономії. Хоча набагато свіжішу інформацію на цю тему можна було вчора дізнатися, просто глянувши у вікно.

Але світ змінився, і Джим зрозумів це з того, що читати в сутінках було не дуже зручно, а ще з того, що Дебора почала викурювати його з барлоги раніше, ніж зазвичай.

— Довго ти там відсиджуватися думаєш? — поцікавилася вона сержантським голосом, у якому навіть запитальні інтонації якось самі собою перетворювалися на наказові. — Давай іди їж і збирайся на роботу!

Робота. Це було найненависніше слово в житті Джима. Річ навіть не в тім, що туди з пересадкою треба добиратися автобусами понад годину, і не в тім, що зустріч та спілкування з колегами не обіцяли нічого доброго, окрім нарікань і шпильок. Джим ненавидів те, чим мусив там займатися. Йому, інженерові за покликанням, замість проєктувати мости, автомобілі або, в крайньому разі, овочечистки, доводилося п'ять днів на тиждень, з 9 до 18, відповідати на дзвінки, телефонувати самому, перекладати папірці з однієї папки в іншу, переносити їх з одного кабінету в інший, запитувати щось в одних співробітників та передавати це іншим, отримувати в понеділок, як за розкладом, прочуханку від начальства, а у п'ятницю здавати тижневі звіти, — й уся ця, абсолютно марна з погляду Джима, діяльність називалася універсальним безликим словом «менеджер». Приставка до цього звання за десять років служби мінялася у Джима кілька разів: від «із закупок» до «з продажу», від «консультанта» до «по роботі з клієнтами», але жодного разу в них не було й натяку на якусь керівну функцію, — але до неї Джим, правду кажучи, й не прагнув. І ось на цю добровільну каторгу йому сьогодні доводилося плентатися, попри те що десь у світі, можливо, навіть зовсім неподалік від нього, відбуваються якісь глобальні події планетарного масштабу.

Джим знехотя виліз зі своєї схованки, сів за стіл і заходився снідати. Однак він не хотів так просто скласти зброю й обережно продовжив розмову:

— Там, може, теж нічого не працює…

— А може, й працює! — парирувала Дебора. — Ти не хочеш дізнатися?

— А як я туди доберуся?

— Як завжди! Невже ти гадаєш, що влада нічого не зробила за цей час? — стояла на своєму вперта дружина.

Джим не був аж таким упевненим щодо кмітливості міської адміністрації, оскільки мав певне уявлення про неефективність роботи бюрократичної системи.

— Заразом дізнайся, що там діється, коли в нас електрика з'явиться і взагалі… де вони, ці інопланетяни, — давала Дебора розпорядження чоловікові, звично збираючи його, як сина до школи, допомагаючи вдягти піджак, пхаючи в руки пакет з обідніми бутербродами. Остання сентенція щодо новин про прибульців Джимові сподобалася, і він уже практично самостійно вийшов на залиту сонцем вулицю.

Сьогодні тут було трохи жвавіше. Люди прудко снували туди-сюди, з'явилося більше велосипедистів, усі намагалися видаватися безтурботними й веселими, однак часто й стривожено поглядали в небо, де не було ні хмар, ні дирижаблів. Джим, із задоволенням роззирнувшись навсібіч, бадьоро рушив угору вулицею, розмахуючи на ходу згортком із сандвічами. Він ішов звичним маршрутом до автобусної зупинки. Дорогою Джим привітався з кількома своїми знайомими, звично їм усміхнувшись і отримавши у відповідь поспішні ківки й похапливі усмішки людей, які бояться, що їх запитають: «Як ваші справи?».

На порожній зупинці сидів на лавці лише самотній старий. Харпер — це все, що знав про нього Джим. Він іноді бачив його, зазвичай саме тут, і деколи вітався з ним, їдучи на роботу або повертаючись. В автобусі Джим не зустрічав старого жодного разу. Та сьогодні тут узагалі не було охочих скористатися цим міським транспортним засобом.

Старий був зовсім один, він сидів, обіпершись руками й підборіддям на ручку тростини, й задумливо дивився вдалину поглядом недужої черепахи, яка втомилася ждати своєї смерті. Незважаючи на спеку, Харпер був у теплому вовняному костюмі й сорочці, застебнутій на всі ґудзики. Джим і сам, окрім ділового одягу, був зашморгнутий ще й краваткою, та, по-перше, його костюм був літній, а по-друге, він вдягнув його не з власної волі, оскільки йшов на роботу. Трохи знаючи вперту й часом навіть огидну вдачу дідугана, Джим розумів, що навряд чи існує у світі людина, здатна змусити цього пенсіонера зробити щось супроти його волі, — а отже, таке вбрання було добровільне або, у крайньому разі, продиктоване задавненим артритом. Чи то відчувши в старому споріднену душу в їхньому спільному костюмному нещасті, чи то просто вирішивши, що буде неґречно відбутися наразі лише куценьким привітанням, Джим умостився поруч на лавку.

— Доброго ранку, містере Харпере, — почав він стандартно, усміхнувшись приблизно так само.

— Це ми ще побачимо, містере Гаррісоне, — одказав старий, навіть не повернувши голови до співрозмовника.

— І що, ви багато побачили зранку? — спробував пожартувати Джим і теж поглянув на місто внизу. Харпер довго міркував, що б відповісти на це порожнє запитання, або ж і зовсім не бажав відповідати, і Джим вирішив перейти до конкретніших речей: — Автобуса не було?

Старий був лаконічним:

— Ні.

— А буде, не знаєте?

— Я не чекаю на автобус, — одказав Харпер, спантеличивши Джима.

— М-м... А що ж ви тоді тут робите, якщо не секрет?

Джим на роботу не поспішав і був не проти посидіти трохи на лавочці й побазікати, але до наступної відповіді свого співрозмовника він був не готовий.

— Я чекаю, коли ми почнемо воювати із загарбниками...

— Правда?

— Насправді ні. Я не бачив жодного винищувача, і взагалі... Я думаю, що ми вже програли, — Харпер повернувся до Джима й уважно подивився на нього. Той

відвів погляд від старечих очей, які пронизали його на-
скрізь.

— Чого б то у вас такі думки, сер...

Харпер зітхнув і знову взявся вивчати горизонт, шу-
каючи сліди американських ВПС.

— Містере Гаррісоне, ви багато бачили фільмів про
те, як до нас прилітають доброзичливі інопланетяни?

— Ну, і такі є... — остаточно зніяковів Джим. — Але
мало.

— Отож-бо, — і Харпер підняв догори напівзігну-
того вказівного пальця — як додатковий аргумент
і водночас знак оклику в цій розмові, позначаючи її
завершення. Джим це зрозумів. Він устав із лавки, про-
бурмотів якусь вибачливо-прощальну фразу й, ледь
уклонившись цьому вершникові апокаліпсиса, нині пі-
шому, рушив далі, ступивши перший крок наче трохи
боком.

Вулиця з передмістя, де жив Джим, до центру міс-
та пролягала схилом, а тому йти нею було досить лег-
ко й навіть якось весело. Та невдовзі вона вирівнялася,
й, дійшовши за пів години до наступного району, Джим
уже трохи задихався і змок. Добротні будиночки з до-
глянутими газонами вже давно скінчилися, і Джим
ступив на територію менш привітних п'ятиповерхівок,
які чергувалися то з пустирями, то з якимись промис-
ловими підприємствами. Він багато разів бачив ці місця
дорогою на роботу, та з вікна автобуса вони здавали-
ся більш пристойними, а головне — людними. Тепер

перехожі майже не траплялися, на відміну від різноманітних покинутих автомобілів — застиглими металевими коробками вони стояли вздовж усієї дороги. Серед них Джим побачив і один із автобусів того маршруту, яким він зазвичай користувався. Та сідати в нього було безглуздо, тому Джим обмежився тим, що зазирнув крізь вікна в салон, де, як він і передбачав, нічого цікавого не знайшлося.

Спека поступово посилювалася, обернено пропорційно до початкового ентузіазму Джима, який спадав і ще через пів години руху вичерпався остаточно — як бензин у баку. Побачивши біля одного з перехресть розлогий гіллястий платан, Джим вирішив перепочити й охолонути в його тіні. Він присів на товстий корінь, що стирчав із землі, а потім, осмілівши, уліг ся на траву, зручно простягнув ноги й поклав голову на стовбур дерева. Окрім того, що Джимові потрібен був відпочинок, він ще хотів пити, а також зорієнтуватися у просторі. Він розумів, де приблизно знаходиться й куди йому треба потрапити — у ділову частину міста, але в жоден конкретний маршрут усі його припущення ніяк не спрямовувалися. Спитати дорогу було наче й ні в кого — нечисленні перехожі, які траплялися на його шляху, не були ні говіркими, ні приязними. Аби якось зібрати думки докупи і згаяти час, Джим вирішив з'їсти сандвічі з уже трохи прим'ятого паперового пакета. Після незвичного фізичного навантаження їжа видалася йому дуже смачною, щоправда, потім ще дужче захотілося пити.

Перехрестя було досі порожнє, тільки зрідка чулося пташине цвірінькання, незвичне для Джимового вуха, бо зазвичай у міському гаморі його не почуєш. З далини іноді долинав глухий тріск, який людина військова могла б витлумачити як постріли. Та Джимові вони нагадали тільки звук велосипедної тріскачки. Йому геть перехотілося йти кудись далі. Хотілося просто лежати в тіні на цій, хай і не дуже чистій, галявинці під деревом, весь цей сонячний день, а краще — все життя, і не йти ніколи на роботу, і навіть додому не повертатися.

Але спрага ставала все нестерпнішою, підтверджуючи головний життєвий досвід Джима, що щастя ніколи не буває повним, якщо взагалі буває. Він вирішив розпитати перехожих, де тут можна дістати води. Невдовзі вулицею пройшла група латиносів, тягнучи щось у коробках. Майже слідом темношкіра пара дрібно програмила двома понад міру навантаженими візками з супермаркету. Але Джим не зважився заговорити з кимось із них. Він ніколи не був расистом, просто мав дуже скромний і сором'язливий характер, а з людьми іншого кольору шкіри особливо ніяковів, — тому й не зважився озватися першим. Нарешті з-за рогу вигулькнуло літнє подружжя євроамериканців, які котили перед собою залізний візок, повний усіляких покупок. Джим підвівся й поспішив за ними.

— Гей, друзі! — гукнув він до них.

Можливо, ті чоловік і жінка погано розуміли англійську й сприйняли його фразу не інакше як: «Стійте, або стрілятиму!» — бо покинули свій вантаж і кинулися навтьоки. Але, обернувшись і побачивши усміхненого, геть нешкідливого й одинокого трутня, одразу ж роздумали втікати, повернулися до свого транспортного засобу й стали в дуже загрозливі пози. Хоч вони й мали вигляд волоцюг, але у власних очах цей гнилуватий осередок суспільства намагався зберігати гідний вигляд, що в цій ситуації виражалося в деякій агресії.

— Чого тобі?! — сказав чоловік, зиркаючи на Джима й міцно тримаючись за поруччя візка. Підійшовши ближче й краще розглядівши своїх «друзів», а головне — відчувши аромат позавчорашнього перегару, що пробивався крізь учорашній і був прикритий зверху запахом свіжого алкоголю, Джим прибрав усмішку, але все одно наважився спитати:

— Чи не могли б ви дати мені чогось попити?

— А ще чого! — відповіла жінка. — Ділитися з тобою випивкою!

— Сам роздобудь! Он там — магазин, — махнув рукою кудись убік її супутник. І поки Джим намагався визначити, куди саме йому показали, парочка потягла свого візка, що заклично дзвенів склотарою, далі, судячи з їхніх задоволених облич — кудись у напрямку раю.

Джим не затримував їх. Зрозумівши, куди приблизно йому треба йти, він звернув на сусідню вулицю, посеред якої маячила чиясь нечітка постать. Порівнявшись, Джим хотів було привітати зустрічного чоловіка помахом руки, але той, вочевидь, поспішав донести свій ящик неушкодженим, а тому зрозумів його жест інакше й показав у відповідь ножа. Джим відсахнувся, і вони з випадковим перехожим розминулися на чималій відстані — на радість обом. Джим продовжив свій шлях і невдовзі побачив праворуч великий супермаркет.

Підійшовши до споруди збоку, Джим викинув в урну на розі зіжмаканий пакет від свого сніданку, — увесь цей час він його ніс, не наважуючись кинути на землю. Він хотів увійти в магазин крізь двері, але виявив, що вхід туди здійснювався сьогодні в інший спосіб — через вітрини, майже всуціль розбиті. Усередині тривав розпродаж зі знижкою 100% без участі персоналу торговельного закладу. Люди різних рас, статі й віку, об'єднані лише жагою безплатного шопінгу, методично згрібали з поличок усе — і розповзалися районом із переповненими візками. Джим забарився біля порталу в цей світ халяви, ставши перепоною для транспортної артерії, що витікала звідти, — і його швидко відіпхнули вбік. Він стояв розгублений і не знав, що робити. Джимові зроду не доводилося бачити аж настільки масової крадіжки, яка начебто перестає такою бути, коли в ній беруть участь усі. Та рефлекс «нічого не можна брати в магазині без дозволу» був утовкмачений у його мозок мамою — через сідниці, з допомогою капця, — ще в ранньому дитинстві, коли виявилося, що малюк Джим прихопив із крамниці неоплачену шоколадку. Хоч мама померла вже багато років тому, устигнувши, за її власним висловлюванням, передати сина в надійні руки Дебори, зараз дотик того капця він відчув своїми сідницями як ніколи досі — тож просто фізично не міг переступити поріг супермаркету, аби приєднатися до веселого грабунку. Але розплатитися за покупку в магазині також було неможливо, бо каси стояли порожні й самотні, зачудовано зиркаючи на довколишнє нахабство своїми розламаними ящиками — так іноді відвисають щелепи в дуже здивованих людей. Збентежений і зневоднений Джим тупцяв біля входу з таким виглядом, наче хотів відлити, але не знав де, — хоч йому хотілося якраз протилежного. Раптом його погляд спинився на пляшці коли, яка забилася в куток: певно, вона катапультувала з якогось візка, не бажаючи бути жертвою цього бедламу, й навіть демонстративно відвернулася етикеткою вниз. Джим зрадів їй, як старій знайомій, тим більше що інстинкт нічого не підбирати на вулиці був прищеплений йому значно слабше. Джим різко нахилився, підняв пластикову посудину й відкоркував її з такою силою, наче всередині його чекав чарівний джин, здатний виконати найзаповітніше бажання нового господаря, що тепер стало просто нестерпним. Пляшка відповіла на зустріч із людиною святковим салютом із піни, а потім жадібно припала горлечком до його губ, як коханка після довгої розлуки. Вміст був теплим, липким і без лоскітливих інтимних бульбашок, але це не зупинило нового власника рідкого скарбу — він випив усе до дна за кілька великих жадібних ковтків. Джимова радість була безмежна, але, як будь-яке штучне задоволення, тривала дуже недовго, і, коли спустошена пляшка була відкинута геть, як набридла жінка, він зрозумів, що не напився, а неприємна в'язкість у роті лише посилила нову спрагу. Чому людина така завжди невдоволена тварюка, Джим не знав. Він збирався поміркувати над цим, одночасно шукаючи на підлозі, що би ще попити, як раптом ці його починання перервав голос, який лунав, здавалося, з небес:

— Земляни!

Джим крутнув головою, шукаючи джерело звуку, — і виявив дирижабль, який повільно летів прямо над ним. Голос був звідти.

РОЗДІЛ

5

Летючий об'єкт, що без поспіху плив над дахами багато-
поверхівок, мав іншу конструкцію, ніж ті, яких Джим
бачив напередодні. Цей був значно менший і більш
плаский, на відміну від учорашніх розпухлих велетів,
але такого ж білуватого кольору, що вказувало на їхню
очевидну спорідненість. Найбільше сьогоднішній ди-
рижабль скидався на стиснутий із боків кабачок. Та
головна його відмінність від старших братів полягала
навіть не в розмірі чи формі, а в тому, що з нього линув
звук, а на боку виднілося зображення. І це було зобра-
ження людини, яке рухалося й розмовляло. «А все-таки
які вони схожі на людей!» — була перша думка Джима,
коли він побачив цей летючий телевізор і зрозумів, що
це таки телевізор. Картинка на ньому хоч і була трохи
каламутна, зображення транслювалося наче крізь плів-
ку й ледь посмикувалося, але той факт, що прибульці

виявилися напрочуд схожими на землян-американців, був для Джима цілком очевидним. «Ми неодмінно знайдемо з ними спільну мову», — підбив він підсумок свого візуального контакту з представником позаземної цивілізації. Летючий «кабачок» тим часом продовжував виголошувати:

— Не бійтеся! — запевняла голова живого інопланетянина. — Вам нічого не загрожує! Цивілізація руанців узяла під контроль вашу планету. Тепер ви врятовані!

Після невеликої паузи знову:

— Земляни! Не бійтеся! Вам нічого не загрожує! Цивілізація руанців...

Людина з «кабачка» повторювала цей текст по колу, здавалося, вже безліч разів, а Джим усе не міг вникнути в зміст слів «узяла під контроль». Не «вступила в контакт», не «прилетіла з дружнім візитом», а саме «взяла під контроль». Щось у цьому формулюванні не дуже подобалося Джиму, та він не міг утямити, що саме, і чіплявся думкою за те, що принаймні зовні прибульці дуже схожі на простих людей, а отже — усі вони зможуть якось домовитися. Проте триматися за цей рятівний гачок йому лишалося недовго, голос згори зруйнував цю надію:

— Земляни, зараз до вас звернеться Головна Самка! Земляни, зараз до вас...

Той, хто це казав, як виявилося — земний чоловік, зник, поступившись місцем зображенню якоїсь ящірки, а вона, злісно зблиснувши очима, почала видавати дивні, скреготливі й гавкітливі, звуки. Вона нагадувала Ґодзіллу, що живцем проковтнула цуценя, яке тепер зсередини гукало на допомогу. Слухати це було ще огидніше, ніж дивитися. Джим потупив погляд і побачив, що всі некликані покупці, які висипалися з магазину, а також ті, хто не встиг далеко від'їхати зі своїм хабаром, стоять із задертими головами. Джим подумав, що не варто відмовлятися від цього колективного перегляду, і вирішив додивитися позаземну телепередачу.

З другого погляду перший побачений ним інопланетянин нагадав Джимові суміш динозавра зі страусом — наче той, хто її вигадав, хотів, аби вийшло не смішно, але сталося саме так. Гавкіт монстра й почергове поблискування то лівим, то правим оком тривали, але очі при цьому не моргали, а голова постійно хиталася туди-сюди. Зрозуміти, про що гавкає рептилія, було геть неможливо, але здогадатися, що ні про що хороше, було неважко. Хоча, можливо, інопланетяни саме так просять собі собачого корму.

Нарешті істеричний гавкіт припинився, почвара заткнулася, клацнула на прощання зубастим дзьобом і зникла — як поганий сон, після якого хочеться протерти очі. Потім знову з'явилося обличчя земного диктора. Те, що це був хтось із наших — адже чужі виявилися на нас зовсім не схожими, — стало для Джима цілком очевидним. Людина з летючого телевізора була абсолютно спокійна, наче щодня контактує з прибульцями. Хоча знімали їх напевно окремо — нормальний гомо сапієнс не зміг би й слова вимовити поруч із цим чудовиськом, місце якому — у клітці або ж у болоті, де, мабуть, його рідненька домівка. Диктор читав свій текст незворушним тоном, яким зазвичай сповіщають прогноз погоди, хоча в цьому прогнозі не було нічого доброго:

— Земляни! Ви заслужили звернення до вас Головної Самки. Ось переклад. Ми прибули, аби врятувати вас і вашу планету від знищення. Ваші правителі привели її до краю погибелі й були відсторонені нами від керівництва. Електрику, як одну з головних ваших бід, ми скасували. Залишайтеся у своїх домівках і очікуйте наступних розпоряджень. Не піддавайтеся паніці, грабункам та вбивствам. Скоро почне діяти тимчасова адміністрація.

Усе. Ні тобі «добридень», ні «до побачення». Після невеликої паузи трансляція повторилася. За той час, поки Джим і решта землян слухали внизу дресировану ігуану та її перекладача, теледирижабль устиг пролетіти деяку відстань, тому, аби дослухати трансляцію до кінця, глядачам і слухачам довелося обійти будівлю. По закінченню деякі особливо допитливі чи то нетямущі громадяни, а також ті, хто не застав початку цієї, без сумніву, захопливої, а головне — доленосної передачі, наче євреї за Мойсеєм, пішли за повітряним «кабачком», який усе віддалявся. Однак левова частка глядачів помчала назад у супермаркет, аби продовжити його спустошення з подвійною силою, адже з усього почутого зробила головний висновок: грабувати все-таки не можна навіть при інопланетянах, і ця дармова лавочка може скоро зачинитися, можливо, навіть за допомогою масових розстрілів, — отже, треба поспішати.

Залишившись сам на задвірках магазину, Джим присів на якийсь ящик і спробував опанувати свої думки та почуття. Основний лейтмотив його вкрай хаотичних роздумів можна було виразити однією короткою фразою: «Оце тобі й на!». З усього повідомлення Джима чомусь найбільше спантеличив вираз «скасувати електрику» — як це можливо, якщо всі знають, що електрику можна тільки відключити?

Ці невеселі думи Джима перервала група молодиків, які пройшли повз нього до заднього входу в супермаркет із залізним стовпом, вочевидь видовбаним десь неподалік. Хлопці, не змовляючись, як техніки на піт-стопі «Формули-1», почали з допомогою цього тарана спритно виносити нещасні двері; ті були готові вже після другої подачі здатися на милість нападників, просто не знали, як це зробити, і тільки жалібно вищали від кожного нового удару. Один зі зломщиків — явно лідер, який не брав участі у фізичній роботі, як і належить начальству, — подивився на Джима. Останньому відразу стало недобре від того погляду, бо він умить збагнув: якщо прибуде поліція, саме він — Джим — виявиться в очах гангстерів тим, хто їх здав, і покарання буде вкрай жорстоким, а головне — воно може відбутися вже зараз, превентивно. Джим швидко схопився на ноги й ще швидше дав драла; він повернувся до головного фасаду магазину, де продовжувався ще відвертіший грабунок, але де, через дивно влаштовану людську психіку, він почувався в більшій безпеці. Проте навіть там Джим раптом так засумував за домівкою й навіть за Деборою, що майже побіг у той бік, звідки, як йому здалося, він прийшов пів години тому.

Поступово, щоб не привертати зайвої уваги, він перейшов із легкого алюру на звичайний поспішний діловий крок. Він шукав очима знайомий платан — як вказівник дороги додому, а його все не було. Джимові здалося, що він десь не там повернув праворуч, тому на наступному перехресті він повернув ліворуч. А потім зрозумів, що оскільки рухається тепер у зворотному напрямку, то повертати треба було, навпаки, праворуч, — і, виправляючи свою помилку, Джим двічі повернув ліворуч. Попетлявши ще деякий час навколишніми вулицями, він збагнув, що остаточно заблукав. Де його будинок, а головне — де він сам, Джим уже геть не уявляв. Його трохи нудило, і він знесилено присів на капот якоїсь покинутої автівки — добре, що вони в асортименті стояли практично на кожному кроці. «Топографічний ідіот» — таким було одне з численних прізвиськ, які Дебора подарувала своєму чоловікові, і в теперішній ситуації Джим не міг не визнати певної об'єктивності своєї дружини. Він безперестанку дивувався: як можна було, багато років їздячи одним і тим самим маршрутом, так погано вивчити його околиці й примудритися заблукати тут за першої ж нагоди? Розпитати було ні в кого:

покинуті автомобілі та приблудні пси були не надто балакучі. Перехожі ж, ні з візками, ані без, також не траплялися — схоже, все місто кинулося скуповуватись у ті місця, де росли продуктові магазини або, хоча б, ювелірні. А поряд із Джимом був лише магазин спортивних товарів, не дуже-то популярний серед мародерів.

Він окинув поглядом вітрину торговельного закладу — і раптом побачив там річ, яка не лише привернула його увагу, а й змусила відірвати зад від зручного капота та попрямувати до входу. Джим посмикав двері — вони, як і варто було очікувати, виявилися зачиненими. Пройшовши вздовж широкої вітрини і провівши долонями по запиленому склу, він зупинився навпроти того, що його вабило. Велосипед! Спортивний байк для експериментального спорту. Остання модель, яку він бачив на розвороті журналу про подорожі за минулий місяць. Джим про такий мріяв. Таємно й боязко, розуміючи, що Дебора зроду не схвалить покупку цього пристрою, призначеного, на її думку, для швидкої смерті або довічної інвалідності. І ось тепер вони зустрілися. Поруч не було нікого, хто міг би завадити їм з'єднатися, — лише товсте й поки що ціле скло. Окрім бажання мати щось красиве й заборонене, цей велосипед для Джима асоціювався також із дорогою додому та спогадом із дитинства — і це тільки посилювало відчуття. Красива залізяка, заклично поблискуючи рамою та спицями, вдавала, що не помічає, як нею милуються, як її жадають, — так сміхотлива кокетка на вечірці не зважає на погляди самців, що її оточують. Джим, ще дужче розпалившись від цієї демонстративної зневаги до своєї персони, грюкнув у вітрину обома долонями, — та навіть такий грубий натяк не викликав жодної велосипедної взаємності. Як ошалілий орангутан, Джим заметався вулицею, шукаючи знаряддя для руйнації. Еволюція довго перетворювала мавпу на людину, не здогадуючись, що на зворотний процес знадобиться так мало часу. Придатним предметом виявилася урна для сміття. Після недовгого спротиву вона віддалася чоловікові в руки й, підкоряючись його волі, полетіла у вітрину, щоб розбити її на сотні скалок.

Велосипед тепер належав йому, Джимові. Він спершу поторгав ледь спітнілими руками роги керма, хребет рами й лише тоді вивів приборкану тварину на волю.

Джим дуже хотів одразу стрибнути в сідло й почати об'їжджати свого нового залізного коня на гумових копитах, але раптом передумав і, прихиливши його до стіни, зайшов усередину магазину, лишивши маму з її капцем десь далеко в дитинстві, серед нетрів своїх комплексів. Сперту ніяково, як спізнілий гість за святковим столом, а потім усе сміливіше, Джим почав роззиратися й порпатися в наявному інвентарі, шукаючи щось корисне. Головне, що він шукав, — зброя, і найкращим вибором, на його думку, стала бейсбольна бита. Джим довго й ретельно, як він завжди ставився до купівлі речей, вибирав модель — щоб і в руках лежала зручно, і була не дуже важка. Він випробував її:

трохи помахав довкола себе, уявляючи супротивником отого ватажка штурмовиків біля дверей супермаркету, — і врешті зачепив якусь скляну стійку. Трагічне завершення її крихкого життя на підлозі залишило його геть байдужим. Отримавши знаряддя атаки, Джим замислився ще й про захист — і заходився шукати придатну для цього каску. Перемірявши чималу кількість головних уборів із різних видів спорту, він урешті зупинився на боксерському шоломі: той був м'який і, на думку Джима, міг забезпечити максимальний захист. Особливо Джим побоювався можливих падінь із велосипеда, оскільки їздив на ньому востаннє років двадцять тому.

Озброєний і захищений, змінившись не стільки зовні, скільки внутрішньо, Джим вийшов із власноруч розграбованого магазину зовсім не тією людиною, якою зайшов туди чверть години тому. Прикріпивши биту до рами велосипеда за допомогою дуже зручних кріплень, він осідлав свою головну здобич і спершу трохи криво, а далі все рівніше поїхав дорогою назустріч новим пригодам: тепер він боявся їх уже менше, а готовий був до них — більше.

РОЗДІЛ

6

Джим не їздив на велосипеді з самого дитинства й уже встиг забути, як це весело. Навички поверталися до нього щосекунди, з кожним новим обертом педалей. Він кружляв пустими вулицями, петляв між кинутими то там, то тут автомобілями й усміхався. Чудово все ж таки робити те, що тобі направді подобається, а не те, чого від тебе чекають або, ще гірше, вимагають. Джимові було зовсім байдуже, куди їхати, — будь-який напрямок дарував йому свободу й щастя, бо задоволення приносив сам процес, а не результат. Він час від часу повертав то ліворуч, то праворуч, досі не розуміючи, де він є, але вже переставши непокоїтися через це. Шолом ледь стискав голову, посилюючи відчуття впевненості та захищеності. Поодинокі перехожі розсипалися навсібіч — чи то від вигляду шибайголови-велосипедиста, чи то через те, що Джим, ледве їх забачивши, починав свистіти. Свистіти йому також не дозволялося з дитинства, та сьогодні був такий день, коли руйнувалися не лише земні порядки та закони, а й його особисті заборони, обмеження і навіть комплекси.

Несподівано для себе Джим виїхав на те саме перехрестя з довгожданим платаном. Він різко загальмував із невеликим дрифтом, від якого на асфальті залишився короткий чорний слід із запахом гуми. Зупинившись, Джим одразу ж згадав у всіх деталях не тільки це місце, де він пролежав кілька годин у прохолоді гостинного дерева, а й дорогу звідси до магазину, а головне — в якому напрямку його дім. Водночас Джим ще раз подивувався з себе, з того, як він міг заблукати, — усе ж так просто й зрозуміло, особливо зараз. Почуття радості переповнило Джима — і він зареготав на всю горлянку, задерши голову. Лише повернувши її у попередню позицію, він помітив на своєму старому місці під платаном трьох смаглявих латиносів. Вони напівлежали, наче патриції на бенкеті, обіпершись на коріння дерева. Спонсором цього пікніка виступав той самий нещасний супермаркет, який сьогодні грабували всі кому не ліньки, — продукти в асортименті валялися тут же, на галявинці.

— Ти чого там репетуєш, придурку? — голосно спитав перший і, обіпершись рукою об стовбур дерева, підвівся.

— Ану, йди-но сюди! — наказав другий, зовні ще огидніший, ніж його приятель, і теж скочив на рівні.

Похитуючись, вони обоє вийшли з тіні й стали наближатися до Джима, який спинився на перехресті, тримаючи велосипед за кермо, наче вірного коня за вуздечку. Один із латиносів стискав у руці відкриту пивну банку. Третій із компанії нічого не говорив і не робив — він безтурботно спав собі, зарившись із головою в купу коробок, пачок та пляшок. Латиноси підійшли впритул до велосипедиста, який потроху ціпенів.

— Що ти в нього так учепився? — спитав перший. — Думаєш, заберем? Аж ніяк! Ти його сам віддаси нам.

Обоє зареготали, хоч і не так огидно, як зовсім недавно сам Джим. Та, як відомо, собі ми легко пробачаємо те, що нас часом відштовхує в інших.

— Твій велосипед? — продовжував розпитувати перший, упевнено взявшись за кермо. — Даси покататися?

— Або давай мінятися? — другий простягнув банку з пивом просто до Джимового обличчя, ніби саме її пропонував натомість. Обоє приятелів знову засміялися, і вдруге їхній сміх ще дужче не сподобався Джиму. Він стояв тепер геть невеселий, схиляючи голову все нижче, і мовчав, проте й далі тримався за велосипед.

— Ти що, оглух? З тобою люди розмовляють! — тон із фальшиво-доброзичливого враз став по-справжньому погрозливим, і, демонструючи усю серйозність ситуації, один із латиносів заліпив Джимові щигля, просто по шолому. Джим болю не відчув, проте його голова неприємно хитнулася. Він покірно прибрав руки з керма й повисив їх уздовж тулуба, остаточно прибравши позу школяра, який показує батькам щоденник із двійкою.

— Ось так би й одразу! — один із латиносів схопився за кермо й уже приготувався вести добутий велосипед під дерево, у лігво розбійників, та цієї миті з небес пролунало громове:

— Земляни!

Обидва грабіжники підняли голови — й застигли на місці, судячи з усього, вперше в житті побачивши летючий «кабачок», який ще й уміє розмовляти. Тим часом диво-овоч повторив свій заклик «Земляни!», чим привернув ще більшу увагу принаймні двох із них. З їхнього місця важко було роздивитися зображення, особливо при такому яскравому сонці, але латиноси і без цього, вочевидь, були приголомшені. А Джим так і не підвів голови — він знав, про що говоритиметься далі.

Цієї миті Джим чітко збагнув, що він — таки боягуз. Він і раніше здогадувався, що не має жодних особливих героїчних якостей та бійцівських здібностей, але, як і будь-яка людина, вважав себе кращим, ніж був насправді, і гадав, що тільки відсутність слушних обставин не дозволяє проявитися тому великому й сильному, що напевно дрімає в ньому, десь глибоко. Та ось обставини склалися, однак ніщо велике й сильне з нього не вилізло. Скориставшись моментом розверстої душевної прірви, Джим зазирнув усередину себе, до самісінького дна, — і побачив там лиш маленького наляканого

61

чоловічка: він сидів на тому дні й затуляв голову руками від страху. Але, як це часто трапляється, для вирішення тієї чи іншої проблеми її треба спершу усвідомити. І ось, остаточно й безповоротно впевнившись, що він — боягуз, Джим уже наступної миті вирішив, що більше не хоче ним залишатися. На підтвердження його думки, а може, як знак схвалення згори, голос мовив:

— Не бійтеся!

Джим підняв голову, але глянув не вгору, а прямо. Відірвавши погляд від тріщинок на асфальті, він побачив перед собою двох ворогів — і цілком чітко зрозумів, що з ними необхідно негайно вступити в бій, щоб той маленький чоловічок усередині нього перестав боятися. Згадавши про биту, Джим тієї ж миті буквально вирвав її з велосипедних кріплень. Чолов'яга, який тримав велосипед, отямився й подивився на Джима очима, повними жаху. Чи то він ніколи раніше не стрічав іншопланетних дирижаблів, чи то вигляд повсталої офісної амеби з битою напереваги виявився спроможним вселити страх навіть у такого бувалого в бувальцях вуличного гангстера. Майже одночасно зі словами диктора «Вам нічого не загрожує!» на голову латиноса впав боковий удар битою, який можна було прийняти за відповідь на щигля, тільки ось урок був значно жорсткіший. Смгляволиций розбійник гепнувся, як підкошений манекен, разом зі своєю двоколісною здобиччю. Другий супротивник Джима, який не розлучався з пивом навіть у такі небезпечні моменти свого життя, окинув поглядом баталію на перехресті й швиденько вирішив відступати. Не випускаючи з рук банки, він розвернувся на місці на 180 градусів і ринувся назад до дерева, наче там був захист і порятунок. Джим кинувся слідом за ним.

Дистанція забігу була невелика, але ж він ніколи не міг похвалитися спринтерськими якостями, власне як і будь-якими іншими. Проте в цьому забігу шанси учасників вирівняв випитий одним із них алкоголь, а не помічений латиноамериканським бігуном корінь, що стирчав із землі, привів останнього до дострокового фінішу. Розпашілий від переслідування, Джим із розгону врізав ворога битою, коли той хотів підвестися, і ще кілька разів — коли той уже тільки повз. Після того як припинилися рухи, удари теж припинилися. Джим підійшов до третьої жертви, яка досі спокійно дрімала, нічогісінько не підозрюючи й навіть не ворухнувшись від довколишнього шуму. У розпалі бою Джим уже було замахнувся й на цього, не конче безневинного, але вочевидь беззахисного зараз чоловіка, та вчасно похопився й опустив свою каральну зброю. Усе-таки бити сплячого було для нього вже занадто — так можна легко перейти від незвичайного геройства до звичайної жорстокості.

Джим обернувся, щоб роздивитися місце битви. Двоє переможених ним супротивників не ворушилися, третій мирно сопів, обіймаючи вві сні пачку з чипсами. Велосипед хоч і лежав безпомічно на дорозі, однак був уже відвойований, а ще, за правом переможця, Джиму належало все те добро, що було розкидане на галявині під деревом. Він присів на траву, поклав биту поруч, узяв одну з безрозмірних сумок, які теж валялися, й почав складати в неї все їстівне, що потрапляло під руку. Це була вже не крадіжка, це були трофеї — як убитий мамонт, хай і у вигляді консервів. І навіть не вбитий, а відбитий у ворога в бою, справедливому бою, бо почав його не Джим.

З такими думками, які заполонили його голову, він набив під зав'язку баул, крекчучи підвівся, підібрав із землі знаряддя помсти й пішов до вірного велика, що чекав на свого господаря. Дорогою Джим переступив через невдаху-грабіжника, який зовсім недавно намагався втекти від своєї долі, а тепер потроху приходив до тями. Підійшовши до велосипеда, Джим прикріпив биту на місце й заледве прилаштував величезну сумку на рамі й кермі. Він зрозумів, що з таким вантажем йому буде дуже складно їхати, тому вирішив вести байк додому «за вуздечку», тим більше що дорогу він тепер знав, а спішити зовсім не хотів — тріумфатори ніколи не в'їжджали до Риму галопом.

На прощання, а точніше — про всяк випадок, Джим окинув поглядом тіло, що валялося на перехресті. Воно не виявляло ознак життя, але й на мертве не скидалося, принаймні кров з-під нього не текла. «Наче живий», — сам для себе вирішив Джим, який був ладен стати ким завгодно, лише б не вбивцею. Він не збирався робити жодних особливих реанімаційних заходів — обмежився лише копняком під ребра. Від такого методу перевірки на живість лежачий почав тихесенько стогнати і кликати якусь Розу. «Таки живий, сволота...» — зробив висновок уголос Джим і покотив навантажений велосипед у бік своєї домівки.

На рівній дорозі Джим усе ж намагався трохи їхати верхи, але коли шлях пішов спершу помалу, а потім дужче вгору, він знову спішився й продовжив штовхати свій двоколісний транспорт, який ставав дедалі важчим.

День уже хилився до вечора, коли Джим, почуваючись велорикшею, дійшов до автобусної зупинки свого району. Містер Харпер так і сидів на своєму спостережному посту і, здавалося, навіть пози не змінив. Джим зупинився біля нього, важко дихаючи.

— Автобуса досі не було, містере Гаррісоне, — із властивим йому старечим сарказмом зустрів Джима цей родич черепахи Тортили. — Та я бачу, що він вам уже й ні до чого, — старий уважно оглянув засапаного штовхача велосипеда, та залишилося таємницею, якого висновку він дійшов. У Харпера був проникливий погляд, одначе він працював лише в одному напрямку, — що ховалося за його сірими, ледь примруженими очима, співрозмовник зрозуміти не міг.

— Ви бачили трансляцію на дирижаблі? — спитав Джим, переводячи розмову в конкретніше русло.

Старий кивнув у відповідь:

— Кілька разів пролітав. Он ще один кружляє, там, далі, — другий, — Харпер показував кудись, на дві ледь помітні цятки на почервонілому небі, але Джим як не силкувався, нічого не міг роздивитися.

— А ви, виявляється, не помилялися... — зітхнув Джим, уже не прагнучи розгледіти недоступні його зору літаючі об'єкти.

Старий знову кивнув і далі милувався заходом сонця.

— У вас є продукти? — виявив турботу Джим, оскільки головний урок, засвоєний ним сьогодні, був такий: їжа стає дуже важливою!

— Трохи, — відповів Харпер і легенько зітхнув. Джим уже хотів було розкрити свою сумку, аби чимось поділитися з бідахою, як той додав: — Зате в мене вдома є рушниця... і ще дещо... — Харпер пильно подивився на співрозмовника й закінчив своє речення: — А в кого є рушниця, у того буде і їжа, і все, що треба. — Старий при цьому всміхнувся, але щось не сподобалося Джимові в тій посмішці. Він покинув ворушити свої припаси, спішно попрощався й рушив додому, везучи з собою ще один цінний висновок: головне — не в кого їжа, головне — у кого рушниця!

Джим під'їхав до ґанку свого будинку вже в сутінках. Перед цим він накинув гак через свій район, що вимер під вечір, — хотів подивитися, чи можна ще щось прихопити в місцевому магазині, — але там, окрім порожніх полиць та битого скла, поживитися було нічим. Джим прихилив велосипед до стіни дому, взяв сумку зі скарбом в одну руку, биту — в іншу й зайшов у двері.

РОЗДІЛ

7

У напівтемній вітальні за столом вузьким колом сиділи Дебора, Філ та Меріон, троє їхніх синів і сусідка, стара Мессенджер. Свіча горіла в центрі стола, усі семеро тримали руки на його поверхні й разом чимось по ньому водили. Збоку могло здатися, що вони проводять спіритичний сеанс. Акуратно поставивши сумку біля порога й підійшовши ближче, Джим побачив, що вони справді проводять спіритичний сеанс. Чи то присутні були надто захоплені процесом, чи то Джим увійшов надто тихо й неочікувано, але, угледівши його, всі жінки майже одночасно скрикнули й відсмикнули свої пальці від блюдечка — як від окропу, хоч до цього вони з чималим ентузіазмом шкребли ним по столу.

— О, Джим! — Дебора перша прийшла до тями й вискочила з-за столу. Стілець при цьому, поважаючи її солідну статуру, поштиво скрипнув, а стіл стукнув — наче з досади, що ворожіння урвалося на найцікавішому місці. — О, Джиммі! Де ж ти був?! Я так хвилювалася за тебе! — Дебора з розгону обняла Джима, та так, що йому довелося навіть трохи відступити й пригнутися під навалою раптових почуттів дружини.

Слідом за жінкою, яка знову отримала свого чоловіка, до Джима підійшли, а хто менший — підбігли, решта гостей.

— Класний шолом, дядечку Джиме! — вигукнув один із малюків.

— Ага! — вторив йому другий. — І палицю ти собі вже знайшов!

— А коли ти мені зробиш нунчаки? — підхопив третій.

У вихорі захвату брати-черепашки забули про елементарну конспірацію. Та ніхто не звернув на це жодної уваги — усім хотілося торкатися до Джима й обіймати його, наче він щойно повернувся з космосу. Філ куйовдив другові волосся, допомагаючи знімати вже не потрібний на Землі гермошолом:

— Джиме, друзяко, куди ти запропав? Ми вже хвилюватися за тебе почали! Тут таке творилося без тебе, ух!

Меріон нічого не говорила, лише погладила Джима по плечу й крадькома змахнула сльозину, але ошелешений таким прийомом господар дому навіть не помітив цих знаків. Стара Мессенджер теж взяла участь у цьому радісному хорі зустрічі й тріумфу — вона відповідала за зойки:

— Ну, я ж казала! Я ж вам казала — буде живісінький-здоровісінький!

Джим усе ніяк не міг збагнути причину аж таких бурхливих привітань і переживань. Лише вислухавши досить плутану й хаотичну колективну розповідь про події минулого дня, що сталися за його відсутності, він почав дещо розуміти, зокрема й те, чому ввечері був організований окультний захід. Його ініціатором була, звісно ж, жіноча частина їхньої компанії, яка з кожною годиною відсутності Джима все дужче за нього хвилювалася. А місіс Мессенджер викликали як відому спеціалістку в цій царині, аби звернутися до духа Френка Сінатри й розпитати в нього — не так про те, що ще заподіють нам інопланетяни, як про головне — що ж трапилося з Джимом. Коли на друге запитання, власне як і на перше, старий бешкетник не дав чіткої відповіді, запитання було перефразоване — більш конкретно й фатально: «А чи живий ще мій чоловік Джим Гаррісон?». Якраз на цьому кульмінаційному моменті шукана особа й постала перед спіритологами в найнатуральнішому своєму вигляді, викликавши фурор і знявши з порядку денного перше питання взагалі, — бог із ними, тими прибульцями, хай западуться вони в землю, головне, що Джим удома.

Під час переказування подій дня, що минув, у версії Дебори Джим із подивом виявив, що геть божевільна ідея — вирушити сьогодні на роботу, та ще й пішки — належить йому самому. На слабкі спроби Дебори втримати чоловіка вдома, він, виявляється, відповів твердолобістю і навіженістю — власне, як і завжди. Джим неабияк здивувався, почувши таку свою характеристику — тим більше що всі присутні були в курсі їхніх із дружиною стосунків. Але оскільки стара Месенджер, славетна пліткарка, була ще досі тут, то Джим подумав, що, можливо, такі висловлювання Дебори призначалися на експорт — якби раптом Джим узагалі не повернувся зі свого походу. Однак підозрювати власну дружину в таких інсинуаціях задля забезпечення алібі було для Джима вже надто негідно — тож він погодився на її версію подій, під осудливе похитування жіночих голів.

Коли всебічне обговорення одвічної чоловічої дурості було нарешті завершене, розповідь перейшла до викладу свіжих подій, а їх у присутніх виявилося не менше, ніж у самого Джима. Передусім: теледирижабль до їхнього району прилетів менш ніж через годину після того, як Джим пішов на роботу, — й огласив усі околиці доленосним зверненням із небес «Земляни!», ну і далі за текстом. Тут, звісно ж, одразу стала очевидною відмінність між добропорядними мешканцями їхнього району та невихованими — сусіднього. Ті почали вдиратися до магазинів та крамничок ще раніше, а наші — тільки після офіційного повідомлення про вторгнення. На цьому різниця між добропорядними і недобропорядними громадянами вичерпувалася. Після того як світовий устрій похитнувся, прохання й навіть вимоги не впадати в паніку та не вдаватися до грабунків уже не мали сили. До того ж у соціально нижчому прошарку суспільства — між старцями, пияками та п'яними старцями — обійшлося без істотних баталій, а ось лікарі, юристи та менеджери середньої ланки відзначилися.

У тому безлімітному шопінгу, що переріс у масове побоїще, Дебора та Меріон були серед перших. Філ приєднався пізніше, але саме вчасно — його боксерський досвід дуже допоміг відстояти награбовані товари, а також відняти дещо в чужих, яким «і так було багато!» і які чубилися менш запекло. Дебора з відчутним мазохістським задоволенням, яке до того ж вимагало негайного співчуття, демонструвала Джимові зароблені в сьогоднішніх зіткненнях синці й подряпини на руках, а головне — на ногах. Про жіночі бої серед броколі ще не знято фільмів, але Дебора вже запросто могла би виступити в них консультантом. Меріон також перепало, але вона, на відміну від своєї подруги, усміхалася й не зважувалася розповідати, а тим більше демонструвати свої ушкодження, не вважаючи їх бойовими заслугами, а єдиний помітний синець під оком намагалася затулити пасмом волосся. Філ навпаки — гаряче, в особах, вимахуючи обдертими до крові кулаками, демонстрував, як він у тому локальному герці за продукти громив ненависних сусідів наліво й направо, як багато хто отримав на горіхи — хтось за минулі заслуги, а декому перепало й за майбутні.

Після того як був ущент розгромлений найбільший у районі магазин, почався грабунок трохи менших закладів, але наша секція змішаних і смішних єдиноборств у ньому участі вже не брала, оскільки займалася транспортуванням своїх їстівних трофеїв у дім Гаррісонів, бо він ближче. Урешті-решт у досить великій комірчині, де передбачлива Дебора й так уже зберігала стратегічний запас продуктів, закінчився весь вільний простір, а тому решту їжі просто скидали на купу в кухні, куди тепер додалася й сумка, яку приніс Джим.

Коли зайшла мова про запаси, Дебора дуже спритно — на її власну думку, й досить безцеремонно, якщо спостерігати збоку, — виставила за двері місіс Мессенджер, адже її допомога була вже нікому не потрібна. Стара намагалася протестувати й навіть хапалася слабкими руками за одвірки — коли збагнула, що її випроваджують геть. Але в жіночому сумо Дебора була визнаним чемпіоном, тому прощання з місіс Мессенджер вийшло коротким. Зачиняючи двері за набридлою гостею, Дебора помітила біля стіни дому велосипед і затягла його всередину.

— Джиме, це ж твоє? — спитала вона невизначеним тоном, який можна було потім спрямувати як в осудливе, так і у схвальне русло.

— Угу, — задоволено підтвердив її чоловік, але не дуже виразно, бо вже почав близько знайомитися зі вмістом однієї з консервних банок.

— Ти ба! — заспівав на різні лади стрункий дитячий хор, а потім малеча кинулася торкати, крутити й моститися в сідло цього двоколісного дива — так наче вони вперше в житті бачили цей вид транспорту.

— Де ти його взяв? — хотів було з'ясувати Філ, та одразу ж сам усе зрозумів, тому тільки додав: — Та бачу... Ти, мабуть, теж дарма часу не гаяв.

— Ну, розкажи ж нам, що трапилося з тобою? — приєдналася нарешті до розмови Меріон, зайнявши після деяких переміщень позицію, в якій її підбите око опинилося в тіні.

Настав маленький зоряний час Джима. Він умостився на чільному місці за столом, йому підсунули ще парочку відкритих консервів (тарілок сьогодні постановили не бруднити — однаково ж мити нічим, адже жодної води не було вже з ранку), — і він почав свою розповідь. Вона рясніла і здійсненими сьогодні подвигами, і лише запланованими — але так, ніби вони вже сталися. Кількість залучених осіб і місць подій несподівано зросла. Жінки під час розповіді не раз зойкали, затуляли рота долонями, а Меріон навіть якось схопилася за груди — зліва, де серце. Джим це помітив, але скільки не намагався впродовж своєї повісті минулих літ домогтися ще раз такого ж ефекту, в нього нічого не виходило. Філ слухав мовчки, іноді ледь киваючи, і це додавало Джимові впевненості у власній мужності, — поки він не допетрав, що його друг задрімав. Діти були цілком заворожені новою байкою, і наприкінці, коли

Джим сміливо накивав п'ятами від чергової погоні на своєму бойовому велосипеді і припаркувався біля рідної домівки, Віллі підбив підсумок усьому почутому:

— Дядечку Джиме, ти нам тепер завжди тільки цю казку розказуй, вона з усіх твоїх — найцікавіша!

Джим трохи сконфузився, відчувши, що, мабуть, у певних моментах його таки трохи заносило, — але розмова швиденько перейшла на практично риторичну тему «Що нам далі робити?», і йому не довелося шукати виправдань за свою надмірну хоробрість.

Сподівань на те, що ситуація поліпшиться, принаймні в найближчому майбутньому, присутні не плекали, а тому вирішили діяти гуртом — це давало куди більше шансів вижити. Цю ідею першою висловила вголос Дебора, і всі присутні її палко підтримали, бо ж так і безпечніше, і веселіше. До того ж не доведеться ділити продукти, здобуті ціною таких зусиль, — це цілком могло би покласти край їхній багаторічній дружбі, а цього, ясна річ, ніхто не хотів. Наступним логічним питанням було те, в чиєму домі їм слід жити цим гуртом — звісно, тимчасово, адже всі негаразди бувають лише тимчасовими, поки до них не звикнеш або тебе не накриють нові. У Гаррісонів чи в Коллінзів? Меріон, як і будь-яка порядна господиня, лише свій дім вважала придатним для життя. І все було б добре, аби вона не зіштовхнулася з Деборою, яка дотримувалася абсолютно такої ж думки, але, звісно, стосовно свого власного житла й більше ніякого іншого. Жіноча різноспрямована аргументація швидко вичерпалася й перетекла з практичної в більш емоційну площину, а та своєю чергою обіцяла швидкий перехід на особистості і взаємне вискубування волосся. Але тут у кастинг втрутився Філ, заявивши, що в домі Гаррісонів буде легше тримати оборону. З його військовим авторитетом річної строкової служби, хай і в дорожній роті, ніхто сперечатися не зважився. Крім того, красномовні розповіді Джима про банди на вулицях змусили глянути на місце, де зібралася вся компанія, саме з цього, фортифікаційного, погляду, а не з точки зору гармонії гардин зі шпалерами у вітальні. Усі присутні погодилися, що цей будинок хоч і менший, ніж у Коллінзів, але підходить їм більше. Дебора була щаслива. Меріон довелося примиритися, заспокоївши себе тим, що якщо їм доведеться тут пережити штурм грабіжників, то будинок Гаррісонів, імовірно, постраждає, а от її власний стоятиме цілий-цілісінький. І вона осяяла присутніх однією з найчарівніших своїх усмішок, від якої Джим мало не вдавився квасолею в томатному соусі. Думка про те, що бандити можуть геть зруйнувати її домівку, яка в такому разі залишиться без охорони, світлої голівоньки Меріон не навідала.

Після вирішення цього, безперечно, важливого питання обговорення інших дещо затяглося, а потім і зовсім стало у глухий кут, оскільки інформації про нинішні події бракувало, а здогадів, ідей та планів була ціла купа, хоч вони поки й не виливалися в які-небудь підсумкові постанови. Єдине, про що домовилися, — що завтра чоловіки підуть до Коллінзів, заберуть звідти найцінніші речі й продукти, а сам будинок замкнуть і всіляко подбають про його безпеку. Діти до того часу вже почали наввипередки позіхати, а тому ухвалення всіх наступних доленосних рішень було відкладено на завтра, бо зараз, мовляв, пора вже вкладатися спати.

Родині Коллінзів була віддана вітальня з величезною розкладною канапою, де вони могли розміститися вп'ятьох. Видавши хай і милу, але все ж, на думку Меріон, дещо вульгарну постільну білизну і залишивши гостей облаштовуватися на новому місці самостійно, подружжя Гаррісонів піднялося до себе в спальню. Незважаючи на втому й потрясіння, а може, завдяки їм, чи то від думки, що Меріон спатиме десь поблизу й на ній буде мінімум одягу, містер Гаррісон виявив певне поривання до місіс Гаррісон, але отримав категоричну відмову в доступі до тіла. Зітхнувши й дещо ображено відвернувшись на свій звичний «засинальний» бік, Джим ще довго вовтузився, поки його не втихомирив голос Дебори:

— Годі тобі вже там тертися, кобелюго!

На додачу до слів — яку, приміром, самець бегемота, цілком можливо, міг би розтлумачити як знак уваги, — Дебора дзвінко ляснула долонею чоловіка по сідницях. Навіть через ковдру він вкотре переконався, що в його благовірної тяжка не тільки вдача, але й рука — тим більше що удар потрапив трішечки вище, приблизно по нирках. Покректавши й помацавши для статечності приголублене місце, Джим нарешті заснув. Уночі йому снилося, що він їздить містом на велосипеді, утікаючи від натовпів зомбі, а з неба його переслідує, як прив'язаний, дирижабль — і звідти на нього гавкає потворне зображення дружини. Різко прокинувшись від жахіття, Джим подякував небесам, що це був лише сон і що життя наразі трохи краще, ніж його нічні відображення, — і хутенько заснув знову, провалившись у темряву.

РОЗДІЛ

8

Уранці Джим остаточно переконався, що його життя змінилося, — туалет був зайнятий. Потрапити туди він зміг лише за пів години, але жодного задоволення від візиту не отримав: через відсутність води його затишний сховок швидко перетворився на смердючий гадючник. Зрозумівши, що вимальовується проблема, Джим під час сніданку замислився над її рішенням, — однак нічого, окрім звичайної вигрібної ями, не вигадав. Сморід до того часу вже турбував і дратував усіх, і це не додавало ні настрою, ні апетиту цьому об'єднаному сімейству. Вони мовчки і приречено сьорбали молоко з кукурудзяними пластівцями.

— За воєнного стану доведеться забути про кулінарні забаганки, — висловила вголос свою думку Меріон, щоб хоч якось розвіяти гнітючу атмосферу за столом.

— А з ким ми до цього воювали? — поцікавився один із малюків, не знайшовши істотної різниці між цим і минулими, мирними, сніданками.

Висловлену Джимом думку — влаштувати вуличний туалет, бо ж невідомо, скільки ще триватиме мовчання кранів водогону, — зустріли прихильно. Й одразу переглянули план ранкових дій: Джим для виконання своєї нової місії був звільнений від участі в евакуації пожитків із дому Коллінзів — вони зроблять це самі, а Дебора залишиться на господарстві та пригляне за дітьми, які неабияк раділи, що житимуть на новому місці і до школи ходити не треба.

Філ і Меріон вирушили по свої речі відразу після сніданку, прихопивши великого садового візка, який ще вчора чудово себе зарекомендував під час набігу на супермаркет. Дебора влаштувала з близнюками гру — «Попелюшка готується до балу». Гра їм одразу ж не сподобалася, бо полягала в прибиранні кімнат і розкладанні продуктів. Та всі досадливі качині писки були припинені від початку: місіс Клювдія заявила, що нікому не дозволить перетворити її родинне гніздо на конюшню, і якщо ці троє маленьких чортенят спробують це зробити, вона негайно відішле їх назад у пекло. Хлоп'ята були явно не готові до такого розвитку подій, але, зважаючи на своє безвихідне становище, почали приречено виконувати бадьорі накази цієї хижої захисниці домашнього вогнища.

Джим вийшов у внутрішній дворик — досить просторий, бо сам будинок займав не так уже й багато місця, — і рушив до свого недільного сараю. Назвавався він так через те, що Джим міг проводити там тільки неділю, та й то лише до вечора. У будні він ходив на роботу, а в суботу ним повністю керувала дружина — використовувала в домашньому господарстві, тягала за собою по крамницях і водила в гості. Але щонеділі, після сніданку й до самісінької вечері, Джим був вільний — і замикав себе в «сараї»: це слово вживала тільки Дебора, Джим же волів іменувати вищезгадане місце «майстернею», але тільки в розмовах із самим собою. Намагаючись якомога довше побути на самоті, він навіть не виходив на недільний обід — і останній у родині Гаррісонів невдовзі відпав як атавізм. «І все заради того, щоб колупатися у своїх залізяках», — бурчала Дебора. Втім, вона швидко звикла до цього скасування обіду і стала сприймати його як свою недільну дієту. Зате потім вони обоє з лишком компенсували невелике голодування за досить ситною вечерею на двох — і то були завжди щасливі години.

Сьогодні був четвер, тож Джим зайшов до свого святилища не за розкладом. Жінкам, і навіть самій Деборі, вхід сюди був начебто заборонений, що, втім, не заважало їй періодично, за відсутності господаря, інспектувати цей смітник. У сараї все, як і раніше, висіло, лежало або валялося на своїх місцях. Інструменти й запчастини, ці любі серцю Джима молоточки й викруточки, гаєчки й шурупчики, іржаві лещата і навіть ножівка з парою втрачених за час вірної служби зубців — усі, здавалося, радісно затрепетали від несподіваної з'яви свого володаря. Джим упевнено пройшовся своїми володіннями, ніжно й турботливо торкаючи кого руками, кого поглядом, вітаючи так своїх вірнопідданих. Зробивши коло пошани, Джим-повелитель зупинився перед головним місцем, олтарем свого храму — робочим верстаком. Там стояло останнє чудо Франкенштейна, над яким він гарував весь останній рік: модель японського лінкора «Ямато» в масштабі 1:150. До цього, майже завершеного, витвору корабельного мінібудівництва Джим доторкнувся не зразу. Сперш він важко ковтнув суху слину жадання й витер ураз спітнілі долоні об штани. Він постояв біля свого скарбу кілька хвилин, метикуючи, що ще варто б доробити й коли приблизно може відбутися спуск судна зі стапелів робочого столу на поличку шафи в холі, яку він для нього вже пригледів. Щоправда, передбачалися ще тяжкі переговори з дружиною, оскільки поки що в тому склепі покоївся їхній весільний сервіз. Тим сервізом вони зроду не користувалися за прямим призначенням, але раз на місяць Джимові доводилося його обережно звідти виймати, щоб витерти пил, а потім ставити на місце, до наступного прибирання. Тяжко зітхнувши в передчутті важкої долі моделі корабля (такої ж, як у його оригіналу), Джим повернувся з моря на сушу — і почав шукати лопату й «Енциклопедію домашнього майстра».

Лопату він надибав майже одразу, хоч вона спритно ховалася за його спиною, біля самісіньких дверей, а от із книжкою все виявилося набагато складніше. Сарайна бібліотека розташовувалася на горішній полиці одного зі стелажів, майже під самим дахом, і не могла похвалитися ні чистотою, ані порядком. Зітхнувши вдруге, майже одночасно зі стогоном переносної драбини, Джим подерся нагору. Сягнувши необхідної висоти, він заходився перебирати звалені там на купу книжки та журнали. Деякі з них, варто було їм потрапити Джиму на очі, одразу ставали дуже цікавими: «Пригоди Робінзона Крузо» з малюнками, «Танки Другої світової війни» з кресленнями та схемами, «Ікебана у вас удома», збірник коміксів «Зоряних війн» та багато іншого. Коли Люк Скайвокер підірвав нарешті Зорю Смерті, Джим згадав, навіщо він тут, із жалем відклав убік ілюстровану сагу з життя джедаїв у далекій-далекій галактиці й продовжив свої пошуки.

Потрібний талмуд виявився, як завжди, в найдальшому кутку, звідки й був витягнутий поближче до світла божого. З обкладинки на Джима грайливо дивився мускулястий робітник у комбінезоні з голими руками, радше схожий на порноактора з фільмів про сантехніків та легкодоступних домогосподарок. Удвох вони спустилися вниз. Джим приблизно знав, як споруджувати літні туалети, — справа нехитра, та йому було необхідно звіритися з науковою базою й розмірами, адже він звик усе робити ґрунтовно. Прогорнувши, не без зупинок на інших цікавих місцях, до потрібної статті, Джим узяв розкриту книжку під пахву, прихопив лопату й рулетку, яка саме до речі потрапила під руку, і вийшов нарешті з сараю. У бік свого ще не завершеного чотирибаштового шедевра він навіть не глянув, аби не тривожити почуттів обох.

Джим недовго обирав місце для туалету — спинився на глухому кутку двору, далеко від будинку. Із задоволенням перейшов галявинку середньої трав'янистості й одразу ж узявся до роботи. Ретельно намітивши розміри майбутньої ями, він почав копати землю, відчуваючи втіху, яку, несподівано для нього самого, дарувала йому фізична праця. Та менш як за годину ентузіазм і сили Джима майже вичерпалися, і він присів відпочити на бруствер свого окопу, заглибленого всього лише на кілька футів від поверхні планети. З дому часом долинала какофонія жіночо-дитячих криків — то Дебора намагалася прищепити Біллі, Віллі та Діллі не тільки любов до праці, а й якісь основи виховання, судячи з пронизливого вереску — зі змінним успіхом. Джим хотів було піти в дім чого-небудь попити, але не зважився — хай сперш стихне буря або принаймні з'являться її перші жертви, стати однією з яких йому зовсім не хотілося, — і він далі длубався в землі, але вже без колишнього завзяття. Невдовзі до сопрано, яке періодично вмовкало, додалося контральто — і Джим зрозумів, що Меріон повернулася. Тепер там виступали дві солістки в супроводі безладного дитячого хору. Через годину, за яку Джим устиг заглибитися ще на один фут, ця різноголоса опера вмовкла, і в двір вийшов Філ. Він повідомив, що жінки встигли вже двічі полаятися — раз через дітей, другий невідомо чого, — а він за цей час перевіз усю їжу й навіть примудрився притягти мангал, щоб готувати страви на подвір'ї. Сам Філ пішов із дому, бо вже не міг витримувати тієї зловісної тиші, в якій після скандалу подруги продовжували розпаковувати продукти й, заразом, оцінювати недоліки одна одної — подумки. Він радо погодився допомагати Джимові, стрибнув у яму й почав її заглиблювати з такою наснагою, наче рив могилу своєму найкращому ворогові. Джим тим часом сходив до свого сараю, приніс звідти дошки й весь необхідний інструмент і взявся майструвати піддон із діркою посередині — той мав накрити яму й перетворити її на туалет.

Невдовзі у двір із гигиканням висипали всі троє пацанів. Їм нарешті дозволили вийти погуляти — після втомливої для всіх і вкрай неефективної допомоги по господарству, яка, за переконанням бездітної Дебори, усе ж матиме позитивний ефект — у майбутньому. Дітлахи, як лошата, що довго стояли в стійлі, почали гасати подвір'ям, намагаючись зазирнути, помацати й залізти всюди й одразу, — і все це, звичайно ж, навввипередки. Єдине на весь двір дерево, крислатий клен, зразу стало їхнім фаворитом, адже можна було залізти на його міцні нижні гілки й гойдатися на них, як мавпи, несамовито горлаючи. Коли їм це набридло, вони зацікавилися роботою свого батька та дядечка Джима — розсипали цвяхи, зруйнували край ями й непомітно вкрали одну дошку, щоб змайструвати з неї гойдалку. Аби хоч якось припинити цей бедлам і повернути ту дошку, Джимові довелося впустити малих бандитів у свою заборонену майстерню й показати недобудований корабель — перед тим узявши з них смертельну клятву, що вони нічого не чіпатимуть руками. «Ямато» заворожив цих демонів, — після екскурсії в суднобудівний сарай близнюки повернулися геть іншими дітьми й навіть самі запропонували дядечкові Джиму свою допомогу. Пошкодивши кілька цвяхів і пальців, вони швидко охололи до гри в теслю і, наплакавшись досхочу, заходилися організовано полювати за котом, який саме наважився вистромити з дому носа, про що, звісно, одразу ж пожалкував.

Тим часом спорудження туалету було майже завершено. Філ добряче поглибив яму, а Джим накрив її власноруч змайстрованим піддоном. Зверху поставили невеликий стільчик, зроблений зі старого стільця, який до того доживав своє трухляве життя в сараї. Чоловіки милувалися справою рук своїх, а дітлахи, загнавши кота на дерево, на недоступну для камінців висоту, по одному сідали на цей своєрідний трон із діркою посередині.

— Це що, дерев'яний унітаз? — спитав один.

— Так і є, — одказав Джим, вдоволено кивнувши.

— Як мило, — пролунав ззаду голос Меріон. — Тільки вам не здається, що все ж чогось бракує?

— Чого? — здивувався Філ, присівши на власне творіння. — Як на мене, дуже зручно...

— Інтимності, — уточнила Дебора. Вони з Меріон спустилися із заднього ґанку й підійшли ближче до новобудови, аби роздивитися її краще.

— А, ви про це? Після обіду доробимо! — упевнено сказав Філ. Джим теж промимрив щось ствердне, хоч і не дуже-то поділяв оптимізму товариша — він знав, що матеріалів для невеличкої хатки навколо туалетного сидіння в нього вже немає, — але про це вирішив поки що змовчати.

Після обміну думками всі його учасники вирушили в дім, бо настав час наповнити шлунки.

Судячи з того, що обід спливав у спокійній та доброзичливій атмосфері, жінки вже встигли помиритися й, можливо, навіть присягнути одна одній у взаємній любові та дружбі, що, втім, досить часто траплялося з ними й раніше.

— Мамо, налий мені соку, — попросив Діллі.

Меріон дістала з полиці пачку, відкрила й розлила сік по склянках.

— Це остання, — сказала вона мелодійним голосом, який різко контрастував зі змістом фрази.

Дебора, прокашлявшись, прояснила це питання:

— Джиме, у нас зосталося мало питного.

Діти цмолили солодкий напій із задоволенням, а дорослі, тривожно перезирнувшись, не поспішали спустошувати свої порції. Джимові страшенно хотілося пити ще з ранку, але він першим вилив вміст своєї склянки назад у пачку. Решта людей свідомого віку вчинила так само, і Дебора, щільно загвинтивши кришку, прибрала тару з цінною рідиною на горішню полицю.

— Ще зосталося щось рідке? — спитав Джим у дружини.

— Кілька пляшок вина, трохи пива, пакет молока і, здається, все...

Виявилося, що, подбавши про запас харчів, вони геть забули про напої, проблема з якими загострилася значно раніше й стала куди важливішою за все інше. І Джим тепер усвідомив це як ніколи — може, тому що потерпав від спраги найдужче.

— Вип'ємо тоді вина! — запропонувала Меріон.

Цю ідею несподівано й радісно підтримали всі — мабуть, перший тост на банкеті під час чуми мав би звучати саме так. Вино у Джимовому келиху було достеменно найсмачнішим у його житті — і він уперше пошкодував, що свого часу не взявся колекціонувати цей благородний напій. Хобі, яке раніше могло звеселити життя, тепер би продовжило його.

По обіді Філ, за своєю мирною звичкою, запропонував трохи відпочити, але Джим категорично заявив, що є більш важливі справи, і його другові довелося погодитися з цим. Нашвидкуруч вони повісили навколо стільчика вуличного туалету невеличку занавіску зі старих штор, заявивши, що це — тимчасово, а завтра вони вигадають щось більш солідне.

Закінчивши на сьогодні свої клозетні справи й забивши про всяк випадок двері туалету в домі — щоб нікому не спало на думку ним скористатися, — чоловіки стали готуватися в похід по воду. Джим одягнув свій боксерський шолом і взяв у руки вже перевірену биту. Філ озброївся знайденим у сараї здоровенним молотком, а для захисту голови напнув свою улюблену кепку, заявивши, що вона — щаслива і в ній із ним зроду нічого лихого не траплялося. Ніхто й не сперечався — хтось вірить у Будду, хтось у прогрес чи то заячу лапку, а Філ вірив в емблему улюбленої баскетбольної команди на своєму лобі. Жінки проводжали чоловіків до порога, мов на війну. Обидві пустили сльозу й одразу ж зачинили вхідні двері, щойно двоє рейнджерів зійшли з ґанку. Їхній войовничий вигляд дещо псувала пара великих пакетів, набитих порожніми пластиковими пляшками, але на моральний дух загону це точно ніяк не вплинуло.

Повернулися вони лише надвечір, зате з повними пакетами живлющої вологи. Більший, із відірваними ручками, ніс, обійнявши обома руками, Філ, — молот він десь загубив. Слідом плентався Джим, разом зі своєю битою і трохи меншою сумкою. Першим їх побачив Біллі, який був дозорцем у вікні другого поверху. Хлопець загорлав: «Ідуть!» — і з таким гуркотом помчав униз, що всі мешканці будинку одразу повскакували, як по тривозі. Радісні жінки й діти біля порога свого стійбища зустрічали чоловіків, які повернулися з полювання.

Малюки вже збиралися пити просто з горлечка, але Джим їх спинив:

— Чекайте! Її треба відфільтрувати і прокип'ятити — вона з басейну!

Як з'ясувалося, добування води не було аж таким героїчним подвигом. Облазивши весь район, стукаючи, а інколи намагаючись і проникнути в чужі будинки, де вони незмінно зустрічали різні види опору, шукачі скарбів та пригод виявили на крайній вулиці щось схоже на віллу, де був покинутий басейн з водою, — там вони й наповнили свої пляшки. У їхньому місті басейн на присадибній ділянці вважався мало не дивом — літо тут не надто спекотне й великої потреби в такій споруді немає. Та сьогодні й Гаррісони, і Коллінзи пошкодували, що свого часу не збудували ці вкрай зручні резервуари з водою — для кризових ситуацій.

Поки воду фільтрували, кип'ятили та охолоджували, уже остаточно стемніло, але якщо хочеш пити — чекатимеш і до ночі. Втамувавши нарешті спрагу, обидві сім'ї зразу ж стали вкладатися спати, практично без вечері, адже завтра раненько треба буде знову рушати по воду й набрати її якомога більше — якщо, звісно, до ранку вони всі не потруяться хлоркою.

РОЗДІЛ

9

Наступні кілька днів минули без особливих змін. Усі мешканці району, хто як міг, прилаштовувалися до нового життя без звичних зручностей. Люди тепер частіше виходили на вулицю, але далеко від домівок без особливої потреби старалися не відходити. А про те, щоб податися за межі свого району, в якому вони почувалися більш-менш у безпеці, взагалі ніхто й не думав. Усі чекали новин, а оскільки їх не було, то люди постійно запитували одне в одного: а ви нічого не чули? які новини? у вас є електрика, вода й пігулки від температури? Та, окрім старих відомостей та породжених на порожньому місці чуток, людям нічим було поживитися.

Джим, Філ і велосипед здійснили ще кілька вдалих водних рейдів, аж поки басейн не знайшли інші страждденні й одного не вельми чудового дня вичерпали до не найчистішого, як виявилося, дна. Знаючи про скінченність запасів води та про крайню віддаленість її найближчих природних джерел, Джим почав конструювати систему збору та фільтрації тієї вологи, яку безплатно посилало небо, а саме дощу. До будівництва комплексу боротьби зі спрагою були активно залучені дах будинку, його водостоки, а ще полотнища поліетиленової плівки — її натягли в усіх можливих місцях, аби збільшити площу, з якої можна зібрати небесний урожай. Системою жолобів рідина надходила в одну велику пластикову діжку, звідки вона, вже в ручному режимі, проганялася через багатошаровий фільтр і розливалася в ті ж пластикові пляшки. Аби збільшити кількість тари і, відповідно, запас зібраної води, Джим із Філом без зайвої гидливості обстежили сусідні сміттєві баки й повитягали звідти всі підходящі екземпляри. Перша ж злива продемонструвала всю ефективність дощового колектора інженера Гаррісона, а вітер наступного дня показав його слабкі місця. Після деяких змін і вдосконалень конструкція запрацювала знову — і люди, що жили під дахом цього дому, більше не потерпали від спраги.

Продукти в них ще залишалися, та їх усе одно доводилося економити, оскільки було геть незрозуміло, коли ситуація поліпшиться. Довелося навіть урізати пайку котові, про що він із великим невдоволенням голосно сповіщав околиці — у цілковитій впевненості, що то люди крадькома їдять його котячі консерви. Джим запропонував у разі реального голоду зварити суп із кота. Усі посміялися, але обережна тварина сприйняла цю погрозу всерйоз і на деякий час замовкла, навіть перестала мітити взуття свого господаря, зосередившись на черевиках Філа.

Та не всі родини були такими кмітливими й спритними. Деборі періодично доводилося вступати у вкрай жорсткі й неприємні переговори через зачинені двері з сусідами та колишніми знайомими, які навідувалися з досадною регулярністю й набридливістю і питали про зайву їжу чи воду. Бачачи, що вмовляння та розповіді про колишню дружбу не здатні пом'якшити серце господині, яка твердо стояла на варті інтересів своєї родини, дехто пропонував гроші — та Дебора була непохитна. Долари її не цікавили, оскільки вони, можливо, були вже настільки ж мертві, як і зображені на них президенти. Зовсім інша справа — золото й діаманти. Ці речі надійні в усі часи, і тим більше в такі, як нинішні. Тому Деборі вдалося здійснити низку вдалих трансакцій, вимінявши за кілька дволітрових пляшок води досить симпатичні сережки й набір каблучок.

Якщо не брати до уваги ще двох чи трьох випадків, коли над районом пролітали теледирижаблі, транслюючи стару передачу, то інопланетяни ніяк себе не проявляли. Філ висловлював думку, що весь цей час ідуть перемовини між представниками обох цивілізацій. Джим у це не вірив, але вважав за краще мовчати, щоб не сіяти паніки. Дебора і Меріон передавали новини, почуті від сусідок. Ті сусідки, своєю чергою, дізнавалися про все у своїх сусідок, ті — у своїх, а ті — ще в когось там. Ані початку, ні кінця цих ланцюжків відстежити було неможливо, як і довіряти їхній інформації (про те, приміром, що всі прибульці — вампіри, або що скоро всім робитимуть щеплення, щоб позеленіла шкіра), але якихось більш достовірних відомостей у сусідок не було. Лише наприкінці другого тижня сталася подія, яка мала шанс внести остаточну ясність у те, що відбувалося, — хоч так і не внесла.

У район в'їхала кінна поліція. Люди висипали зі своїх жител подивитися на двох коней та на копів, що не дуже-то впевнено трималися в сідлах. Хтось махав їм рукою, хтось вигукував привітання, деякі почали обійматися одне з одним. Гаррісони й Коллінзи теж приєдналися до натовпу, тим більше що йти їм було не-далеко — кавалерія у складі двох вершників рухалася якраз їхньою вулицею. Однак цьому маленькому загону не вдалося проїхати надто далеко. Якась бабця хотіла подарувати квіти представникам довгоочікуваної влади, що уособлює порядок і повернення до старих часів, але ненароком спіткнулася й мало не втрапила під копита. Допитливі глядачі кинулися підіймати й відтягувати обурену стару, виникла така-сяка штовханина — і кінна процесія, вимушено спинившись, опинилася в щільно-му кільці. Вдячні громадяни, нашвидкуруч обтрусив-ши від пилу представницю звільненого народу, яка все ніяк не могла заспокоїтися, пристрасно дивилися на розгублених поліціянтів. Один із коней почав мирно жувати букет коло своїх копит. Композиція під назвою

«Щасливий народ зустрічає своїх визволителів» була готова, щоб її відлили у бронзі. Солідний містер Крамс пухкою рукою кондитера притримував за стремено одного з вершників, щоб той раптом не помчав кудись разом із напарником, залишивши всіх наодинці з накопиченими тривогами.

— Ну що? — спитав він обережно, але з надією. — Ми перемогли їх?

— Кого? — здивувався один із кінних поліціянтів. — Ми ні з ким і не воювали.

— А в мене тоді взагалі вихідний був, — додав другий.

— Немає у вас чого-небудь попити? — поцікавився перший чи то від спраги, чи то намагаючись змінити тему розмови.

— Ага! Найкраще — пивця! — погодився його товариш і обвів присутніх запитальним поглядом.

Джим згадав про останню банку пива, приховану в прохолодному потаємному місці для особливо врочистого випадку. Він вирішив, що це якраз і є той випадок, — і кинувся по неї. Поки Джим складав норматив із бігу на двісті ярдів в один бік, а тоді назад, він ніяк не міг позбутися думки, що ці поліціянти чимось відрізнялися від звичайних копів, але чим саме, зрозуміти не міг. І лише повернувшись із ледь спітнілою й, судячи з поглядів присутніх, дуже жаданою банкою, яку охоронці закону одразу ж відкрили з металевим хрускотом і почали пити, передаючи один одному,

Джим побачив, у чім річ: на формених сорочках цих правоохоронців, на місці поліційного значка, висіло звичайне зелене кружальце. Усе б і нічого, якби вони існували окремо — поліціянти й оці зелені кружальця, але їхній симбіоз наводив Джима на певні думки. Утім, він вирішив поки що не озвучувати їх, бо кіннотники, утамувавши спрагу, почали втамовувати людську потребу в інформації.

Обставини, як їх бачили поліціянти, були такі. Після виникнення позаштатної ситуації ті працівники поліції, хто зміг добратися до роботи, добралися до неї. Просидівши у своєму відділку цілий день і навіть устигнувши озброїтися табельною зброєю, вони так і не дочекалися жодних вказівок від начальства, якого не було на робочому місці, як і зв'язку з ним. Надвечір із роботи пішли ті, хто вирішив скористатися гарною нагодою й відвідати своїх коханок поза розкладом. Ті, у кого пасії мешкали далеко, а також ті, хто мав себе за порядних і моральних, залишилися охороняти безпеку міста всередині замкненого поліційного відділку до ранку. Але на світанку стали розходитися й вони, бо кавовий апарат так і не запрацював, а без нього система американського правопорядку нормально функціонувати була не в змозі.

За кілька днів, упродовж яких вони були вдома й на власній шкурі відчули весь тягар життя без багатьох надбань цивілізації, по них прийшли посильні — з вимогою негайно прибути назад, у відділок. І знову на копів чекала виснажлива, в полуденній спеці, піша прогулянка на роботу. Там поліціянтів (уже в повному складі) зібрав капітан, який оголосив приблизно те ж саме, що вони всі чули від літаючих трансляторів інопланетної волі. Мовляв, уряд не в змозі виконувати свої функції, але за порядком стежити все одно треба. А вчора були збори в мерії, де виступав міський голова і просив усіх узятися до виконання своїх обов'язків, наскільки це буде можливо. Чи мер отримав вказівки від когось, чи діяв із власної ініціативи, цих двох кінних поліціянтів не дуже-то й переймало. У них є свій начальник, і вони виконують його розпорядження, а хто вже там наказує йому самому, то не їхнього ума діло. Їм доручили реквізувати коней у найближчому кінному клубі — для патрулювання. Хтось патрулював на велосипедах, решта — пішки. Капітан вигнав на вулиці всіх, адже офісної роботи стало тепер менше, а криміногенна ситуація різко погіршилася. Цим двом перепав ось цей район, але вони не одразу змогли сюди дістатися: поки забирали коней, поки навчилися з ними поводитися, то те, то се...

Тут їхню розповідь перервав Джим, вказавши пальцем на прикріплене до грудей кожного з копів зелене кружало:

— А це що у вас замість жетонів?

Перший, який розповідав усю цю історію, якось затнувся й ледь закашлявся, не знаючи, що відповісти. Допоміг напарник:

— Це означає, що ми представляємо тут тимчасову адміністрацію, представляємо закон, і в нас є право вирішувати все на місці, аж до застосування зброї на наш розсуд.

— Еге ж, — підхопив перший поліціянт, до якого повернулося самовладання. — Ми тепер щось на зразок шерифів, тільки можемо розстрілювати на місці без судів і всієї цієї тяганини... — при цьому він погладив револьвер у кобурі на своєму поясі.

— Ага, нам і боєкомплект додатковий видали! — підтвердив другий.

Зачувши про зброю та запасні патрони, юрма відринула від вершників — хто на крок, хто на два, дехто взагалі вирішив присісти під парканом, а найбільш вразливі раптом згадали, що в них удома на плиті залишилося молоко. Дебора теж вирішила, що час забиратися геть і, підштовхнувши Меріон та Філа, пішла додому, узявши за руки дітей, які чинили спротив, бо були впевнені, що зараз кататимуть на конячках. Джим плентався в ар'єргарді свого племені. Решта теж стала розходитися. Уже майже їм у спини прозвучало запитання одного з поліціянтів:

— Ну, а у вас тут усе гаразд?

Замість відповіді був тільки стук підошов і підборів бруківкою. Розповідати про пограбування магазину охочих не знайшлося, як і тих, хто хотів би побачити в дії нове пряме правосуддя. Одначе розійшлися не всі. Містер Крамс, відпустивши стремена, узявся натомість за вуздечку й не хотів нікуди йти, а з ним ще кілька людей — чи то надміру цікавих, чи то дурних, які хотіли почути додаткову інформацію або про щось спитати.

Джим затримався на ґанку свого будинку, тож бачив, як повз нього вулицею вниз розміреним кроком, наче найсправжнісінькі шерифи Дикого Заходу, проїхало двоє поліціянтів із зеленими значками, шанобливо оточених купкою все ще збуджених громадян. Найближче до нової влади тримався Крамс, решті, схоже, було просто по дорозі. До Джимового слуху долинули обривки фрази, цілісного змісту якої вловити не вдалося: про те, що даватимуть по два пайки, а простим — по одному. Хто вони, оті прості, і які пайки наміряються роздавати, Джим не зрозумів. Він потупцяв ще трохи на порозі й зайшов у дім, відзначивши наостанок, що Крамс завернув кінноту до свого двору.

Упродовж обіду тривало бурхливе обговорення подій першої половини дня. Жінки були цілковито впевнені: незважаючи ні на що, тепер усе має встаткуватися, а всі ці обмеження просто необхідні, аби зберігався порядок, бо почнуть тут деякі грабувати все підряд. Філ загалом поділяв їхню думку. Усі, не змовляючись, старанно обходили в розмові недавню історію із супермаркетом. Джим їв, навпаки, мовчки. У нього ніяк не йшли з думки оті зелені кружала на сорочках поліціянтів.

Після обіду діти побігли в свою дитячу, під яку облаштували одну з кімнат на другому поверсі, і щільно зачинили за собою двері. Жінки залишилися на кухні.

Філ вирішив прогулятися по району й кликав із собою Джима, але той відмовився, пославшись на важливу справу в майстерні. Філові довелося йти самому, а тому про всяк випадок він одягнув свою щасливу кепку.

Справа, на яку посилався Джим, не була такою вже й важливою — хоч він уже давно почав, та все ніяк не міг закінчити нунчаки для Діллі, — але насправді йому просто хотілося побути на самоті й подумати. Провозившись із двома дерев'яними паличками на ланцюжку майже до самісінького вечора й устигнувши паралельно закінчити останню баштову гармату на «Ямато», Джим вийшов зі свого сараю цілком задоволеним. Намагаючись бути непоміченим, він прокрався в дім, піднявся на другий поверх і постукав у кімнату до дітей. Двері довго не відчинялися. Усередині щось голосно зашаруділо, тоді вмовкло, наче там зачаїлися. Лише після другого, більш наполегливого, стуку двері трохи прочинилися і Джим побачив крізь щілину око, ніс і половину рота Біллі.

— Цього тобі, дядецьку Дзим? — запитав малюк.

Джим, упевнений, що він тепер для них наодинці завжди буде Донателло, геть забувши, що дитячі ігри ніколи не тривають довго, навіть трохи розгубився:

— Та я, той... щодо нунчаків...

Зрозумівши, що його не хочуть пускати ні в кімнату, ні в нову витівку, Джим хотів було просунути в щілину виготовлену ним власноруч зброю японських ніндзя, але Біллі навіть не глянув на дерев'яні калатальця — і зачинив перед ним двері, прошепотівши на прощання:

— Тут стласна таємниця!

Джим, потупцювавши ще трохи біля порога дитячого світу, доступ до якого, як виявилося, був для нього обмежений, спустився сходами вниз.

Жінки сиділи у вітальні й хотіли гарячого чаю. Аби задовольнити їхнє бажання, Джим пішов розкладати вогнище в мангалі, і дві відполіровані палиці добре стали йому в пригоді — яскраво спалахнули, щоб хоч своєю смертю ощасливити когось із людей. Невдовзі повернувся Філ і приніс радісну звістку: ходять чутки, що завтра почнуть роздавати їжу, але не просту, а інопланетну! Ця новина стала наскрізною не лише під час наступного чаювання, але й на весь вечір. Дебора сказала, що не варто їсти ту гидоту, всі інші вмовляли її все ж скуштувати, хоч ніхто й гадки не мав, про що йдеться. Вечеря через ці суперечки вийшла пізня, а щоб посадити за стіл дітей, узагалі довелося їхню кімнату мало не штурмом брати, — однак з'ясувати, що вони там робили, так і не вдалося.

Р О З Д І Л

10

Наступного дня жодних пайків ніхто не роздавав, хоч тільки про це й говорили. Люди з самісінького ранку знову були на вулиці, бродили вперед і назад, стиха перемовлялися, але до обіду розійшлися по своїх домівках. Джим із Філом теж пройшлися районом і зустріли майже всіх своїх сусідів, навіть тих, кого вже давненько не бачили. Обличчя в багатьох були змарнілі, якісь наче потріпані й перелякані. Джимові дуже хотілося зустріти Крамса й розпитати, про що він напередодні балакав із кінною поліцією, але того ніде не було видно. Вони навіть підходили до його будинку, намагалися здаля зазирнути у вікна і жбурляли в них дрібні камінці, але так нікого там і не побачили.

Крамс з'явився лише наступного дня. Він в'їхав у район з боку міста, пихато розсівшись на козлах дерев'яного фургона, вкритого брезентом і запряженого парою коней. Перше, що зробив Джим, побачивши цей вид транспорту, — спробував визначити: чи це часом не ті самі коні, на яких позавчора приїздили поліціянти? Але оскільки він не дуже знався на конярстві, а також плутався в мастях і відтінках — Дебора називала це ранньою стадією прогресуючого дальтонізму, — то тварини йому видалися всі на одну морду.

Урочистий проїзд Крамса вулицями публіка зустріла з увагою, поштивістю і хай і рідкісними, але все ж поклонами. Проїжджаючи повз будинок Гаррісонів і глянувши на його мешканців, що юрмилися на ґанку, він легенько кивнув Філові й вимовив, ледве розчепивши зуби:

— Ходімо, мені потрібно кілька помічників.

Джим хотів було обернутися до Дебори, яка стояла позаду, аби дізнатися її думку щодо цієї пропозиції, але отримав легкий стусан у спину і, сприйнявши його як знак згоди, якщо не більше, не озираючись побрів разом із Філом услід за возом.

Джим йшов із пониклою головою — так засуджені прогулюються ешафотом, — на відміну від Філа, який крокував бадьоро й часто обертався, заохочуючи друга йти швидше. Та зовсім не Крамсова пиха, не безцеремонність Дебори й не надмірне збудження Філа були істинною причиною різкого падіння настрою Джима, а малесеньке зелене кружало на грудях Крамса і те, як це кружальце впливає на всіх довкола. Не знати чого, але ці кружала страшенно не подобалися Джимові, хоч вони наче нічим поки що не встигли йому нашкодити, — його ворожість була радше інтуїтивною, він не міг пояснити її витоків навіть самому собі.

Діставшись будинку Крамса, процесія зупинилася. Спершу віз, потім Джим із Філом і, на деякій відстані, решта народу, що страдденно спостерігав. Крамс хазяйновито, наче він усе життя порався біля коней, прив'язав їх біля воріт свого гаража, відчинив ворота й велів двом друзям виштовхати його «форд» у двір. Джимові не сподобався тон, яким це було сказано, і він уже хотів було йти геть, але Філ утримав його за руку:

— Ти хіба не тямиш? Він же привіз харчі й тепер розподілятиме їх!

— А ти звідки знаєш? — засичав у відповідь Джим, оскільки розмовляли вони пошепки. Філ невизначено похитав головою і сказав:

— Він же тепер представник тимчасової адміністрації в нашому районі, і треба триматися до нього якомога ближче...

Обоє поглянули на Крамса. Той стояв до них спиною, з повним патронташем, перекинутим через плече, тримав у руках помпову рушницю і, схоже, зважував, у кого з некликаних глядачів вистрелити найперше — аби решта раптом не кинулася чинити необдумані дії. Але люди стояли мовчки й, вочевидь, ні про що таке не думали. Джим зітхнув і, поставивши машину на нейтральну передачу, почав акуратно виштовхувати її з гаража, пам'ятаючи про свій недавній, не дуже-то добрий, досвід у такій справі. Він час від часу поглядав на свого товариша й не розумів змін, які з ним відбувалися. У Філа тепер є від нього якісь таємниці, він ладен слухатися цього мерзенного Крамса, якого вони обоє до цього зневажали і над яким усіляко насміхалися. Джиму навіть здалося на мить, буцім усе настільки змінилося, що невдовзі він сам стане предметом для спільних жартів Філа і Крамса. Від цієї думки його аж трохи пересмикнуло.

Нарешті вони викотили «форд» на галявину перед будинком, де Крамс уже розкривав запинало в задній частині фургона. Філ поспішив йому на допомогу, а Джим просто стояв поруч. Коли завіса впала, вони побачили, чим був навантажений віз. Джим очікував побачити все що завгодно, але тільки не це: фургон до самого верху був заповнений акуратними рядами гарбузів. Підійшовши ближче й узявши в руки один із них, він зрозумів, що таки не помилився — то був звичайнісінький гарбуз: невеликий, гладенький і важкий. Якщо потрусити ним, усередині починала булькотіти якась рідина, але, поза всяким сумнівом, то був простий земний овоч. Філ узяв гарбуза з Джимових рук, теж покрутив його і, не приховуючи здивування, поспитав:

— А де ж інопланетна їжа?

— Ти що хотів побачити? Миску з шурупами? — різко огризнувся Крамс і додав: — Давайте, розвантажуйте. І дивіться — починайте складати просто біля стіни, треба щоб місце залишилося, потім ще партія буде.

Крамс пішов у гараж і розмахував руками вже там. Джимові знов закортіло піти звідси геть, та він знов залишився, зваживши, що Філові самому дуже довго доведеться тягати таку величезну гору овочів. Тим більше що інших помічників Крамс брати не хотів, мабуть, задля збереження певної секретності, хоча знайти охочих було нескладно. А можливо, перекладання з місця на місце інопланетної гуманітарної допомоги було якимось особливим привілеєм, якого Джим, на відміну від Філа, ніяк не міг відчути. Те, що сам Крамс не збирався працювати вантажником, було зрозуміло відразу, — він узяв на себе ролі охоронця та боса і грав їх натхненно й серйозно.

Джим із Філом узялися до роботи, та швидко з'ясувалося, що й удвох їм буде важкувато з нею впоратися. Визнавши це, Крамс вибрав із глядачів, що стояли довкола на шанобливій відстані, трьох добровольців-чоловіків, готових отримати статус учасників. П'ятеро вантажників вишикувалися в лінію й почали передавати гарбузи з рук у руки. Діло пішло значно швидше. Тим часом Крамс із проворністю досвідченого конюха розпріг коней і пустив їх пастися на траві перед будинком. Завдяки цьому спостерігачі, які зібралися довкола п'ятьох трудівників, стали заодно й відвідувачами домашнього контактного зоопарку. Проте людей дужче цікавило, що ж там розвантажують із фургона, та коли вони потихеньку підійшли ближче й роздивилися заповітні пайки, усіх спіткало невимовне розчарування.

Рядами пройшов шепіт про звичайнісінькі гарбузи. За-вваживши ремствування народу, Крамс про всяк ви-падок пересмикнув затвор свого помповика й наказав усім відступити на п'ять кроків назад. Коли люд слух-няно відрахував необхідну відстань, Крамс уже більш спокійно й урочисто оголосив, що роздавати почнуть від завтрашнього дня, усім мешканцям району, з роз-рахунку: один пайок одній людині особисто в руки. На слабкі заперечення декого з присутніх про те, що обі-цяли ж роздавати ще вчора, Крамс відповів одним по-переджувальним пострілом у повітря й додав, що ті, кому щось не подобається, можуть завтра не приходити, і взагалі — нема чого валандатися біля офісу тимчасо-вої адміністрації нашого району. Люди почали повільно розходитися, нести ці новини далі — у свої домівки й до сусідів. Та й дивитися було більше ні на що — розван-таження завершилося, Крамс демонстративно замкнув гараж на здоровенний висячий замок і знову впевнено пересмикнув затвор.

Джим хотів було йти додому разом з усіма, але Філ його знову спинив. Крамс велів вантажникам залишити-ся, і Джим не зміг піти й утретє, хоч дуже цього прагнув. Коли вулиця вже майже спустіла, Крамс виніс із гаража п'ять гарбузів і роздав їх своїм помічникам.

— Ось вам. За роботу, — сказав він. — Сьогодні вдо-ма скуштуєте, а завтра розкажете.

— Гаразд, — кивнув Філ, беручи свою плату за ро-боту. Джим узяв пайок мовчки.

— Можна вже йти? — запитав Філ за всіх.

Крамс кивнув і додав наостанок:

— Ага, і дітям теж дасте покуштувати.

— Гаразд, — відповів Філ.

Вони з Джимом пішли додому, а ті троє рушили собі геть в інший бік.

— От бачиш, не такий уже й поганий він чоловік, як ти казав, раз про дітей турбується! — сказав Філ, коли вони підіймалися від будинку Крамса вулицею вгору.

— Угу, — погодився Джим. — А заодно й перевірить, потруїмося ми чи ні...

Друзі несли свої гарбузи під недоброзичливі погляди спостережливих сусідів. Причому Джим ніс відкрито, а Філ навіщось ховав круглий овоч під футболку, через що мав дурнуватий вагітний вигляд.

Діставшись додому, чоловіки виклали свій заробіток на кухонний стіл, і довкола нього відразу ж зібралися всі домочадці.

— Ну то що, хто тут хотів першим скуштувати інопланетні ласощі? — поцікавився Філ і, усміхаючись, обвів поглядом усіх присутніх.

Охочих не було, та і йому самому не надто кортіло. Однак він зважився взяти на себе цю місію першопожирача — і сміливо розрізав ножем гарбуза навпіл. Це виявилося не такою вже й доброю ідеєю, бо рідина, що була всередині, одразу ж розлилася по столу липкою калюжею. Ніхто не відмовив собі в задоволенні помацати її пальцями. Діти за звичкою почали відразу ж облизувати пальці — і кривити личка. Гарбузовий сік справді виявився огидним на смак, власне як і м'якоть овочу — за щільністю та фактурою вона наче й нагадувала знайомий усім гарбуз, але за смаком була дужче схожа на варену разом із жабами болотну твань. Услід за Філом усі врешті-решт відважилися скуштувати по маленькому шматочку дивного продукту, але доїсти його не зміг ніхто — і залишки першого гарбуза викинули в смітник. Другий же поставили на полицю — для краси. Оскільки про поживні властивості інопланетного пайка було нічого не відомо, то всім одразу ж схотілося їсти, — навряд чи цьому причиною був справжній голод, просто треба було чимось перебити огидний смак у роті, що залишився після здійсненого бета-тестування овочу невідомого походження.

Посеред обіду, що складався з підігрітих консервованих бобів та бекону, знадвору долинув знайомий голос диктора теледирижабля, який цього разу говорив уже новий текст. Усі покинули виделки й вибігли на вулицю.

Трохи віддалік, над дахами будинків, неспішно проплив «кабачок» прибульців. Судячи з усього, то була вже середина трансляції. Аби чути й бачити її краще, родини Гаррісонів та Коллінзів, замкнувши двері, у повному складі рушили за чарівною кулею. З інших будинків теж виходили люди і приєднувалися до загальної процесії, що рухалася в бік летючого телевізора. Що ближче вони підходили до нього, то більш милостивим і усміхненим ставало обличчя диктора на екрані, а голос, як і раніше, звучав солодко й тягуче:

— ...тимчасова адміністрація також дякує вам, дорогі співвітчизники, за розуміння всіх труднощів перехідного періоду, за мужність і стійкість, з якими ми всі разом долаємо цей переламний момент існування нашої цивілізації. Ми нарешті повною мірою усвідомили всю небезпеку й безперспективність того техногенного шляху розвитку, на який нас штовхали наші, тепер уже колишні, уряди, які цілком очевидно продемонстрували свою недалекість і некомпетентність. Тепер ми всі в єдиному пориві готові почати наше нове життя, ідучи єдино правильним шляхом природного біологічного розвитку. І за все це ми безмежно вдячні расі дружніх і прогресивних руанців, яка просвітила нас, і особисто Головній Самці. Руанці прибули, аби нас порятувати, і, не покладаючи лап, роблять усе для того, аби наше життя стало кращим і кориснішим, дорогі співвітчизники...

Зрозуміти, де початок і чи є в цієї трансляції кінець, було геть неможливо. Дирижабль літав над районом зиґзаґами, з непередбачуваною траєкторією; народ ішов за ним, петляючи між будинками та вулицями; диктор описував кола у своїй, здавалося, нескінченній промові, з якої годі було дізнатися щось конкретне.

Першими запротестували діти. Діллі сказав, що в нього голова йде обертом; у Віллі теж, тільки він ще й пити хотів; а Біллі заявив, що в нього в голові паморочиться точно більше, ніж у всіх інших, певно, через те що він хоче в туалет. Друзі рушили додому, зробивши невеличку вимушену зупинку біля найближчих кущиків. Гаррісони й Коллінзи були не самотні в такому рішенні, — багато хто з мешканців, покружлявши районом у спробі догнати і зрозуміти, що ж рече інопланетний транслятор, також повернули до своїх жител.

Дорогою додому Віллі все намагався з'ясувати в дорослих, чому тепер не показують мультиків. Ті відповідали коротко й неохоче, намагаючись перекласти відповідальність на іншого. Меріон сказала:

— Тому що не працює телевізор.

— А чому він не працює?

Меріон глянула на свого чоловіка, передаючи тим самим естафету в цій вікторині йому.

— Бо в розетці немає струму, — відповів Філ.

— А чому його там немає?

— Бо його немає на електростанціях! — вирішила розставити всі крапки над «і» Дебора, та в неї теж не вийшло.

— А чому струму немає на електростанціях? — не вмовкав настирливий малюк.

Джимові набридло це перекидання словесних м'ячиків над головою дитини, і він відповів максимально прямо й чесно:

— Через те, Віллі, що інопланетяни скасували електрику. Її вже не буде. І мультиків, значить, теж уже не буде.

Віллі нічого не спромігся сказати, тільки витріщив очі від запитань, що рвали його зсередини. Біллі про всяк випадок уточнив:

— Ніколи взе не буде?

Джим кивнув, намагаючись не дивитися на дітей. Діллі вже збирався заревти, та замість цього все ж сказав:

— Так це, виходить, вони в усьому винні?

— Я не знаю... — відповів Джим і глянув хлопчикові в очі.

Вони вже давно зупинилися, оскільки питання було надто серйозним, аби обговорювати його на ходу.

— Вони сьцо, погані, дядецьку Дзиме? — зважився спитати Біллі.

— Поки що це не дуже зрозуміло, Біллі, — зізнався Джим і знову відвів погляд від дитячих личок.

— А я думаю, що вони погані! Хороші інопланетяни не заборонили б мультики! — зробив висновок Віллі, і його брати погодилися з ним кивками.

Дорослі швидко перезирнулися, боячись самим собі зізнатися в очевидному при дітях. Джим не брав участі в цих стрільбах очима — він дивився просто перед собою і трохи вгору, наче досі бачив диктора з широкою посмішкою й зеленим кружалом на лацкані піджака. Нарешті він перервав цю незручну паузу, під час якої всі дивилися вже тільки на нього, а діти ще й нетерпляче посмикували дорослих, що тримали їх за руки:

— Так, це вони в усьому винні, брате мій Рафаель.

І Джим рушив далі, так наче нічого й не сталося. Інші, завмерши на мить, пішли слідом за ним, сторопівши чи то від його простої відповіді, чи то від того, що він назвав Діллі незнайомим іменем. До самої домівки більше ніхто не проронив ні слова.

РОЗДІЛ

11

Оскільки Крамс не оголосив, о котрій саме годині почнуть роздавати пайки, народ почав збиратися з самісінького ранку. Судячи з їхніх облич, то були вже не просто ті, хто знічев'я цікавився, а люди, які направжки потерпали від голоду. Джим теж пішов до Крамса, де й побачив усіх цих нещасних, що вишикувалися в чергу. Жінки навідріз відмовилися йти по ті огидні гарбузи, і дітей теж не пустили, а Філ був там уже зранку.

Джим, стоячи віддалік, дивився, як його друг відчинив гараж — неначе райську браму, де зберігалися священні плоди, — і поставив поперек входу стіл та стілець, на який зразу ж вмостився, поклавши перед собою дробовика, сам Крамс. Господар велів підходити по одному, чітко називати своє ім'я з прізвищем, а також адресу. Усе це він записував на великому аркуші, потім одержувач ставив поряд свій підпис, Філ видавав йому гарбуза — і той ішов собі, звільняючи місце новому страдженному. Крамс, якщо судити зі швидкості заповнення ним відомості, був не найстараннішим учнем у школі, ну або, як мінімум, правопис не належав до його улюблених предметів. Та він швиденько знайшов собі заміну. Нею стала всюдисуща місіс Мессенджер. У неї справи пішли значно швидше, що було важливо, бо кількість людей у черзі невпинно зростала. Крамс, із полегшенням звільнивши себе від обов'язків бухгалтера, пересів у тінь, у крісло, яке витяг для нього з будинку Філ, і звідти наглядав за порядком.

Джим не поспішав забирати свій пайок — він був неголодний. Ним керувала цікавість, він спостерігав за людьми, ну або за тим, у щó вони перетворилися. Хтось, отримавши свого гарбузця, одразу ж поспішав додому, хтось залишався стояти поруч, розглядаючи незвичайний овоч. Найголодніші, а таких виявилося дуже багато, намагалися розколупати шкірку й почати їсти просто тут. Ця група голодних і нетерплячих, своєю чергою, поділялася на два типи громадян: передбачливих — вони прийшли зі своїми ножами, ложками й виделками, і спонтанних — ці намагалися розірвати гарбуза руками й одразу ж, ними ж, почати їсти. Від другої підгрупи, яка швидко збагнула, що впоратися з товстою шкурою без допоміжних засобів не так-то просто, відкололася третя — її представники вирішили дочекатися, поки хтось із першої, озброєної столовими приборами, поділиться ними, закінчивши прийом позаземної їжі. Та серед щасливчиків, народжених під сузір'ям ножа й виделки, не всі були готові до таких благородних учинків, відстоюючи своє право на приватну власність і гігієну. Це породжувало безліч дріб'язкових ситуацій, конфліктів та незручностей, у яких більшість людей, особливо з групи передбачливих, показували себе не з найкращого боку, хоча це їх і мало цікавило — вони продовжували трапезувати, усівшись просто під парканом будинку Крамса й нітрохи не соромлячись голодних глядачів. Багато хто кривився, скуштувавши незвичної інопланетної їжі, та викинути її все ж не наважився ніхто.

Споглядаючи весь цей декаданс, Джим подумав, що в його родині справи поки що не такі й погані: хоч їм уже й доводиться економити продукти, та принаймні вони не накидаються на безплатні гарбузи і навіть можуть собі дозволити годувати кота (щоправда, той на влаштованій йому дієті вже, певно, збирається ловити мишей або горобців). Водночас Джим розумів, що ключове в його заспокійливих роздумах оце «поки що».

— Огидне видовище, еге ж? — Джим ледь здригнувся, зрозумівши, що запитання адресоване саме йому. Він обернувся й виявив поруч із собою містера Харпера — той стояв, обіпершись на свою тростину.

— Та вже ж, не дуже... Здрастуйте, — Джим розгубився, хоч і відчув, що радий бачити старого, і всміхнувся йому. Харпер ледь поклонився у відповідь і продовжив дивитися кудись у далеч, мимо співрозмовника.

— Думаю, далі буде ще гірше, — сказав він.

Джим не вигадав нічого кращого, як невизначено повести плечима.

— А що на це скажете ви, молодий чоловіче? — і Харпер, ледь примружившись, наче цілячись, указав тростиною на дах Крамсового будинку. Джим підняв очі й укоте подивувався своїй неспостережливості: до гребеня даху, на найвиднішому місці, було прикріплене велике зелене кружало, виготовлене, вочевидь, із якогось наспіх пофарбованого дорожнього знака. Він знову нічого не сказав, тільки щось промугикав.

— Що-що? Що ви кажете? — уточнив у нього старий, утім, надто не сподіваючись на чітку відповідь, і продовжив: — Напередодні Варфоломіївської ночі хрестами помічали будинки істинних християн, які мали вижити, — на відміну від гугенотів, приречених на знищення. Тут, судячи з усього, теж щось таке готується...

Джим міркував, що б відповісти, аби здаватися розумнішим, але вийшло, що він знову промовчав.

— Ну то що ж, містере Гаррісоне, оскільки ви не налаштовані на бесіду, то, може, ходімо отримувати чудесні позаземні дари, які нам люб'язно пропонує скуштувати наша тимчасова адміністрація.

Джим погодився, і вони стали в кінці черги, яка просувалася повільно, але вже не була надто довгою.

— Вони, до речі, не такі вже й чудесні на смак, — сказав Джим, до якого повернувся дар мови.

— А ви вже й скуштували? — ввічливо поцікавився Харпер.

— Мав нагоду, — усміхнувся Джим у відповідь.

— Ну, я думаю, що все — справа звички, — підсумував старий, і далі вони вже стояли мовчки, наче ждали своєї черги попрощатися з якимось дуже знаменитим небіжчиком.

Коли вони врешті дісталися столика, Джим назвав своє ім'я, а Харпер представився Авраамом Лінкольном, на що Крамс заявив, що євреям теж дають по одному гарбузу.

Отримавши пайки, вони рушили додому — їм виявилося по дорозі. Філа десь не було видно, та Джимові не дуже-то й хотілося спілкуватися з ним, інша річ — із містером Харпером. Джим запропонував нести обидва овочі, і старий кивнув, погоджуючись.

Коли вони проходили повз один із ліхтарних стовпів, їхню увагу привернув криво приклеєний аркуш паперу. На ньому була намальована голова зеленої ящірки, в яку зверху вдаряє жовта блискавка, а внизу кривим дитячим почерком було виведено: «Геть іноземних загарбників!».

Вони постояли деякий час під цим простим шедевром плакатного живопису.

— Ну от, — прорік нарешті старий. — У нас з'явилося перше підпілля.

— Ага, — весело підхопив Джим, очевидно здогадуючись про його склад.

— Школярі, ймовірно... — роздумував Харпер, коли вони пішли далі. — Та нічого, устигнуть ще підрости — ця війна надовго...

— Ви вважаєте, буде війна? — спокійно спитав Джим, щосили намагаючись не показувати, що йому цікава ця тема.

— А ви вважаєте, що ні? — старий знову зупинився і, чи не вперше за цей ранок, глянув Джимові просто в очі. — Точніше, вважаєте, що її досі немає?

— А ви вважаєте, що хтось усе ж таки чинить спротив? — спитав Джим, чомусь дуже тихо, і роззирнувся. Він радів, що нарешті знайшлася людина, з котрою можна поговорити на цю серйозну тему з того погляду, з якого ніхто інший обговорювати її не хотів.

— Можливо, — відповів Харпер, поважно крокуючи тротуаром і переставляючи свого ціпка, так наче він прогулювався алеями Версалю. — Спротив неминучий, якщо комусь нав'язують чужу волю насильницькими методами.

— Якщо так, — продовжив Джим думку свого співрозмовника, — чому ми нічого про це не чули, та й самі... ну всі довкола... — Джим осікся, але Харпер його зрозумів.

— Можливо, народ досі не усвідомив, наскільки все серйозно. Або ж це питання зв'язку, комунікації — адже її немає. Ніхто не може віддати наказ, узяти на себе відповідальність, люди просто не готові вмирати казна за що... Та й з ким воювати? Ви особисто бачили хоч одного живого інопланетянина?

— Ні, — повільно вичавив із себе Джим. — Тільки отоді, по цьому летючому телевізору...

— Ну от! Отож-бо й воно! Не можемо ж ми боротися з телевізором, — і Харпер продемонстрував свій улюблений менторський жест — підняв догори вказівного пальця.

Він зупинився слідом за Джимом, до будинку якого вони саме підійшли.

— Я вже вдома, — сказав Джим. — Та, може, мені вас провести?

— Не варто, я ще досить міцний стариган, — і на підтвердження цих слів Харпер чіпкими руками узяв у Джима свого гарбуза, ледь поклонився й пішов далі вулицею все тією ж упевненою ходою.

— До побачення! — здогадався гукнути йому вслід Джим. Але старий, не обертаючись, лишень підняв угору руку зі своїм ціпком.

Перш ніж зайти в будинок, Джим глянув на дах, подумавши про те, куди й коли Філ запропонує прикріпити зелене кружало.

Філ прийшов лише надвечір, перед самісінькою вечерею, і на його грудях, як і очікувалося, красувалося невеличке зелене кружало. У руках він тримав два гарбузи, вдоволено всміхаючись, так наче то були власноручно відрубані голови зразу двох Медуз Горгон.

— Нащо ви тягнете в дім цю бридоту! — почала було бурчати Дебора, але Філ, який останнім часом добряче виріс у власних очах, перебив її. Він сказав, що земна їжа невдовзі закінчиться, а на цих гарбузах жити можна довго, якщо поступово привчати себе до їхнього специфічного смаку.

Дебора все одно була проти введення інопланетного продукту в їхній раціон. Меріон же запропонувала передусім спробувати зварити з нього кашу, звісно, з різноманітними приправами та спеціями. Дебора у відповідь категорично заявила, що в її домі цю болотну бридоту ніхто не варитиме. Втома одна від одної накопичилася, і конфлікт став неминучим. Щойно жінки обмінялися отруйними дротиками на кулінарному полі битви, до протистояння приєдналися чоловіки — уже за столом. Передчуваючи бурю, дітей завбачливо відіслали нагору.

— До речі, Джиме, треба подумати, з чого завтра нам виготовити зелене кружало. Та щоб величеньке. Я оглянув дах. Найкраще місце...

— Хто сказав робити так? — не давши йому договорити, спитав Джим. — Крамс?

Філ аж слину ковтнув від здивування.

— Крамс? Чи то містер Крамс? Чи, може, бос Крамс? — Джим перейшов на невластивий йому сарказм.

— Я його так не називаю, — одказав Філ і продовжив колупатися у своїй тарілці.

— Ну, це діло наживне...

— В сенсі?

— Без сенсу! — почав закипати Джим. — Поясни мені, будь ласка, що означають усі ці зелені кружальця? Ти ось теж собі начепив, ще й на мій дім прибити хочеш!

Філ не звик бачити свого друга в такому стані, а тому аж сторопів:

— Ну це... як казав містер Крамс... Гм. Словом, вони означають наше нове життя... зелену планету. Мовляв, ти погоджуєшся зі змінами... вітаєш їх... ну й так далі...

Одначе Джима таке пояснення нітрохи не заспокоїло, радше — навпаки.

— Що вітаєш? Чи, точніше, кого? Отямся ж, Філе!

— Це ти отямся, Джиме! — Філ остаточно відклав убік виделку й навіть устав із-за столу. — Поглянь, світ змінився! — На підтвердження своїх слів він навіть описав рукою коло, та змінений світ залишився десь там, далеко за стінами. — І саме час змінитися нам, аби зайняти в ньому достойне, найкраще місце! Поки його не зайняли інші.

Меріон зачаровано втупилася у свого чоловіка, який говорив, вочевидь, чужими словами. Вона була вже готова аплодувати йому разом з усім сенатом. Дебора мовчки дивилася на цю суперечку — мабуть, ще не вирішивши остаточно, на чий бік стати.

Джим раптом якось наче видихнувся і сказав уже на завершення:

— Філе, тобі не здається, що нам варто було хоча б спробувати відстояти наш звичний спосіб життя, а не кидатися назустріч усьому новому й чужому, тим більше що воно нам так безапеляційно нав'язується...

— Та ніхто тобі нічого не нав'язує, живи, як хочеш! — розлютився тепер уже Філ.

— Дякую за дозвіл, — закінчив розмову Джим.

Довечерювали в цілковитій тиші, кожен лишився при своїй думці.

Спати всі рушили досить рано, продовживши наради вже в тісному сімейному колі. Уранці Коллінзи оголосили, що перебираються до себе додому — і від цього рішення легше стало всім. Десятирічній дружбі настав кінець, або, як мінімум, почався тривалий період розхолодження стосунків.

12

Три місяці минуло відтоді, як Філ із Меріон, трьома діть-
ми та садовим візком, набитим їхньою часткою продук-
тових запасів, покинули садибу Гаррісонів. Попервах
дім здавався надто порожнім і нудним, як це завжди бу-
ває, коли його залишає більшість активних мешканців.
Однак туга за веселими часами минула досить швидко,
адже дуже багато сил доводилося витрачати на вижи-
вання.

Філ, звісно, забрав із собою і свій вуличний мангал
мігранта, а тому Джимові довелося спорудити у дворі
стаціонарну дров'яну грубку, яка з успіхом виконува-
ла обов'язки щодо закопчення каструль та нагрівання
в них їжі. Оскільки запаси земних продуктів невдовзі
практично вичерпалися, Деборі хоч-не-хоч, а довелося
поступово ввести в їхній із Джимом раціон інопланетні
гарбузи — щодо їхньої інопланетності вона, втім, дуже

сумнівалася. Урешті-решт родина цілком перейшла на них — Дебора примудрялася готувати з цієї, здавалося б, геть неїстівної м'якоті з добрий десяток різноманітних страв.

Якщо з харчами (хай і одноманітними), водою й туалетом (його Джим зумів сяк-так обшити старими листами заліза, і той став майже стаціонарним) справи були ще більш-менш, то дрова — точніше, їх відсутність — стали практично нездоланною проблемою. Джим спалив у грубці геть усе дерев'яне, що зміг зібрати у своєму господарстві без загрози обвалення будинку та сараю, і тепер цілими днями вештався околицями в пошуках хоч чого-небудь придатного для спалювання. У стратегічному запасі Джима залишався його улюблений клен, що безтурботно ріс у дворі, але господар поки не поспішав пускати його на паливо. Аби відстрочити цю печальну, але, схоже, неминучу подію, Джим навіть спробував збудувати піч, яка би працювала на газу, що його виділяють продукти гниття. Та в нього нічого не вийшло, окрім діжки, яка поширювала жахливий сморід, і Дебора категорично заборонила експерименти у цій сфері.

Прогулянки в пошуках покинутих дерев'яних речей справляли на Джима вельми гнітюче враження. Їхній район розкладався практично на очах. Перед кожним будинком — купи сміття, в яких тепер переважали гарбузові шкурки, і це псували не тільки загальний вигляд, а й повітря. Самі будинки трималися ще досить бадьоро, на відміну від їхніх мешканців, але було помітно, що споруди приречені на повільне безремонтне вмирання. Де-не-де вікна були завішені старими ковдрами — чи то через часті випадки розбивання шибок, чи то для світломаскування або ж для збереження тепла, оскільки вже була середина осені. Напередодні холодної зими — а вона, на додачу до інших лих, неодмінно мала настати — народ масово заготовляв паливні матеріали. Білі дерев'яні парканчики, якими так пишалися їхні доглянуті вулиці, перестали існувати як вид. Кілька покинутих будинків уважні сусіди розібрали на дрова аж до фундаментів, причому Джим узяв в одному з таких демонтажів безпосередню участь. Ті автомобілі, яким судилося зустріти кризу на вулиці, позбулися своїх коліс — гума хоч і смердить, однак горить добре, виділяючи при цьому не тільки кіптяву, а й купу тепла. На більшості будинків висіли, не завжди рівно, зелені кружала, різних відтінків та розмірів, і це ще дужче посилювало й без того сумну картину загальної розрухи — принаймні в очах Джима.

Та найжалюгідніше враження справляли самі мешканці району. Хронічна нестача води стала причиною відмови практично від усіх обрядів гігієни: від чищення зубів до приймання душу. Прання одягу теж відпало само собою, як мода позаминулого сезону. Як полюбляв говорити Джим, «різниця між тим, що ти не миєшся місяць чи не миєшся два, практично невідчутна». Хоча багато хто й начепив на себе зелене кружало, та, на жаль, не став від цього ані кращим, ані щасливішим. Усмішки та щирий сміх були тепер у неабиякому дефіциті, на відміну від озлобленості та відчуженості, що читалася на обличчях навіть без особливих знань із фізіогноміки. Джим помітив, що й сам став менше усміхатися і спілкуватися, а коли востаннє сміявся, взагалі забув. З Деборою вони практично не розмовляли, наче він особисто був винен у їхньому нинішньому становищі.

Єдиною відрадою для Джима стало його регулярне сидіння на лавці, що стояла на пагорбі біля автобусної зупинки: звідти відкривався такий чудовий краєвид на місто, в яке він уже не відважувався спускатися. На цій лавці він міг спокійно поміркувати про що завгодно або просто сидіти й ні про що не думати взагалі. Про себе Джим називав цей процес сидіння на лавці «очікуванням автобуса».

Іноді він бував тут на самоті, але частіше — у товаристві містера Харпера, який полюбляв це місце вже давно, приблизно відтоді, як вийшов на пенсію. Незважаючи на їхнє, тепер регулярне, спілкування і практично дружбу, Джим так і не зміг дізнатися, ким той працював раніше. Різнобічні знання старого, гострий розум та великий досвід відкривали широкі простори для найрізноманітніших здогадів — від професора університету до відомого мандрівника чи навіть полковника спецслужб. А вишукані манери містера Харпера цілком могли вказувати на походження з якогось давнього та благородного роду. Всі обережні спроби Джима з'ясувати це питання завжди наштовхувалися на такі ж обережні ухиляння від цієї теми.

Майже завжди на їхні посиденьки містер Харпер приносив свій пайок. «Я один із ним не впораюся, допоможіть мені, містере Гаррісоне», — говорив він. Що цікаво, Харпер ніколи не називав Джима на ім'я, а як звати його самого, не зізнавався. Старий був не тільки потайним, але й дотримувався з людьми певної дистанції. Після незмінної згоди Джима розділити з ним трапезу Харпер розрізав гарбуза на дві частини складаним ножиком, який завжди носив із собою, так спритно, що рідина не виливалася, а залишалася в однакових половинках. Після того, як вона була випита з утворених натуральних чаш, старий починав відрізати тоненькі скибки, які вони вдвох без поспіху з'їдали під час такої ж неспішної бесіди. Теми розмов із Харпером були дуже різноманітними і значно приємнішими за смак смердючого овочу — останній хоч уже й не викликав у Джима колишніх огидних почуттів, однак до любові було ще дуже далеко. Та з чого б не починалася їхня розмова, вона незмінно переходила на обговорення сучасної ситуації та прибульців.

Інопланетяни тим часом не поспішали вступати в ширші стосунки і контакти з населенням Землі. Теледирижаблі — принаймні створювалось таке враження — уміли розмножуватися. Якщо раніше візиту повітряного «кабачка» можна було чекати цілий тиждень, то наразі над районом постійно баражувала парочка. Новини, які тепер повідомляли вже різні диктори, також стали частіше оновлюватися, і навіть кілька разів транслювали нові звернення Головної Самки до поневоленого народу — завжди короткі та звично агресивні. Самі ж інформаційні випуски зазвичай поділялися на два основні види: чергові нововведення, вигадані тимчасовою адміністрацією, і вихваляння цих нововведень купно зі звітами про покращення життя або очікування цих покращень найближчим часом. Провина за всі незручності списувалася на труднощі перехідного періоду, який ось-ось закінчиться, і на помилки колишнього керівництва, яке й завело людську цивілізацію на край загибелі, звідки її в останню мить відтягла, практично кігтями, раса добромисних руанців. Зрозуміти з цих новин, хто вони взагалі, ці прибульці, звідки і як прилетіли, було геть неможливо. Навіть їхня самоназва, про що вже значно пізніше довідався Джим, походила не від їхньої планети, а від місця, де відбувся їхній перший контакт із землянами, — а сталося це нібито поблизу французького міста Руан. Чого раптом космічні ящірки вирішили, що людям потрібна допомога, теж було не зовсім ясно, але, судячи з повідомлень летючих телевізорів, сумніватися в тому, що вони прибули саме вчасно, не випадало. Як і в тому, що всі останні століття місцевий техногенний розвиток був неправильним та безперспективним, бо єдиний шлях, яким може рухатися сучасне суспільство, — природний, тобто біологічний: самі руанці зайшли ним уже дуже далеко, і тепер поведуть за собою й землян. Почали вони з того, що по всій планеті вимкнули електрику, причому зробили це десь на рівні законів фізики, — а цього Джим ніяк не міг ні збагнути, ні прийняти. Хоча вірити, попри все, доводилося, — не працювали навіть автономні електроприлади, аж до кишенькових ліхтариків, не кажучи вже про більш громіздкі апарати. Однак руанці ненавиділи не лише електрику й пов'язані з нею процеси, а й будь-які механізми взагалі. Вони б охоче заборонили навіть граблі з лопатами, і вже тим більше — ручні м'ясорубки та домкрати, однак поки що на такий крок не зважувалися, оскільки на початковій стадії нового етапу розвитку земна цивілізація не могла обійтися без цих простих механічних помічників.

Аби прискорити процес відмови населення від непотрібних у світлому майбутньому електроприладів, руанці організували їхній обмін — на посилені пайки. За фен або тостер давали по два гарбузи. До того ж розмір приладу, як і його потужність, не мали значення, — аби лиш із нього стирчав дріт зі штекером на кінці або було гніздо для акумуляторних батарейок. Уся ця акція нагадувала добровільну здачу зброї покореним войовничим народом своєму завойовнику в обмін на гроші або, як у цьому випадку, на їжу. Відповідальною за цей процес на місцях була все та ж всюдисуща тимчасова адміністрація, а в районі Джима цим займався, відповідно, Крамс зі своїми поплічниками, яких, окрім Філа, вже назбиралася ціла купа. Спочатку такий обмін відбувався доволі повільно. Люди не поспішали розлучатися з благами своєї цивілізації, хоч ті й не працювали, і міняти їх на смердючі плоди цивілізації чужої. Чи то вони досі вірили, що телевізори й пилососи якось увімкнуться, чи то обмінний курс їх не влаштовував, а може, вони тримались за всі ці нажиті й тепер уже непотрібні предмети суто з міщанських міркувань — причина була не зовсім зрозуміла, але здавати механічні уламки минулого життя попервах не дуже-то хотіли. Потім «телекабачок» сповістив, що за будь-який електричний прилад віднині даватимуть не пайок, а десерт. Це дуже схвилювало і збадьорило засмучений люд, а надто його жіночу половину, яка одразу ж нафантазувала собі з цього приводу бозна-що.

Того дня, коли Крамс привіз на своєму фургоні замість чергової партії осточортілих гарбузів довгожданий десерт, майже все жіноцтво району, вбране заради такої оказії у святкове, вже стояло, вишикувавшись у строкату чергу. Хтось тримав у руках електричну кавомолку, хтось міксер, найбільш зневірені принесли по плойці. Крамс без поспіху, не звертаючи особливої уваги на юрму (як він зазвичай поводився останнім часом), прив'язав коней біля залізних воріт нового високого паркану, яким тепер був обнесений його будинок, що вперто називався офісом, — і почав керувати розвантаженням. Помічників у нього тепер було хоч греблю гати, але Філ однозначно залишався першим серед них, через що Джимові було з кожним разом усе огидніше ходити туди з Деборою по свої щоденні пайки. Віз тимчасової адміністрації доверху заповнювали якісь нові жовті плоди, які й були обіцяним та довгожданим десертом. Розвантажували їх неспішно, наче навмисне. Одначе Крамс, промарудивши до обіду бідолашних дам, готових розлучитися зі своїми маленькими кухонними помічниками невідомо заради чого, усе ж не зважився перенести обмін на наступний день, а почав його одразу ж — вочевидь побоюючись бабського бунту, який, як відомо, найбільш небезпечний і нещадний з усіх можливих. За один електричний прилад давали один десерт — трохи менший за гарбуз, твердуватий на дотик, із великою кісточкою всередині. Плід виявився досить солодким і терпким на смак. Жінки були несказанно щасливі, отримавши в руки цю невелику радість, — адже вони знали, що вдома в них ще ціла купа різного накопиченого за життя мотлоху, і тепер його в будь-який час можна обміняти на кілька хвилин задоволення.

У народі новий овоч, який усе ж більше скидався на фрукт, не отримав якоїсь єдиної назви. Кожний, відповідно до власних смакових уподобань та фантазії, називав його по-різному — і персиком, і абрикосом, і навіть манго, хоча ні за формою, ні за смаком він не був схожий на жоден із цих земних аналогів. Перший фургон фруктів розійшовся за два дні, а потім Крамсові ще тиждень знадобився на те, аби виміняні прилади вивезти на якусь базу, де він їх здавав і отримував натомість інопланетне харчування. Де саме це місце, було великою таємницею. Не лише такою важливою інформацією, але й будь-якою іншою Крамс ділився неохоче, хоча він був другим (і останнім) її джерелом — після теледирижаблів, якщо, звичайно, не брати до уваги різноманітних чуток та пліток.

На той час Крамс уже оточив себе невеликою бандою приблизно з десяти наймерзенніших типів їхнього району. Вони хоч і начепили на себе всі ці зелені кружальця, що так дратували Джима, а також обвішалися зброєю різних калібрів, назвавшись добровільними помічниками представника тимчасової адміністрації, однак не стали від цього ні кращими, ні вихованішими, ні чеснішими. Будь-яких людей псує влада, а таких — і поготів. Вони почувалися безкарними й поводилися вкрай нахабно і зухвало, але на це, ймовірно, впливав ще й їхній безпосередній начальник. До їхніх обов'язків (а ці обов'язки вони, судячи з усього, вигадували собі самі), окрім охорони складу-штабу, на який перетворили будинок Крамса, і дороги до району, де влаштували невеликий блокпост, збройного супроводу особливо цінного фургона, також входило стеження за порядком та законністю на ввіреній їм території. Оскільки ці терміни вони тлумачили досить вільно і зазвичай на свою користь, у районі невдовзі запанувала атмосфера страху і пригніченості — так наче все місцеве населення стало заручником у терористів. Не надто розбірливі жіночки добивалися уваги цих захисників, а деякі з них навіть кидали своїх чоловіків, аби ночами відвідувати дім Крамса, що в цей час доби ставав справжнісіньким притоном. Перевірити обґрунтованість їхніх грабіжницьких і насильницьких дій було неможливо — кінна поліція з'являлася в районі вкрай рідко й ненадовго, та й була вона з бандитами Крамса заодно. А теледирижаблі настійно рекомендували з усіх питань звертатися до представників місцевої тимчасової адміністрації — отже, коло замикалося. Живучи в цьому замкненому просторі, люди мовчали, терпіли й чекали — якщо не повернення добрих старих часів, то бодай того, щоб інопланетні ящірки завоювали їх остаточно (а раптом за них стане трохи легше).

Як не намагалася Дебора — неодноразово й різними способами — змусити Джима піти працювати до Крамса, зважаючи, що йому там міг створити протекцію Філ, її чоловік залишався непохитним. І не тільки в цьому питанні, — Джим категорично відмовлявся навіть просто почепити зелений знак на себе та їхній будинок. Вона не звикла до спротиву Джима її волі та логіці, тож усі розмови на такі теми завжди призводили до сварок, які, на жаль, тепер у цій мирній родині стали звичним явищем.

РОЗДІЛ

13

Аби якось популяризувати досить нав'язливі й не зовсім привабливі новини, а може, для того, аби в одвічному рецепті утримання влади над народом — «хліба й видовищ» — були всі інгредієнти, у перервах між випусками так званих новин інопланетяни стали показувати на своїх летючих телевізорах ще й кіно. Фільми здебільшого були старі, найчастіше — історичні мелодрами: коні, карети, віяла, криноліни і зітхання, зітхання... Усе дуже благопристойно, з мінімальною присутністю цивілізації та її техногенних оман.

Ця культурна акція страшенно порадувала жіноче населення: щойно милі повітряні «кабачки» починали трансляцію чергової душевної стрічки, воно одразу ж кидало всі свої справи й вилітало на вулиці, причому в будь-який час, бо кіносеанси ніколи не анонсувалися. Потім панночки та пані, наче зомбовані, водили хороводи слідом за дирижаблем, що кружляв над їхніми головами, — спільно зойкаючи й підтримуючи одна одну морально, а також при падіннях під час подолання різноманітних дрібних перепон, що траплялися їм на шляху. Побачивши це видовище масового гіпнозу вперше, Джим чітко зрозумів, що прибульці зовсім не планують знищення земної раси, — бо для цього їм достатньо було би просто ввімкнути які-небудь «Звіяні вітром», завести жіночу половину планету до найближчих водойм і вчинити з нею так, як Нільс із гризунами, а чоловіча частина вимерла би природним шляхом, здебільшого від холоду та бруду. Але, судячи з усього, руанці мали куди більш збочений план. Окрім солодкавих новин і ретрофільмів, повітряний телеящик почав крутити рекламу. Уся вона без винятків була соціальною й наочно демонструвала всі жахи того шляху, з якого земляни зовсім нещодавно звернули, й усі принади майбутнього життя, до яких їх спонукали інопланетяни. У перших, негативних, роликах показували війни, наслідки техногенних катастроф, аварії, загиджену природу, автомобільні корки, атомні вибухи й неодмінно наприкінці — хлопчика, вдареного струмом. Ці нарізки, зроблені з деяких улюблених Джимових голлівудських фільмів (за винятком, звісно ж, травмованої дитини), йому подобалися. На відміну від другого типу рекламних мінішедеврів, вочевидь зібраних із відеоматеріалів «Свідків Єгови», де сюжет був завжди приблизно один і той самий: пшеничне поле, усміхнені чоловік і жінка у веретах жнуть серпами колосся, поряд юрма радісних напівголих дітлахів, усі щасливо живуть у спільному курені й варять щось у величезному казані. Джим не знав, кому може припасти до душі такий спосіб життя, — на думку спадали хіба що аміші, хіпі та вегетаріанці з екопоселень, які, можливо, пораділи б такій перспективі. Ймовірно, вони б навіть охоче ділилися цією новиною одне з одним, та тільки ж ні телефонний зв'язок, ні пошта, ні багато чого іншого не працювало. Функціонували тільки сонце, дощ, вітер та близька зима.

Серед новин, які привозив Крамс разом з інопланетною їжею і які доходили до Джима (можливо, в дещо спотвореному вигляді) комунікаційним ланцюжком Крамс — Філ — Меріон — Дебора — Джим, іноді траплялися доволі цікаві повідомлення. Наприклад, про те, що руанці стурбовані аморальністю й розбещеністю землян, а також зниженим їхнім інтересом до освіти взагалі й до читання зокрема. Аби підштовхнути населення до масового підвищення інтелектуального рівня — це мало, на думку прибульців, сприяти природному біологічному розвитку людей, на якому в ящірок очевидно був пунктик, — тимчасовій адміністрації доручили безплатно роздати населенню книжки. Ця справа, як і більшість геніальних ідей інопланетян, наштовхнулася на стіну нерозуміння в болоті невігластва, укритого шаром безпросвітності, і спершу не рушала з мертвої точки. Тоді вирішили дещо стимулювати процес — і на додачу до кожних трьох виданих книг почали давати ще один гарбуз. Тут, звичайно, захід захопив уже тисячі учасників — люди миттю спустошили всі бібліотеки, книжкові крамниці та інші сховища літератури. Наприкінці курс упав до десяти книжок і одного гарбузця, та все одно засіки знань були роздані швидко — адже папером виявилося дуже зручно топити грубки й варити на них оті бонусні гарбузи. Руанці не здогадалися передбачити повернення книжок і введення іспитів або хоча б переказів прочитаного, а тому акція виявилася досить нетривалою й мала сумнівний ефект. У районі, де жив Джим, вона взагалі не проводилася — через відсутність місць накопичення книжок. Місцеві дізналися про її початок, та й то похапцем, — із випусків новин, а пізніше, про її безславний кінець, — уже з розповіді Крамса.

Розправившись із бібліотеками, руанці взялися за релігію. Вони ретельно вивчили цей напрямок людської діяльності. Їх здебільшого цікавили питання практичного характеру, наприклад: хто такий Бог? де він живе? як можна з ним зв'язатися і чи є від нього якийсь конкретний зиск? Не отримавши чітких відповідей, вони скрупульозно проштудіювали доступні джерела богословської літератури, зокрема Старий Заповіт, де контакт із вищою силою описується зі слів безпосередніх учасників подій. Зіставивши наявні факти, інопланетяни дійшли висновку, що ця інформація вкрай ненадійна, спотворена, а може, навіть і сфальсифікована. Вони припустили, що, можливо, мав місце контакт із представниками якоїсь недорозвиненої цивілізації, які заради власної сумнівної розваги напоумили наївних давніх землян виготовити жаровню за доданими розмірами й обпалювати в ній певні частини тварин, а також робити інші, геть безглузді, речі. А щоб ті не сумнівалися в могутності своїх небесних володарів, їх лякали громом, блискавкою й палаючими кущами. У будь-якому разі, усе це, на думку руанців, не спрацювало й не спрямувало людство на шлях істини. Тому вони оголосили всі земні релігії шкідливими й такими, що відволікають народ від мети природного розвитку, оскільки релігія заманює людей у сіті облудних ілюзій і на непевні стежини роздумів про життя після смерті, тоді як усі просунуті ящірки знають, що нічого там немає.

Крамс розповів, що боротьба з релігійним минулим точилася зі змінним успіхом. На наполегливі вимоги інопланетян до тимчасової адміністрації — зачинити всі церкви, які досі функціонують, — адміністрація відповідала незмінною згодою, як, власне, й на будь-які інші, часто абсурдні, їхні розпорядження. Однак цього разу поплічники прибульців реально не поспішали вволити волю своїх господарів і всіляко її саботували. Руанці довго це терпіли, а потім до найбільшого в місті собору неквапливо підлетів один із тих величезних дирижаблів, яких бачили тут у перші дні пришестя рептилоїдів, — і розбризкав над храмом якусь рідину. Після цього на місці релігійного осередку зосталося лише тванисте болітце. Чи були тієї миті всередині церкви люди і що з ними сталося, запитувати не рекомендувалося, як і взагалі цікавитися цим інцидентом, — але після нього релігійні заклади, великі й малі, стали швиденько зачинятися; люди із зеленими значками на лацканах натхненно скидали з куполів хрести та півмісяці, а нечисленні зірки Давида відколювали просто-таки з насолодою.

Ця огидна історія з анігіляцією собору чимось нагадала Джимові боротьбу зі шкідниками городів, тільки зараз у ролі жуків та їхніх личинок виступали самі люди. Після цього в нього остаточно зникли будь-які ілюзії щодо інопланетних загарбників.

Тим часом проблеми з життям у їхньому районі накопичувалися, і ніхто не поспішав їх вирішувати. Джим підозрював, що те ж самісіньке відбувається й у масштабі всього міста, країни, планети. Однією з головних, і суцільною проблемою, стала царина здоров'я: лікарні не працювали, аптеки були давно розграбовані, швидкі не їздили. Будь-яке, навіть найдрібніше, захворювання загрожувало смертельною небезпекою. Інопланетяни не вірили в медицину як науку. Вони вважали, що організм сам має впоратися зі своїми проблемами, а якщо не може — значить, такому екземпляру не місце серед оновленої раси землян. За перші чотири місяці примусового виправлення людства досить багато його представників, не впоравшись із завданням оновлення, перестали функціонувати. Раніше цвинтаря в їхньому районі не було, а от тепер він з'явився. Оскільки добиратися до міського кладовища було дуже далеко, а крематорії теж погасили свої печі, аби люди не закопували померлих родичів абиде, Крамс відвів місце для могил поряд із місцевим бейсбольним майданчиком. Спортом руанці займатися не забороняли й навіть вітали його — як один зі способів зміцнити і розвинути своє тіло, а тут такий наочний приклад: не бігатимеш, як оглашенний, втоптаною галявиною за маленьким м'ячиком — ляжеш поряд, неподалік, але вже під газоном.

Зима не стояла на порозі — вона вже його переступила й оселилася всередині будинку, поступово перетворюючи його на крижану печеру. Джим і Дебора давно спали одягнені й під двома ковдрами, скидаючи на ніч тільки черевики, а вдень ходили по дому в куртках і шапках. Джим зрозумів, що сподіватися на появу світла, газу, води й тепла найближчим часом не варто, а без пічки вони цієї зими не переживуть. Погортавши енциклопедію домашнього майстра й оцінивши свої дуже обмежені здібності як муляра, він відмовився від ідеї майструвати піч із цегли й обмежився легшою, а головне, мобільною конструкцією — із залізної діжки та труб. Джим дав другий шанс посудині, з якої раніше йому не вдалося виготовити газовідвідний агрегат. Частина колишнього водостоку пішла на новий димохід, а відсутність зварювання довелося замінити дротом і власною кмітливістю. Невдовзі це диво інженерної думки, яке в історії людства зігріло вже тисячі душ і не відмовлялося це робити й надалі, жадібно затріщало дровами в їхній вітальні, наповнюючи її не тільки теплом, але й димом, — однак це вже було дрібницею порівняно з тим, що приміщення знову ожило. Решту кімнат вирішили зачинити — через непотрібність і задля збереження тепла — і перебратися у вітальню, поближче до грубки; туди ж трохи згодом перекочувала й кухня. Ходити в туалет на вулицю по такому холоду було неприємно й незручно, особливо ночами, тому під нічний горщик вирішили пристосувати відро з покришкою, яке тепер стояло в передпокої. Ці вимушені пристосування полегшували нинішнє життя подружжя Гаррісонів і радували їх, бо обоє вже дещо призабули колишні блага техногенної цивілізації, яка тепер канула в Лету.

Переддень Різдва Джим зустрічав розпилюючи свій улюблений клен на дрова — у супроводі нової рекламної кампанії з неба, що не сходила з усіх летючих екранів країни вже не перший тиждень. Цього разу диктори на всі заставки вмовляли містян переселятися в сільську місцевість. Мовляв, цивілізація добрих руанців не може довіку годувати ледачих землян, звиклих сподіватися лише на свої електричні механізми, які тепер не працюють. Мовляв, настав час самим про себе подбати, зокрема — почати вирощувати їжу. Оскільки ніяка сільгосптехніка нині не функціонувала, то у фермерських господарствах різко виріс попит на робочі руки. І, як переконували з екрана, там із радістю на них чекають, заразом із рештою частин тіл міських жителів. Тим же, хто схоче вести самостійне життя на своїй землі, тимчасова адміністрація на місцях дасть наділ, аби нові поселенці могли поставити там курінь, розкласти багаття під казаном і посіяти пшеницю. Звідки візьмуться вищезгадані наділи, які безкоштовно роздаватимуть тим містянам, хто мігрує ближче до землі, не повідомлялося. Проте, наскільки Джим це розумів, новим нічийним землям узятися було нізвідки, а тому, аби комусь щось там дати, доведеться перед цим оте щось у когось віднняти. І, ймовірно, віднімуть якраз у цих чуйних фермерів. Але ж це такі хлопці, які просто так і жмені своєї землі не віддадуть — певно, відстрілюватимуться. Хоча, — продовжував міркувати Джим, слухаючи теледирижабль над своєю головою й водночас розпилюючи надто сучкувату гілку, — за землю інопланетяни цілком можуть розрахуватися з її власниками все тими ж поставками наївних рабів із голодних міст. Так, це було б занадто навіть для руанців, але Джим від залітних ящірок очікував уже чого завгодно. Диктор тим часом усе не вмовкав, продовжуючи натхненно вмовляти простаків іти, не беручи з собою нічого, на пункти збору переселенців, місце розташування яких можна завжди уточнити в офісах тимчасової адміністрації. Джим відкинув непокірну гілку вбік і вирішив, що, хай там як, він зроду не попадеться на цю приманку й не піде гастарбайтером гнути спину на чиюсь ферму, — хоча становище його родини останнім часом значно погіршилося.

На тлі їхніх із Деборою постійних сварок за останній місяць сталися ще дві неприємні події. Спершу хтось прокрався в їхній будинок під час недовгої відсутності господарів — поки вони ходили по свої пайки — і чистісінько вигріб залишки продовольчих запасів, що допомагали хоч якось поліпшити одноманітну кухню з руанських гарбузів. Судячи з того, як швидко і спритно орудували крадії, вони добре знали, де що лежить, а також стежили за будинком. Але доказів не було. Шукати у Крамса та його шибайголів справедливості не мало сенсу, а мучити себе підозрами Джимові теж ой як не хотілося. Однак ще більша біда трапилася майже зразу після цього — пропав кіт. Він страшенно схуд і здичавів за останній час. Запас котячих консервів давним-давно вичерпався, а від гарбузів, як би вони не були приготовані, він відмовлявся. Урешті-решт кіт, хоч і важко, але все ж перейшов на самозабезпечення, надовго щезаючи з дому і промишляючи полюванням — то на птахів, то на сміттєві баки. І ось одного не найчудеснішого дня він не повернувся додому. Спочатку Дебора не дуже хвилювалася — кіт міг гуляти і дві доби, і три, — але наприкінці тижня, після того як він пропав, дружина зовсім замучилася, не спала й не їла, змарніла, часто плакала, прислухалася й постійно визирала у віконце. Джим навіть подумав спересердя, що пропади з дому він сам, жінка б так не побивалася. Тепер, коли минув уже місяць, Дебора начебто змирилася з утратою, запевнивши себе і Джима, що кіт, напевно, прибився до якоїсь більш забезпеченої харчами родини й жере там за обидві щоки. Джим не хотів її засмучувати припущенням, що бідна тварина, імовірно, завершила свій земний шлях у чиїйсь каструлі, тому охоче погодився з її версією, яку вони обговорювали мало не щодня.

Тієї миті, коли Джим, обдумавши всі події останнього часу і твердо, як камінь в основу фундаменту, вклав у себе рішення не їхати ні в яке село, до нього долинув голос Дебори:

— Джиммі, любий, давай поїдемо звідси. Я так далі не можу.

Джим підвів голову й побачив свою дружину на ґанку в такій позі, що відразу ж збагнув: на своєму рішенні він зможе наполягати максимум до вечора.

Проте Джим капітулював ще під час обіду — украй несмачного, приправленого скаргами Дебори на те, як вона, а головне — сам Джим, втомилися від цього одноманітного життя та їжі і яке інакше, прекрасне й сите, чекає на них у селі.

— Деборо, дорогесенька, ну не можна ж так сліпо вірити телевізору! — слабко намагався відстояти свою позицію Джим.

— А кому ж тоді вірити? — парирувала досвідчена і як ніколи сильна у словесних дуелях дружина. — Гірше, ніж ми живемо зараз, уже точно не буде! — продовжувала вона свою атаку. — До того ж багато хто збирається їхати...

— І Філ із Меріон також? — Джим завдав останнього удару, уже не сподіваючись на перемогу в цій сутичці.

Дебора скривилася в кислій гримасі, а тоді відповіла:

— Звісно, що ні! Ти ж знаєш, він тепер заступник Крамса, і в них дім не тільки від гарбузів і фруктів ломиться, а й від іншого добра. От якби ти мене тоді послухався...

Джим не витримав і ляснув долонею по столу, не бажаючи далі слухати ці розмови про зелені кружальця. Дебора натомість лаятися перестала, зате пустила маленьку тиху сльозу — і Джим зрозумів, що програв. Покомизившись ще трохи, він урешті погодився на переїзд, подумавши, що, можливо, у цьому й не буде нічого лихого. До того ж він розумів, що ввечері на нього чекатиме ситна їжа — не така, як в обід. А вночі, може, ще й усілякі тілесні втіхи, які стали в них тепер рідкістю.

— Тільки завтра зайдемо до Коллінзів, попрощатися... — додав Джим наостанок.

— Звичайно! — спершу злякалася, а тоді зраділа Дебора. — Давно вже вам із Філом час помиритися.

— А ми не лаялися, — буркнув Джим.

— Ну, тоді тим більше! — додала Дебора, дожовуючи свій шматок недовареного гарбуза, і від надлишку емоцій навіть поцілувала чоловіка у щоку.

Джим не знав напевно, навіщо він хотів зайти до Коллінзів. Можливо, він справді бажав помиритися з Філом, або ж просто скучив за їхніми дітлахами, а може, причиною була Меріон.

РОЗДІЛ

14

Зустріч давніх друзів наступного дня вдалася значно краще, аніж очікувалося. Усі вони переобіймалися й перецілувалися, наче й не було ніяких сварок між чоловіками, бо ж жінки, хай і не зовсім відкрито та близько, але весь цей час підтримували спілкування. І от тепер мирний договір був зафіксований, так би мовити, офіційно. Джима й Дебору одразу ж посадили за стіл, на якому, окрім звичних і осточортілих усім гарбузів, було багато всього іншого. Поки Меріон демонструвала люб'язну турботу, Філ звідкись дістав пляшку віскі й поставив її серед тарілок та банок, від яких на столі було тісно. Звідки взялося таке продовольче розмаїття, Джим вирішив не запитувати, знаючи, що Філ урешті-решт усе розповість сам. Єдине, у чому він був упевнений, — що походження всієї цієї їжі навряд чи законне, власне як і випивки. Алкоголь, цигарки, не кажучи вже

146

про наркотики, якими інопланетяни вважали також усі медикаменти, були під суворою забороною. Доручивши своїй тимчасовій адміністрації все це вилучати та знищувати, руанці не розуміли, що ліквідувати, скажімо, віскі можна по-різному. Утім, вони більше покладалися не на експропріацію, а на те, що всі запаси цієї гидоти, що впродовж століть отруювала землян, вичерпаються природним чином, оскільки фабрики зупинилися. Та поки цього не сталося, Крамс, Філ і їхня компанія, користуючись нагодою, напивалися в себе в офісі мало не щовечора до чортиків.

Будинок Коллінзів був обладнаний каміном, і він топився жарко, засвідчуючи, що проблем із дровами тут також не відчували. Троє близнюків, які встигли добряче підрости — саме так і буває з чужими дітьми, яких рідко бачиш, — зраділи зустрічі найдужче й повисли на своєму дядечкові Джимі, наче іграшки на різдвяній ялинці. Позбавлений змоги рухатися, він у такому вигляді, обвішаний дітьми, під загальний регіт гепнувся на канапу. Справи у Філа, судячи з усього, йшли непогано, і він, звичайно ж, скористався нагодою, щоб розповісти про них із усіма подробицями. Джима вони не надто цікавили, тож, залишивши замість себе Дебору з її вільними вухами, він дозволив дітям відвести себе нагору — як почесного в'язня.

Їхня кімната була вщент забита новими іграшками, здебільшого мілітаристського напрямку, і малюки відразу ж почали їх із гордістю демонструвати. Від того, що дитяча кімната остаточно перетворилася на склад зброї, Джим був не в захваті, але оскільки він дуже радів зустрічі зі своїми маленькими друзями, то не надто звертав на це увагу. Вони неймовірно зраділи тому, що Джим погодився приміряти на себе всі ці пластикові автомати й гранатомети, після чого відразу був урочисто прийнятий у загін командос під керівництвом Біллі на посаду кулеметника. Цього разу присягати не довелося, але треба було підписати контракт — одну сторінку, заповнену крупним дитячим почерком. Головне там було написано кривими літерами: що це — страшна таємниця, за розголошення якої передбачається розстріл.

Не встиг ще наявний склад спецпідрозділу нанести маскувальну фарбу одне одному на обличчя, як їх покликали їсти десерт, — і всі вони, з тупотінням і криками, помчали з другого поверху вниз, на смерть перелякавши й мало не збивши з ніг Меріон, що стояла на сходах. Джим, який біг останнім, намагався уникнути зіткнення з дружиною свого заново знайденого друга, мало не впав і при цьому цілком випадково обійняв жінку. Постоявши так якусь мить, дивлячись одне одному в очі — причому Джим дивився знизу, бо опинився на сходинку нижче, — вони, зніяковівши, як два підлітки, опустили руки та голови й мовчки рушили на кухню.

За вечірньою кавою подружжя Гаррісонів урочисто оголосило про своє рішення перебратися жити в село за програмою переселення. Родина Коллінзів їх палко підтримала. Філ одразу ж зголосився не тільки організувати для них два найкращі місця в фургоні, який завтра їхатиме порожнім за черговою партією інопланетної їжі й прихопить заразом мігрантів, а й особисто супроводжувати Джима з Деборою до місця збору. Меріон, своєю чергою, запропонувала подрузі налагодити з нею листування. Виявляється, невдовзі має запрацювати пошта, і можна буде писати листи одне одному, як у старі добрі часи, ще до цього жахливого техногенного періоду, в якому, як тепер уже остаточно з'ясувалося, людська цивілізація звернула не туди...

— Напиши мені відразу ж, за першої нагоди, щойно ви влаштуєтесь, зі своєї нової адреси... нашу ж ти пам'ятаєш? — попросила Меріон.

— Звичайно, люба! — запевнила її Дебора.

— І про все-все мені розкажеш! Як ви там облаштувалися, як живете. Я так за вас із Джимом хвилюватимуся, поки не отримаю від тебе звісточки!

— І ти мені про все пиши! Я страшенно за всіма вами скучатиму!

Близько години тривало це збуджене цвірінькання двох подруг, обсмоктування до кісточок питання листування, під час якого попутно було зачеплено ще з десяток тем — абсолютно різних, але не менш важливих. Джим остаточно втратив усі переплутані нитки цієї розмови, Філ звично задрімав, а діти, доївши фрукти, знову помчали у свій дитячий арсенал, забувши про нового рекрута, їхнього вірного кулеметника.

Коли вже й Джим почав клювати носом, а Філ захріп, Дебора згадала, що вона ще навіть не зібрала речі в дорогу, і Гаррісони заспішили додому. Філ, як приязний господар, одразу ж прокинувся й пішов разом зі своєю дружиною проводжати гостей. Джим хотів було попрощатися з близнюками, але Меріон сказала, що в цьому немає потреби — вони всією родиною прийдуть завтра побажати їм щасливої дороги.

Стояв уже пізній зимовий вечір, але від місяця все було добре видно. Джим крокував із Деборою порожньою вулицею й роздивлявся напівтемні будинки, стовпи та дерева, що ще зосталися, — так наче бачив їх уперше. Розуміння, що ти від'їжджаєш надовго, якщо не назавжди, дозволяє поглянути на звичні речі геть іншими очима.

Удома Дебора запалила всі, що мала, свічки, як на Різдво, і розгорнула масштабну кампанію зі збору речей у далеку дорогу. Джимові вона доручила законсервувати будинок. Він довго блукав кімнатами, які тепер мали ще більш сиротливий вигляд, і все не міг збагнути, що ж саме і де йому треба консервувати. Бачити наостанок свій милий будиночок із забитими вікнами і дверима він не хотів, та й дощок для цього не лишилося. Тому Джим просто загвинтив усі крани, які були відкриті в марному сподіванні на відновлення водопостачання, вимкнув головний рубильник в електричному щитку й перекрив газовий вентиль на кухні. Навіть якщо раптом за їхньої відсутності в домі знову з'явиться світло, вода і газ, то вони не витрачатимуться. Дивно все ж таки влаштована людська психіка, подумав Джим, — вона продовжує чіплятися за минуле, за свої звички, вона живе надіями, що все ще повернеться на круги своя, навіть коли розум і логіка переконують у протилежному.

Ближче до середини ночі біля вхідних дверей у передпокої припаркувалися три великі валізи, що до нудоти напхали свої черева одягом і готувалися скласти компанію родині Гаррісонів у майбутній мандрівці. Із того, з якою люттю Дебора збиралася в дорогу, Джим збагнув, наскільки їй набридло це напівголодне і невлаштоване життя в їхньому тепер уже старому домі. Настільки, що він би не здивувався, якби вранці дружина запропонувала на прощання взагалі спалити житло. «Людям завжди здається, що десь там є місця, де живеться набагато краще, аніж тут, — думав Джим уже в ліжку. — І місця такі справді є. Власне, є й інші — де живеться куди гірше, але людина завжди впевнена, що неодмінно потрапить у краще місце, а не навпаки. Хоча, з іншого боку, зміни — це завжди на краще. Ну, їдемо, значить їдемо. Завтра…» Десь у цьому місці він заснув. Йому снилося щось дуже приємне. Він усміхався й навіть сміявся вві сні, але що це було, пригадати вранці так і не зміг, скільки його Дебора не допитувала, або ж просто не схотів розповісти.

Повставали вони рано. Після ситного сніданку Дебора запропонувала не зволікаючи йти до будинку Крамса, аби не пропустити диліжанса і зайняти свої найкращі місця. Які місця у вантажному фургоні можуть бути найкращими, Джим збагнути не міг, але не сперечався, а нашвидкуруч одягнувся і виштовхав валізи на ґанок. Дебора вийшла слідом, зачинила двері на ключ, безпомилково вибрала найлегшу валізу й потягла її, скаржачись на тяжку долю, вулицею. Джим глянув наостанок на свій дім, підняв дві тяжчі валізи й потупцяв за дружиною.

Дорогою Джим згадав, що не встиг попрощатися з людиною, з якою мав би, бо з нею його пов'язували якнайтісніші стосунки останніх місяців, — із містером Харпером. Оскільки той був украй потайний, Джим навіть не знав його адреси, тому сподіватися можна було хіба на випадкову зустріч в їхньому звичному місці — на автобусній зупинці. Зазвичай уранці старого там не було, але Джим усе ж плекав надію його застати. Однак для цього спершу належало відпроситися в Дебори, а це було нелегко. До того ж настрій дружини псувався просто на очах: валіза виявилася не такою вже й легкою, дорога до Крамса сьогодні чомусь була довша, ніж зазвичай, а біля самого будинку глави адміністрації їх чомусь ніхто не чекав.

Потупцявши трохи біля зачинених воріт, Дебора звеліла чоловікові стукати в них, аби вийшов хоч хто-небудь. Джим поспішив вволити волю жінки, однак, на її думку, робив це все одно неправильно: то надто тихо, то надто гучно, то просто неефективно, бо воріт ніхто так і не відчинив. Після півгодинного недолугого очікування біля входу в офіс тимчасової адміністрації, що здалося Джимові нестерпною вічністю, їх нарешті врятував Філ, який щойно прийшов на службу й дуже здивувався, що вони з'явилися так рано. Він одразу ж пообіцяв прискорити відбуття фургона і вже хотів було непомітно прослизнути за ворота з допомогою власного ключа, як Джим сказав, що не пам'ятає, чи зачинив він двері в задній двір. Дебору, яка ще не встигла нічого заперечити, він передоручив Філові — й одразу ж кинувся бігти вгору вулицею, наче боявся погоні.

Джим промчав повз свій будинок і продовжив забіг аж до заповітної лавки на пагорбі. Харпера, як і очікувалося, там не було. Задиханий і засмучений мало не до сліз, Джим постояв трохи біля порожньої лавки, а тоді сів на неї, склавши руки на колінах, і взявся вивчати землю під ногами. Скільки він так просидів, Джим не знав, але цього часу напевно вистачило б на те, щоб зачинити двері в усіх будинках на його вулиці.

— Ви чимось засмучені, містере Гаррісоне? — пролунав над вухом Джима знайомий і вже майже рідний голос.

Він підвів голову й побачив Харпера, який, ледь схилившись, стояв поруч і обпирався на незмінного ціпка. Джим широко всміхнувся у відповідь:

— Ні. Ми просто сьогодні від'їжджаємо.

— Куди ж, якщо не секрет? — в очах старого стрибали веселі іскорки, він наче усміхався всіма своїми зморшками.

— Ще не знаю... — Джим не переставав радіти — йому так кортіло обійняти свого старого, але він не зважувався.

— Певно, кудись у провінцію, піднімати сільське господарство? — Харпер акуратно присів на свій краєчок лавки, звично й зручно склавши руки на набалдашник тростини.

— Ага... Звідки ви знаєте?! — здивувався Джим його прозорливості.

— Ну, в нинішні часи більше їхати наче й нікуди... — голос старого набув свого звичного вчительського тону.

— То ви, отже, вирішили відмовитися від боротьби? — несподівано, після паузи, спитав містер Харпер, зазирнувши кудись дуже глибоко в очі своєму співрозмовникові.

— Н-не знаю, — розгублено відповів Джим і відвів погляд убік, переставши всміхатися. — А хіба ви.... — він почав щось палко запитувати, але Харпер спинив його й перевів тему на жарт:

— Ну, куди ж мені! Я з ціпком на барикади вже не полізу...

Джим замовк, вмить забувши, що хотів поспитати у старого, і став думати про те, чи зможе він сам полізти, коли буде потрібно, і чи буде це потрібно комусь узагалі. Так, Джимові від самого початку не подобалася вся ця історія з прибульцями, які заповзялися за всяку ціну облагодіяти землян. І річ навіть не в рівні життя та комфорті, що різко погіршилися. Річ у дечому

154

іншому — у примарному й теплому почутті, що жевріло десь глибоко всередині, почутті, яке пригнічувалося в ньому ще з дитинства і на яке він звик не зважати ні в побуті, ні в школі, ні в коледжі, ні потім на роботі. І ось, коли воно стало пригнічуватися вже в планетарному масштабі, коли багато хто швиденько примирився й не тільки не думав про спротив, а й активно чи пасивно підтримував новий порядок речей, усередині Джима почав визрівати бунт. Сам для себе він зрозумів, що зможе обійтися без дуже багатьох речей, як навчився це робити останнім часом, але особисто він, Джим Гаррісон, уже не зможе жити без однієї речі, і зветься вона *свободою*.

Він аж здригнувся від цієї думки, випростався і знову глянув на Харпера. Той теж дуже уважно вивчав Джима. Схоже, що це сакральне й жодного разу ніким із них досі не вимовлене слово в цю мить таки прозвучало. Обоє, тепер уже точно товариші, мовчки встали, міцно обнялися, і Джим, не обертаючись, швидко пішов вулицею вниз.

За десять хвилин трохи квапливою, але твердою ходою він підійшов до будинку Крамса. Там уже стояв запряжений екіпаж, біля якого ходив і нервувався Філ. Нічого йому не пояснюючи, Джим заліз у фургон, де в оточенні інших наляканих переселенців стрибала по трьох валізах розлючена Дебора.

Філ сів поруч із озброєним охоронцем спереду, на козли, і змахнув віжками.

За весь шлях Джим не зронив ні слова, і навіть не зважав на дружину, яка не вмовкала, застосувавши до нього весь наявний у неї арсенал гострих словечок. Меріон із дітьми так і не прийшли їх провести, але Джима нині це турбувало менше за все.

РОЗДІЛ

15

Дорога до місця збору зайняла кілька годин. Віз їхав неспішно, і Джим міг спокійно роздивитися вулиці міста через не затулену брезентом задню частину фургона. Видовище порожніх вулиць і покинутих автомобілів мало чим відрізнялося від того, що він уже мав змогу бачити влітку — під час тієї історичної вилазки в місто. Тільки стало значно більше сміття, а у вікнах більшості будинків на перших поверхах бракувало шибок. Місто мало дуже неохайний вигляд, і, щоб хоч якось прикрити свій сором, воно вирішило припорошитися першим дрібним снігом — як алкоголічка припудрює синець під оком. Але снігу було надто мало, він не міг сховати свою ганьбу.

Дивлячись на ріденькі сніжинки, Джим думав про те, що ця зима, напевно, одна з найхолодніших на його пам'яті. Він десь читав, що всі світові кризи, катаклізми, від чуми до війни, майже завжди супроводжувалися аномально суворою зимою, — ось і ця катастрофа не стала винятком. Ближче до центру на вулицях траплялося все більше перехожих, які почувалися тут значно впевненіше, особливо якщо пересувалися групами, — на відміну від тих переляканих одинаків на околицях, котрі насмілювалися перебігати дорогу лише після того, як нею проїде віз.

Хоча Джим був цілком поглинутий своїми думками, він усе ж чув, про що перемовлялися інші пасажири зі своїми візниками. Із тієї розмови, якщо відкинути лушпиння хвилювання та суєти, можна було все ж вилущити дещицю фактів. Приміром, що їдуть вони на центральний майдан міста, до мерії, — саме там місце збору переселенців, і на сьогодні призначена їхня евакуація. Бесіду підтримував здебільшого Філ. Його напарник, величезний чолов'яга з таким самим дробовиком на колінах, був неговіркий і лише кілька разів пальнув у повітря, щоб відігнати підозрілих типів, які в асортименті траплялися на їхньому шляху.

Джим почав поступово впізнавати центральні вулиці, де вони з Деборою іноді влаштовували суботній шопінг або просто гуляли, і розумів, що вони вже близько до своєї мети. Нарешті віз повернув на останньому перехресті, виїхав на головну площу — й одразу ж спинився як вкопаний. Коні заіржали, а Філ з охоронцем раптом чогось зойкнули. У пасажирів фургона не було можливості добре роздивитися, що там назовні, однак вони — хто в дірочку, хто в щілинку, відсуваючи брезент, — все ж намагалися побачити, що ж стало причиною для різкої зупинки і такої реакції коней та людей. А побачивши, зойкнули хором: «Матінко Божа!».

Джим теж прикипів до одного з отворів над головою Дебори, але зміг розгледіти тільки якусь сіробежеву масу: вона заповнювала майже весь майдан та анітрохи не нагадувала Богоматір. Він не встиг здивовано зойкнути, оскільки Дебора раптом сіпнула головою назад і потилицею добряче луснула свого чоловіка в щелепу. Щелепа клацнула, Дебора скрикнула, Джим лайнувся.

— Пробач, любий, — несподівано ласкаво сказала Дебора й погладила Джима по руках, якими він притримував свою забиту запчастину. — От бачиш, до чого призводять твої запізнення! — перекинула вона несподіваний логічний місток до нещодавніх подій, зв'язавши все воєдино. — Ну, добре, добре... — знову змінивши тон на більш офіційний, Дебора заспокоювала себе і втихомирювала біль чоловіка. — Як ти гадаєш, Джиме, що це?

Він не ризикнув глянути в щілину ще раз, а, набравшись хоробрості, першим виліз із фургона надвір. Тепер Джим міг спокійно розгледіти цю, явно неземну, гору. Вона була трохи нижча за мерію, але вища за старовинні чотириповерхові будівлі, які її оточували. Проте висота була не головною в цій горі, вона явно поступалася ширині, а особливо — довжині. Гора нагадувала величезну галушку, недбало кинуту якимось небесним кухарем на площу, мов на тарілку. Та, попри свої гігантські розміри, вона не здавалася небезпечною.

— Можете вилазити, — сказав Джим, зазирнувши під брезент. — Нема нічого страшного.

Він допоміг вибратися з фургона Деборі з валізами, а потім уже й іншим пасажирам. Забачивши велетенський кавалок тіста, всі знову заходилися зойкати та охкати, не забуваючи водночас розминати затерплі ноги.

Не зважаючи на всі протести Дебори, Джим пішов роздивитися те одоробло ближче. З кожним кроком він, не сумніваючись щодо інопланетного походження об'єкта, все більше стверджувався в думці, що десь уже його бачив. Приблизно на половині шляху Джим урешті збагнув, що це не що інше, як величезний дирижабль руанців, який усі спостерігали в небі першого дня їхнього пришестя. Майже впритул наблизившись до літального засобу — так, що той нависнув над ним стіною, — Джим розгледів, що він не однорідний за кольором та складом, а напівпрозорий, з якимись чи то органами, чи то механізмами всередині. Щойно Джим припустив, що ця гора, ймовірно, жива, як на підтвердження його здогаду дирижабль начебто легенько зітхнув — його боки трохи розширилися, а тоді знову опали, й пролунав тихий глухий звук. Джим зупинився, однак не з переляку, а від подиву. І до нього долинув слабкий, але дуже неприємний запах — схоже, ця істота ще й пахла. Вирішивши, що він уже з'ясував найголовніше, Джим із відразою пішов назад до фургона. Він уже не мав жодного сумніву: цей розпластаний на площі гігантський черв'як — руанський транспортник, і саме на ньому їм доведеться продовжити свій шлях.

Повернувшись до воза, біля якого з'юрмилися пасажири на чолі з Деборою, Джим очікувано вислухав від останньої великокаліберну чергу докорів на свою адресу. Зокрема про те, що він покинув її саму напризволяще, а Філ із чолов'ягою пішли в мерію, а вона таке встигла пережити, таке пережити... але тепер вони всі збираються перекусити. Джим звично пропустив усі скарги повз вуха, однак від їжі відмовлятися не став.

Майбутні переселенці, об'єднані багатогодинним шляхом, вирішили влаштувати спільний стіл — із того, що там у кого є. Здебільшого то були, звісно ж, інопланетні гарбузи. Дебора взяла на себе керівництво сервіруванням найбільшої валізи, покладеної на бік і накритої скатертиною, на якій вони й розклали свої скромні наїдки. Сама Дебора, випустивши їдучий пар, мов нічого й не трапилося, базікала про все підряд зі своїми супутницями, не обходячи увагою і свого благовірного.

— Джиммі, любий, як ти гадаєш, що це? — спитала вона, відкриваючи пластиковий контейнер із гарбузами, маринованими за її власним рецептом. — Скуштуйте, любонько! Я вас запевняю, що весь секрет — у додаткових інгредієнтах... — Дебора пригощала сусідку і, крім спілкування з Джимом, примудрялася підтримувати ще дві-три паралельні лінії в розмовах з іншими людьми.

Джим без поспіху вийняв шматочок м'якоті, яка, просякнувши маринадом, стала справді досить-таки смачною, і почав його жувати. Деборі він відповів у своїй улюбленій манері, що завжди її дратувала, — тобто із набитим ротом:

— Я думаю, що далі ми полетимо на цьому...

— Справді?! — почулися здивовані вигуки з усіх боків. Голос його дружини був найгучніший.

— Так, — упевнено підтвердив Джим, ковтнув і заходився виловлювати наступний шматок гарбуза в найпопулярнішій на цій валізі страві.

— А коли? — вирішила уточнити «любонька», яка, облизнувши пальчики, вже почала шукати у своїй сумочці блокнота, аби записати справді дуже вдалий рецепт.

— Не знаю, — одказав Джим. — Але поки що воно, судячи з усього, спить.

— Спить?! — ансамбль під керівництвом Дебори гучно проспівав другий куплет.

— А хіба воно живе? — перелякано пробелькотіла «любонька», завмерши з олівцем у руці.

— Гадаю, що так, — поважно закінчив Джим, потім витер руки й губи рушником, який простягла йому турботлива Дебора, і підвівся. — Піду пройдуся.

Як не прохала, як не погрожувала Дебора, він лишився непохитним у своєму намірі.

— Тут довкола повно людей, ви тут у цілковитій безпеці, до того ж біля тебе є ще захисники, — Джим кивнув на двох сумирних чоловіків, які приїхали з ними одним рейсом, — хоча скидалося на те, що зараз мужність трохи їм зрадила й вони самі не відмовилися б від парочки захисників. — Та й Філ зі своїм напарником, мабуть, скоро повернуться, — резюмував свій демарш Джим і вирушив на оглядини площі.

Він надто довго ніде не бував і встиг скучити за великим скупченням народу, хоч це було йому загалом невластиво. Людей, возів, коней і велосипедів справді було багато. Все це розташовувалося здебільшого по периметру майдану, невеличкими купками, а в центрі лежав, ледь зітхаючи, позаземний левіафан. Зверху часто пролітали теледирижаблі, розносячи вже звичне для Джимових вух сміття новин. Кілька разів у небі лунало своєрідне потріскування — наче від великої комахи, але щоразу, підводячи голову, Джим не встигав нічого розгледіти. Громадяни, переважно із зеленими кружалами на грудях, здебільшого займалися тим, що сиділи без діла, а деякі, серед них і Джим, вешталися без того-таки діла. Щоправда, траплялися й громадяни зі зброєю в руках — ці активно вдавали, що патрулюють територію і що весь відносний лад навколо зберігається лише завдяки їхнім зусиллям. Основний рух зосереджувався, звичайно ж, біля входу до мерії, і Джим потупцяв туди. Там було більше озброєних людей, серед них і поліціянти у формі. Його увагу привернула довжелезна коновʼязь, до якої можна було «припаркувати» коней, здавалося, цілого ескадрону.

І тут Джим уперше побачив інопланетянина. Справжнього, а не по телевізору. Він стояв поряд із невеликим гуртом людей, за лінією автоматників. Джим ішов уздовж цієї лінії й побачив неземну істоту випадково, боковим зором. Відразу ж зрозумівши, хто це, він захотів підійти ближче, але його не підпустила охорона, безцеремонно відштовхнувши дулом у груди, тож Джимові довелося вдовольнитися спогляданням живого руанця з деякої відстані.

Прибулець був трохи вищий за людський зріст, але стояв не рівно, а дещо нахилившись уперед, ніби готувався стрибнути, і все-таки дужче скидався на ящера, ніж на когось іншого. Хвоста, що його очікував побачити Джим, не було, власне й одягу як такого. Сама тварина — вважати її рівною собі розумною істотою Джим категорично відмовлявся — була вкрита лускою на зразок драконячої чи риб'ячої. Збагнути, чи це захисний костюм, чи природна оболонка рептилоїда, Джим не міг.

Руанець практично не ворушився, тільки ледь погойдувався на місці. Його передні напівруки-напівлапи звисали вздовж плямистого зеленаво-коричневого тулуба, що опирався на могутні задні лапи-ноги, якими він також жодного разу не переступив.

Незвичний ступорний стан рептилоїда дуже контрастував зі спокоєм тих людей, які оточували його невеличким колом. Було зрозуміло, що це всуціль якісь поважні пани. Але оскільки прибулець стояв у центрі, то сумнівів у тому, хто серед них головний, не було. Присутні розмовляли мало, здебільшого слухали того чоловіка, що стояв поряд з інопланетянином, — певно, близького помічника позаземного начальника. Сам прибулець не видавав жодного звуку, хоча Джим уже не раз чув те гавкання, яке вони вважали своєю мовою. Усе це було дуже дивно, і Джим, довгенько спостерігаючи за ними, ніяк не міг збагнути таку форму спілкування.

Раптом руанець обернувся — і голова його людського поплічника ледь смикнулася вслід. Лише тоді Джим помітив, що з роззявленої пащі ящірки стирчить тонкий і довгий червоний язик, а його кінчик запхнутий просто у вухо тому чоловікові. Джима мало не знудило маринованим гарбузом, і він з огидою відвернувся від цього видовища. Глипнувши ще разок, похапцем, на тих, хто стояв колом, — аби краще їх запам'ятати, — він пішов геть.

Продовжуючи обходити площу, але тепер уже в іншому напрямку, Джим розмірковував над тим, що ж усе-таки він побачив. Проминаючи стоянку їхнього фургона — на деякій відстані, аби не привертати до себе уваги, — він помітив, що Філ уже повернувся, і вони разом із Деборою та іншими любенько собі розмовляють. Джим не підійшов до них, бо, як казали в його дитинстві, могли «загнати додому», — а йому кортіло ще погуляти й помізкувати. І він знову пішов в обхід дирижабля, але цього разу із протилежного боку.

Зрештою Джим здогадався, що робив прибулець із тим чоловіком. Руанці розмовляють незрозумілою гавкітливо-скреготливою абракадаброю — Джим це чув із літаючого телевізора, — а цей мовчав, за нього говорив помічник, якому рептилія запхала у вухо язика. Значить, вона передавала свою мову чи думки через нього — як перекладача! Найімовірніше, через вухо найлегше дістатися якихось певних нервових вузлів людини — щоб вона стала своєрідним живим ретранслятором.

Дійшовши такого висновку, Джим мало не підскочив від радості. Але ця радість швидко випарувалася, бо він знову наткнувся на живий ланцюг автоматників біля входу в мерію, тепер із протилежного боку. Язикатого руанця та його поплічників уже ніде не було. Якісь люди ходили туди-сюди, когось пропускали всередину, когось ні, — щось відбувалося, але що, зрозуміти було геть неможливо. Постоявши ще трохи, Джим повернувся до своїх.

Усе, про що він довідався від Філа, повернувшись до фургона, — транспортування відбудеться сьогодні, але, ймовірно, надвечір. Місця призначення Філ розкрити не міг, оскільки це була державна таємниця, але скидалося на те, що він просто не знав.

— А якої ж держави це таємниця? — поцікавився в нього Джим, позіхнувши. За останній час він устиг набратися сарказму в старого Харпера й тепер не втрачав нагоди трохи покепкувати зі звитяжного співробітника тимчасової адміністрації. Не чекаючи відповіді від не на жарт замисленого друга, Джим почав укладатися відпочити — на валізах і на колінах Дебори.

— Не знаю якої, — усе ж відповів Філ. — Нашої! Але знаю, що місце, куди ви їдете, дуже хороше! — і після короткої паузи він, не вміючи як слід брехати, але навчившись ще більше вихвалятися, додав: — Я домовився!

Джим у відповідь пробурчав щось незрозуміле і швидко задрімав.

Йому здалося, що він поспав лише якусь мить, коли його збудила схвильована Дебора:

— Джиммі, вставай, посадка почалася.

Він із важкою головою роззирнувся вусібіч, згадуючи, хто він і де. Небо почервоніло в очікуванні вечора, а на майдані була метушня, як зазвичай на вокзалах перед відправленням потяга.

Підвівшись, Джим побачив, що люди нерівними рядами вже підходять кудись до задньої частини надутого дирижабля. Ні Філа, ні його напарника з дробовиком поряд не було, власне як і фургона, а його колишні пасажири дивилися на Джима так, наче чекали команди від нього. Зауваживши, що він когось шукає, Дебора швидко сказала:

— Філ поїхав. Йому ще продуктами завантажуватись. Це на іншому кінці міста. Він передав тобі побажання...

— Гаразд, ходімо чи що, — перервав її промову Джим, давши тим самим поштовх до початку руху.

Гурт переселенців, підхопивши свої валізи, струмочком рушив у спільному напрямку, вливаючись у великий потік людей, а той поступово всмоктувався у відкритий люк позаземного чудовиська. Люди заходили в темінь та невідомість. Джим теж ступив крок туди — і відчув себе новим Йоною, який цього разу був несамотній.

РОЗДІЛ

16

Джим підчепив вилами досить великий кавалок зваляного в соломі гною й відкинув його на купу в кутку. З кожним днем він робив це спритніше й спритніше. Якщо раніше на прибирання коров'ячої загороди йшло понад чотири години, то тепер він міг упоратися й за дві. З возиком, на якому Джимові доводилося потім вивозити ту гору залишків життєдіяльності корівок, він теж управлявся вже значно впевненіше: возик усього кілька разів задирав колеса вгору в непотрібному місці — за цілий день, а не як раніше — мало не в кожному рейсі.

Чотири місяці тому вони з Деборою та ще п'ятьма переселенцями прибули на ферму дядечка Тома. За цей час Джим навчився виконувати таку кількість різноманітних робіт, що їх і за все життя в місті не освоїш. До того ж про існування більшості з них він раніше взагалі не мав зеленого уявлення. Закінчивши прибирати корівник, він ішов у свинарник, а тоді в курник, а тоді ще кудись — куди скажуть. Таких місць у величезному господарстві дядечка Тома вистачало. Сам господар був переконаний, що людина народилася від праці, а отже, від праці має й померти, бажано — роблячи щось корисне на його фермі. Тому вільного часу ні в Джима, ні в інших робітників не було взагалі. Хоча близькі й далекі дядечкові родичі, яких не бракувало в садибі і які гарували тут нарівні з усіма, відпочивали все ж трошки частіше. Старий пояснював це тим, що вони зі своїм ділом справляються і швидше, і загалом краще, на відміну від нещодавно прибулих містян, — він їх, мовляв, пригрів у себе вдома, аби замінити мертву сільгосптехніку, але поки що в них це виходить так собі. Тому переселенці, які перебували тут у напіврабських умовах, свої вісім годин часу, вільних від роботи, витрачали здебільшого на сон та їжу.

На харчування Джим поскаржитися не міг. Воно було добротне — особливо якщо порівнювати з голодним початком зими, який Гаррісони провели у своєму старому холодному домі. Тут, на новому місці, всі снідали й обідали в різний час і в різних місцях розкиданого господарства дядечка Тома, але вечеряли завжди разом — для старого цей захід був священним. На нього збиралися у великій їдальні головного будинку. Сідали, щоправда, за різні столи, залежно від рангів, але їли начебто з одного казана — однак найкращі шматки розподілялися теж відповідно до статусу учасника вечері в ієрархії цього маленького царства, володар якого сидів на підвищенні в центрі. Сам господар їв мало, здебільшого чухав пальцями свою довгу козячу бороду; головною його трапезою було поглинання поглядів родичів та найманих людців, що дивилися на нього мало не з обожненням, — їх усіх він вважав своїми дітьми, і такий суворий до них був тільки тому, що дуже вже любив. Може, через стриманість у їжі, а може, через те що він, як оглашенний, ганяв цілісінькі дні фермою, гупаючи високими чоботиськами, дядечко Том був худющий, але неймовірно енергійний. Дебора та інші жінки спершу обслуговували за столом чоловіків і тільки потім, неодмінно з дозволу господаря, приєднувалися до спільної трапези. З першого ж дня Дебора була прикріплена до кухні, що дуже позитивно позначилося на кількості та якості страв, які там готувалися. Це тішило господаря: хоч він їв дуже мало, однак був у певному сенсі гурманом і любив витончену кухню, попри свій простацький, як і личить фермерові, спосіб життя на землі. Тому дядечко Том практично одразу зробив Дебору своєю фавориткою і крізь пальці дивився на те, як вона непомітно підкладала у Джимову тарілку ласі шматки, які не відповідали його становищу, — той не мав прихильності господаря й сидів за дальнім столом, у кутку. У суботу поряд із тарілками завжди з'являлися величезні кухлі з пінним пивом власного приготування — Джим зроду не пив нічого смачнішого! Рецепт чудового напою берегли в цій родині століттями. Господар передавав його своєму спадкоємцеві із вуст у вухо лише на смертному ложі — щоправда, Джим не дуже-то вірив цій легенді. Пива можна було попросити й добавки, однак небагато — старий зневажав не тільки ледарство, а й пияцтво. Після такої пишної вечері в царстві дядечка Тома ніхто вже не працював, власне як і в неділю, і на Різдво, та до нього ще треба було дожити.

Одразу після вечері втомлений, як віл, Джим ішов у свою кімнату — їм із Деборою виділили її як сімейній парі — і, геть знесилений, падав у ліжко. Зазвичай він засинав, не дочекавшись дружини — вона частенько затримувалася на кухні, що, можливо, було й на краще, адже сил на виконання скромних подружніх обов'язків у нього, як правило, вже не лишалося. Усім одруженим були надані хай і невеличкі, але свої кімнати чи закутки, сини господаря з дружинами мали навіть власні будинки, а нежонаті чоловіки, як і незаміжні жінки, жили окремо. Старий намагався видаватися благопристойним чоловіком, який шанує сімейні цінності, але подейкували, що то була радше маска. Після смерті дружини, що сталася десять років тому, цей шістдесятилітній племінний цап регулярно навідував величезний гарем своїх робітниць — вільних і не зовсім. Чутками все це не обмежувалося, оскільки серед ватаги дітлахів різного віку, які бігали фермою, було з десяток не вельми зрозумілого походження. Аби не плутатися в цій величезній сімейній комуні, більшість членів якої перебували в дуже складних родинних і особистих зв'язках із господарем, він постановив раз і назавжди називати його просто дядечком.

Через виснажливу одноманітну працю — з одного боку, нормальне харчування — з іншого та сон у теплі — між ними, Джимові не дуже було коли замислюватися про своє нинішнє життя, його зміст, а головне — мету (у сенсі: що ж робити далі?). Ніч минала для нього, як стрибок у темноту — сни йому практично перестали снитися. Лише в перші хвилини після відбою, коли він лежав із заплющеними очима у своєму ліжку, йому часто пригадувався політ у череві інопланетної істоти — бо то було, мабуть, найсильніше враження й потрясіння останнього часу. Джим на все життя запам'ятав тепле й темне нутро руанського дирижабля. Від нудотного запаху, який усередині був просто нестерпним, багато хто непритомнів, а сам він після прибуття на ферму кілька годин мився в лазні, яку топили серед іншого і їхнім одягом, відіпрати який від того смороду було практично неможливо. Джим потім сам попросився працювати в корівнику — сподіваючись, що новий неприємний запах відіб'є той ненависний старий.

Коли всі переселенці зайшли всередину того, більш ніж оригінального, транспорту й за останнім пасажиром зачинився, щільно стиснувшись, вхідний клапан, одразу ж знайшлися ті, хто хотів відмовитися від мандрівки, але було вже пізно — і поскаржитися нікому. Поступово очі звикали до темряви, яка виявилася не цілковитою — від округлих стінок ішло слабке, трохи червонувате світло, схоже на фосфорне. Джим пересунув валізи поближче до цієї слизької й теплої стінки, і вони з Деборою, яка затерпла від жаху й тихо молилася, сіли на свою поклажу, як на пасажирські сидіння. Вона міцно притиснулася до руки свого чоловіка, шукаючи опори, чого не траплялося з нею вже давно, а точніше — ніколи. Джим же, навпаки, був чомусь спокійним. Він намагався як слід роздивитися цей живий трюм, набитий зляканими людьми, але навіть тоді, коли всі повсідалися на свої клунки й огляд став ширшим, через надто слабке освітлення зробити це було неможливо, як і зрозуміти, скільки ж переселенців умістив у себе дирижабль. Їх могла бути й сотня, і тисяча, хоча на площі стільки не було. Урешті, відкинувши певну кількість тих, хто прийшли проводжати, Джим вирішив, що летить їх десь зо три сотні. Те, що політ уже почався, він збагнув не відразу, а тоді, коли їх стало трохи гойдати. Ілюмінатори в цьому чудовиську інопланетної еволюції не були передбачені, тому відстежувати стадії польоту доводилося тільки на основі відчуттів вестибулярного апарата. Окрім похитувань, відчувалися також зітхання дирижабля, частіші й глибші, ніж тоді, коли істота спала. У салоні ж було тихо. Люди перемовлялися зрідка й півголосом, а плакали ще тихіше. Іноді долинали дивні звуки, схожі на прокачування води по трубах, — це могло бути результатом роботи травлення або іншої життєдіяльності цього гігантського організму. Думати про те, в якій саме частині його тіла вони здійснюють свою мандрівку, Джимові не хотілося — його й так добряче нудило, бо про це постійно нагадував запах. Замість внюхуватися він намагався зрозуміти, як інопланетяни керують своїм живим транспортником. Найперше й найпростіше, що спало йому на думку, — за допомогою язика — так, як він бачив це сьогодні вдень біля мерії. Утім, цілком можливо, що вони управляють своїми істотами якось інакше. Хоча чому він, Джим, вважає, що цей корабель для руанців — свій? Вони ж зовсім не схожі. Та, в будь-якому разі, є ж десь кабіна пілота, де сидить зараз рептилія — ймовірно, саме та, яку зустрів Джим, — і керує цим біологічним повітряним судном. Поступово він перейшов від питань про пілотування до питань щодо походження летючого гіганта. Він сам таким виріс чи це результат генетики та селекції? Чим дирижабль харчується і яким чином він літає? Як інопланетяни привезли його на Землю? Не могли ж вони летіти таким повільним транспортом по міжзоряному простору... Цілі міріади запитань і припущень в'юнилися в задурманеному мозку Джима, та відповідей у цій купі поки не траплялося. Утім, як ця істота літає, він усе-таки зрозумів — надто вже своєю формою, швидкістю й манерою польоту вона нагадувала земні дирижаблі столітньої давнини. А якщо вони схожі в цьому, то й принцип дії в них має бути однаковий. Мабуть, продовжував міркувати Джим, чудовисько набирає повітря у свої легені чи кудись там ще, надимаючись, як міхур, нагріває його своїм теплом — і летить. Рухатися вперед можна випускаючи реактивний струмінь усе того ж теплого повітря звідкись іззаду, а змінюючи кут викиду — маневрувати. Дійшовши такого висновку, Джим почав ретельно прислухатися, аби почути якийсь свист — на підтвердження своєї теорії, і йому навіть здалося, що він його таки вловив.

Зрозуміти, скільки часу тривав політ, було складно — батарейка в наручному годиннику Джима перестала працювати разом із усіма іншими накопичувачами енергії на планеті ще того знаменного дня, а сам годинник він перестав носити навіть як аксесуар, оскільки обміняв його на десерт у конторі Крамса. Те, що всі пасажири страшенно втомилися від мандрівки, яка здавалася їм уже майже вічністю, було зрозуміло і без хронометрів. Джим, як і багато інших, намагався дрімати, але це було ще важче, ніж у діжці з гноєм, якби та бовталася на морських хвилях. Та однієї чудової миті похитування нарешті припинилися — після легкого поштовху, який засвідчив кінець перельоту. Через кілька секунд відкрився вихід — і люди гунули туди як із охопленого пожежею будинку.

Опинившись назовні, Джим зрозумів, що зроду ще не дихав смачнішим повітрям, ніж тут, у місці їхнього приземлення. «Воістину! — подумав він, відійшовши з Деборою подалі від дирижабля, який уже почав спускати повітря. — Аби почати цінувати прості й головні в житті речі, треба спершу втратити їх. Наприклад, просте чисте повітря. І яке ж це щастя — вдихнути його знову!» Надихавшись вволю, Джим спробував визначити місце їхнього перебування, і єдине, що він утямив: вони в нічному лісі під зоряним небом. Усі прибулі пасажири, трохи побродивши туди-сюди, почали знову збиватися докупи й мостилися на свої торби, щоб мерзнути, марудитися й чекати незрозуміло чого. Їх ніхто не зустрічав, і ніхто нічого не пояснював.

Невдовзі небо посіріло, почався довгий і сумний зимовий світанок. Виходило на те, що їхній політ тривав усю ніч, і, враховуючи приблизну швидкість транспортника, Джим дійшов висновку, що вони подолали миль 300–400. Навіщо їх закинули так далеко в глушину, він зрозуміти не міг, як і визначити, хоча б приблизно, район прибуття або штат. Коли зовсім розвиднілося, дирижабль несподівано знову надувся й невдовзі плавно полетів геть, навіть не попрощавшись. Остаточно покинуті люди розгублено подивилися йому вслід. Багато хто напевне був готовий знову терпіти незручності в тій літаючій кишці, аніж нудитися тут — у невідомості або й у небезпеці. Ліс був хоч і негустий — особливо якщо зважити на велику галявину, вилежану левіафаном, — але тут було значно страшніше, ніж у кам'яних джунглях, більш звичних для городян. Вирішивши, в кожному разі, не вмирати на порожній шлунок, відважні земляни дістали зі своїх торб залишки інопланетних гарбузів і заходилися поглинати їх, хоч у багатьох їжі вже не лишилося, й вони мусили вдовольнятися лише візуальним споживанням.

Тільки ближче до обіду верхи на гнідому жеребці прискакав якийсь парубок із великим зеленим значком на широких грудях. Вершник запитав, звідки вони прилетіли, й одразу ж узявся їх лаяти — мовляв, висадилися не там, де треба, а він уже хтозна-скільки шукає цю партію по всіх усюдах. Ніхто не міг йому нічого пояснити, тому посланець, судячи з усього — місцевої тимчасової адміністрації, пом'янувши наостанок матерів усіх присутніх, погнав свого коня кудись ген за дерева. Іще кілька годин минуло в цілковитому нерозумінні, а потім до геть очманілих переселенців зусібіч почали з'їжджатися гарби, вози, брички та інші сільські екіпажі. Якісь вусаті й бородаті дядьки гукали з них на всю горлянку:

— Теслі є?

— Ковалі?

— Візьму двох конюхів!

— Швачки є хороші?

— Покрівельників шукаю!

Кінні фургони згромадилися довкола натовпу переляканих містян, хтось в'їхав у самісіньку гущу й кричав голосніше за всіх — та відповідей не було. Представників потрібних професій на цьому невільницькому ринку не виявилося, а колишні менеджери, програмісти та продавці мобільних телефонів цих покупців живого товару не цікавили — як люди, що не вміють робити нічого корисного. Збагнувши це і як слід налаявшись, роботодавці перейшли до відбору рекрутів за гендерною ознакою та зовнішнім виглядом.

— Гей ти, довготелесий! Давай до мене!

— Пишногруда... Та ні, не ти... Давай, залазь! Не хочеш?! Ну й забирайся під три чорти!

— Давай, здоровило, ворушися, ще одне місце є!

Оглядини тривали досить довго, але, думав Джим, коней ці прискіпливі фермери, напевно, вибирають ще довше. Дядечко Том під'їхав уже наприкінці торгів, але на той час Джим із Деборою ще ні з ким не підписали трудової угоди — утім, як і багато хто з прибулих.

— Є хороша кухарка? — гукнув цей худий старий, погладжуючи свою, як виявилося згодом, знамениту бороду.

— Є! — щосили закричала Дебора й кинулася крізь натовп претенденток до воза свого майбутнього господаря. Джим підхопив валізи й почав проштовхуватися вслід за нею. Дебора вже встигла вмоститися у фургоні, коли до нього нарешті дістався засапаний Джим.

— Але я з чоловіком, — кокетливо сказала Дебора й кудись стрельнула очима.

— Нехай буде з чоловіком, — хмикнув дядечко Том у свою бороду й узявся за поводи.

Віз покотився вперед. Дебора всміхалася, Джим мовчав, але загалом обоє були задоволені, що визначилися. Вони ще не розуміли, що стали тепер чиєюсь новою власністю.

РОЗДІЛ

17

Життя на фермі Джимові загалом подобалося. Особливо після того, як він звик до його ритму, навчився швидко та чітко виконувати свої обов'язки й ухилятися від виконання чужих. У нього став з'являтися вільний час, який він спершу витрачав на спілкування з новим оточенням. Однак дуже швидко Джим зрозумів, що все це марно: навіть прибулі містяни, уже не кажучи про корінних жителів, не хотіли обговорювати головного питання, яке хвилювало Джима, а тим більше — з того боку, звідки дивився на нього він сам. Після кількох обережних спроб налагодити контакт і знайти хоч якогось спільника він покинув ці намагання й перейшов у режим самотніх роздумів. Хоча тема вторгнення — за Джимовою версією, чи то прибуття — у розумінні решти (а це, власне, й визначало різницю в їхньому ставленні до інопланетян), постійно була присутня у спільних розмовах на фермі. Але вона зазвичай виринала в контексті життєвих змін, які тепер із ними відбувалися — люди вишуковували в них щось позитивне або ж обговорювали, як розв'язати нагальні проблеми та прилаштуватися до нових умов існування.

Можливо, причина такого ставлення до настільки важливої події крилася в тому, що на способі життя дядечка Тома та його родини пришестя руанців позначилося не надто. Те, що раніше робили за допомогою техніки, тепер замінила ручна чи то кінська праця, а щодо решти, то загалом усе лишилося майже так, як і було. Зрозумівши, що трактори й автомобілі, можливо, не заведуться вже ніколи і що тепер, як і в давні часи, головною тягловою силою стає кінь, старий вирішив значно розширити на своєму сільськогосподарському підприємстві конярство. Для цього ще з ранньої весни велося будівництво двох великих стаєнь і огороджувалися широчезні території — для випасу табунів. Сам дядечко Том левову частку часу їздив околицями в пошуках варіантів придбання племінних або хоч яких-небудь коней на розплід. Одначе таких розумак, які вгледіли перспективу в кінному виді транспорту, серед фермерів було аж-аж — на відміну від самих коней. Крім того, долари дуже швидко вийшли з обігу, принаймні в їхньому окрузі, а може, уже й по всій країні, тому скрізь запровадився натуральний обмін — і ціна поганенької конячки виросла до ціни отари овець у кількасот голів або ж двох десятків дійних корів. Проте, завдяки якимось хитрощам та оборудкам, а також природній кмітливості й наполегливості дядечка Тома, його кінне господарство розросталося на очах. Подейкували, що він вимінював на коней свої дальні угіддя, які тепер усе одно було важко обробляти й контролювати.

Джим зумів потоваришувати тільки зі старшим конюхом Бредом — той нічого не тямив у міжпланетних стосунках, зате був схиблений на конях — певно, він і сам би хотів народитися в цьому житті, власне як і в усіх наступних, конем. Завдяки йому Джим не лише близько познайомився з цими благородними тваринами, а й перестав нарешті їх боятися й навіть відважився їздити верхи — щоправда, тільки в супроводі самого Бреда. Їхні кінні прогулянки були найприємнішими моментами протягом трудового тижня. Спілкування при цьому не було ні багатослівним, ні різноманітним і завжди трималося коней або ж бабів — другої улюбленої й хворобливої теми Бреда. Але ж друг — це не завжди той, хто багато базікає, і Бред був якраз таким.

Навесні роботи на фермі стало більше. Щось постійно оралося, оброблялося та сіялося. Оскільки робочих рук увесь час бракувало, дядечко Том ще кілька разів з'їздив на місцеву біржу праці й привіз звідти повні фургони голодних містян. У житлах садиби стало тісно. У невеличку кімнату Гаррісонів підселили ще одну родину з дитиною. Дебора після того стала вкрай рідко там з'являтися, воліючи ночувати на кухні, де в ній постійно була потреба. А Джим, після того як нові співмешканці спробували втягнути його в кілька побутових скандалів із приводу боротьби за життєвий простір, капітулював — і взагалі ретирувався з тої кімнатки. Тепер він ночував на сіннику при стайні. Джим це зробив за порадою Бреда, який там жив практично весь рік. Коли було тепло, Джим спав поверх сіна, а холодними ночами забирався якомога глибше в копицю. Було колюче, пахуче, та загалом — незвично й дуже приємно. Джимові навіть знову стали снитися сни, але їх доволі часто переривали скрики та верески доярок, яких Бред регулярно водив на свою половину сінника. Від пропозицій привести когось і для нього, а тим більше «покачатися» вчотирьох, Джим ввічливо відмовлявся. Хоч він уже й не відчував до Дебори ні тих неясних почуттів, які за часів молодості плутав із закоханістю, ні особливого потягу, одначе він був із нею зв'язаний шлюбними узами, а це для нього дещо та означало. Крім того, у його думках уже давно оселилася інша жінка, яка мала найпрекрасніше на землі ім'я, — Меріон. Хоч ця жінка, якщо по правді, окрім того що була у шлюбі (з його другом, хай тепер уже й не найкращим) і мала трьох дітей, не відчувала до самого Джима нічого, хіба що легку зневагу, — до того ж вона зараз була за 400 миль звідси. Перебуваючи в настільки складному особистому становищі, Джим не міг захопитися якоюсь із вільних дівуль, що жили на фермі. Хоч вибір був широкий і підшукати якийсь варіант, готовий відповісти взаємністю, не склало б великих труднощів — Джим частенько отримував цілком однозначні натяки від представниць прекрасної статі. Але оскільки він відмовлявся на них реагувати, та й сам ніяк не прагнув зазирнути під чужу спідницю (а таку неувагу місцеве жіноче населення сприймало майже за образу), то врешті-решт Джима почали вважати відлюдьком і мало не імпотентом. Тоді як його дружина...

Чутки про те, що Дебора стала плутатися в козячій борідці дядечка Тома, і не тільки в його, з'явилися вже давненько. Та, як це зазвичай трапляється, до самого об'єкта обману вони дійшли в останню чергу, до того ж Джим уперто відмовлявся вірити, що дружина йому зраджує. Однак те, що в Дебори склалися особливі стосунки з господарем, було вже очевидно. Тепер вона часто й щодалі більш владно гримала на деяких нетіпах на кухні, а також почала вникати, і навіть втручатися, в інші царини господарства дядечка Тома. Тепер лише Дебора, особисто, обслуговувала старого за вечерею. Вона вже не бігала, як раніше, з тарілками. Вона сиділа з ним за одним столом, і з кожним днем пересідала все ближче та ближче, аж поки не влаштувалася нарешті впритул до господаря, по праву руку. Такий стрімкий злет нової фаворитки, звісно, не міг не викликати заздрощів і протестів у жителів ферми — особливо найближчих родичів та колишніх улюблениць. Дебора сміливо кинулася в той герць — із безжальністю пітбуля і підступністю пантери. Вона методично трощила супротивників, збирала їхні скальпи або, як мінімум, жмутки волосся — і в підсумку всі, відчувши нову силу в їхньому маленькому світі, вирішили перейти на її бік.

Увесь той гамір від бурі, здійнятої інтригами мадридського двору місцевого значення, заледве долинав до верхівки клуні, де тепер жив Джим. Його взагалі мало хвилювало вирування битв за чиїсь інтереси внизу. Так, він відчував, що їхні з Деборою особисті стосунки, які вже давненько були в занепаді, спустилися ще на кілька прольотів униз і явно спрямовувалися кудись до виходу. Однак ця неминучість, заразом із презирливими поглядами місцевих, украй мало турбувала самого Джима.

Набагато дужче його цікавило лише одне, але найголовніше для нього, питання: «Що робити?». На його внутрішнє обговорення Джим витрачав увесь денний час, оскільки доволі швидко навчився виконувати свою роботу суто механічно, і частину ночі, коли не міг заснути від безконечних думок. Він розмірковував над тим, як урятувати земну цивілізацію і чи хоче вона, аби її рятував хтось із землян, наприклад Джим, чи тільки прибульці. До речі, їхня присутність у селі відчувалася ще менше, ніж у місті. Теледирижаблів тут не бачили взагалі жодного разу, транспортники пролітали рідко, та й то на великій висоті. Не чували в цих краях і про роздавання гарбузів, і тим більше — про обмін електроніки на інопланетні фрукти. Утім, свіжа інформація на фермі з'являлася регулярно — через часті поїздки дядечка Тома навколишніми селами, звідки він привозив новини місцевого сарафанного радіо. Найближчий офіс тимчасової адміністрації був за пів сотні миль від ферми, в якомусь глухому містечку цього штату. У таку далечінь старий вибирався вкрай рідко, одначе завдяки сусідам він, а від нього — і все його чимале сімейство, були в курсі головних подій, що відбувалися в зовнішньому світі. Джим завжди дуже уважно слухав новини від дядечка Тома й намагався з цих убогих і надто вже однобоких розповідей зібрати цілісну картину. Однак повного уявлення скласти ніяк не вдавалося. Після чергової порції інформації та безсонної ночі, проведеної за її аналізом, Джим на ранок виводив більш-менш струнку теорію, яка часто трималася на підпірках-домислах та ниточках-припущеннях. Він навіть устигав звикнути до цієї теорії й уже починав на її основі робити якісь прогнози та дещо планувати, — але тут бородатий вісник привозив із нової поїздки щось настільки приголомшливе, що весь цей благенький будиночок із карт умить розлітався і Джимові доводилося починати все спочатку.

Однак один — найголовніший — висновок із усіх нелогічних та екзотичних нововведень, правил та заборон, які запроваджували руанці для землян, можна було зробити без особливих зусиль. Однозначно, вони хотіли зруйнувати людську цивілізацію вщент, а потім пустити її на самоплив природного біологічного розвитку, яким вони довго йшли самі й наприкінці якого прилетіли нарешті сюди — усім людям на лихо. Це все одно, якби гуни прийшли зруйнувати Древній Рим з метою, аби він увесь заріс травою, бо так, на їхню думку, буде корисніше і зручніше, а головне — краще, і не тільки для коней, а й для самих римлян, що виживуть після різанини. При цьому руанці позиціювали себе противниками будь-якого насилля і вдавалися до нього лише у крайньому разі, та й то здебільшого для захисту. Вони вважали, що не можна вбивати живу істоту, якщо вона безпосередньо тобі не загрожує. Самі прибульці, наскільки зрозумів Джим, були вегетаріанцями й поступово намагалися навернути до цього всіх землян. Убивство будь-якої живої істоти, зокрема худоби й навіть мух, було заборонене особливим указом. За його порушення передбачалося покарання, відповідне вчинку, — позбавлення винуватця життя просто на місці злочину. «Око за око, зуб за зуб», — вирікав літаючий телевізор. Його нарешті зміг побачити й дядечко Том — у сусідній садибі, куди його занесло, схоже, випадковим вітром. Цей «балакучий міхур», за словами старого, так його спантеличив, що він, порушивши свій звичний розпорядок, випив під час вечері три кухлі пива й про щось глибоко замислився.

Подумати було про що — бо ж його господарство спеціалізувалося передусім на тваринництві, а у світлі останніх розпоряджень інопланетян це ставало смертельно небезпечним заняттям.

— І ти подивись, які розумні, сучі діти! — лаявся дядечко Том на всю горлянку, звертаючись до всіх і ні до кого, але передусім — до Дебори. — На Мойсея вони посилаються! Мовляв, ви самі собі цей закон вигадали — тож тепер дотримуйтеся! Ну, жабиська балакучі!

Він спробував зробити великий ковток пива, але більша частина напою потрапила не за призначенням, а після звивистої мандрівки в заплутаній бороді стекла на стіл. Дебора кинулася турботливо витирати рушником скатертину й мокру рослинність господаря, а Джим раптом збадьорився — він подумав, що старий уже дозрів для революційної боротьби і з ним треба найближчим часом обов'язково на цю тему поспілкуватися.

Та влаштувати зустріч із дядечком Томом у наступні два дні ніяк не вдавалося — господар блукав садибою похмурий, щось там бурмочучи собі під носа, і майже не втручався в те, що відбувалося довкола. У такому стані турбувати дядечка Тома не зважувався не тільки Джим, а й люди сміливіші. На третій день уранці старий звелів запрягти його бричку й кудись поїхав — як з'ясувалося згодом, на окружні збори фермерів. Замість себе він залишив керувати не старшого сина, як раніше, а Дебору. Це для всіх стало остаточним підтвердженням того, хто ж тепер реально править фермою, а також — що в когось таки виросли гіллясті роги. Уже від'їжджаючи, похапцем, але безсоромно цілуючи свою «намісницю», дядечко Том похопився й простягнув їй листа, що валявся під сидінням, — він привіз його з останньої поїздки, але через поспіх та хвилювання забув одразу віддати. Дебора лише трошки, для порядку, покартала його, потріпавши на прощанняріденьку борідку. Джим, який не

без огиди споглядав цю сцену, тільки скептично всміх-
нувся, — він уявив, як же безжально вона вчепиться
в ту борідку й як вертітиме головою її власника, щойно
відчує достатню міцність свого становища.

РОЗДІЛ

18

Лист був, звичайно ж, від Меріон. Більше ні від кого. Джим не знав, коли саме їй писала Дебора, але не сумнівався, що це була вже відповідь від місіс Коллінз. Коли віз із дядечком Томом викотився за ворота садиби й більшість мешканців почала без поспіху розходитися, Дебора врешті зауважила Джима й навіть трохи зніти- лася через свої, тепер уже виставлені напоказ, стосунки з господарем. Та вона швидко опанувала себе, запхнула конверт за корсета, одягнутого під фартух, аби трохи підправити форми її пишного тіла, і пішла в свої кухон- ні володіння, наостанок недбало кинувши через плече найближчій челяді, але так, щоб почули всі:

— Я буду в себе, але найближчі пів години мене не турбувати!

Тільки ввечері, після трапези, на якій головував порожній стілець — за відсутності свого господаря за порядком стежив він, — Джим побачив дружину. Вона була надзвичайно похмура, наче отримала лихі вісті. Коли вечеря скінчилася, він підійшов до Дебори й ніби між іншим поцікавився:

— Ну як там справи у Меріон із Філом?

— Тобто? — здивовано підняла вона брови.

— Ну ти ж від них листа отримала?

— Від кого?

— Від Філа з Меріон, і скоріш за все — від неї одної. Що з тобою? Ви ж збиралися листуватися.

— Який лист? А, цей... — Дебора, наче лише цієї миті збагнувши, про що мова, торкнула себе в ділянці декольте.

— То що ж вона пише? — допитувався Джим.

— А звідки ти знав, що вона відповість? Меріон тобі казала? Може, вона й тобі пише?

— Та ні, Деборо! Я навіть уявлення не мав, що пошта вже почала працювати...

— Ну, це не те щоб пошта... Так... Пробач, Джиме, у мене стільки справ, стільки справ, поки немає дядечка Тома.

Дебора спробувала піти геть зі столової зали, подалі від цієї розмови, але Джим перепинив їй шлях.

— Так про що ж лист? — твердо спитав він.

Дебора трохи розгубилася від такої наполегливості свого поки що чоловіка.

— Та нічого особливого, — вона несподівано змінила тон, побачивши, що розмова привернула зайву увагу і біля дверей уже скупчилися люди. — На, почитай сам, — Дебора різко дістала конверт звідкись із глибини своїх тілес і віддала Джимові з досить злостивою посмішкою. — Там і про тебе є.

Він узяв конверта і звільнив прохід.

— Можеш не повертатися, точніше — не повертати, — чи то від хвилювання, чи від злості обмовившись, вона стрімко пішла геть.

Утім, на Джима не подіяли ні її тон, ні обмовка за Фрейдом. Він стояв і жадливо розглядав листа, написаного найпрекраснішим почерком на світі.

Джим майже бігцем подався до свого сінника, злетів на самий верх і, присунувшись до слухового віконця, почав жадібно читати неждане послання. Останні промені вечірнього сонця падали на папір і, здавалося, робили його золотим.

«Люба Деборо!» — так починався лист. Джим якось відразу засмутився — він чогось був упевнений, що привітання й весь текст будуть адресовані особисто йому, ну або, як мінімум, їм обом — як подружжю Гаррісонів. «Я була страшенно рада отримати листа від тебе, ти собі не уявляєш! У нас теж усе благополучно, — писала Меріон. — Діточки здорові, Філ і я теж. З харчуванням усе гаразд. Рада, що у вас із Джимом усе добре. Я за вами дуже сумую, за нашими спільними пікніками та посиденьками. Особливо діти сумують за своїм дядечком Джимом, і я теж. Я тільки зараз зрозуміла, що ви мої справжні і єдині друзі. Мені стало якось нестерпно нудно й сумно останнім часом. Філ майже постійно на роботі, а коли з'являється вдома, то краще б і не приходив. Та я не писатиму про це. Містера Крамса кудись перевели з підвищенням, тож тепер його місце зайняв Філ. Він останнім часом став просто нестерпним, скажу тобі відверто! Багацько п'є і плутається з якимись бабами. Я дуже втомилася від цього! Яка ж я нещасна! Добре, що в тебе із Джимом усе інакше. Він у тебе вірний і хороший, а як він любить дітей! А мій благовірний досі плутає їхні імена, які сам же для них і обрав (ну, ти пам'ятаєш цю історію!). Більше мені розповісти про себе нічого. Як би мені хотілося, щоб знайшлася якась хороша людина й відвезла мене геть із цього клятого дому — кудись далеко-далеко, де я була б щасливою! Більше нічого я не прошу. Пробач, що мій лист вийшов трішечки сумний. Міцно обіймаю тебе із Джимом. Пам'ятаю й люблю вас обох. Пиши, що там у вас. Ваша Меріон».

Лист закінчився. Сонце нарешті сіло. Джим заплющив очі й відчув себе щасливим. Так він пролежав у солодкій млості кілька годин, ні про що особливо не думаючи, а просто перетравлюючи емоції та відчуття, наче якийсь смачний обід. Але почуття, замість того щоб улягтися в ньому, навпаки, почали зріти, розбухати і проситися назовні. Надворі вже стояла тиха ніч. Джим не міг не те що спати, а навіть усидіти на одному місці. Він спустився додолу й почав бродити по всій садибі, наче привид.

Ціла година ходіння туди-сюди по заснулому царству сільських трудівників не заспокоїла його й не остудила. Врешті Джим чітко зрозумів, що йому кортить випити. Він украй рідко пив, ще рідше напивався й ніколи не робив цього з горя, вважаючи, що алкоголь жодної проблеми не вирішує. Але напитися від щастя Джим міг, і зараз був саме той випадок.

Він рішуче попрямував до комори, де зберігалося безліч усіляких припасів — від окостів до квашеної капусти, а також свіжозварене пиво, яке охолоджувалося там в очікуванні суботи. Але будній день був сьогодні в усіх, окрім Джима. У нього почалося персональне свято, до того ж дуже велике: Меріон до нього небайдужа. Він підійшов до потрібних дверей і смикнув — вони були незамкнені, власне як і решта дверей у господарстві дядечка Тома. Замків тут не вішали. Робітники ферми, хоч і гарували як прокляті, але жили в достатку і про крадіжки не думали, знаючи, що за цей гріх їх не тільки позбавлять усіх благ і з ганьбою виженуть геть, а й прилюдно перед цим відшмагають — і зробить це власноруч господар. Джим, звичайно ж, усе це знав, та закохані герої не відчувають жодних перепон. Він сміливо переступив поріг і почав спускатися вниз, у темряву.

Діставшись дна, Джим почав потемки шукати омріяні бутлі. Він багато разів бачив їх у їдальні, але які вони на дотик, поки що не знав. Можна було, звісно, сходити й принести зі стайні гасову лампу, але Джим не хотів витрачати на це дорогоцінного часу — він мав намір витратити його на торжество. Нарешті, після того як Джим скуштував розсолу з огірків, потім олії й запив усе це кислим молоком, він таки наткнувся на жаданий об'єкт. Галоновий бутель трохи прилипав до рук і приємно пахнув. Умостившись просто на земляну підлогу, Джим обхопив посудину ногами, витяг зубами корок і врешті-решт отримав те, чого так жадав, — холодне пінне пиво полилося всередину його охопленого лихоманкою організму. З одного боку, довгожданий алкоголь дещо втамував одні бажання, та зате розпалив інші, які з кожним новим ковтком ставали все більш ейфорійними. Після першої пляшки Джим збагнув, що все-таки любить Меріон, після другої — що й вона його теж любить, а коли почув сплеск залишків рідини на денці третього бутля, у нього вже не зосталося жодних сумнівів у тому, що кохана чекає на нього. Одразу після цього Джимова свідомість наказувала йому, не вагаючись ні секунди, вирушати просто до Меріон, — але організм звестися на ноги вже не міг, як не намагався. Аби якось відновити сили, Джим вирішив почерпнути їх із четвертого бутля, однак той був рішуче проти цієї ідеї. На боротьбу з ним, а точніше, з його затичкою, пішов останній запас енергії героя-коханця — і він заснув просто там, обнявши нескореного супротивника.

Джима вранці знайшли кухарки — й одразу ж із вереском кинулися доповідати Дебору. Вони настільки переполошили всю ферму, що багато хто спершу подумав, що бідолаха взагалі віддав Богу душу. Коли ж усе з'ясувалося, а розбудити злочинця так і не вдалося, його, сонного, перенесли в дровітню, під арешт. Оскільки замок на цих дверях також був відсутній, їх просто підперли знадвору величезною дровинякою.

Весь день тільки й говорили, що про цю подію. Надвечір, після всіх перешіптувань, садиба розділилася на два приблизно рівні табори: на тих, хто з розумінням ставився до Джимового вчинку (він напився, мовляв, бо нарешті дізнався про зраду дружини), і на тих, хто вважав його самого винним у тому, що до цього дійшло (а кожна жінка має право на особисте щастя — незалежно від того, у шлюбі вона чи ні). Та обидва ці табори зійшлися на тому, що за вчинення двох найстрашніших злочинів у царстві дядечка Тома — крадіжки та пияцтва — на Джима чекає неминуча й жорстока кара. Суддею ж і катом у цій справі має виступити третя сторона любовного трикутника — сам господар, що додавало цій історії, а надто близькому її фіналу, особливої пікантності й трагізму.

Джим і не підозрював, що став найпопулярнішою персоною дня. Коли він, уже ближче до обіду, прийшов до тями, його мало цікавили навіть власні любовні переживання, оскільки з'явилися важливіші проблеми: голова розколювалася, а сечовий міхур розривався. Потупцявши туди-сюди, постукавши в зачинені двері й зрозумівши, що ніхто їх не відчинятиме, Джим вирішив, що норми пристойності в цій критичній ситуації вже зайві. Він відійшов у дальній куток приміщення й випустив зайву рідину зі свого організму. Витративши на цю процедуру більше часу, аніж будь-коли у своєму житті, він відчув таке блаженне полегшення, що на його тлі відступило все лихе, з жахливим головним болем включно. Проте біль досить швидко повернувся, заповнив уже весь звільнений у Джимові об'єм й узявся муштрувати його так, що бідолаха тільки й зміг, що простягтися на купі дощок, стиснутися у грудку й спробувати забутися назавжди.

Подрімавши до вечора й ще двічі зливши перероблене пиво, Джим відчув, що біль поступово відступає. Дебора, своєю чергою, теж змилостивилася над опальним чоловіком і прислала йому тарілку з вечерею, а також оберемок його улюбленого сіна — для постелі. Спілкуватися з Джимом, а тим більше випускати його до приїзду дядечка Тома, вона не збиралася, очікуючи розправи над чоловіком чужими руками. У тому, що він заслуговує найсуворішого покарання, Дебора ані миті не сумнівалася. І навіть не за порушення заборон, установлених на фермі, а за те, що ця сучка Меріон посміла не тільки хвалити його, а ще й за ним сумувати, не знаючи, що це ж він у всьому й винен. Дебора, звісно ж, могла би їй усе пояснити, обґрунтувати й у крайньому разі виплакатися — якби та була поруч і з нею знову б довелося дружити. Але ж Меріон жила тепер далеко, і невідомо, чи побачаться вони колись, чи вже ні. Отже, зараз значно приємніше її ненавидіти, як і цього негідника Джима, — бо ж він, майже напевне, плутався таки з тією хвойдою за її, законної дружини, спиною. З цими думками, які щосекунди вкорінювалися й міцніли, Дебора металася по всьому дому, мов оскаженіла слониха, сіючи паніку й жах, — і всі довкола не знали, куди подітися від такої, досі небаченої, стихії.

Приблизно про те ж саме, але зовсім інакше, думав і Джим, лежачи на сіні у своїй дров'яній тюрмі. Після денного напівзабуття й ситої вечері голова в нього вже майже не боліла. Хоч його нічний порив — бігти прямо з комори і рятувати Меріон — трохи уліглся, подумки він усе одно постійно навертався до цієї жінки — й усміхався. Періодично на поворотах своїх розмислів Джим наштовхувався на постать Дебори. Загалом не тримаючи на неї зла, він навіть дещо радів ситуації, що склалася, — адже тепер він отримував щось схоже на особисту свободу. Джим знав, що Дебора його ніколи не поважала й, тим більше, не любила. У них було просто звичайне сімейне життя, за звичкою, і воно б тяглося нескінченно довго, аж до могили, якби не прилетіли інопланетяни й усе не зійшло нанівець. Та зараз його вражало інше — той її спалах гніву на, здавалося б, невинний лист Меріон, ті ревнощі, з якими Дебора, схоже, не хотіла відпускати його, хоч насправді він давно вже не цікавив її й не був потрібен. Так дитина не хоче розлучатися зі старою іграшкою, хоч та поламана й закинута кудись на горішню полицю. Претензії на право власності, а тим більше у справах сердечних, — страшна й водночас дивна річ. Джим ще не раз перечитував на тверезу й остиглу голову те фатальне послання Меріон. Так, там начебто не було сказано нічого особливого, але він зрозумів, що не розлучиться з її листом уже ніколи — як із обіцянкою хай і вигаданої, хай і примарної, але найціннішої та найпрекраснішої на землі речі — любові. Джим перевернувся, відчувши за пазухою шелест листа, і заснув блаженним сном засудженого до смерті.

Р О З Д І Л

19

Увесь наступний день Джим нудився. Він настільки звик за ці пів року до постійної фізичної праці, що вимушене неробство його вбивало. З ним ніхто не відважився заводити розмову, вочевидь зважаючи на заборону Дебори, хоча цікавих очей за ранок у щілини сараю зазирнуло чимало. Дрова й дошки були хорошими слухачами, але поганими співрозмовниками, і повноцінно обговорити з ними своє становище у Джима не виходило. Його дерев'яні «співкамерники» не могли нічого ні заперечити, ані порадити, тому розмірковувати над тим, що ж йому робити далі, він волів самотужки. Залишатися на фермі було несила, та чи й схочуть його тепер залишити? Добиратися до Меріон пішки й самому було дуже далеко і небезпечно — про жорстокі банди, які розвелися тепер на всіх дорогах, дядечко Том розповідав уже не раз і завжди в кривавих тонах. Та й навряд чи Меріон чекає саме Джима. Сьогодні він тричі перечитав її листа і збагнув, що хоч там і були несподівані дружні реверанси в його бік, але мріяла Меріон зовсім не про нього, а про якогось ідеального чоловіка — про такого кожна нормальна жінка не перестає мріяти в будь-якому віці, — про когось, хто має несподівано з'явитися й повністю змінити її життя: забрати кохану з собою або залишитися з нею назавжди, залежно від наявних умов. Наразі Меріон мріяла про варіант «забрати з собою». Проміжний варіант — поїхати з ферми в нікуди, аби лишень подалі від Дебори, але не до Меріон, — здавався Джимові взагалі нерозумним. Хоч він і навчився багатьом практичним речам за цей рік, що минув після прильоту руанців — хай би дідько зжер їхні жаб'ячі душі, — але на далеку мандрівку в невідомість без супутників поки що відважитися не міг. Тим більше що такий вояж не поєднувався з його мріями про порятунок Землі.

Аби якось відволіктися від складних думок, Джим почав фантазувати про те, як зміниться життя на фермі в найближчі кілька років. Дядечкові Тому в будь-якому разі доведеться одружитися з Деборою — вона не залишить йому іншого вибору, щойно позбудеться Джима. Після цього дідусик відчує на собі всю вагу її норову, а не тільки тіла — і це, цілком можливо, швидко зажене його в могилу. Ну або принаймні в богадільню. Якщо такого закладу в цьому окрузі не знайдуть, то Дебора посадить нещасного в який-небудь сарай на околиці своїх володінь, наглухо його зачинить — і дядечко Том доживатиме віку під наглядом. На всіх дверях садиби з'являться замки, а ключі висітимуть на поясі в нової господині, яку всім доведеться називати, за традицією, тітонькою. Сама ж вона радо скористається новим становищем задля вдоволення своїх сексуальних апетитів, які з часом лише зростатимуть і набуватимуть вельми збочених форм. Коли Джимові почали маритися брутальні видива за участю Дебори, молодих конюхів, жеребців, нагайок та іншої кінської амуніції, він зрозумів, що його занесло вже геть не туди, — й, труснувши головою, відігнав від себе ту кляту ману. Одначе Джим відзначив про себе, що свою поки що дружину він таки трохи ревнує — хай і не так масштабно, як Отелло, але певного болю ця неприємна історія йому все ж завдала.

Стомившись убивати час у розмислах, Джим заліз на найближчу до стіни дровітню й, прикипівши очима до найбільшої щілини, почав спостерігати за тим, що відбувалося у дворі. Просидівши так майже всю другу половину дня, він не побачив нічого нового й цікавого. Був звичайний літній робочий день, усі займалися своїми справами, лише інколи кидаючи на дров'яний сарай короткі зацікавлені погляди. Дебори ніде не було видно, утім, як і Бреда. Дядечко Том, судячи з усього, також досі не повернувся. Сніданку й обіду для ув'язненого, схоже, розпорядком дня не передбачалося. Джимів шлунок уже звик до регулярного харчування, а тому починав бурчати. Однак не залишалося нічого іншого, як чекати вечері й сподіватися, що хоч її йому принесуть.

Коли почало темніти й робітники з усіх боків потяглися на вечірню трапезу до головного будинку, почувся стукіт копит — й усім знайома бричка дядечка Тома буквально влетіла в двір і спинилася посередині. Чи то старий поспішав на вечерю, чи то за ним гналася зграя голодних вовків-перевертнів — незрозуміло, але він був надзвичайно збуджений, і це зміг роздивитися навіть Джим зі свого віддаленого сарайчика. Не сходячи з фургона й не відпускаючи віжок, господар строго окинув поглядом присутніх. Ті, своєю чергою, теж завмерли розгублені, не дуже-то розуміючи, як саме виявити любов і повагу: вдавати, що вони весь цей час невтомно трудилися на благо свого годувальника чи що стояли на місці після його від'їзду, очікуючи й боячись пропустити момент повернення.

Німа сцена дещо затяглася, і тут на неї випурхнула, як курка з-за лаштунків, головна героїня майбутньої драми, прима місцевого водевілю, неповторна мадам Дебора — і кинулася в ноги спасителя. Дядечко Том навіть трохи стропів від такої зустрічі. Про що голосила плакальниця — чи то про гірке життя впродовж двох днів без свого нового захисника й володаря, чи то вона намагалася зразу й залпом повідати про страшні злочини свого зрадливого чоловіка, — уже було неважливо. Джиму не вдавалося розбирати слова, але він (як експерт) разом з усіма присутніми (як любителями) насолоджувався цією виставою. Дядечко Том покинув віжки й намагався осягнути неосяжне тіло своєї улюблениці. Він, схоже, так і не зміг зрозуміти її до пуття, а також — самотужки зрушити з місця, і лише за допомогою товаришок Дебору, яка безупинно ридала, урешті-решт відвели в дім. Потупцявши біля порога, решта громадян-селян вирішила, що в будь-якому театрі під час антракту має бути буфет, і рушила до їдальні — упевнена як у вечéрі, так і в другому акті, тільки тепер уже в інтер'єрах.

Джим отримав чимале задоволення від побаченого. Особливо його потішило, що в цій виставі він перейшов із категорії акторів другого плану — у глядачі, але залишився палким шанувальником примадонни трупи. У дворі вже геть стемніло. Джим зліз із дровітні й почав чекати, коли ж йому принесуть вечерю. З великою затримкою, але її таки принесли — одна з кухарок у супроводі здорованя, онука господаря. Беручи тарілку з рук завжди приязної до цього дня жінки, Джим спробував завести з нею розмову, аби обережно вивідати, що ж відбувалося в домі. Однак відповіддю йому були лише очі, що блиснули гнівом із домішкою зневаги, та ще слово «кобель».

Коли двері з гуркотом зачинилися, Джим зрозумів, що бачив щойно відблиск жіночої солідарності, яка завжди слугує монолітною відповіддю на ницу чоловічу підступність, і що він віднині — у масштабах садиби, а скоро й усіх околиць — затаврований такими визначеннями: огидний волоцюга, підступний ловелас і мерзенний зрадник. Сьорбаючи вже вичахлу баланду, він намагався зрозуміти, чому Бреда, який перетягав на свій сінник, мабуть, уже добрячу половину дівок зі всієї ферми, ніхто не мав за грішника, тоді як його, хоч він жодного разу не дозволив собі нічого огудного, лише на основі емоційної обвинувальної розповіді талановитої актриси вже всі мають за чоловіка, котрий спаплюжив жіночу честь? Джим заснув у цілковитій упевненості, що дядечко Том не тягнутиме з покаранням і що завтра його можуть обвинуватити не лише в пиятиках і крадіжках, але й у занепаді моралі, чаклунстві та схильності до комунізму.

Ранок стрілецької страти розпочався ні світ ні зоря — схоже, дядечко Том поспішав закінчити цю справу ще до настання робочого дня, а можливо, його непокоїли якісь інші, більш серйозні проблеми. Джим прочитав це на його обличчі, коли на світанку постав перед очима грізного господаря в оточенні всіх мешканців садиби. Судячи з усього, дядечко був трохи не тут, думки його точно були зайняті чимось іншим, і старий хотів якомога швидше завершити цей неприємний захід, від якого він — поборник методів священної інквізиції — схоже, вже не отримував колишнього задоволення. Цього разу обійшлося без витягання його високого стільця з їдальні на ґанок — як на попередньому судилищі, вчиненому господарем над онуком його брата, який щось був украв. Ту розправу, що сталася навесні, Джим уже бачив. Тоді бідолаху, який ледве сягнув повноліття, двоюрідний дід власноруч відшмагав просто тут, у дворі, а потім робітники, що дуже вже хотіли вислужитися, копняками виштовхали його за ворота. У разі повернення вигнанцеві була обіцяна куля в лоба з улюбленого вінчестера господаря — він завжди брав із собою в дорогу цю зброю, а вночі вішав її над ліжком.

Сьогодні дядечко Том чинив правосуддя, стоячи на тому ж ґанку, але за скороченою процедурою. Двоє здорованів із цеху обробки м'ясних туш вивели Джима, заламавши йому руки, і поставили на коліна — так, що той спершу бачив тільки високі чоботи господаря і нагайку, яка нервово хльоскала по них. Публіка загула — й завмерла.

— Джиме Гаррісоне, — як грім, пролунав голос володаря місцевого світу. — Тебе звинувачують у крадіжці, пиятиці та хм... перелюбстві. Чи визнаєш ти себе винним?

— Частково, Ваша честь! — одказав Джим, відчувши цієї миті, що найбільш нахабні репліки завжди народжуються тільки на пласі.

Натовп знову загув. Старий завмер, як і його нагайка.

— А у чому саме? — уточнив він після короткої паузи.

— Я просто випив на радощах, бо отримав добру звістку, — чесно зізнався підсудний.

— Ага! — радісно підхопив суддя в ботфортах. — Отже, ти визнаєш, що упився пивом до безпам'ятства, не отримавши на це дозволу?

— Так вийшло, мій добрий господарю, — Джим вирішив грати свою роль до кінця, тішачи смаки місцевих глядачів, занадто жадібних до таких розваг.

Дядечко Том, позбавлений як почуття гумору, так і жалю — досить поширене в деяких людей поєднання, — пропустив його зухвалість повз вуха і продовжив:

— Отже, ти зізнаєшся у крадіжці та пиятиці, причиною яких став певний лист, що викриває тебе ще в перелюбстві?

Господар зробив особливий акцент на останньому слові. Воно, схоже, стало певним сигналом для присутніх — наче спалахнуло табло «Аплодисменти» для масовки на телешоу. Юрма дружно загула. Джимові грубо нахиляла голову чиясь залізна рука, тому він не міг бачити, чи обурювалися ті дівулі, які ночами вискакували з конюшні Бреда й тікали геть, поблискуючи голими п'ятами й сідницями, щойно дядечко Том раптово заявлявся туди з нічним обходом. Цих облич, які вдень ставали напрочуд добропорядними, Джим не бачив, але знав: вони обурюються в перших рядах.

— Аж ніяк, мій милостивий пане, — сказав Джим, коли народний гнів трошки почав стихати. — У тому листі немає нічого негідного! Хочете, я вам усім його прочитаю?

Трибуни завмерли, вичікуючи сороміцьких подробиць, а Джим, скориставшись затишшям, вивернувся так, аби поглянути в очі дядечкові Тому, а не роздивлятися його чоботи. Тільки тоді він помітив, що двері позаду господаря трохи прочинені. У тому, що за тими дверима ховається й суфлерить Дебора, Джим не мав жодного сумніву.

— Це зайве, — з найкращими виявами логіки кафкіанського суду заявив головуючий. — Твоя провина доведена й визнана тобою самим, і ми не дозволимо тобі кинути тінь підозри на імена чесних людей!

Услід за цим дядечко Том почав зачитувати вирок. Джим практично шкірою відчув, як там, за дверима, задоволено киває головою його люба жіночка.

— Ти визнаєшся винним за всіма пунктами звинувачення. Злочини твої страшні, Джиме Гаррісоне, і вимагають найсуворішого покарання. Як представник тимчасової адміністрації... — у цьому місці Джим глухо застогнав, розгледівши нарешті на лацкані піджака дядечка Тома ненависне зелене кружальце.

Глядачі сприйняли цей стогін приреченого як каяття і страх перед розплатою і знову загули. Вершитель доль, без мантії, але з відповідним ситуації пафосом, підняв руку, вимагаючи тиші й позначаючи кульмінаційний момент процесу, а тоді продовжив:

— Я, наділений офіційною владою нашої громади, не можу засудити тебе до смерті — ти нікого не вбив, але й дарувати тобі свободу я теж не можу. — Дядечко

Том знову зробив театральну паузу, і кров у скронях Джима здалася йому барабанним дробом. — Тридцять батогів і вічна каторга будуть для тебе найсправедливішою й наймилосерднішою карою, Джиме Гаррісоне.

Дядечко Том опустив руку — то був знак для натовпу про закінчення суду, початок екзекуції та оплесків. Хтось дуже вразливий скрикнув. Джимові задерли сорочку й розтягнули його на землі, міцно тримаючи за руки й ноги. Свист і пекучі перші удари він ще чув і відчував, і навіть вирішив, що все витерпить і рахуватиме хльосткі посвисти. Джим дорахував до дев'яти чи десяти, а потім темрява заволокла йому очі, й він відключився.

РОЗДІЛ

20

Джим отямився, лежачи на животі, обличчям у сіні. Сперше йому навіть примарилося, що він у клуні, яка була вже для нього рідною. Але виявилося, що він лежить долілиць на оберемку сухої трави у дровітні, яка стала йому тюрмою, а не домом. Одяг і волосся були мокрі. Мабуть, його відливали водою, аби повернути до тями, — та він повернувся до неї тільки тепер, на своїй арештантській постелі. Шкіра на спині пекла пеком, і здавалося, її там узагалі нема, а є тільки шматки кривавого м'яса, яких не відірвала від ребер нагайка дядечка Тома. Він лежав і не ворушився, розуміючи, що від будь-якого руху рани заболять ще дужче. Коли після кількох годин руки й ноги почали терпнути, Джим спробував трохи змінити позу, але біль, який пронизав його до хребта, змусив відмовитися від будь-яких спроб. Так він пролежав до вечора. Вечерю принесли, як завжди, коли вже стемніло, але сил і волі, як і бажання бодай щось поїсти, у нього не було. Уночі Джим зміг так-сяк перевернутися на бік, незважаючи на активний опір усього організму, — і забувся глухим сном до ранку.

Наступні дні тяглися повільно, як смола на сонці. Від спеки в сараї було дуже парко. Спина досі горіла, як один великий опік, щоправда, з кожним днем трохи менше. Найважчим випробуванням на третій день стала необхідність відірвати від шкіри прилиплий одяг. Оскільки тепер йому разом із вечерею приносили глек із водою, Джим спершу відмочив спину, виливши її собі за комір, а потім стягнув сорочку через голову. Не обійшлося без ривків, які заподіяли йому ще більше болю. Його досі тримали на разовому вечірньому харчуванні, і хоча до їжі додалася вода, сама їжа значно погіршилася й нагадувала радше об'їдки з помий. Схоже, саме так його тюремники, а точніше тюремниця, уявляли пайок в'язня.

Коли Джим нарешті зміг підводитися й трохи ходити, він почав збавляти дні, спостерігаючи за життям садиби крізь щілину в стіні. Нічого нового для себе він не виявив, за винятком того, що на даху найвищої споруди — водонапірної башти — прикріпили величезне зелене кружало, а поряд із ним обладнали спостережний пункт, де тепер цілодобово чергував озброєний вартовий. Зброї в господарстві дядечка Тома було небагато, і ще до Джимової появи тут усю її роздали найвідданішим робітникам та близьким родичам чоловічої статі — для охорони пасовищ та будинків від непроханих гостей. Тепер же, чи то задля посилення безпеки, чи то для демонстрації сили й нового статусу садиби, з'явився ще й цей, помітний із усіх боків, пост.

Звісно, примарні плани щодо можливої співпраці з дядечком Томом у царині очищення планети від зайд-рептилоїдів розсіялися без сліду, та Джима це не надто й хвилювало. Він більше засмутився через те, що так і не дізнався останніх новин, привезених старим, — йому здавалося, що вони дуже важливі. Спитатися про це, та й просто поговорити хоч би з ким у садибі, не було жодної можливості — усі обминали його сарай десятою дорогою, немов чумний барак. І Бред також, хоча Джим і мав його за єдиного свого друга на фермі: тепер Бред, проходячи повз дров'яну тюрму, вдавав, що навіть не знає, кого тут тримають, і жодним чином не реагував на сперша тихі, а далі все голосніші благання про допомогу, тож невдовзі Джим узагалі перестав його кликати.

Що його чекає найближчим часом, цікавило Джима не лише в особистому сенсі, а набагато ширше: як саме старий збирається реалізувати свій вирок про довічну каторгу? У його голові іноді зринала певна картинка: сіра маса арештантів у робах лупає в кар'єрі кирками каміння й тягає його кудись угору, подзенькуючи тяжкими кайданами.

Джим дуже сумнівався, що головний офіс штату тимчасової адміністрації, якщо такий узагалі існує, в курсі того, що робить окружне відділення, а те, своєю чергою, — що собі дозволяють ось такі дядечки Томи на місцях. Усе це нагадувало своєрідний ярлик на правління від монголів або васальну залежність епохи європейського середньовіччя, де кожен лендлорд, отримавши дозвіл від сюзерена, витворяв на своїй території все, що хотів, — в обмін на свою повну лояльність до вищого начальства. Також Джим майже не сумнівався, що й руанці навіть зеленого поняття не мають про те, яке безправ'я чинять ці так звані адміністрації, створені начебто для підтримки порядку. Він добре уявляв, як тепер легко можна, почепивши на груди зелене кружало, заявитися в будь-яке село, оголосити себе головним і почати там хазяйнувати — згідно зі своїми уявленнями про справедливість, а також бажаннями та примхами. Особливо добре це вдаватиметься в якійсь глушині, на зразок цієї, куди й за рік ніякий теледирижабль не залетить. Може, саме тому прибульці й плодили свої «новинні» «кабачки» — не так для інформування населення з перших уст, як для того, щоб місцеві адміністрації працювали в одному руслі та напрямку і менше займалися самоуправством.

Добігав кінця другий тиждень Джимового ув'язнення, а жодної визначеності досі не з'явилося. Те, що дядечко Том не збирається його тримати в сараї вічно, було зрозуміло. Але коли і, головне, що з ним має статися в найближчому майбутньому, Джиму з'ясувати так і не вдалося. Лише кілька разів за цей час він бачив Дебору — вона іноді миготіла частинами свого тіла в його спостережній щілині, зате він часто чув її голос, який із кожним днем ставав усе більш владним. Вона явно входила в смак ролі господині обійстя. Дядечко Том, як і раніше, регулярно виїжджав із садиби, й завжди його проводи та зустрічі відбувалися за знайомим і щоразу більш довершеним сценарієм: обійми та сльози вбитої горем через майбутню розлуку жінки, а потім — те ж саме, але вже в радісній тональності. Ця вистава, мабуть, зажила слави далеко за межами садиби, бо на неї регулярно з'їжджалися гості, перед якими гра провідної актриси починала сяяти додатковими барвами. Чужі стали взагалі доволі часто з'являтися на фермі. Судячи з того, як із ними поводився господар, усі вони були в залежному від нього статусі або ж хотіли в нього потрапити.

Якось уночі — а спав Джим останнім часом дуже сторожко — він почув, як хтось прибрав палицю, що підпирала двері, і тихесенько прочинив їх. Вечерю принесли вже давно, і це навряд чи була добавка чи десерт. На виконання вироку, тобто обіцяне заковування в колодки й відправку на скрипучій гарбі розкислою дорогою в бік каторги, це теж не було схоже — такі речі зазвичай роблять удень, та ще й у присутності юрми громадян, котрі радіють з того, що репресують не їх. Таке таємне проникнення було більше в стилі найманих убивць, яких леді Макбет підсилає вночі до своїх ворогів. Розуміючи це, Джим акуратно взяв у руку підготовлене заздалегідь для такої зустрічі важкеньке поліно, що завжди лежало поруч.

Чиїсь ноги обережно ввійшли в сарай і зупинилися за кілька футів від начебто сплячого Джима. «Наступний крок для мене або для нього буде останнім!» — подумав полоненик і ще дужче стиснув дровиняку.

— Джиме, Джиме, прокинься... — прошепотів начебто знайомий голос.

Джим підвів голову і, не випускаючи з рук своєї єдиної зброї, спитав також пошепки:

— Хто це?

— Це я, Бред, — відповів голос.

— Бреде, друзяко! — Джим радісно підхопився на ноги, відкинув геть уже зайву палицю й почав жадібно намацувати в темряві свого єдиного і, як виявилося тепер, вірного товариша.

Від міцних обіймів Бреда Джимову спину, яка ще не повністю зажила, знов обпекло болем — і він застогнав. Руки друга ослабли й ухопили його за лікті.

— Пробач, я забув, — Бред почав говорити швидко, що було йому невластиво. — Тобі чимдуж треба втікати! Я дізнався, що завтра тебе повезуть кудись під конвоєм, ти спробуєш утекти, і тебе застрелять, а тоді закопають у лісі.

— Дядечко Том? Чи вона? Чи обоє? — Джим одразу повірив цій неймовірній інформації, але все одно хотів з'ясувати, хто ж був ініціатором настільки підлої розправи.

— Не знаю, але повезуть тебе точно чужі, не наші. Учора приїхали! — продовжив ділитися новинами Бред. — Лопату в їхній фургон уже поклали.

— Як ти про це дізнався? — проявив Джим певний сумнів.

— Мені Конні розказала. Пам'ятаєш? Ну та, веснянкувата з тугеньким крупом? Вона на кухні працює й мельком почула, як вони шепотілися... А як лопату клали, я сам бачив. Ще подумав: чого це вони нашу лопату у свій фургон кладуть? Украсти хочуть, чи що... А потім Конні мені все розказала — і я докумкав... Тікати тобі треба! Негайно!

— Але як? Ти сам, до речі? — Джим спробував розгледіти щось у темряві поруч із Бредом, та нічого не побачив.

— Звісно, сам! Кому ж у такому ділі можна довіриться? Та не бійся, я все обмізкував. Ти тут поки збирайся, а я піду та запряжу Зевса. Ти ж на ньому їздив, він тебе знає, не комизитиметься. Торбу з їжею я йому до сідла приторочу. Там трохи, та взяти ніде — на кухню краще не потикатись, а на коморі відтоді замок.

— А вартовий на вежі? — Том раптом згадав про нову загрозу.

— Дубино! Вартовий сьогодні я, — і Бред дав другові помацати гвинтівку, яку тримав у руці. — Але тобі її дати не можу. На мене не мають подумати — сам розумієш...

Джим кивнув, але навряд чи співбесідник помітив його жест. Бред продовжував:

— Я все придумав. Ти поїдеш, а я через годинку знову злізу з вежі й підпалю оту копицю сіна, що біля головних воріт. Вона якщо й згорить, то хіба разом із воротами — далі, я думаю, вогонь не перекинеться, та й ми всі ж гасити почнемо... Але ти виїдеш не тими воротами, а з іншого боку, через задню хвіртку, вона поки що на простому засуві, і поїдеш на схід. А я скажу, та й вони всі подумають, що раз ти підпалив за собою копицю, то значить і поїхав на захід. У тебе година часу буде в запасі, та й шукатимуть тебе геть в іншому місці...

— Ну ти й розумака, Бреде! — Джим знову обійняв товариша й притиснув його голову до себе. — Ти ж мені життя рятуєш! Розумієш?!

— Ага, ага... Ну, досить, — Бред заквапився й обережно вивільнився з Джимових обіймів, але з голосу було зрозуміло, що він розчулився, а в темноті могло видатися, що ще й сплакнув.

— Я зараз піду, — поспішав він дати останні інструкції. — Запряжу Зевса й прив'яжу біля виходу зі стайні, а сам на вежу полізу. Ти прибери тут і хвилин через десять виходь. Зразу ж веди його до хвіртки. Як вийдете з неї, чимдуж мчи до Гарольдського лісу — там доріжок і стежок тьма-тьмуща. Якщо навіть тебе потім і кинуться шукати, то самі заблукають. А хвіртку я за тобою замкну, коли піду сіно підпалювати. Я все придумав...

Джим замість відповіді ще раз мовчки обняв Бреда, розуміючи, як той ризикує і що вони навряд чи колись ще побачаться.

— Ну все, Джиме, я пішов! Хай тобі щастить! Хороший ти все-таки хлопець.

Бредові кроки рушили до дверей і змовкли відразу за ними.

— І ти, Бреде, теж дуже хороший хлопець... — сказав Джим у темінь, але вона не відповіла йому.

Джим підійшов до тепер уже не замкнених дверей, ледве стримуючи бажання вийти надвір одразу ж, — але опанував себе й вирішив суворо дотримуватись інструкцій товариша. Аби не спокушатися близькою свободою, він повернувся назад до постелі, а потім тихенько закрокував по сараю, намагаючись чітко відміряти відведені йому десять хвилин, а заразом якось поборои надмірне хвилювання. Що мав на увазі Бред, коли казав «прибери тут», Джимові було не зовсім зрозуміло — застеляти постіль із сіна він не вмів, а речей у нього ніяких не було. Єдине, що зробив Джим, — допив залишок води з глека й запхнув до кишені скоринку хліба — свій сніданок. Сухар був подарунком для Зевса.

Вирішивши, що минуло вже досить часу, Джим обережно наблизився до дверей, відчинив їх і покинув свою камеру. Знадвору було світліше, особливо після темного сараю, тому він рушив уздовж стіни, боячись виходити на середину двору — там його легше помітити. Рухаючись у такий спосіб, а коротими перебіжками долаючи відкриті ділянки, він дістався старої стайні, яка зустріла його таким знайомим і навіть приємним запахом коней. Але Зевса біля входу не було. Джим завмер як укопаний. Зрада? Засідка? Злякався в останню мить? Чи просто щось пішло не так? Не знаючи, що робити, він розгублено стояв неподалік від воріт стайні й обережно роззирався на всі боки. Чекати нападу чи повернутися? Шукати Бреда, запрягати самому чи бігти на своїх двох? Думки шалено металися в Джимовій голові, а серце, сповнене адреналіну, намагалося вискочити з грудей через горло.

Раптом зі стайні долинуло знайоме іржання найкрасивішого в садибі коня — той відчув людину. Джим зайшов усередину й одразу ж наштовхнувся на важку морду у вуздечці; морда почала форкати й обмацувати губами його обличчя. Звісно ж, то був Зевс! Бред запряг і прив'язав його з внутрішнього, а не зовнішнього боку — аби випадково не привернути чиєїсь уваги. Джим обійняв коня й потріпав йому холку, радіючи як рідному, а також віддаючи належне кмітливості свого товариша. Скоринка була відразу ж вийнята з кишені і з задоволеним хрумкотом з'їдена Зевсом.

— Ну все, все... час іти, мій ти хороший... Нині в нас багато роботи, — Джим, примовляючи стиха, відв'язав поводи від стовпа й вивів коня зі стайні.

Він лише раз чи двічі користувався тією задньою хвірткою, від якої униз вилася невеличка стежинка до струмка, що протікав неподалік. Ходили крізь неї здебільшого жінки, які влаштовували на березі своє прання. Джим повів Зевса до цього запасного виходу із садиби, розуміючи, що треба поспішати, адже будь-хто, кому в цю пору не спиться, міг легко помітити білого коня і його поруч із ним. Зевс, як на те, стукав копитами, ніби цвяхи забивав, разок заіржав і навіть спробував вирватися — нічні прогулянки були йому не до вподоби. Джим, як міг, умовляв норовисту тварину. Він ледве стримував коня однією рукою, поки другою намацував засув на хвіртці — і, як це часто буває в таких випадках, йому це ніяк не вдавалося. Після вкрай довгої хвилини, яка здалася змоклому від хвилювання і зусиль Джиму безконечною, — адже йому доводилося ще й мало не боротися зі щодалі більш упертим Зевсом, — він нарешті таки зміг зрушити засув. Той клацнув із таким звуком, що, здавалося, мали прокинутися вже всі. Джим відчинив хвіртку й потяг у неї коня, але тварина ні за що не хотіла йти. За ці кілька хвилин любов Джима до Зевса перетворилася вже майже в ненависть.

— Ходімо, тварюко! Чи ти хочеш жити на цій триклятій фермі до старості? Поки тебе не перекрутять на ковбасу? — сичав не на жарт розлючений Джим, змахуючи піт із лоба.

Слово «ковбаса», певно, було чарівним — саме після нього Зевс зважився ввійти у вузький прохід. Він справді був затісним для тварини. Стремена дзенькнули об стовпчики, що огороджували хвіртку, але, на щастя, ні за що не зачепилися. Джим, забувши про все на світі — і про спину, що розболілася ще дужче, і про те, що треба б зачинити за собою дверцята, — скочив у сідло, пришпорив коня й пустив його стежкою вниз. Зевс миттю ожив — наче й не поводився ще хвилину тому як останній віслюк — і весь віддався цій гонці, лише очікуючи на команду свого вершника, аби додати швидкості. І він отримав таку команду — щойно вони перемахнули неширокий струмок і пустилися галопом по чистому полю.

Саме в цей час із-за лісу, що темнів удалині, почав випливати місяць, який, здавалося, чекав моменту, аби вийти на сцену. Бред зі своєї вежі уважно спостерігав за світляною точкою: вона перетнула сріблясту нитку струмка й упевнено віддалялася геть у темряву. Він подумки всміхнувся, закурив одну з двох цигарок, виданих йому на нічне чергування, і потрусив коробкою. Звідти глухо озвалося кілька сірників. Для одного з них сьогодні ще була робота.

РОЗДІЛ

21

Відлуння скаженої нічної погоні, в якій, утім, за ним ніхто не гнався, ще довго звучало у Джимових вухах і наступного дня. Зупинившись перепочити лише на світанку, Джим навіть приблизно не уявляв, чи він у Гарольдському лісі, чи вже в якомусь іншому, бо за цю ніч вони із Зевсом часто вискакували з лісових хащ на відкриті місцини. Джим розпріг коня й геть знесилений умостився просто на траву. Він знав, що Зевс — розумна тварина й не відійде далеко від людини, а тому одразу ж заснув із чистим сумлінням вільної людини.

Спав без сновидінь — як то буває у стані страшенної втоми. Однак отямився наче від якогось поштовху — й одразу схопився на ноги, та так, що аж у голові трохи замакітрилося. Вмить пригадав усі події минулої ночі й почав озиратися на всі боки, мружачись від яскравого сонця, — але нікого не побачив, окрім коня, що пасся неподалік. Джим знову сів на землю, потягнувся до сідла, що лежало поруч, відв'язав і розкрив приторочену до нього невелику торбу. Там був сніданок, зібраний турботливим Бредом, — ймовірно, це була його власна вечеря. Джим знищив скромні припаси одним махом, укотре пом'янувши добрим словом свого рятівника. Щоправда, тепер їжі в нього не залишалося зовсім, але це було цілковитою дрібницею — порівняно з тим, що він вирвався з полону. Джим ще раз прислухався, але не почув нічого підозрілого, а тим більше — схожого на звуки переслідування, однак це аж ніяк не означало, що небезпеки не було. Він навіть, як показують у вестернах, припав вухом до землі, аби відчути далекий стукіт копит, але й так не почув нічого. Дороги теж поблизу не було жодної — вони із Зевсом уже давно збилися з усіх стежок-доріжок і зараз відпочивали на якійсь галявині. Та Джим вирішив не втрачати часу. Він не без зусиль загнуздав коня, якому було більше до душі вільно пастися або ж скакати, а ось перехідного моменту — надівання сідла й затягування попруги — він явно не любив: надував боки й навіть намірявся вкусити.

Коли з неприємною для них обох процедурою було покінчено, належало ухвалити важливе рішення — куди їхати. Після недовгих роздумів Джим дав можливість Зевсові обрати шлях самостійно і лише хвицнув йому п'ятами, аби ініціювати рух. Кінь слухняно закрокував уперед, вони виїхали з галявини й почали потроху просуватися лісом. Часом їм доводилося об'їжджати буреломи, а іноді, навпаки, вони натрапляли на ледве помітні стежки, однак ті обривалися так само раптово, як і виникали. Чогось достатньо широкого й твердого, що можна було б назвати дорогою, поки не траплялося. Джим був настільки задоволений Зевсом, який цілком упевнено сам прокладав маршрут, що навіть почав щось там насвистувати собі під носа, — адже їхати верхи, ситим і бадьорим вільним чоловіком, по літньому прохолодному лісу куди приємніше, аніж сидіти з мискою баланди в паркому замкненому сараї в безконечному очікуванні етапу на каторгу.

Через годину такої непоспішної прогулянки Джим раптом пригадав, що йому розповідав про коней Бред. Звісно, Джим не зміг засвоїти всіх тих енциклопедичних знань про конярство, які його просунутий у цій справі друг свого часу впихав у нього, але зараз у голові щасливого втікача сплило головне, що було потрібне саме тепер: якщо коневі дати волю везти тебе на свій розсуд, він завжди йтиме до своєї стайні. Джимові сяйнуло: Зевс віз його назад на ферму! Джим почав видивлятися сонце крізь густе листя. Піймавши нарешті поглядом палаючий диск, він зорієнтувався, що справді їде на захід, назад, коли йому треба рухатися на схід. Ця кінська звичка була порятунком для тих, хто полюбляє вертатися додому в безпам'ятстві, на автопілоті свого улюбленця, але наразі вона мало не погубила Джима. Вилаявши себе подумки останніми словами, він не без зусиль розвернув Зевса у зворотному напрямку й почав квапити його, постійно стежачи за тим, аби сонце, що саме хилилося до обрію, світило їм тільки у спину.

Щойно почало смеркати — а в лісі це зазвичай помітно раніше, — вони набрели нарешті на якусь подобу дороги, котра й вивела їх із лісу. До того часу вже добряче стемніло, і Джим вирішив улаштувати ночівлю на галявині, аби завтра вирушити далі із самісінького рання. Треба було також помізкувати — куди саме їхати, адже якогось певного плану дій він поки що не мав.

Засинати на порожній шлунок було не так весело, як на повний. Та й ніч видалася прохолодна, а брудна сорочка та короткі робочі штани гріли свого господаря поганенько. Він змерз, погано спав і ледве дочекався світанку. Піднявшись у похмурому настрої, Джим безцеремонно осідлав Зевса, придушив його спробу противитися кулаком під ребра, вмостився в сідло й пустив коня чвалом по дорозі, що вела кудись у поле.

Наступні два дні минули досить одноманітно. Вони рухалися непомітними путівцями, уникаючи шосе та поселень, де легко можна було зустрітися зі сподвижниками дядечка Тома, та не так легко їх потім здихатися. Дорога петляла поміж пагорбами, забігала часом у лісок, нескінченно тягнулася спекотними полями. Джим геть виголодав за цей недовгий час. Для нього, на відміну від Зевса, їжа не росла просто під ногами, і він поки що відмовлявся скубти траву разом із конем. Зате вони обоє з насолодою пили прохолодну воду зі струмочків та річечок, які іноді траплялися на їхньому шляху. Джим не витрачав часу на полювання, бо був у тому не дуже-то вдатний навіть за наявності рушниці або лука. Відмовлявся він і від збиральництва, боячись отруїтися чимось незрозумілим. А піцерії чи кафетерії йому не траплялися.

На третій день подорожі в невідомість вони перетинали черговий пустир. Сонце пекло, як навіжене. Зевс розмірено цокав копитами, а Джим, призвичаївшись дрімати на ходу, уже почав куняти. Коли він вкотре безсило схилив голову, то долетів до самісінької землі, а отямившись від падіння, вирішив, що звалився вві сні. Джим спробував підвестися, але щось заважало його рукам, а без координації з ними й ноги чомусь не слухалися. У піднятій ним же самим пилюзі Джим не відразу розгледів, що сидить на п'ятій точці з руками, притягнутими до тулуба арканом, а кінець того аркана тримає в руках юнак, який стоїть по пояс у траві на узбіччі дороги. Його товариш, явно молодший, намагався впіймати Зевса — той від переляку, або просто вирішивши, що це така гра, метався по полю. Джим спробував скинути пута, підвестися й дати добрячих духопеликів двом шибеникам. Та виявилося, що їх не двоє, а троє. І третій — можливо, й не набагато старший за своїх тринадцяти-чотирнадцятилітніх товаришів, зате значно більший і за них, і за самого Джима — поклав кінець дубини, яку тримав у руках, йому на плече і пробасив:

— Не рипайся, дядю!

Джим лишився сидіти в поріділій хмарині пилу. До нього підскочив той, що тримав аркана, й почав обмотувати мотузкою ще тугіше. Робив він це вміло, як досвідчений мисливець, і безперестанку сипав запитаннями:

— Зброя є? Револьвер? Рушниця? Динаміт?

Джим заперечно мотав головою, і це явно розчаровувало малолітнього розбійника.

— А що ж у тебе є, дядю? — спитався худорлявий пацан і став обмацувати кишені Джима, а щоб дістатися задніх, допоміг йому навіть стати на ноги.

Усе, що підліток-грабіжник знайшов у Джима, — клаптик засохлої тканини, який за часів своєї молодості йменувався носовою хустинкою, та ще лист від Меріон, що лежав за пазухою, поближче до серця. Хустинка пацана не зацікавила — він її одразу ж пожбурив на дорогу. А от виявивши конверт, працівник ножа й сокири переможно вигукнув:

— Ага! Повідомлення!

Пацан мало не танцював на радощах.

— Покажи! — прогудів його міцний товариш, що стояв позаду Джима, і простягнув вільну руку за «повідомленням».

— Стоп-стоп! — перший хлопець явно вважав себе командиром цього підрозділу юних командос, а тому сховав цінний папір до задньої кишені своїх джинсів і додав уже серйозно: — У штабі розберуться!

«Ти ба, — подумав Джим, — у цих здичавілих скаутів, виявляється, ще й штаб є!»

— Не твого ума діло, — продовжив «сержант» ставити на місце свого огрядного «рядового». — Охороняй краще полоненого. А я піду поможу Куртові.

Здоровило понуро кивнув і зігнав злість на Джимові, штовхнувши його палицею в бік так, що той знову захотів присісти.

Тепер уже двоє хлопчаків намагалися впіймати коня, а той, вочевидь подумавши, що вони не становлять жодної небезпеки, а просто граються з ним у квача, з радісним іржанням гасав колами по полю. Старший хлопець, швиденько збагнувши, що це неправильна тактика, дістав щось із кишені і, приманивши зацікавленого Зевса, скочив йому на спину зі спритністю досвідченого вершника. Після цього командир диверсантів, який мав, як з'ясувалося, не наймужніше ім'я — Леслі, вишикував свій загін у колону й наказав починати рух. Уперед він пустив щуплявого хлопчину, Курта, — як найменш цінного персонажа їхньої групи, що виконував роль чи то кур'єра, чи то тральщика протипіхотних мін. Далі йшов, а точніше їхав на білому бойовому коні, сам «генерал». За ним крокував полонений Джим зі зв'язаними руками, якого підганяв, із будь-якого приводу і без, здоровило на прізвисько Хом'як, — він і замикав процесію. Чи мав він ім'я, Джимові довідатися не вдалося, як і те, хто ж його нападники та куди його ведуть. Джим усе сподівався, що це просто гра хлопчаків, які відбилися від свого класу, і що коли вони повернуться до своїх товаришів, котрі розташувалися на пікнік у затишку якоїсь галявини, то їхня вчителька, обов'язково заокулярена місіс Мідлтон, трішки насварить шибеників, а тоді вони всі дружно сядуть їсти мамині пиріжки з кошиків. Та скільки Джим не вдивлявся в далечінь, ніде не було видко діток, що веселяться на лоні природи.

Майже відразу зійшовши з дороги, їхня процесія проминула перелісок і наблизилася до густих нетрів. Тут голову Леслі навідала думка, що полонений не повинен знати місце розташування загону — а значить, йому треба зав'язати очі. Поки шукали, з чого зробити пов'язку, Джим аналізував. «Штаб, загін...» Схоже, що все серйозно, й, можливо, це саме те, що йому потрібно, — спротив. А якщо це звичайнісінькі бандити? Джимові геть не хотілося, втікши з однієї в'язниці, одразу ж потрапити в іншу. Він дуже сподівався, що міфічний загін складається не з самих лише тинейджерів і що там є хоча б кілька дорослих, із якими можна нормально порозумітися.

Тим часом пошуки пов'язки не мали успіху, і було вирішено просто напнути Джимові на голову його ж сорочку, — але оскільки він був зв'язаний, зробити це вдалося не зразу.

— Ну що, скоро ви там? — підганяв нетерплячий командир своїх не надто кмітливих підлеглих.

— Зараз, — кректав Курт, допомагаючи Хом'якові, який порався довкола полоненого однією рукою, бо друга тримала дерев'яну зброю. — Дивися, Леслі, у нього вся спина посмугована!

— До дідька її, давай швидше! — нервувався керівник, трохи засмутившись, що його трофей виявився дещо зіпсутим.

— Готово, — сказав Хом'як, закінчивши пеленати Джима. Тепер той стояв зв'язаний і з задраною на голову сорочкою.

Колона рушила далі, але виникла нова проблема: Джим постійно падав, чіпляючись за гілля та коріння. Він досить стійко терпів усі падіння, вирішивши, що не викаже слабкості перед цими шмаркачами, дарма що від них наразі залежала його доля. Коли сліпе опудало вкотре вдарилося головою й звалилося на землю, та так, що навіть не змогло відразу підвестися, Леслі нарешті змилувався:

— Хом'яче, розв'яжи йому очі — ми вже достатньо далеко зайшли!

Знову зупинка, і знову ті самі три руки розв'язують і зв'язують Джима, цього разу — щоб він знову міг бачити. Однак Леслі все ж не був остаточно впевнений, що цілком убезпечив таємницю свого штабу, тому наказав як слід покрутити Джима — аби збити полоненого з пантелику вже до кінця. Він і не підозрював, що той і до полону геть не петрав, де він є, а тепер і поготів. Однак безплатну карусель Джимові таки влаштували. Після неї клієнт знову гепнувся на землю.

— Добре, — сказав задоволений досягнутим ефектом Леслі, якого Джим навіть крізь нудоту, що підступила до горла, уже почав тихо ненавидіти, власне як і решту своїх екзекуторів.

Йому допомогли встати — і рух продовжився.

Поблукавши лісом ще з годинку, до того ж, як здалося Джимові, це робилося навмисне, Леслі врешті привів свою групу до штабу, про який вони дуже часто згадували в розмовах між собою. Джим чогось думав, що побачить якісь землянки в лісі, із яких тягнуться в небо цівки диму, і звідти вискочить юрма озброєних до зубів марксистів із відповідною символікою та знаменами, на чолі мало не з самим Че Геварою, ну або, у крайньому разі, з кимось у такому ж береті з червоною зіркою на лобі. Але пунктом призначення їхньої мандрівки виявився старий великий одноповерховий будинок із безліччю господарських споруд довкола. Це більше нагадувало якийсь хутір, аніж штаб партизанського загону. Курт кинувся кудись уперед із криком: «Мамо, я вдома!», що остаточно спантеличило Джима — і засмутило Леслі, який, мабуть, уявляв їхнє врочисте повернення дещо інакше.

Вони ступили у двір, вельми умовний, адже жодних огорож довкола споруд не було. Їм назустріч стали виходити якісь люди, здебільшого чоловіки, і, судячи з того, що в декого Джим побачив зброю, то були не зовсім мирні фермери. Один із них, найвищий, із карабіном у надто довгих руках, підійшов до Джима впритул. Він дуже на когось скидався, але Джим усе ж вирішив звернутися до нього, аби хоч якось прояснити ситуацію. Для налагодження початкового контакту, як і радять усі психологи, він широко всміхнувся. Цієї ж миті звідкись пролунав різкий крик Леслі:

— Тату, обережно! Це жаб'ячий диверсант!

Тут Джим зрозумів, на кого схожий цей довготелесий, — але це було останнє, що промайнуло в його голові, бо вже наступної миті вона зустрілася з прикладом — і світло у всесвіті Джима Гаррісона згасло.

РОЗДІЛ

22

Джим сидів за столом, однією рукою тримаючи ложку і з її допомогою уплітаючи наваристу юшку з баранини, а другою притискаючи до опухлого обличчя невеличку чавунну гирку — замість холодного компресу. Навпроти нього сидів батько Леслі, який звався Леопольдом. Після вельми недружнього прийому на початку він улаштував Джимові допит, що поступово перетік у звичайну розмову, яка й закінчилася обідом. У кімнаті юрмилося багатенько люду — мабуть, усі мешканці ферми, де цей Леопольд був за господаря. Сюди Джима привели як полоненого, але тепер він уже мав статус гостя. Доказів його співпраці з триклятущими інопланетними окупантами — їх усі члени цього імпровізованого «бойового з'єднання» чомусь називали жабами — не виявили, якщо, звісно, не брати до уваги думки самих хлопчаків, які його захопили. Прочитаний уголос лист Меріон теж нічого не пояснив до пуття, хоча Леслі, якого на цю нараду не допустили, весь час зазирав у вікно й горлав, що то — шифровка. Оскільки звинувачувати людину тільки на тій підставі, що вона видалася підозрілою трьом підліткам, не виходило, то ставлення до Джима пом'якшилося. Натомість Леопольд зажадав, аби Джим розповів, хто ж він насправді. У відповідь Джим заявив, що говоритиме тільки віч-на-віч із командиром загону, якщо тут є такий і якщо вони насправді вважають себе загоном, а не бандитським збіговиськом. Від такого тону всі присутні сторопіли, почали між собою переглядатися, але все одно дивилися здебільшого на Леопольда. Той, прокашлявшись, заявив, що вони, звісно ж, загін, а він — його командир, а його ферма наразі перетворена на справжнісінький бойовий штаб.

— Гаразд, — кивнув на це Джим. — Саме вас я й шукав. Звільніть приміщення. А вас, командире, я попрошу залишитися.

Партизани-фермери нерішуче тупцяли. Леопольд подав їм знак забиратися геть, а коли це не подіяло, виштовхав усіх із кімнати.

Залишившись із Джимом наодинці, господар почав із цікавістю, наче заново, придивлятися до співрозмовника, тим більше що той поводився аж надто самовпевнено. Джим же, своєю чергою, вирішив переконати у своїй історії спершу головного, а потім уже й підлеглих. Не забуваючи про юшку, він почав розповідати:

— Я прибув із Центру. Кілька місяців тому був закинутий у цей штат. Моє завдання: організувати збройний спротив. У нашому районі я оселився в садибі дядечка Тома — явного колабораціоніста й можливого претендента на посаду голови місцевої тимчасової адміністрації. Але я спізнився — він був завербований жабами раніше. Вони дають безплатно скуштувати свої спеціальні гарбузи — і людина назавжди залишається відданою їм. Ніколи їх не їжте, навіть під загрозою голодної смерті. Два тижні тому я отримав нові інструкції, — Джим постукав пальцем по листу від Меріон, поглянув на Леопольда, який уже геть заціпенів, і нарочито недбалим жестом поклав дороге послання собі за пазуху. — Вони, звісно, зашифровані — тут ваш син має рацію, але я не можу розповісти всього, що мені передали. Саме через це послання я й був викритий. Мене жорстоко катували, — Джим устав із-за столу, розвернувся й задрав перед Леопольдом сорочку, демонструючи свою понівечену спину, від чого той став слухати розповідь незнайомця, ще більше витріщивши очі. — Але я їм нічого не сказав, — продовжив Джим вигадувати на ходу, присьорбуючи зі своєї тарілки. — Мене кинули в тюрму, але я зміг утекти, зберігши при цьому безцінний лист. Тепер я пробираюся назад у Центр — для виконання таємної місії, про яку, ясна річ, я не маю права тут говорити. А заодно налагоджую контакти з розрізненими групами спротиву — на зразок вашої, щоб об'єднати наші сили у боротьбі із загарбниками.

Джим закінчив свій виступ, одночасно спорожнивши й миску. Якби йому запропонували добавки, він, поза сумнівом, продовжив би розповідати про свої пригоди — звісно ж, із новими подробицями. Леопольд був настільки шокований почутим, що ледве знайшов у собі сили налити склянку бражки з діжечки, що дуже тхнула дріжджами, — і проковтнув залпом. Потім, похопившись, налив і гостеві. Не знаючи, як до нього звертатися, він поцікавився:

— А як тебе звуть, товаришу?

Джим, скориставшись паузою, необхідною для поглинання каламутної рідини, замислився: «Цей командир червоних кхмерів, напевно, марксист-соціаліст, бо ж такі звертання у вжитку головно у них. Крім того, він не запам'ятав, як мене називають у листі, — чи то комрад трохи неуважний, чи то подумав, що те ім'я несправжнє, чи то...». Джим раптом згадав другий поверх свого будинку і трьох кумедних хлоп'ят із пов'язками на очах.

— У Центрі мене знають як Донателло. Ви можете називати мене так само, — сказав він.

Господар із розумінням кивнув, налив по другому кухлеві бурди й підсунувся ближче до загадкового резидента:

— Які будуть для нас розпорядження, товаришу Донателло?

Джим подумки всміхнувся, а зовні випрямив спину й постарався надати голосу якомога більше сталевих інтонацій:

— По-перше, сувора дисципліна! Більше ніяких грабунків у сусідів і на дорогах!

Судячи з того, як слухняно схилилася голова Леопольда, цей кинутий Джимом навздогад м'яч потрапив у кошик.

— Ми називаємо це експропріацією... — мляво пробурмотів вождь місцевих правдоборців. — На наших зборах не всі підтримали такі методи революційної боротьби, але ж...

— Це не має значення! — перервав Джим його скарги. — У будь-якому разі — досить! І головне, — тут він зробив театральну паузу і приглушив голос, від чого його візаві всім тілом подався ще ближче до нього, — у вас ніде немає символу нашої боротьби!

— Якого? — від нетерплячки Леопольд змусив табурет, на якому сидів, стати на дві ніжки.

— Тс-с-с... — просичав, зберігаючи інтригу, Джим, бо ще й сам не вигадав того символу. — Усьому свій час, товаришу. Усьому свій час.

Леопольд розчаровано, але вже цілком покірно зітхнув і грюкнув ще раз табуреткою, повертаючи її в початкове положення.

Потім Джим із Леопольдом вийшли з дому, аби здійснити обхід розташування загону. Його урочисте шикування на честь несподіваного прибуття легата революції було вирішено влаштувати ввечері, коли спека спаде. А поки що Джим, блукаючи господарством Леопольда, у невимушеній бесіді намагався дізнатися, чим же вони тут займаються насправді, — аби хоч якось скоректувати свої плани. Леопольд, повністю довірившись посланцеві з таємничого Центру, розповідав усе, нічого не приховуючи, з властивими йому простодушністю та відвертістю.

Йому було близько сорока. Він народився й виріс на цій фермі, успадкував її від татка, а той, своєю чергою, від свого татка, а далі він не знав. Хоч Леопольд і жив життям звичайного фермера, однак батьки виховали його в традиціях ліворадикальних ідей. Його тато був їхнім палким прихильником із ранньої молодості, хоча водночас сам був єдиним спадкоємцем солідного промисловця. Ця обставина не завадила йому під час війни у В'єтнамі вчинити спробу залишити ряди капіталістичної американської армії й перейти на бік В'єтконгу. Йому ще пощастило — його не розстріляли як перебіжчика і навіть не судили за зраду батьківщині, а просто посадили у психлікарню, вважаючи, що таким, як він, там і місце. Успішно пройшовши кілька курсів лікування — від електрошоку до лоботомії — Леопольдів тато зумів переконати лікарів, що йому полегшало і що він знову став консервативним мілітаристом, готовим голосувати за республіканців та вбивати будь-яку кількість червонопузих на славу американської демократії. Ескулапи цілком цим удовольнилися, оголосили повну перемогу медицини над комунізмом — і з миром виписали пацієнта, який нарешті все усвідомив. Це була їхня помилка. Тато Леопольда вже тоді зрозумів: шлях до американської революції лежить тільки через підпіль-ну діяльність, і йому, можливо, доведеться досить довго вести подвійне життя в ім'я торжества праведної лівої справи, — але він готовий до цього. Він почав утілюва-ти свою нову доктрину і перевіряти рівень свого маску-вання на ворогах, вважаючи, що це він переміг систему примусового лікування, адже вийшов-таки на свободу, не зрадивши своїх переконань, принаймні внутрішньо. Батько майбутнього командира партизанського загону імені Нельсона Мандели деякий час поневірявся по різ-них містах і по ще більш різних напівлегальних групах. Потім він вирішив усамітнитися де-небудь у глушині, аби побудувати там воєнізовану комуну відповідно до власних, єдино правильних, принципів — комуну, гото-ву в необхідний момент стати на боротьбу і сплисти, як марксистська субмарина, щоб торпедувати проржавілий наскрізь корабель капіталізму. З цією ідеєю, а також із молодою дружиною-студенткою, знайденою на одному з мітингів соціалістів, він оселився на закинутій родин-ній фермі свого батька. Це було все, що дід Леопольда залишив своєму безталанному синові, решту ж пустив на благодійність або роздав далеким родичам — що, власне, одне й те саме.

— Аби лиш не дісталося цьому навіженому! — гор-лав старий на смертному одрі, переписуючи свій заповіт.

Та його синок не засмучувався — цих напіврозва-лених сараїв йому було цілком достатньо для здій-снення свого плану. Він був по горло ситий батьковими розповідями про тяжке дитинство на цій фермі і про те, із якими зусиллями той пробивався в цьому житті й наживав свій капітал. Може, саме це надмірне моралізаторство солідного бізнесмена й відвернуло Леопольдового тата від заздалегідь визначеного йому шляху, спрямувавши натомість на стезю будівництва справедливого рівноправного суспільства. У будь-якому разі, він вирішив, що, почавши з цієї ферми, зможе досягнути успіху й довести всім перевагу марксистської системи.

За тридцять п'ять років, відведених Леопольдовому татові для реалізації його прожектів у нових умовах, на фермі багато змінилося: народжувалися сини та доньки, приїжджали сюди жити і їхали геть якісь люди, змінювалися напрямки та способи ведення натурального господарства, збиралися і гинули врожаї, військові збори та стрільбища були то регулярними, то проводилися зрідка, якщо закінчувався запас патронів. Через такий спосіб життя в нього постійно виникали проблеми із законом, сусідами і навіть дружиною, а потім і з дітьми, що підростали. Тільки Леопольд –– найстарший, якому з раннього дитинства найбільше промивали мізки, бо тоді в татечка ще було достатньо ентузіазму, –– виріс істинним марксистом. Тільки Леопольдові, найстаршому, найдужче промивали мізки — із раннього дитинства, коли в батька ще не бракувало ентузіазму. Тому лише він виріс істинним марксистом. Решта пташенят, ледве в колодочки вбившись, випурхували з цього гнізда соціалізму за першої ж нагоди — і на ще не зміцнілих крилах летіли геть, несучи з собою не насіння лівих ідей, а стійке щеплення від них. Вони воліли селитися якнайдалі від свого божевільного батька, підтримуючи родинні зв'язки виключно за допомогою різдвяних листівок. Серце Леопольдової матінки не витримало цих випробувань розлуками, воно розривалося між дітьми, які поїхали геть, чоловіком, який зостався, і згасаючими утопічними ідеями — і десять років тому вона покинула цей марнотний світ, знайшовши врешті спокій у самотній могилі на околиці лісу.

Окрім Леопольда, не залишила батьківського дому лише його молодша сестра, та й то лише тому, що була негарна, надто сором'язлива, а ще перебувала під сильним впливом брата. До того ж після смерті матері хтось же мав опікуватися господарством. Батько Леопольда помер слідом за дружиною років через п'ять. Наприкінці життя він уже остаточно перестав вбачати сенс у своєму проєкті, та й не тільки в ньому, бо його покинули останні крихти розуму — і близьким доводилося годувати його з ложечки, прив'язавши перед тим до стільця. Але червоне знамено комунізму не схилилося, потрапивши до вірних справі партії рук його старшого сина. Той хоч і не вводив жодних нових правил, зате чітко дотримувався старих, створених його батьком і Карлом Марксом, а тому слова «загін» і «штаб» завелися в цих краях ще задовго до висадки інопланетян.

Незважаючи на тотальну втечу кревних родичів, місця вільного на фермі не було — його займав постійний потік справжніх однодумців, які приїздили в комуну. Траплялися серед них і захоплені студентки. Саме з них, пішовши й у цьому слідами свого батька, Леопольд і вибрав собі дружину Альбу. Стабільно у штабі мешкало два-три десятки осіб, з невеликою, зате регулярною ротацією, яка припинилася тільки з появою на планеті Земля руанців, — оскільки ті турботливо скасували скрізь електрику й тим самим паралізували, серед іншого, рух транспорту. Але загін імені Нельсона Мандели, через певну віддаленість від цивілізації та мінімальне використання її досягнень, не відразу помітив цю всесвітню подію.

Звістку про прибульців привезла на ферму остання група затятих комуністів, яка через колапс добиралася сюди значно довше, ніж це було зазвичай. Прибулі спільники приправили свою розповідь такими жахливими подробицями про наслідки вторгнення, що Леопольд одразу ж стрепенувся і збадьорився. Він збагнув, що сталося саме те, до чого все життя готувався, але так і не дожив його батько. З'явився зовнішній ворог, у боротьбі з яким може об'єднатися все людство — під прапором лівих ідей, ну або ж, у крайньому разі, інопланетяни знищать ненависний капіталістичний устрій — і на його місці вже точно розквітне довгожданий соціалістичний рай. Але оскільки в усьому окрузі самих прибульців за цілий рік ніхто так жодного разу й не бачив, то Леопольд зі спільниками вирішили зосередитися на боротьбі з їхніми поплічниками — бо ж вони якщо й не з'явилися досі, то неодмінно з'являться найближчим часом. Завдання щодо їхнього виявлення було доведене до всіх бійців, разом із неповнолітніми, адже марксистом не стають ні у вісімнадцять років, ні у двадцять один — ним треба народитися, і тут зібралися саме такі.

У цьому місці Джим вирішив перервати цю повість про місцевий революційний рух, яка вже почала його втомлювати.

— А чому ви називаєте їх жабами? — спитав він.

— Ну, не знаю... — чи то Леопольда спантеличило це запитання, чи то здалося йому неважливим — на відміну від того, про що він уже добру годину розпинався перед гостем.

Вони закінчили оглядати територію й повернулися в дім, де Джим із задоволенням спостерігав за підготовкою до вечері, доволі святкової, як на нинішні часи.

— Я сам їх не бачив, — наче виправдовуючись за своє незнання, продовжив Леопольд. — А от Альба, моя дружина, кілька місяців тому була в сусідньому містечку, хотіла там дещо виміняти, і бачила....

— Їх самих? — нетерпляче спитав Джим, якому інформація про руанців була потрібна, як повітря.

— Та ні, — ще дужче зніяковів господар. — Там, це... пузир якийсь літав, і по ньому показували інопланетянина... Гидота рідкісна — так вона сказала й назвала їх жабами. Відтоді в нас і пішло...

— А тут вони не пролітали? — продовжив розпитувати Джим. — Невеликі теледирижаблі й величезні, транспортні?..

— Ні...

—Карта у вас є? Мою забрали під час обшуку... — Джим не виходив із ролі спецагента, і йому треба було зорієнтуватися на місцевості.

— Та ні... Звідки в нас... — зітхнув Леопольд.

— Та який же ви після цього партизанський загін? — став докоряти Джим, але побачивши, що надміру засмутив господаря, вирішив змінити тему: — До речі, чого тебе так назвали? Твій батько, судячи з розповідей, міг дати тобі більш революційне ім'я. Щось на зразок Фіделя, Ілліча або Че.

— Леопольдом звали його батька, мого діда. І мій тато хотів провести експеримент, який доводить, що ім'я в революціонера — це не головне і що можна виховати і справжнього комуніста, і короля...

— А я чула, — сказала раптом від плити Альба, яка хоч і мовчала весь цей час, однак, як виявилося, дуже уважно слухала їхню розмову, — що тебе назвали на честь діда тому, що інакше він не хотів заповідати цю прогнилу ферму твоєму батькові.

— Це твоя приватна думка, — в'їдливо відповів їй чоловік.

— А, он воно як!.. — відрізала дружина, підтверджуючи той факт, що побутові конфлікти отруюють життя не тільки звичайним родинам, а й соціалістичним.

Справді, ферма була в занепаді, — як і всі комуністичні ідеї загалом, і кращої ілюстрації цього годі було й шукати. Поки Джим обмірковував цю думку, бойові дії між подружжям продовжувалися й уже ось-ось мали перейти з прикордонного зіткнення в масштабніший конфлікт, тому він ризикнув їх припинити:

— Так, досить! Леопольде, оголошуй загальне шикування!

Судячи з того, як той глянув на Джима, такого тут уже давненько не робили, але Леопольд, боячись осуду, не міг у цьому зізнатися. Він віддав честь і стрімко вийшов із кімнати, грюкаючи чобітьми, а Альба подарувала Джимові одну з тих чарівливих усмішок, завдяки яким вона одного разу вийшла заміж. Джим удав, що не помітив цього авансу. Він вийшов із-за столу й узявся шукати дзеркало, аби привести себе в належний вигляд, а заодно й потренувати строгий керівний вираз обличчя. Знайшовши дзеркало, він побачив у ньому якогось занедбаного безхатька зі свіжим синцем під оком, і бойовий дух ненадовго покинув його. Але таки ненадовго — бо у двері просунулася Леопольдова голова й запитала:

— Зі зброєю шикувати?

— Аякже! — відповів Джим новоспеченим командним голосом і відвернувся від свого відображення, яке його не надихало.

Леопольд кивнув і пішов геть. Джим пройшовся кімнатою, тренуючи пружинистий крок під зацікавленими поглядами Альби, яка вдавала, що порається коло каструль, і рішуче вийшов надвір — так генерали ступають на плац.

РОЗДІЛ

23

Джим деякий час постояв на ґанку як на трибуні, розглядаючи звідти вишикуваний перед ним загін бійців імені Нельсона Мандели, покликаний звільнити робітничий клас від прибульців та капіталістів, а потім спустився сходами. Наближаючись до різношерстої шеренги бійців, він щосили намагався зберегти серйозний вигляд і не зареготати. Півтора десятка чоловіків різного віку та калібру щосили зображали з себе солдат — так, як вони це розуміли, й у тому одязі, який у них був. Воєнізовані й камуфльовані однострої різноманітних зразків, стилів та часів стояли поруч із цивільними костюмами. Зброя в руках бійців невидимого фронту й непомітного спротиву була також дуже різною, як і її власники. Мисливські рушниці та карабіни, армійські стволи останніх збройних конфліктів і навіть ретромоделі часів сутичок із конфедерацією... Та все одно це хоч щось, думав

Джим, проходячи вздовж цього строю в супроводі Леопольда, який намагався зобразити офіцерську виправку. Дійшовши до кінця не дуже довгої й не надто рівної шеренги, де стояло, трохи віддалік, троє підлітків, які відзначилися вранці, а трохи позаду — п'ять малюків уже геть не призивного віку, озброєних палицями різних калібрів, Джим різко повернувся на підборах і почав свою полум'яну промову.

Він говорив довго, здебільшого зосереджуючись на темах, близьких тутешньому контингенту. Також Джим переповів коротку історію свого підпільного життя революціонера, оздобивши її новими, більш героїчними, подробицями. Окремо зупинився на міському населенні, яке страждає через гніт загарбників і чекає, що їх колись звільнять такі-от герої. Зауваживши, що, попри величезну цікавість до його розповіді, вишикувані люди вже втомилися стояти, Джим вирішив закінчувати промову. Він подумав, що за вечерею, якщо захоче, зможе продовжити своє спілкування з народом — тим більше що воно йому сподобалося, хоч і було першим у його житті. Дозволивши Леопольдові віддати команду розходитися, Джим подумав, що йому вдалося виступити майже в дусі молодого Кастро — коли той надихав людей на штурм казарм, чи що там вони грабували на колишньому американському курорті під назвою Куба.

Усі рушили в дім для врочистої вечері, тим більше що Альба і ще якась молода жінка, судячи із зовнішності — сестра Леопольда, кілька разів під час димового виступу визирали у двір і попереджали, що «скоро все вихолоне!». Чоловіки, роззброївшись, в оточенні дружин та дітей усілися за великим спільним столом і заходилися їсти — без жодних ритуалів, таких як, наприклад, виконання «Інтернаціоналу» стоячи, хоча саме це чогось сподівався побачити Джим. Вечеря тут дуже нагадала йому трапези в домі дядечка Тома — щоправда, без тамтешнього зайвого провінційного пафосу, проте з гіршою кухнею. Втім, була й більш істотна різниця: там він був третьосортним статистом, якого мало не зневажали, а тут — сидів на місці почесного гостя і всі йому зазирали в рота, очікуючи, що звідти посиплються високі істини й приголомшливі новини.

Джим не розчарував присутніх — продовжив захоплювати їх своїми побрехеньками, особливо після появи на столі кухлів із бражкою, яку він скуштував ще вдень і тепер уже звикав до її своєрідного смаку. Єдиний алкогольний напій місцевої винної карти вироблявся з патоки й іменувався елем, але до елю явно не дотягував, поступався він за смаком і пиву дядечка Тома, — зате перевершував усе високим градусом. Під нескінченні тости за перемогу комунізму над прибульцями, а також на честь Карла Маркса і товариша Донателло, Джим почав поступово сповнюватися симпатією до цих людей та їхніх ідей. Тим більше що останні, крім іншого, полягали у лояльному ставленні не тільки до алкоголю, а й до всезагальної сексуальної рівності та доступності — як протиставлення й відмова від капіталістично-міщанського святенництва. На це цілком однозначно натякала йому Альба, яка, проходячи повз, кілька разів трохи тернулася об нього грудьми — начеб-то ненароком, а потім навіть поклала під столом руку йому на коліно. Джим не знав, як сприйме такі флірти її чоловік, але жодної реакції від нього не було — бо ж, власне, на що може реагувати чоловік, якщо він дрімає в залишках картопляного рагу?

Аби якось позбутися настирних знаків уваги цієї розпусної комуністки, уже добряче захмелілий Джим вирішив повести бійців в атаку — поки що умовну, — нібито для перевірки, наскільки особовий склад загону підготовлений до подолання захисних бар'єрів іноплане-тян. Ступінь алкогольного сп'яніння на цьому етапі вечірки якраз передбачав активні ігри, тому народ по-чав з ентузіазмом повзати — хто через, хто під смугою перешкод, влаштованою просто посеред кімнати з лавок та інших підручних предметів. Наступні види воєнно-спортивних ігор — боротьбу на руках, перетягування людини, осушення наввипередки касок, повних місце-вого пійла, плювальний дартс та інші — Джим пам'ятав уже уривками, хоча, як йому розповіли згодом, брав у них найактивнішу участь. Потім Джим почав прямо на столі креслити план кампанії — і це стало апофеозом оргії. Він повзав по білій скатертині, розкидаючи посуд і малюючи між залишками їжі домашнім кетчупом черво-ні стріли напрямків стратегічних ударів. Після цього Наполеон часів зоряних війн повелів замотати себе в цю імпровізовану карту, яка тепер стала страшною таємницею, і він мусить охороняти її особисто — а тому його треба віднести на спальне місце разом із нею. У цю історію Джим уже геть не вірив, хоч і прокинувся голяка, замотаний у якийсь брудний саван із кольоровими плямами, серед яких особливо виділялися червоні.

Ранок узагалі був дуже важкий, а похмілля після місцевої елітної браги — просто страшне. Але Джима принаймні ніхто не збирався арештовувати за вечірні подвиги. Навпаки — йому подарували комплект хай і не нового, але чистого одягу, замість його старого, який перетворився на мотлох і який він власноруч здер із себе під час атак на скатертині. Трохи очунявши й переодягнувшись, Джим вийшов до сніданку.

За столом сиділи похмурі бійці й приречено глитали вівсяну кашу. Джим обережно приєднався до них, намагаючись зрозуміти, наскільки постраждав його авторитет після вчорашнього побоїща. Та з байдужих облич революціонерів і нечастих фраз зрозуміти це було складно — схоже, їх переймали такі ж самі проблеми із самопочуттям та совістю. Леопольда ніде не було видно. Альба лише кілька разів пройшла повз стіл. З її явного презирливого ігнорування він зрозумів, що вчора йому таки вдалося зберегти заочну вірність Меріон, але для Альби — стати найбільшим ворогом (як чоловік, що відмовив жінці). Саме тому, а може, й не тільки, Джим вирішив, що не затримуватиметься тут: свою місію щодо цих людей він уже виконав, а отже, треба рухатися далі, власним шляхом, у кінці якого — у цьому він не сумнівався — на нього чекала кохана. Поколупавшись, більше з ввічливості, у своїй тарілці й сьорбнувши кави із сушених жолудів — ще одна гидота, яку йому довелося скуштувати в житті, — Джим вийшов із дому.

На подвір'ї він побачив більш активних учасників спротиву на чолі з Леопольдом. Той узагалі мав вельми бадьорий вигляд і бігав із якоюсь червоною ганчіркою в руках, наче тореро в очікуванні свого рогатого суперника. Із того, як Леопольд ринувся йому назустріч, Джим зрозумів, що сьогодні йому доведеться грати роль бика, і нахилив голову вперед, готуючись до оборони.

— Товаришу Донателло, ну нарешті! — гукнув Леопольд. — У нас уже майже все готово!

— До чого? — ледве спромігся вимовити Джим, ворушачи в роті клаптем наждачного паперу, який йому хтось поклав на язик і якого він усе не міг виплюнути.

— Як? — здивувався Леопольд. — Ти ж учора сказав, що ми сьогодні виступаємо в похід, але мета така секретна, що ти назвеш її в останню мить! — Леопольд так віддано заглянув Джимові в очі, що з того у відповідь полізли тільки окремі фрагменти алфавіту. — І найголовніше! Ти так і не назвав нам нашого нового символу боротьби, без об'єднавчого значення якого все не має сенсу, — з діда-прадіда борець за щастя трудового народу продовжував шукати відповіді в помутнілих очах спецпосланця всемогутнього Центру.

Джим схотів присісти — йому реально стало дуже зле. Він узяв Леопольда під руку і, майже повиснувши на ній, попросив відвести його в якесь потаємне місце, бажано в тіні і з лавкою.

Дорогою Джим спазматично згадував, куди це він учора намірявся вести цю дику дивізію під якимось незрозумілим символом спротиву. Але він розумів, що відступати вже нікуди. «Жаль, що поряд немає старого Харпера, — подумав Джим. — Той би напевно не розгубився». Згадавши його, Джим згадав і їхню першу прогулянку — тоді, з гарбузами. А пригадавши її, Джим чітко побачив дитячу листівку на стовпі — і подумки подякував своїм маленьким далеким друзям. Коли вони з Леопольдом умостилися на колоду за рогом якогось сараю, він сказав:

— Блискавка.

— Блискавка? — перепитав здивований Леопольд.

— Так. Жовта блискавка — як символ забороненої електрики, як знак енергії, технічного прогресу, робітничого класу, як потужна сила, що нищить прибульців!

— Круто... — тільки і зміг вимовити Леопольд — так наче та блискавка вдарила його самого. — Я скажу сестрі, хай вишиє її на нашому червоному прапорі, — і він помахав своїм полотнищем, як купець на ярмарку, демонструючи цінний товар.

— Звісно. Буде круто, — Джим навіть підняв догори великого пальця — на знак того, що одну проблему вже вирішено.

Леопольд уже намірявся бігти у швальню, розташовану в кімнаті його сестри, але Джим зупинив його й поплескав по рукаву, трохи нижче плеча. Леопольд почав шукати брудну пляму, але не знайшов і здивовано витріщився на товариша Донателло. І той, із усмішкою помираючого Будди, пояснив:

— Нашивки.

— Ага, зрозумів! — Леопольд двічі кивнув і зник за рогом, однак уже за мить повернувся до Джима — той не встиг і очей до пуття стулити. — А мета? Куди рушаємо? Хоч я маю знати... — у його голосі звучали майже благальні нотки.

Джим сьогодні погано уявляв самостійне переміщення у просторі на своїх двох, бо його добряче нудило, але він усе ж зміг вимовити:

— Як зветься те, найближче до нас, містечко?

— Безінгтон.

— Ото туди... — втомлено кивнув Джим і заплющився, даючи тим самим зрозуміти, що хоче, аби його облишили принаймні на найближчий місяць.

Леопольд, отримавши відповіді на всі свої запитання, вирушив виконувати свій революційний обов'язок. «І чому мені не трапився непитущий партизанський загін», — така була остання думка Джима, перш ніж його знудило.

Леопольд, зворохобивши геть усіх, розвинув божевільну діяльність із підготовки до походу. Як істинний командир, він свято беріг військову таємницю його кінцевої мети. Він лише поцікавився у своєї дружини, чи не треба їй чого-небудь прихопити в місті, — через що до обіду, після якого й було заплановано вирушати, уже всі у штабі знали пункт призначення.

Джим зі своєї схованки за рогом сараю крадькома спостерігав за близькою неминучістю. Він поривчасто думав про те, яку б вигадати причину, аби перенести початок історичної кампанії з очищення Землі від прибульців хоча б на завтрашній ранок. Поправити здоров'я вождя не зміг навіть принесений на його прохання другий кухоль прохолодної бражки — шлунок її теж не прийняв, навідріз відмовляючись терпіти й далі таке знущання. Помітивши, що один із чоловіків почав запрягати Зевса, Джим трохи заспокоївся — згадав, що в нього є особистий чотириногий транспортний засіб. Інших коней на цій, лише у мріях її мешканців — благодатній, фермі не було, а отже, загін рухатиметься повільно, зі швидкістю пішохода. Значить, у сідлі Джима не дуже розтрясе.

На ґанок вийшла невдоволена Альба і почала скликати всіх охочих на обід. Джим теж пошкандибав туди кавалерійською ходою, що невідомо звідки в нього взялася.

Обід минав у тяжкій передпрощальній атмосфері: чоловіки їли зосереджено, жінки крадькома схлипували, діти нили, що їх не беруть у похід. На відміну від малюків та підлітків, що рвалися на війну, декілька чоловіків аж ніяк туди не прагнули. Хоч у них і був високий рівень революційної свідомості, але раптом загострилися захворювання — як хронічні, так і вперше виявлені.

А ще в них були жінки й діти, яких треба комусь захищати, якщо підлі жаби вдарять із тилу. Цю вкрай неприємну новину Леопольд повідомив Джимові, щойно вони вийшли після обіду в двір, і запропонував присоромити несвідомих та змусити йти в похід, а якщо треба — пригрозити розстрілом.

— Не варто. Хай залишаються. Нічого страшного, — відповів йому Джим уже твердішим голосом, поволі вертаючись до тями після тарілки гарячого капустяного супу. — Хай краще боягузи виявлять себе тут, ніж у важливому бою, — пояснив він своє рішення.

Леопольд безперестанку дивувався мудрості товариша Донателло і зараз пожалкував, що не має при собі паперу з ручкою — аби фіксувати її письмово, а заодно й вести літопис учинків, оскільки вони, поза будь-яким сумнівом, вершать історію. Він скомандував шикуватися, однак цей наказ виконувався далеко не з такою швидкістю та чіткістю, на які Леопольд розраховував, а тому довелося регулювати процес у ручному режимі. Джим же з досадою виявив, що Зевс навантажений якимись лантухами й торбами. На своє німе запитання він отримав відповідь, що це припаси харчів і запасні патрони. Зітхнувши, Джим махнув рукою — і вишикуваний до того часу загін мовчки рушив у напрямку лісу. Джим вирішив цього разу обійтися без промов. Навіть не озирнувшись на садибу, він закрокував у хвості бойового підрозділу, — але йому все ж таки хотілося думати, що на нього з вікна дивляться зволожені жіночі очі.

РОЗДІЛ

24

Не пройшовши за другу половину дня бойовим черепашачим кроком і десятка миль, більша частина загону вичерпала й без того не надто великий запас натхнення. Зрештою Леопольд — чи не єдиний, хто не розгубив у всіх цих перелісках, байраках та яругах бадьорості духу, або ж просто вмів це вдавати, — ухвалив рішення зупинитися на ночівлю (з мовчазної згоди Джима, який уже остаточно втратив здатність говорити через задишку). До Безінгтона ще залишалося щонайменше миль з двадцять, пройти їх планували за завтрашній день і захопити місто ввечері.

Під час вечері, коли перебирали припаси, виявили, що поспіхом забули єдиний кулемет, який мали на озброєнні, — зразка Першої світової війни. Леопольд поривався відправити по нього парочку призначених добровольців, але йому вчасно нагадали, що патронів до того кулемета все одно немає, та й користувалися ним так давно, що сенсу тягати за собою ту ржаву залізяку — жодного. Але командир ще довго не міг примиритися з такою втратою — на його думку, без кулемета вони не могли вважатися повноцінним загоном. Джим, бачачи таке горе, підбадьорив Леопольда, пообіцявши, що після успішного штурму міста він дістане для нього аж три кулемети й одну польову гармату. Заспокоївшись від цих, явно передвиборчих, обіцянок, Леопольд спрямував свою увагу на контроль за приготуванням вечері, — але перед тим прилаштував червоне знамено з пришитою в центрі золотою блискавкою на найближчому дереві. Увесь пройдений шлях він ніс цей стяг попереду колони, гордо іменуючи полковим прапором — і, судячи з його ентузіазму, мав намір робити так і надалі, аж до повної перемоги комунізму. І неважливо, що підрозділ їхній навряд чи за чисельністю дорівнювався навіть взводу — Леопольд не сумнівався, що це тимчасово, а полк — найближча сходинка в еволюції його загону. Що думали про це бійці, невідомо. Так, їх усіх об'єднувала нашивка на правому рукаві, з такою ж жовтою блискавкою, але то було тільки зовні.

Трохи побувши поряд із цими людьми, придививши-шись та прислухавшись, Джим відзначив крайню диференційованість їхніх поглядів на політику — раніше лівий рух здавався йому монолітним. Сам Джим дуже поверхово знався на речах, які вони взялися палко обговорювати зразу після вечері. Він і гадки не мав, що соціалізм, комунізм, марксизм, троцькізм і маоїзм — усі ці дуже відмінні начебто поняття — насправді просто різні назви одного й того самого. Джим невдовзі втратив нитку розмови, оскільки навіть приблизно не розумів значень тих слів, які легко та природно циркулювали в цьому гарячому колі його нових однодумців. Було очевидно, що такі дискусії — традиційні в загоні Леопольда, та й сам він із задоволенням і притаманною йому енергійністю брав якнайактивнішу участь у суперечці: вона розвивалася за певною, уже відпрацьованою, схемою — так досвідчені гросмейстери автоматично розігрують дебюти в шахових партіях. Учора, певно, через несподіваний візит Джима й урочистості щодо цього, звичний словесний поєдинок відклали, і сьогодні, судячи з того, як завзято їхній політичний матч перейшов у стадію жорсткого мітельшпілю, вони вирішили надолужити згаяне за два дні. Опоненти навіть почали апелювати до Джима, аби той авторитетно розв'язав їхні принципові питання й розбіжності в поглядах, — але товариш Донателло дав зрозуміти всім своїм виглядом, що воліє залишатися над поєдинком. Невдовзі, стомившись від цієї не до кінця йому зрозумілої, але таки ж порожньої балаканини, Джим поцупив чиюсь ковдру й умостився спати — подалі від дискусії, просто неба, що підморгувало до нього зірками крізь сплетене гілля.

Засинаючи, Джим подумав про те, чи не втече вся ця політично грамотна армія при перших же пострілах — якщо Безінгтон вирішить відстрілюватися.

З'ясувати це питання теоретично було складно, тому залишалося тільки чекати завтрашньої перевірки на практиці. У тому, що ніхто їх там не зустрічатиме з розкритими обіймами, він не сумнівався. Як і в тому, що місто перебуває під владою тимчасової адміністрації зелених кружалець та жаб, і, щоб спрямувати народ на шлях істинний, можливо, доведеться й постріляти. Остання Джимова думка була про те, яка ще зброя, окрім стрілецької, працює в нинішній, зміненій прибульцями, земній реальності, — але довідатися про це можна буде тільки отримавши її у свої руки або ж потрапивши під її вогонь, чого б зовсім не хотілося. На цьому місці він остаточно відключився, перемістившись у країну марень. Там йому випало стати учасником телевікторини, де ведучим був Карл Маркс: він тримав у руках кулемет «Максим» і ставив запитання з царини політекономії. Джим уві сні судомно тиснув на кнопку, боячись помсти бородатого шизофреніка в разі неправильної відповіді. Але кнопка не працювала.

Ранок у лісі був схожий на ранок у раю. «Або принаймні хай він буде саме таким, якщо я там колись опинюся», — подумав Джим, коли розплющив очі й побачив тепле сонячне світло, що сіялося крізь зелене листя під спів невидимих, але, без сумніву, прекрасних пташок. Трохи поманіжившись, він підвівся, згадав, що сьогодні — дуже важливий день, і пішов до багаття, де вже варилася каша на сніданок. Там у розпалі була суперечка — не політична і не кулінарна, — в якій

Джим вирішив узяти безпосередню участь. Річ у тім, що в Безінгтон можна було потрапити двома шляхами. Якщо за планом Леопольда, то їм треба пройти ще кілька миль лісом, далі вийти на відкритий простір, а потім узагалі рухатися по шосе, де їх точно помітять жаб'ячі посіпаки — і тоді доведеться прийняти бій, навіть не діставшись міста. Другий шлях був не дуже відомий, значно коротший, але набагато важчий, оскільки йти доведеться через гору. Цей варіант пропонував Леслі. Хлопець добре знав тутешні місця, підтвердивши це тим, що сьогодні вранці він разом із двома своїми друзями, Куртом і Хом'яком, наздогнав загін на місці привалу — хоч батько йому суворо заборонив залишати штаб і навіть замкнув у сараї. Та хлопчак, успадкувавши риси не свого слухняного батька, а радше некерованого діда, не виконав розпорядження Леопольда. Зараз він стояв, широко розставивши ноги, і не тільки заперечував усі звинувачення в порушенні командирського наказу, але й відкрито критикував рішення щодо маршруту. Леопольд кипів. Було помітно, що за втечу він сердився на Леслі тільки на позір, — набагато дужче Леопольд дратувався через те, що його син відкрито піддає сумніву обраний ним, батьком, шлях до міста.

Джим спросоння не відразу збагнув, що відбувається, і вирішив сперту понизити градус напруги. Він запропонував усім присісти й поїсти каші, яка вже почала підгоряти, а після сніданку спокійно все обговорити й ухвалити єдино правильне рішення — і байдуже, хто саме його запропонує, навіть якщо це буде Зевс. Бійці загону, який ще не прийняв навіть першого бою, але вже почав морально розкладатися, з подивом глянули на коня, що пасся віддалік, віддали належне мудрості товариша Донателло — схоже, геть не зрозумівши його гумору, — й усілися снідати.

Під дружний стукіт ложок Леслі виклав план свого маршруту — і Джим одразу ж із ним погодився, а за ним і решта бійців. Леопольдові довелося підкоритися думці більшості, хоча він і вимагав зафіксувати цей факт у протоколі засідання. У душі цього довготелесого революціонера боролися два суперечливих почуття: ображене самолюбство й гордість за свого нащадка. Зрештою голос розуму та батьківські почуття взяли гору над зайвими амбіціями — і Леопольд погодився, під тріумфальним поглядом Леслі. Пропонований хлопцем шлях був у рази важчий (повзти в гору — це вам не лісовою стежиною чи асфальтованою дорогою крокувати), але й коротший, до того ж він давав можливість дістатися мети непомітно. Також цей варіант дозволяв уникнути зустрічі з блокпостом, який, певно ж, влаштували біля в'їзду в місто представники тимчасової адміністрації — звісно, озброєні. При цьому дражливе питання — чи готові вони самі стріляти в інших людей лише тому, що ті носять зелені значки, і чи є в цьому хоч якийсь сенс, — не обговорювалося. Вони наче й ішли на війну — поза сумнівом, для них усіх справедливу, — але чомусь думали, що на ній якось обійдеться без убитих.

Після ухвалення рішення доукомплектований трьома підлітками загін продовжив свій шлях. Він повернув праворуч і рушив до ледве помітної вдалині за деревами гори. Джим розумів, що на підході до міста треба буде вислати розвідку (він навіть знав, хто в неї попроситься), а далі вже діяти, зважаючи на отриману інформацію та за ситуацією. Крокуючи в колоні, яку тепер очолювали батько з сином, Джим думав про те, що в нього досі так і не з'явився план — ані глобальний (як перемогти в цій війні, яка ще й не почалася), ані локальний (як вони захоплюватимуть і потім утримуватимуть цей нещасний Безінгтон, який не знати навіщо взагалі йому знадобився). На жодне з цих запитань Джим не міг відповісти навіть самому собі. Однак, навіть не дивлячись в обличчя тих людей, які йшли поруч із ним в одному строю, Джим відчував, що всі вони переконані в протилежному — у тому, що він знає відповіді не тільки на ці запитання, а й на багато інших. А отже, він не має права ні на мить посіяти в їхніх серцях сумніви щодо його можливостей. Хай вони черпають сили в Донателло, а він — у них, але він ніколи не дасть нікому приводу подумати, що товариш Донателло не знає, що робити.

Міцно тримаючи в голові цей висновок, Джим разом із загоном підіймався вгору пологим схилом, порослим поодинокими деревами. Гора, що здалеку здавалася не такою вже й великою, усе росла й росла і врешті насунулася на своїх підкорювачів суцільною брилою.

Джим не знав, чи ввійде їхній похід в аннали історії, як знаменитий перехід Ганнібала в Італію через Альпи, але він зміг досить глибоко відчути, що думали про славетного полководця карфагенські слони, коли їх змушували дертися на кручі. Хоча вершини, які підкорювалися в цих двох сходженнях, дуже різнилися, ступені героїзму були цілком сумірні. Але Джим розумів, що не може ображатися на свого Ганнібала, бо наразі Ганнібалом був він сам.

Сонце стояло високо в зеніті й нещадно пекло, а шлях до перевалу здавався безкінечним. Сягнути його до обіду, звісно ж, не вдалося, тому десь посередині підйому зробили денний привал. Сил і бажання розкладати багаття й, тим більше, щось на ньому готувати ні в кого не було. Усі попадали на землю й, допивши практично всю наявну воду, добру годину просто лежали без руху. Коли ця година сплила, Леопольдові мало не стусанами довелося піднімати своїх бійців знову на ноги. Леслі підскочив першим, Джим — одним з останніх. Рух угору продовжився за повної відсутності будь-якого ентузіазму. Чотири години шляху до вершини стали для Джима дуже тяжкими, особливо потерпав його моральний дух. Йому навіть здавалося, що якби хтось зараз нагородив його склянкою холодної води й дозволив не йти далі, він одразу погодився б начепити на себе зелене кружало і став би найвідданішим адептом рептилоїдів. І все ж він продовжував іти разом з усіма. З дистанції не зійшов ніхто.

Їхнє сходження завершилося невеликим голим плато, на якому виснажений таким іспитом загін розлігся як на п'єдесталі після заслуженої перемоги. Гора була подолана. Поки люди відпочивали, Джим, Леопольд і Леслі розташувалися на чималому пласкому камені — по інший бік гірської гряди — і взялися по черзі розглядати містечко внизу у великий цейсівський бінокль, який до цього безглуздою цяцькою теліпався на шиї в командира загону. Джим, відсапавшись, неспішно розпитував своїх супутників про цей Безінгтон. Та вони вже давненько там не бували, а за останній час могло чимало змінитися. Було точно відомо, що населення там заледве сягає тисячі людей, що місто розташоване осторонь від великих магістралей і слугує адміністративним центром для розкиданих по околицях інших, дрібніших містечок, селищ та хутірців. У Безінгтон вела єдина асфальтована дорога — та, якою вони не ризикнули піти, а з іншого боку місто підпирала гора, на якій вони зараз лежали. Звідси, здалеку, Джим не міг навіть у бінокль побачити великі зелені кружала на дахах будинків, а тим більше — маленькі кружальця на одязі людей. Одначе він не сумнівався в тому, що все це там є. Підтверджуючи його здогади, над вулицями літав один теледирижабль, який звідси здавався лише невеличкою плямою, а другий летів кудись із міста, уздовж шосе. Більше нічого з їхнього місця спостереження роздивитися було неможливо.

Об'єднане командування вирішило продовжити рух загону, вилавши вперед розвідниками Леслі та Курта, оскільки Хом'як був не дуже-то кмітливим для такої справи. Пацани мали ввійти в місто й розвідати там усе що можна, після чого — вийти й зустрітися із загоном в обумовленому місці (останнє було вибране просто звідси — у невеличкому переліску, десь за пів милі від околиці). Якщо ж їм раптом зустрінуться якісь підозрілі люди — особливо із зеленими кружалами на сорочках та гвинтівками в руках, — юні розвідники відразу ж повинні повернутися й попередити своїх про небезпеку. Потиснувши руки на прощання та побажавши всім успіху, хлопчаки — тієї миті вже більше схожі на маленьких чоловіків — вирушили в розвідку. Почекавши з пів години й не помітивши нічого підозрілого, Леопольд скомандував починати спуск. Він запам'ятав ту місцину внизу, де дві невеличкі постаті сховалися між деревами.

РОЗДІЛ

25

Загін неспішно зійшов униз і, сягнувши лінії дерев, старався триматися в тіні — щоб їх ніхто не помітив із міста, до якого, втім, було ще доволі далеко. На шляху їм трапився струмок, і люди змогли втамувати спрагу й напоїти свого єдиного коня. Утім, Зевс, трохи більше звиклий до тяжкої праці, цей перехід витримував куди стійкіше за своїх господарів і терпляче тягнув свою ношу.

Діставшись місця зустрічі зі своїми лазутчиками, повстанці виставили двох вартових і розташувалися на довгоочікуваний відпочинок. Джимові спати не хотілося, тому він заліг у кущах, звідки відкривався огляд у бік міста, і чекав повернення дитячого дозору. Будинків із-за дерев було не видко, за винятком кількох найвищих дахів та шпилів. Зрідка вдалині з'являвся літаючий руанський телевізор, і Джим подумав, що він обов'язково має стати однією з цілей їхньої атаки. Тільки спершу треба послухати останні новини, а тоді вже постаратися збити й розібратися, як він влаштований. Боротьба з пропагандою ворога — один із найголовніших напрямків у їхній майбутній війні, вирішив Джим. Він продовжував мізкувати над можливими варіантами перебігу подій після штурму, водночас хвилюючись за посланих у розвідку пацанів. Джим, звісно, розумів, що ті не надто ризикують, але все одно серце в нього було не на місці.

Тіні дерев видовжувалися, яскраве денне світло згасало, небо на заході почало червоніти — наставав вечір, а Леслі з Куртом досі не повернулися. Джим хотів було розбуркати Леопольда, але потім вирішив ще почекати — той спав так мирно й спокійно, ніби щодня відправляв свого єдиного сина шпигувати у ворожий стан. Щоразу, коли десь поблизу підозріло озивався якийсь птах, Джим думав, що це повертається й подає сигнал їхня розвідка, і відповідав, наслідуючи цей голос, — щоправда, у нього чомусь завжди виходило каркання застудженого папуги.

Коли майже стемніло, один із залишених на варті бійців привів нарешті хлопчаків. Леслі голосною лайкою перебудив усіх, хто до того часу встиг заснути. Хлопець переконував, що це їхній загін заблукав і зупинився зовсім не в тому місці, де вони домовлялися зустрітися, і що вони з Куртом уже добру годину прочісують чортові хащі в пошуках горе-слідопитів. Леопольд, продравши очі, одразу ж узявся сперечатися з сином — мовляв, сам заблукав, а тепер намагається перекласти свою провину на інших. Командир ніколи не бував у цій місцевості, але був цілковито впевнений, що дорослі, а надто наділені керівними посадами, неодмінно й завжди мають рацію в будь-якій ситуації. Джим перервав їхню сварку, — бо вона вже переходила на особистості й старі образи, — і натомість запропонував Леслі доповісти про ситуацію в місті.

— Усе тихо, навіть дуже тихо, — хлопець швидко перемкнувся з деструктивного на робочий режим. — Ми обійшли майже всі вулиці. Чи то вони всі вимерли, чи то вкладаються спати о шостій вечора. Люди нам траплялися, але рідко. Ми не стали з ними заводити розмов, аби не викликати підозри. Самих жаб ми не зустріли.

— Зелені кружала є на будинках? — спитав Джим про головне.

— Є, але небагато, і на найбільшому в центрі теж висить, — сказав Леслі. — То мерія!

— А тепер, мабуть, офіс тимчасової адміністрації. Вони часто так роблять. Це наша головна мета, — підсумував Джим і продовжив розпитувати: — Блокпости на в'їзді до міста бачили?

— Та ні, — заперечливо похитав головою Леслі, — ми не дійшли туди.

— А що по теледирижаблю показували?

— По чому? — здивувався Курт, який до того мовчав і підтверджував розвідувальні дані лише кивками.

— А, по цьому, — здогадався Леслі й підняв пальця догори. — Та нічого особливого, серіал якийсь про динозаврів...

— Ага!

— Ми з Леслі одну серію навіть до кінця встигли подивитися, — радісно підхопив Курт, за що одразу ж отримав непомітного, але болючого стусана від приятеля.

— Ясно, зрозуміло, — підбив підсумки цієї наради Джим. — Вирушаємо о дванадцятій. Захопимо містечко вночі!

Ця ідея всім, і Леопольдові також, сподобалася. Усі стали схвально вигукувати й трясти зброєю — так наче якомусь племені індійців черокі знову дозволили знімати скальпи зі своїх ворогів.

Пронудившись в очікуванні півночі кілька годин — і так і не визначивши її точно, але однозначно раніше умовленого часу загін знявся з місця і вирушив у наступ. Поблукавши ще годинку, спотикаючись у темряві, переліссями та чагарями й скинувши там зайвий градус ентузіазму, бійці наткнулися на якийсь суцільний високий паркан, що, схоже, позначав межу міста. Тут думки розділилися: обійти його праворуч, ліворуч, перелізти, зламати чи підірвати. Оскільки ні вибухівки, ні жодного інструменту в них не було, від останніх двох варіантів розв'язання проблеми довелося відмовитися. Утім, один завзятий революціонер таки спробував зробити отвір у загороді — кількома ударами приклада своєї гвинтівки, на що паркан відповів зневажливим глухим гулом і голосним гавкотом — з того боку. Ідею перелізти через несподівану перепону теж довелося відкинути — цього разу через нездатність Зевса брати такі бар'єри. Ухвалили єдине адекватне рішення — іти в обхід. Невдовзі загін наткнувся на величезне непролазне звалище металобрухту, а тому був змушений повернути в інший бік. Леопольд обкладав усіх чортами, адже в його ідеалістичній свідомості атака мала бути геть іншою — стрімкою й героїчною.

Здавалося, ця огорожа тягнутиметься аж до ранку, та врешті-решт вона несподівано обірвалася — вузеньким провулком. Через нього повсталі земляни й проникли в осаджене місто, яке, проте, не підозрювало про своє приречене становище. Ця безмісячна ніч стала справжнім іспитом для всевидющих очей революціонерів. Сперш вони чималенько часу витратили на пошуки центру міста серед десятка вулиць, із яких складався Безінгтон, а потім ще довго визначали, в якому саме з найбільших будинків розмістилося зміїне гніздо «колабраціоністів» (це, поза сумнівом, розумне й доречне в певних колах слово — «колабраціоніст» — Джим уперше почув у розмовах його «політично грамотних» бійців, і воно йому припало до смаку, хоча він не вельми розумів його значення).

— Ось цей! — упевнено й однозначно вказав Леслі на двоповерхову споруду, що ледве мріла з темряви й не подавала жодних зелених розпізнавальних сигналів.

Побачивши ціль, Леопольд повів свою залізну когорту на штурм мерії. Чому хвіртку у двір не можна просто відчинити, а неодмінно треба її ламати з ноги, Джим не розумів, але, вочевидь, саме так необхідно було вчинити, аби у ворогів, які засіли всередині, не лишилося жодного сумніву — це не якась вам банальна крадіжка зі зламом, це найсправжнісінький наступ! Дубові вхідні двері влаштували повстанцям куди більший спротив, аніж благенька хвіртка, — аж поки їх не відчинили люди ізсередини, які, найімовірніше, ще мить тому мирно спали.

Біла злякана постать, що з'явилася у дверях, була буквально зметена атакою гунів, котрі на своєму шляху збили з ніг іще когось. Поки в темному холі, в огромі побоїща, крутили руки своїм, маючи їх за чужих, били чужих, а поціляли своїх, поки шукали по кишенях сірники, які, мов на зло, ніяк не хотіли запалюватися з першої спроби, чийсь жіночий голос скорботно повторював: «Господи, прости... Господи, прости...». Коли приміщення нарешті осяяв вогонь, виявилося, що пов'язані й притиснуті до підлоги жаб'ячі посіпаки — перелякане на смерть літнє подружжя. Судячи з блідих облич цих старих, вони були впевнені, що настала їхня остання годинонька і в цьому білому нічному вбранні вони зараз постануть на Страшному суді.

— Де решта? — загарчав Леопольд, відмовляючись визнавати власну помилку.

До дідуся частково повернувся дар мовлення. Він, здогадавшись, що це все ж таки не янголи смерті, пробурмотів:

— Та хто де... Деніс у своєму домі живе. Сью та Мері з чоловіками — в Чикаго, онуки — Персі і Х'ю...

— Досить! — ще гучніше гаркнув командир загону невдах. Він відпустив комір нічної сорочки білолахи, який до цього намагався скрутити вузлом на його старечій шиї, — і мовчки вийшов на вулицю.

Слідом за ним, грюкаючи зброєю, потяглася решта вірних легіонерів. Тільки Джим, що замикав цю ходу сорому, спробував коротенько вибачитися, а наостанок запитав:

— А мерія у вас де?

— Так якраз же навпроти... — відказав дідусь, усе ще не вірячи до кінця, що лихо минулося, й обережно допомагаючи своїй високоповажній дружині підвестися. Старенька, вочевидь вичерпавши на сьогодні весь запас згадування Господа, насмілилася спитати:

— А що сталося, синку?

— Революція! — трохи подумавши, відповів Джим і вийшов, акуратно зачинивши за собою двері.

Леопольд тим часом застосовував до винуватця Леслі випробуваний усіма батьками крайній метод виховання дітей, до якого вдаються, коли слова й терпіння вичерпуються, — причащав дзвінкими ляпасами.

— Ну переплутав я, переплутав! — голосно виправдовувався хлопець під градом несильних, але замашних ударів. — Ось вона, мерія, навпроти! Я згадав! — і Леслі вказав на будинок на протилежному боці вулиці, який справді нагадував лігво «колабраціоністів» значно більше, до того ж на його даху, на тлі небес, чітко виднівся темний силует кружала.

Джим, Леопольд і решта дорослих бійців рушили до нової цілі, залишивши підлітків стояти посеред вулиці. Леслі, потираючи забиті місця, дав потиличника Куртові, який стояв поряд і тримав за вуздечку Зевса. Той сприйняв цю решту від родинного з'ясування стосунків як належне. Хом'яку ж від Леслі нічого не перепало — чи то він стояв далі, чи то худорлявий демон знав, що одвічна дубина в руках друга обов'язково покарає його кривдника.

Тим часом революційний спецзагін підійшов до будівлі й, зробивши висновки з попередньої безславної операції, просто відчинив хвіртку на подвір'я — і ввічливо постукав у парадні двері. Потім постукав удруге — менш виховано, а після третього, вже вкрай нахабного, стуку навіть відважився поторгати ручку. Жодної реакції не було. Поки тривала коротка нарада про те, що краще ламати — двері чи вікно, один із найспритніших бійців побачив відчинену кватирку, шаснув у неї і за кілька хвилин відчинив брами замку перед своєю армією.

Загін зайшов усередину і почав оглядати будинок, шукаючи прибульців, їхніх спільників, а також сліди скоєних злочинів. У приміщенні було ще темніше, ніж на вулиці, тому обшук здійснювали присвічуючи сірниками і підпаливши виготовлені з паперу скіпки, або навпомацки — цівками рушниць. Саме так намацали в одній із кімнат справжнього живого «колабраціоніста» — він мирно спав собі на тапчані. І то була єдина знахідка. Незважаючи на сонно-переляканий стан, він одразу ж зізнався в усіх своїх брудних злочинах. Ренегат розповів, що вже пів року співпрацює з окупаційною владою, виконуючи функції сторожа та двірника. Живе просто в мерії, бо власне житло втратив ще за старого режиму, десять років тому, і відтоді поневірявся, аж поки не поласився на інопланетний пайок та зелене кружальце. Під час ретельного й детального допиту про те, скільки в місті його прибічників, чим вони озброєні, чи часто навідуються сюди прибульці, полонений намагався давати правдиві свідчення, та часто в них плутався й затинався — чи то від хвилювання, чи то від природи. Спершу Джиму навіть здалося, що горопаху звуть Третретревіс — ім'я, яке деренчить, наче трактор, що заводиться. Але потім, коли допитуваний прогрів свій мовний апарат, з'ясувалося, що він просто Тревіс. Самих інопланетян він зроду не бачив, та був упевнений, що принаймні один із них живе всередині літаючої кулі й іноді звідти бреше, себто гавкає. А в тимчасовій адміністрації, яку всі за звичкою досі називають мерією, регулярно з'являється зо два десятки людей, але іноді приходить і більше. Багато хто — зі зброєю, всі як один — із зеленими значками, всуціль поважні та пристойні мешканці міста, а головний у них колишній мер — містер Кейсі.

Аби спокутувати свою провину перед людством, яку Тревіс усвідомлював після кожного нового стусана все дужче, він був готовий показати повстанцям склад з інопланетною їжею. Але його, на відміну від нікому не потрібної мерії, охороняло постійно як мінімум двоє озброєних чоловіків. Пост на в'їзді в місто спочатку був, та потім про нього забули — охочих стриміти там увесь час було небагато, як і сенсу в такій охороні — бродячі банди околицями не шастали, й місту нічого не загрожувало.

— А от і даремно! — підсумував задоволений Леопольд.

Отримавши у такий спосіб усю потрібну інформацію, повстанці почали міркувати, що ж робити далі. Діяти треба було швидко й рішуче, поки раптовість і удача були на їхньому боці. Врешті революціонери розділилися на три групи, щоб утримати ключові точки в місті: мерію, блокпост біля в'їзду та склад із продуктами. І якщо першу вони вже зайняли, а друга точка стояла порожня, то третю добре охороняли — а отже, з нею таки доведеться помарудитися. Тому захоплювати склад потрібно було негайно — коли настане ранок, про їхній візит у місто дізнаються всі.

Групу з виконання цієї, найскладнішої, місії вирішив очолити сам Леопольд, і Джим не зміг його відмовити — нащадок гарібальдійців виявився незрушним, коли йшлося про особисту відвагу. Він вирушив одразу ж, узявши з собою п'ятьох бійців і Тревіса, який забажав допомогти новій владі, а також Курта — як зв'язкового. На чолі другої частини загону, на яку поклали функцію охорони дороги в місто, був поставлений Роб. Він мовчки вислухав інструкції Джима й, у супроводі трьох солдат та Леслі верхи на Зевсі, відбув до колишнього блокпоста. Їхнім завданням було нікого не впускати й не випускати з міста, а найбільш допитливим оголошувати, що воно закрите на карантин.

Залишені в розпорядженні товариша Донателло четверо революціонерів, разом із Хом'яком, перетягнули знятий із сідла Зевса вантаж у дім і почали готуватися до оборони. Передовсім Джим наказав забарикадувати вхідні двері зсередини наявними меблями, наглухо загородити ними ж вікна першого поверху, а на другому влаштувати у вікнах бійниці для ведення вогню. Коли завершили цю важку роботу, на вулиці вже світало — коротка ніч перевороту добігла кінця. Залишивши вартового стежити за вулицею, Джим звелів усім іншим лягати відпочивати, та й сам відчув, що засинає. Але щойно він умостився у великому м'якому фотелі й прикрив обважнілі повіки, десь удалині пролунав постріл. Джим різко розплющив очі й почав уважно вслухатися в тишу раннього літнього ранку. Однак пострілів більше не було.

РОЗДІЛ

26

Сон із Джима як рукою зняло — і він провів томливу годину в очікуванні хоч якихось новин. За його розрахунками, обидві групи вже давно мали дістатися призначених місць, а от як у них пішло далі, було невідомо. Той єдиний постріл навряд чи свідчив про їхню поразку — однією кулею стількох людей не скосиш, та й не налякаєш надто, так щоб усі здалися без бою, — повстанці мали би відстрілюватися. Однак зависла тиша посилювала невизначеність.

Та ось нарешті на вулиці з'явилися якісь люди. Джим припав до бінокля, який Леопольд надів йому на шию, перш ніж піти. Його першого й упізнав Джим. Леопольд ішов на чолі невеликої колони, несучи чиюсь гвинтівку. Слідом за ним чимчикували із застиглою усмішкою Тревіс і ще якийсь худий дідуган — судячи з його похмурого вигляду, колишній власник зброї, що тепер була на плечі командира групи. Позаду крокували, начебто строєм, троє бійців. Курта і ще двох повстанців не було. «Отже, у нас усе-таки втрати», — спершу подумав Джим, та потім, із задоволеного обличчя Леопольда, зрозумів, що захоплення складу пройшло успішно, а відсутні в строю просто залишилися охороняти цей стратегічний об'єкт.

— Відчинити ворота! — скомандував Джим.

Розбуджений Хом'як з усіх своїх слонячих ніг кинувся вниз — відсувати важкий секретер, що підпирав парадні двері. Сам Джим вирішив не покидати свого спостережного пункту на другому поверсі й ледве дочекався, коли до нього піднімуться Леопольд та решта бійців.

Їхня барвиста й захоплива розповідь зайняла майже годину, хоча головні події відбувалися значно швидше. Але Джим не хотів позбавляти Леопольда задоволення похвалитися хоробрістю та винахідливістю.

А було все так. Вони підійшли до потрібного об'єкта на світанку. Склад стояв у глухому місці — великий прямокутний ангар із єдиними воротами. До них Леопольд і підвів своїх солдат. Бійці потайки розосередилися по обидва боки від входу. Тревіс, згідно з отриманими вказівками, сам підійшов до залізних дверей і постукав, голосно гукаючи:

— Гей, містере! Відчиніть! Це я — Тревіс! У мене до вас важливе повідомлення з мерії!

До речі, Тревіс виявився не таким уже й дурником, якого спочатку намагався вдавати, — цілком грамотно склав речення, котре можна було трактувати по-різному. Ангар відповів лунким мовчанням. Тревіс повторив свої дії та текст. Ворота знову не відчинилися, та замість них розчахнулося маленьке віконце, майже під самісіньким дахом. З нього виткнулося дуло гвинтівки, й чийсь скрипучий голос поцікавився:

— А ці джентльмени, яких я бачу вперше, допомагають тобі його нести? І щоб тобі не було страшно, вони вирішили прихопити з собою кілька рушниць?

Бачачи, що початковий план не спрацював, вони викриті й стоять у секторі обстрілу стрільця з того горища, Леопольд ступив крок уперед і став на місце Тревіса, який покинув центр переговорів.

— Ці джентльмени, — почав командир, задерши голову, — бійці загону імені Нельсона Мандели.

Слова командира надихнули його підлеглих — і вони взяли на приціл віконце, хоча самого чоловіка в ньому видно не було. Тим часом Леопольд продовжив:

— Ми захопили, а точніше — звільнили це місто від інопланетних окупантів та їхніх посіпак. Тому пропоную добровільно здатися, поки...

— А якщо, — перебив його голос зверху, — я спершу спробую перевірити, чи зможеш ти так само жваво говорити, коли я зроблю тобі ще одну дірку в голові?

— Тоді ви не дізнаєтесь, що ми не тримаємо на вас зла й пропонуємо не тільки почесно здатися, а й приєднатися до нас у боротьбі за щастя всього...

— Замовкни! Ти що, демократ? — перебив його роздратований чоловік із ангара. — У мене лише один патрон і геть нема терпіння! А цей Мартін, сучий син, знов покинув старого самого — побіг до своєї лошиці й забув лишити мені запасну обойму. Бо я б вас тут усіх уже порішив!

— Навіщо, сер? — здивувався Леопольд.

— Та нудно мені, отак-от! Та й як ти собі уявляєш, чортів ти мандела, щоби дядечко Тед здався без бою? Та тебе за одну тільки цю думку вже пристрелити варто!

— Ну тоді, може, вам варто разок вистрелити — щоб заспокоїти сумління — і таки вийти до нас? — несподівано запропонував Леопольд.

— Це ж бо навіщо?

— Я познайомлю вас із товаришем Донателло, містере Теде, і він розкаже вам геть усю правду.

— Про що б то? — недовірливо спитав старий.

— Про прибульців. Вони харчуються дітьми, а ми хочемо покласти цьому край! — Леопольд змінив свою тактику на військову хитрість у стилі Сунь-цзи.

— Я тобі не вірю! — кинув у відповідь Тед. — Сам ти хто такий?

— Я — Леопольд. Живу зі своєю сім'єю тут неподалік, на колишній фермі «Кабанячі стовпи».

— Чому ж це колишній?

— Бо мій батько її перейменував на комуну і штаб свого батька імені Нельсона Мандели, — Леопольд хотів заговорити «колабраціоніста», згадавши стару ковбойську мудрість: той, хто починає базікати, уже не наміряється тебе вбити.

— Ви там усі божевільні! Я стріляю! За психа мене навіть не вилають, — старий у віконці трохи хитнув дулом, вочевидь краще прицілюючись, і повстанці внизу теж приготувалися смалити у відповідь. Але командир розвів руками — чи то показуючи ще раз, що він без зброї, чи то просячи своїх підлеглих не відкривати вогонь.

— Ану чекай... — несподівано сказав Тед, даючи кроликові на його мушці останній шанс. — Як звали твого діда, чия раніше була ферма?

— Так, як і мене, — Леопольд!

— Сучий він син! Коли він їхав геть із цих місць, то позичив у мого батька двадцять баксів на дорогу! Сказав, що вирушає на золоті копальні і йому потрібен компаньйон.

— Це напевно ще до Другої світової було... — сказав Леопольд, прикидаючи дати.

— Яка різниця! Батькові тоді було дванадцять, він збирав на велосипед, і це були всі його запаси! Але велик у нього так і не з'явився, як і частка в золотоносній шахті! Зате він мені з самого дитинства прищепив ненависть до імені Леопольд. Тому я тебе, мабуть, усе-таки пристрелю!

— Старий давно помер, — намагався врятувати своє становище разом із залишками родинної честі нащадок фабриканта.

— Мій теж! Але борг лишився! То як тепер бути з моєю двадцяткою? За ці роки там набігли вже солідні відсотки!

Почувши про мерзенні для будь-якого революціонера гроші, Леопольд став у гордовиту позу й виголосив:

— Наше нове комуністичне суспільство не збирається платити за рахунками буржуазного режиму! Тим більше за давністю років...

— Божевільний сучий син! Ну коли так... — Тед, схоже, вирішив закінчити цю довгу розмову. — Я зараз стрельну разок у цього нахабу, — схоже, він звертався не до Леопольда, а до когось вище, можливо, до свого Господа, з яким він, схоже, був на короткій нозі, раз дозволяв собі у спілкуванні з ним міцні словечка. — І якщо я поцілю — значить, правда на моєму боці й ми поквиталися. І тоді хай убивають мене, якщо зможуть. А якщо промахнуся, то тоді вже здамся на ласку переможців... То як?

Останнє запитання Тед, схоже, ставив уже самому Леопольдові. Той лишився стояти на місці, тільки ще раз скомандував своїм не стріляти першими. Леопольд розумів, що, ймовірно, старий випробовує супротивника, але всередині в нього все одно заборсався, шукаючи схованку, якийсь холодний клубочок. Однак він не виказав страху, тільки надто вже голосно вигукнув:

— Давай!

Тед одразу ж вистрелив — і збив із Леопольда капелюха.

— Божевільний сучий син! Їхня порода! — сказав він наостанок і зник із вікна разом зі своєю гвинтівкою, яка ще диміла.

Невдовзі почулися приглушені кроки всередині ангара, заскреготав засув, пролунали вже знайомі лайки, ворота розчинилися — і з них вийшов гарнізон переможеної твердині у складі однієї людини. Тед підійшов до Леопольда і проскрипів своїм іржавим голосом, віддаючи гвинтівку:

— Ключів од складу в мене все одно немає, хай буде тоді це...

Командир із повагою акуратно прийняв зброю у переможеного ворога й простягнув йому руку. Тед потиснув її з простотою та гідністю техаського ковбоя, який, чомусь опинившись у цих лісах, зумів зберегти кодекс честі своїх предків.

Одягненого у картату сорочку, джинси та потертий стетсон невизначеного кольору, його не можна було прийняти за когось іншого. Волосся солом'яної барви та зморшкувате, наче з пергаменту, обличчя завершували портрет Теда. Здавши свою гвинтівку, він запросив усіх усередину приміщення, аби показати й пояснити, що в них тут і як.

Половина складу була забита інопланетними гарбузами та фруктами, окремий куток відведений під стару електротехніку, виміняну в населення. Її ще жодного разу звідси не вивозили, а просто скидали на купу, яка потроху припадала пилом. Залізні сходи вели в невелику кімнатку під дахом, де була влаштована сторожка, з вікна якої Тед і вів перемовини та стріляв.

Залишивши двох бійців та Курта як посильного охороняти новий об'єкт, Леопольд пообіцяв їм, що завтра вранці прийме зміну. Решту ж повстанців, а разом із ними й Теда, повів назад у мерію. Старий в оточенні почесного конвою вже з вулиці гукнув наостанок новим охоронцям:

— А якщо завтра заявиться той сучий син Мартін, можете сміло дірявити його жирне пузо — я не проти! — і, засміявшись чомусь своєму, Тед закрокував вулицею поруч зі своїми переможцями.

Дослухавши до кінця цю захопливу, хоч і дещо затягнуту розповідь, Джим, своєю чергою, познайомився з Тедом і потиснув кістляву, але все ще міцну руку цього літнього живчика.

— Якщо ви насправді хочете до нас приєднатися, шановний, то вам доведеться зняти цю штукенцію, — Джим показав на зелене кружало на сорочці старого.

— З радістю! — відповів той, відчепив значок і кинув його кудись у куток. — Мені ніколи не подобалася ця затія. Але на пенсії таки ж нудно, особливо коли їжа закінчується. А з вами, хлопці, сподіваюся, буде весело? Настріляємось досхочу? — старий задоволено потер руки, як перед смачним обідом, і Джим почав здогадуватися, чому йому на чергування видавали лише один патрон.

Угледівши закинутий значок, Леопольд згадав, схоже, про щось важливе. Він схопив притулений до стіни

284

полковий прапор і потяг із кімнати Тревіса, на ходу допитуючись, де тут вихід на дах. Потім зверху долинули якісь стуки упереміш із лайкою — і на траву перед будинком ляпнула велика зелена блямба. Далі стуки та лайка відновилися, а потім, після короткого затишшя, на даху пролунало різноголосе «Ура!». Джим зрозумів, що над будівлею тепер майорить червоний прапор із жовтою блискавкою посередині, — а значить від цієї самої хвилини мерія остаточно перестала бути офісом тимчасової адміністрації й перетворилася на штаб революції в місті Безінгтоні.

Коли сяючий Леопольд спустився з даху, Джим не дав йому нічого сказати, натомість запропонував усім трохи поспати, по черзі, — бо ж ніч була дуже важка, а на них чекає, можливо, ще важчий день, і їм знадобляться сили. Вони зробили все, що могли, — тепер хід був за «колабраціоністами». Леопольд заявив, що він не втомився й готовий постояти на варті. Джим погодився, але призначив ще одного постового — вниз, на перший поверх. Полонених ніхто не зв'язував і не замикав. Їм оголосили, що наразі вони на випробувальному терміні, і якщо стане очевидним їхнє щире бажання приєднатися до революційно-визвольного руху, то... Джим не дослухав, яку ще агітацію розводив Леопольд, бо провалився в сон.

— Білий прапор!

Ця фраза чи то наснилася Джимові, чи то була вимовлена вголос, але розбудила його саме вона. Він вирішив, що треба поспати ще, одначе голос із сусідньої кімнати повторив:

— Іде, з білим прапором!

Джим зрозумів, що час відпочинку скінчився. Підвівся й почалапав до бійців, ледве переставляючи кінцівки, що відмовлялися нормально функціонувати після вчорашнього походу. Уже майже весь загін зібрався в найбільшій кімнаті на другому поверсі, звідки — через найкраще положення — було добре видно вулицю і планували вести оборонний вогонь. Джим приєднався до повстанців, які виглядали надвір через щілини та бійниці між офісними меблями.

— Пан Кейсі... — прошепотів Тревіс і відсахнувся від амбразури аж углиб кімнати, наче побачив біля будинку провісника смерті, який ніс транспарант із його прізвищем.

— От і добре, — сказав Джим, давши всім зрозуміти, що він уже тут, а отже — боятися їм нічого.

Вулицею, залитою сонцем, ішов досить стрункий, чепуристо вбраний чоловік, трохи старший середніх років. Навіть із того, як елегантно він тримав у витягнутих руках палицю з прив'язаною до неї білою наволочкою, було видно, що він — людина солідна, але небезпечна. Він без поспіху підійшов до невисокого паркана з білих дощок, який огороджував будівлю мерії. Поза сумнівом, він помітив і червоне знамено на даху, і зелене кружало, що тепер лежало у траві, як побите цуценя, готове поскаржитися своєму господареві. Чоловік не звернув на скинутий знак особливої уваги, але й далі не пішов, — вочевидь, розумів, що цей умовний кордон не варто перетинати навіть парламентеру. Він махнув для проформи своїм прапором, усміхнувся й, ледь-ледь піднявши свого капелюха, голосно сказав:

— Добридень, панове революціонери! Мене звуть Роберт Кейсі, я колишній мер цього міста й нинішній глава місцевої тимчасової адміністрації.

Почувши ці слова й розсмакувавши солодкавий голос торгівця нерухомістю, підкріплений відповідною тридцятидвозубою усмішкою, Джим остаточно переконався у своєму передчутті, що довіряти цьому чоловікові не слід. Той уже був явно в курсі всього, що відбулося в його місті цієї ночі, і не оминув нагоди трохи позбиткуватися з повстанців, назвавши їх панами. Не дочекавшись відповіді на своє привітання, Кейсі продовжив:

— Я не зовсім розумію, панове, навіщо вам усе це потрібно? Ні сама адміністрація, ні решта населення міста не становлять для вас жодної небезпеки. Ви б могли просто прийти до мене на прийом — і ми б усе спокійно обговорили.

У кімнаті нагорі всі почали мовчки переглядатися, окрім Джима. Він невідривно дивився на вулицю й поки що не сказав жодного слова, даючи можливість супернникові далі розкривати свої карти. І пан колишній мер це зробив — оскільки не звик, щоб його ігнорували, тим більше, він чудово розумів: його точно чують.

— Замість цього ви вирішили порушити закон. Адже ж вам напевно добре відомо, що зберігати й, тим більше, носити будь-який вид зброї суворо заборонено всім, окрім представників тимчасової адміністрації...

У його голосі вже чулися сталеві нотки. Схоже, Кейсі випробовував різні підходи, аби витягти повстанців, що засіли в його мерії, на розмову або хоча б налякати їх.

— Але ви почали захоплювати громадські будівлі зі зброєю в руках — а це вже відкритий заколот. Улаштували стрілянину. Можливо, є й постраждалі від ваших дій. Також ви спаплюжили символ нашого нового життя, а він, між іншим, теж тепер охороняється законом... — мер вказав своїм древком на зелене кружало в себе під ногами.

— Ну що ж, панове, — підсумував Кейсі, так і не дочекавшись від мовчазних революціонерів жодного слова, — схоже, ви не налаштовані спілкуватися.

І він, пожбуривши свій імпровізований стяг добрих намірів через паркан — наче підвівши риску під завершеними переговорами, — неквапом пішов назад вулицею, запхнувши руки в кишені й щось там насвистуючи собі під носа.

— Старається показати, що не боїться, — уголос подумав Джим, — а самому таки лячно отримати кулю в спину...

— Леслі приїжджав, поки ти спав, — чогось пошепки, ніби остерігаючись, що їх може підслухати пан колишній мер, сказав Леопольд. — Повідомив, що виїзд із міста під контролем, набрав патронів, їжі й поскакав назад.

Леопольд запитально дивився на обожнюваного товариша Донателло — вочевидь очікуючи від нього схвалення. Джим повернувся до нього, усміхнувся й поплескав по плечу.

— Ти все правильно зробив, Леопольде. Ну, а патрони скоро всім нам знадобляться… — сказав Джим і знову розвернувся до вікна, узяв бінокля й почав обдивлятися найближчі околиці.

РОЗДІЛ

27

— Якби мені дали хоч один патрон, я б точно не промахнувся по заду цього набундюченого індика! — сказав спересердя Тед, коли постать містера Кейсі сховалася за рогом.

— Що далі робитимемо? — спитав Леопольд, не звернувши особливої уваги на коментар задерикуватого старого.

Це запитання Джим і сам би із задоволенням адресував комусь іншому, та спитати було ні в кого, оскільки всі дивилися на нього — як на джерело правильних рішень.

— Будемо чекати, — сказав Джим. — Подивимося, що вони робитимуть. Давайте не метушитися — ця війна надовго.

Якщо навіть хтось і був невдоволений таким поворотом справи й очікував активніших дій, то вголос цього не сказав, підкоряючись волі товариша Донателло і визнаючи, що йому видніше.

Потяглося виснажливе чекання. Леопольд, здійснивши ротацію дозорців, сам у черговий раз відмовився лягати спати й пішов бродити будинком у пошуках чогось, можливо, навіть свіжих ідей. Тревіс же перейнявся проблемами нагальними — і заходився готувати обід на маленькій кухоньці першого поверху. Тед заліз у шкіряний фотель мера й, поклавши ноги на стіл, почав звичним рухом чистити інопланетний гарбуз, запас яких виявили в одній із кімнат.

— Гидота рідкісна, — розмірковував він уголос. — Усе ніяк не можу звикнути, але голод добряче перебиває... втім, як і апетит... — і він сплюнув просто на підлогу шматочок твердої шкірки, що потрапив під язик.

Джим приліг на зручну канапу, шукаючи зручного положення для своїх натруджених ніг, які все боліли. Звідкись знизу, де в нетрях дому та своїх думок блукав Леопольд, почувся тупіт — і він увірвався в кабінет.

— Я знаю, що треба зробити! — загорлав цей революціонер із родоводом. — Як писав один із вождів світового пролетаріату, після захоплення влади необхідно завоювати серця та розум простих людей!

— Продовжуй, тільки тихіше, — сказав Джим, підводячи голову й даючи можливість висловитися своєму спільникові, в якого явно вскочила нова примха.

— Нам треба зібрати мітинг! — продовжував Лео-польд, анітрохи не вгомонившись. — І на ньому прямо звернутися до народу!

— Чудово! Де? Коли? — Джим ще не вирішив, чи хороша ця ідея, але інших у нього наразі не було.

— Ну, прямо тут можна, перед мерією, — обережно запропонував Леопольд.

— Усі не помістяться, — припустив Джим.

— Усі не прийдуть, — висловився Тед і знову сплю-нув на підлогу шматком гарбуза, навіть не намагаючись поцілити в купу вже накиданих шкірок.

— Чому це? — здивовано глянув командир загону на ковбоя.

— А навіщо? — відповів Тед і цим, здавалося б, простим запитанням загнав Леопольда в глухий кут: той почав хапати повітря зябрами, як викинута на бе-рег рибина.

— Які в місті взагалі настрої? — вирішив перевести розмову в дещо інше русло Джим.

— Різні, — байдуже відповів старий, укинувши до рота черговий шмат гарбуза, і поморщився, чи то від його смаку, чи то від якихось спогадів.

— Люди задоволені встановленим порядком? — продовжив розпитувати Джим.

— А чим тут можна бути задоволеним? — щиро здивувався Тед, розвівши руками: в одній він тримав величезного ножа, а в іншій — залишки овочу.

— Ну, вони хочуть щось змінити?

— А що тут зміниш? — знову відфутболив Джима запитанням на запитання нахабний старий.

Тут у гру ввірвався Леопольд, який, схоже, тільки зараз зміг віддихатися.

— Чому це не прийдуть? Чому не прийдуть?! — спалахнув він і підійшов ближче до Теда, на загрозливу відстань, уже не згодний із будь-якою його відповіддю.

Нащадок техаських рейнджерів спокійно глянув у очі червоному локомотиву і сказав:

— Просто не прийдуть і все. А от якщо ви гарбузи почнете поза чергою роздавати, то, може, й прийдуть — послухати, що ви їм тут будете вішати, з надією, що там промайне, коли наступного разу ще халява буде.

— Невже люди настільки... меркантильні? — Леопольд заговорив театральними фразами, яких Тед явно не розумів.

— Люди є люди. Всі зайняті тільки собою, синку, — видав він Леопольдові ще одну життєву істину.

— Багато в людей зброї на руках? — знову зачепив Джим практичну тему.

— Раніше було багато. Але потім, коли стріляти почали одне в одного, заборона оця вийшла. Хто на їжу обміняв здуру, у кого просто так забрали. Деякі поїхали звідси чорт розбере куди. Решта зброю поховала. Пан Кейсі не любить жартувати.

— Чого всі його називають «паном»? — спитав Леопольд, який завжди чутливо реагував на будь-яку класову нерівність.

— А хто ж він? — здивувався Тед.

— Ну не знаю... мер, людина... Чому його хоча б не містером називати, як усіх?

Старий глянув на Леопольда так, ніби прибульці привезли того із собою.

— Тому що пан Кейсі — не такий, як усі. Ти, мабуть, надто рідко бував у цьому місті, синку.

Усі чекали якогось продовження історії про колишнього мера, але, схоже, Тед вирішив, що вже розказав її, — він насунув на очі капелюха і, практично не змінюючи пози, приготувався спати.

Леопольд, ще трохи поблукавши другим поверхом, урешті-решт вичерпав свої сили й умостився спати в якомусь кутку на стосах паперу. Джим пішов униз — спитати у Тревіса про обід. Каструлька з овочевою юшкою тихенько булькала на невеликій пічці. На самій кухні панував повний порядок, але кухаря там не було. Джим обійшов увесь дім, поцікавився у вартових, однак колишнього сторожа ніхто не бачив. «Усе таки зрадник — це спосіб життя», — подумав Джим, зачиняючи на засув невеликі двері, що вели з кухні у господарський двір. Чомусь вони раніше не помітили цих дверей і не перегородили — і, найімовірніше, саме через них і втік обережний Тревіс, відчувши, що скоро тут стане гаряче.

День справді був спекотний, але поки що тільки через пекуче сонце. Юшка, зварена Тревісом, виявилася досить непоганою на смак — цілком у тренді нової земної кухні на основі інопланетних гарбузів, і її оцінив весь загін. Джим пізно похопився, припустивши, що Тревіс міг перед зникненням отруїти їжу, але, на щастя, все обійшлося — той виявився не настільки підлим.

Після обіду Джим із Леопольдом знову зайняли позиції в горішній кімнаті й продовжили своє спостереження. Невдовзі в їхнє поле зору потрапив теледирижабль, що не знати де тинявся першу половину дня, а тепер наповнював околиці якоюсь бадьорою музикою, — від неї, за задумом її божевільних авторів, місцеві громадяни мали аж заходитися від екстазу. Роздивитися зображення на руанському повітряному екрані за такого яскравого світла було важко навіть у бінокль, але Джим на це не дуже зважав — він хотів спершу дочекатися випуску новин, дізнатися всю останню інформацію, яку міг видати цей летючий зомбоящик, і лише потім взятися до його ліквідації. Інопланетна тварюка про щось таке наче підозрювала — не інакше як мала інтуїцію — і у своїй траєкторії намагалася не наближатися до мерії, особливо з фасаду, де й був основний сектор обстрілу. Вони тільки раз чули, як «телекабачок» проплив десь позаду будівлі, наче дражнячи й виманюючи повстанців. Але Джим не дозволив нікому визирати надвір і, тим більше, вилазити на дах — він був упевнений, що будинок перебуває під прицілом снайперів пана Кейсі, і зовсім не хотів перевіряти їхню влучність у такий спосіб. Треба було чекати. До того ж нічого важливого, окрім свого поганого музичного смаку, ретранслятор поки що не видавав.

Якби Джим був параноїком або прибічником теорії змов, він міг би подумати, що польотом дирижабля керує сам колишній мер за допомогою дистанційного пульта, — але Джим таким не був і вважав, що рухи цих повітряних куль хаотичні. Однак після вторгнення рептилоїдів усі прибічники теорій змов та ті, хто вірив в інопланетян, були приречені стати жорсткими практиками.

Через якийсь час на вулицях стали мелькати люди. Саме мелькати, швидко й доволі таки далеко; вони з'являлися й зникали в бічних вуличках та провулках, не зважуючись показатися перед самою мерією. Але поступово цей рух таки наближався, і ось уже найперші сміливці — ними виявилися, звичайно ж, усюдисущі хлопчаки — почали стрижами пролітати перед вікнами, щосили стукаючи підошвами по асфальту, з кожним разом усе більше пригальмовуючи й наче щось видивляючись. Було незрозуміло, чи то лазутчики Кейсі, чи просто пацани, які, вирвавшись із-під материнського нагляду, ризикували — як вони самі думали — життям через звичайнісіньку цікавість.

Джим уже був готовий почати втілювати в життя план Леопольда — Теда щодо мітингу під час роздавання гарбузів, але не знав, як про це сповістити вдячних мешканців звільненого міста — до того ж останні не поспішали виражати свою радість. Він обмірковував різноманітні варіанти, але всі вони не годилися, оскільки поки що не були зрозумілі плани групи озброєних «колабраціоністів» на чолі з Кейсі. А ті могли зробити що завгодно — від бойкоту та провокацій на тих зборах до спроб відбити мерію або продовольчий склад, — якщо повстанці почнуть перегруповувати свої сили. Джим так нічого певного й не вирішив, крім усе того ж: чекати. Може, він чинив мудро, а може, просто втрачав час та ініціативу. Цього ніхто не знав. Спроба порадитися з Леопольдом успіху не мала. А Тед, який прокинувся не в гуморі, відмовився будь-що обговорювати на порожній шлунок і не без жовчі додав, що він узагалі-то військовополонений. Погрюкавши на кухні каструлями, голосно вилаявши вариво для свиней, яке всі до цього вважали юшкою, не знайшовши ні краплини алкоголю, ні щіпки тютюну, він повернувся нагору й заявив, що готовий битися хоч із Кейсі, хоч із самим чортом, аби лишень йому віддали гвинтівку та бодай один патрон на додачу. Джим відповів, що подумає над цією пропозицією, незважаючи на те що Леопольд, раптом подобрівши до старого, готовий був уже не тільки повернути йому зброю, а й забезпечити збільшеним боєкомплектом.

Літаючому «кабачку» врешті набридло гратися в хованки з підпільниками в мерії — і він зважився наблизитися. Сонце поступово почало хилитися до обрію, а тому зображення на живому екрані стало чіткішим, до того ж — почалися новини. Утім, навряд чи ця назва підходила до потоку солодкавих слів та обіцянок, який щедро виливався з цього рогу пропаганди. Джим за пів року дещо відвик від нудотного відчуття брехні, однак воно враз охопило його знову — і він зрозумів, що нітрохи за ним не скучив. Йому вистачило терпцю лише на кілька хвилин, упродовж яких він укотре почув про те, що руанці витратили мільйони років на свій біологічний розвиток та природну еволюцію, а тепер те ж саме доведеться пройти землянам, і тому їм варто запастися терпінням, бо іншого вибору в них немає. «Вибір завжди є», — подумав Джим, а вголос сказав:

— По носієві шкідливої іноземної пропаганди — вогонь!

Революціонери не надто злагодженими залпами рушниць почали смалити по руанському теледирижаблю. Із цієї, без сумніву, живої, але навряд чи надто розумної повітряної істоти сперш зникло зображення, потім спотворився звук, поступово перейшовши в жалібний чи то писк, чи то свист. Траєкторія руху «кабачка» теж змінилася: він увійшов у вузький штопор, чи то спіраль, по якій почав прискорено знижуватися — і врешті-решт приземлився десь у районі сусідньої вулиці.

Тед у загальній метушні стрільби примудрився вкрасти свою гвинтівку, а також два патрони до неї — й обома скористався. Він стверджував, що саме ці його постріли й були найбільш точними та вирішальними.

— А тепер треба піти й добити цю потвору! — твердо сказав він і несподівано додав: — Ми спочатку, було діло, теж збили парочку, але добити їх мені не дали. А вони потім оживали і знову злітали... Чи, може, то просто прилітали нові...

Цим своїм доповненням Тед остаточно спантеличив Джима — і він навіть забув вилаяти старого за самоуправство й відібрати в нього гвинтівку.

Поки товариш Донателло радився з Леопольдом, як краще вчинити, Тед почав через приціл вивчати те, що відбувалося на вулиці.

— Це ж Купер! От сучий син! Дайте мені один патрон — і я вже точно не промахнуся! — вигукнув він, явно когось побачивши.

— Що він такого накоїв? — здивувався Леопольд і, глянувши поверх Теда, побачив, як із-за рогу вигулькнув чоловік із рудою чуприною.

— Я йому програв триста доларів у карти, — пояснив старий, притискаючи гвинтівку до плеча і мружачи одне око.

— І хіба це привід убивати людину?

— Звичайно! Я ж захищаюся! Він присягнувся мене пристрелити!

— За що? Він же залишився з прибутком?

— Ага! Дзуськи! Він залишився з люттю! Я йому так і не віддав грошей... Прокляття! Ця руда морда сховалася, поки я тут з вами базікав! — старий прибрав гвинтівку з амбразури і глянув на Джима й Леопольда.

— У вас, мабуть, багато ворогів у цьому місті, містере Теде? — ввічливо поцікавився Джим із посмішкою.

— Більше, ніж у тебе патронів, синку! А для немісцевих мені, схоже, знадобиться кулемет...

— Кулемета в нас немає, — сказав Леопольд, напевно, згадавши про чиюсь поспішну обіцянку, і жартома додав: — Який же ви все-таки неконфліктний чоловік, Теде.

— До ваших, послуг, сер, — усміхнувся старий і, торкнувшись краєчка свого капелюха, знову почав видивлятися когось на вулиці.

Після цієї розмови Джим вирішив залишити дядечкові Теду зброю, але патронів не давати — аж поки ситуація не стане критичною й без цього божевільного снайпера їм буде не обійтися.

Поспостерігавши ще трохи за головною вулицею й не помітивши там нічого підозрілого й небезпечного — після стрілянини люд потроху розсмоктався, — Джим зважився на невелику вилазку, аби оглянути підбитий дирижабль. До того ж сонце починало сідати, попереджаючи про близький присмерк і темряву. Джим узяв із собою Теда — адже він уже мав справу з цими істотами, та ще двох бійців для підтримки, а Леопольдові наказав залишатися на місці й разом із рештою прикривати їх із будинку. Вони вирішили вийти непомітно, через бокові дверцята на кухні. Побачивши там Хом'яка, що доїдав залишки юшки просто з каструлі, Джим велів йому йти з ними, про всяк випадок. Акселерат мовчки витер губи й, прихопивши свою вірну дубину, пішов слідом за Джимом.

Уже надворі, перелазячи через невеликий паркан на вулицю, Джим раптом зрозумів, що в його групи лише дві заряджені рушниці — на п'ятьох. Сам він зброї не любив, а тому й не мав. У Теда не було патронів, а дровиняка Хом'яка не стріляла за замовчуванням. Та й у тому, що в двох бійців у рушницях є ще щось, окрім іржі, Джим теж не був упевнений. Але він не повернув свою групу назад.

Загін, цілковито переконаний, що має вигляд крутого антитерористичного підрозділу, зиґзаґами рушив до місця падіння телевізора. Леопольд спостерігав за ними з вікна й не міг збагнути, чого вони сіпаються з боку в бік, як команда п'яних регбістів. Тим часом пан Кейсі розглядав їхнє хаотичне пересування в оптичний приціл снайперської гвинтівки, в оточенні своїх людей, які залягали поруч із ним у кущах. Він також не розумів, яким чином ці дивні маневри можуть порятувати приречених.

РОЗДІЛ

28

Джим першим підбіг до дирижабля, що лежав на сусідній вулиці під парканом. Із чудовиська, яке дуже зменшилося в розмірах, ще виходило повітря разом із якоюсь пінистою рідиною рожевого кольору. Але й без цього було зрозуміло, що воно досі живе — зсередини долинав ледве чутний писк. Бійці оточили напівмертву істоту й не знали, що робити далі, утім, як і сам Джим. Одна справа — палити в незрозумілу летючу сосиску, і геть інша — порішити її впритул, коли вона лежить біля твоїх ніг, беззахисна і ще дихає. Може, через це ніхто й не виявляв ініціативи стати катом, зокрема й Тед. Він продемонстрував порожній затвор гвинтівки — мовляв, я б і міг, але ж патронів немає... Однак зробити це було не так уже й легко, навіть за бажання, тому що визначити, де в дирижабля голова, серце чи інші життєво важливі органи, виявилося неможливим.

Загальну розгубленість перервав Хом'як, який вийшов на передній план.

— Чого тваринці мучитися… — пробасив він і, несподівано ухнувши, гепнув своєю дубинкою, коротко й різко, по одному з країв істоти — певно, вирішивши, що десь там і є її голова.

Однак «кабачок», замість того щоб мирно померти, дрібно затрусився й почав знову пускати криваву слину через кульові отвори. Хом'як нітрохи не знітився і, перейшовши до другого краю розпластаного пузиря, повторив процедуру, — але з тим самим успіхом. Це дещо спантеличило Хом'яка, і він вдався до мозкового штурму — почухав потилицю. Хлоп на власні очі переконався, що методи, які успішно застосовуються при глушінні риби, тут не спрацьовують. Тоді здоровило, діючи методом виключення, хряснув дирижабль, який бився в конвульсіях, кудись у ділянку умовної холки — і той затих, устигнувши наостанок видати щось на зразок прощального зітхання.

— Здохла нарешті, — підбив підсумок цієї, далеко не блискучої, гуманітарної місії Тед.

— Застосування зброї для вбивства біологічного компонента дружньої цивілізації, — пролунав голос пана Кейсі за спиною Джима та його бійців.

Вони обернулися й побачили, що оточені десятком озброєних людей на чолі з колишнім мером. Повстанці опинилися під прицілом, притиснутими до паркану, у безвихідній ситуації, в яку, утім, самі ж себе й завели — нікому з них не спало на думку бодай озиратися, поки Хом'як добивав пораненого монстра. Та тепер чухати потилицю було вже пізно.

— Це черговий ваш злочин за сьогоднішній день, панове революціонери. І навіть тільки за це, — Кейсі недбало махнув рукою в бік тепер уже точно вимкнутого літаючого телевізора, — ми маємо право розстріляти вас на місці.

Почувши такий вердикт, не злякався один лише Тед, радше навпаки — він оперся на свою гвинтівку і навіть трохи виструнчився. Джим теж намагався зберегти самовладання, але йому це заледве вдавалося. Він розумів, що цього місця, затуленого рядом двоповерхових будинків та густими деревами, з мерії не видно — а отже, допомоги звідти чекати не варто. Кинутися ж зараз на зеленокружальних означало лише одне — загинути в атаці. Швидко оцінивши ситуацію, Джим вирішив відкласти суїцидний варіант виходу з неї. Та й, судячи з усього, пан Кейсі теж не поспішав виконувати свій вирок.

— Давайте швидше, сучі діти! — сказав своє останнє слово Тед, який зважився порушити крихку рівновагу. — А то мені вже відлити закортіло!

— І ви, Теде, тут? — ввічливо поцікавився в нього Кейсі, наче от щойно його помітив. — А я вже, грішним ділом, думав, що ви героїчно загинули, захищаючи рідне місто.

— Це я ще встигну, — прокоментував таку пропозицію жовточубий старий.

— Ну, тоді покладіть вашу зброю на землю й відійдіть до паркану, — наказав пан мер.

— Ми що, справді будемо їх розстрілювати? — налякано спитав якийсь товстун із команди Кейсі.

Ця фраза, а особливо те, як на неї скривився головний «колабраціоніст», остаточно переконали Джима, що розправу над ними наразі відкладено, — і він кивнув своїм людям, аби вони підкорилися.

— Ні, Мартіне, сучий ти сину, це все для того, щоб я міг спокійно помочитися! — гаркнув Тед.

Він першим поклав на асфальт свою гвинтівку, відійшов до паркану й, відвернувшись, узявся робити те, про що говорив. Двоє бійців теж склали зброю й відступили туди ж, разом із Джимом та Хом'яком.

— І ти, хлопче, теж кидай свою дровиняку — надто добре ти нею орудуєш, — попросив пан Кейсі, який зрозумів, що спротиву не буде, і знов подобрішав.

Хом'як спинився як вкопаний — за кілька кроків від паркану. Судячи з того, як міцно він стиснув свою палицю обома руками, віддавати він її зібрався лише після смерті. Це помітили члени тимчасової адміністрації, які теж почали наближатися до паркану, де вже стояла купка роззброєних революціонерів. Доповнював картину труп переможеної інопланетної істоти. Хтось із компанії Кейсі підбирав кинуту зброю, хтось підійшов упритул до Хом'яка — сподіваючись відібрати в підлітка його іграшку. Решта опустили стволи, вважаючи, що все вже скінчено. Тільки пан Кейсі все ще наставляв свою снайперську гвинтівку на повстанців — хоча з такої близької відстані вона була не надто ефективна.

Одразу троє чоловіків намагалися витягти з лап Хом'яка дубинку, але оскільки кожен із них робив це однією рукою, бо в другій тримав гвинтівку, то хлопець-переросток легко перемагав у цій безсловесній пітній боротьбі. Одному з представників команди супротивника набридла вся ця смиканина — і він спробував двинути прикладом Хом'яка по голові. Але той із несподіваною для його комплекції спритністю боксера ухилився від удару і у відповідь, вирвавши палицю з рук ворогів, луснув нею нападника знизу в щелепу. «Колабраціоніст» одразу ж упав на землю й розпластався в позі моряка, який давно її не мацав. Двоє товаришів схилилися над ним, а ще двоє зайняли їхнє місце в протистоянні з Хом'яком та його дубиною. Знову почалася штовханина. Аби її припинити, Кейсі вистрілив у повітря. Це дало зворотний ефект — зчинилася вже масова бійка. Хом'як, розійшовшись не на жарт, трощив неприятелів, які його оточили, з мовчазною люттю, що ніяк не відповідала його прізвиську. Тед — який до цього, виявляється, лише вдавав, що застібає штани, а насправді діставав складаного ножичка, — відскочив від паркану зі спритністю старої дикої кішки й, полоснувши на ходу по животу Мартіна, накинувся на іншого бідолаху, що мав необережність підняти із землі улюблену гвинтівку «ковбоя». Джим і решта повстанців теж кинулися в рукопашний бій.

Осторонь залишився стояти тільки пан Кейсі. Він не ризикнув стріляти навмання у гущу, боячись поцілити у своїх, — тільки ще раз пальнув у повітря. Однак коли після цього мер пересмикував затвор гвинтівки — певно, вирішивши, що тепер уже точно смальне в того, кого куля вибере за свого ворога, — раптом з флангу налетіла кавалерія. На пана Кейсі з розгону наскочив грудьми Зевс — і той зі своєю зброєю розлетілися по різні боки вулиці. Леслі, який сидів верхи, голосно закричав, намагаючись розвернути розпашілого коня для нового набігу, але зміг тільки поставити його дибки.

Це остаточно переломило хід битви — на користь диких революціонерів, які навіть у чисельній меншості змогли подолати значні сили поплічників інопланетян. Хтось із них зостався лежати на полі бою після близького знайомства з дубиною Хом'яка, хтось, як Мартін, тримався за проштрикнутий Тедовим ножем живіт, готуючись до найгіршого, оскільки старий знову заволодів своєю гвинтівкою й заряджав її невідомо звідки взятими патронами, щоб поквитатися з кривдниками за все без зайвих слів. Решта «колабраціоністів» кинулися навтьоки вулицею геть від Леслі, який гарцював на коні. Втікачі від жаху не тямили, що вершник просто не може впоратися з конем, і навіть не думали відстрілюватися чи, тим більше, битися врукопаш.

Але шлях до втечі їм перепинила якась інша озброєна група — і завернула назад. Коли вона наблизилася, Джим упізнав Леопольда й тих, кого він залишив у мерії для прикриття. Втративши з поля зору Джима та його загін, вони дуже стривожилися, а коли почули постріл і побачили Леслі, який мчав кудись на коні, одразу кинулися на допомогу — і нагодилися дуже вчасно!

Поки революціонери раділи перемозі, поки розбирали трофейну зброю, поки надавали першу допомогу пораненим і переконувалися, що вбитих немає ні з того, ні з іншого боку, поки ставили полонених все до того ж паркану, аби ті теж відчули себе в шкурі приречених, — час було згаяно. Коли Джим зрозумів, що когось тут явно бракує, було вже надто пізно — пана Кейсі як вітром здуло. Досада через це дещо остудила радість переможців, і їм не нічого залишалося, як разом зі своєю військовою здобиччю повернутися до мерії.

Полонених поплічників мерзенних рептилій розмістили в колишній котельні, яка вже давно не працювала за своїм прямим призначенням і була перетворена на звалище мотлоху. Зараз ця підвальна кімната без вікон і з єдиними залізними дверима якнайкраще годилася на роль тимчасової тюрми. Поранених поклали на першому поверсі просто на підлогу, але не знали, що робити з ними далі й наскільки їхнім життям загрожує небезпека. Їх перев'язали, однак лікар усе одно був потрібен: одна справа — убити ворога в бою, і зовсім інша — дати йому вмерти в тебе на руках від ран і страждань. Джим не був аж таким безжальним, а тому послав Теда по лікаря. Той пішов не поспішаючи, крокуючи стемнілою вулицею не без апломбу, недбало несучи гвинтівку в руці.

Припускаючи, що з основною частиною тимчасової адміністрації міста Безінгтона вже покінчено, Джим, однак, вирішив не розслаблятися й велів Леопольдові виставити бойову охорону й знову замкнути двері. Залишалося незрозумілим, як поставиться до нинішніх подій місцевий люд — особливо якщо зважити на те, що пан Кейсі втік, але цілком собі міг і далі каламутити воду у своєму місті. Тому Леслі був одразу ж відправлений назад на блокпост — із детальним описом зовнішності колишнього мера та твердою вказівкою затримати його, живого чи мертвого, якщо він спробує все ж покинути місто. Щойно хоробрий хлопець помчав на блокпост, одразу ж зі складу прибіг засапаний Курт — дізнатися, що тут сталося, бо вони чули стрілянину й бачили, як падав теледирижабль. Йому коротко переказали події й відправили геть, додавши, що все йде за планом і нехай вони завтра чекають зміни.

У всій цій метушні та біганині в мерії й довкола неї Джим не відразу помітив, що на кухні знову з'явився Тревіс. Колишній утікач, мов нічого й не було, грюкав каструлями і підтримував під ними вогонь, вочевидь вигадуючи щось на кулінарну тему. Коли шокований таким нахабством та безсоромністю Джим спробував на нього натиснути, звинувативши у зраді й боягузтві, той у відповідь лише здивовано витріщив очі й узявся викладати свою версію подій. Мовляв, приготував їм усім обід, потім пішов роздобути продуктів на вечерю — оскільки він тепер у мерії живе не сам, та великих запасів тут немає, а їсти хочеться всім, — і ось тепер замість вдячності за продовольчий подвиг він отримує несправедливі звинувачення та стусани. Джим відпустив комір сорочки, за який трусив Тревіса, так і не зрозумівши до кінця, хто ж перед ним: пройдисвіт чи дурень. Залишивши його зі стурбовано-ображеним виглядом і далі зображати бурхливу кухонну діяльність, Джим приставив до нього Хом'яка — для охорони Тревіса, їжі та запасного виходу одночасно. Піднявшись на другий поверх, Джим обговорив із Леопольдом їхнє нове становище.

Події, які сталися за останні години, звісно, не залишилися без уваги мешканців міста. Коли постріли стихли, ті почали знову виповзати зі своїх щілин, незважаючи на присмерк. Рух на сусідній вулиці засвідчував, що основну увагу людей привернув, звичайно ж, дохлий руанський теледирижабль. Удосталь надивившись та поштовхавши ногами цей експонат кунсткамери, люд став потроху купчитися неподалік від мерії.

Невдовзі крізь натовп почав пробиратися Тед, буквально тягнучи за рукав якогось невисокого джентльмена з валізкою. Той упирався всіма своїми копитами, та йому це не дуже вдавалося — ззаду його штовхали у бік все тієї ж мерії з десяток збуджених жінок, які щось лементували. Дивна група, порозпихавши роззяв, урешті-решт пробилася до забарикадованого будинку. Джим велів їх усіх впустити. Це, як і очікувалося, був лікар, не надто мотивований рятувати помираючих, а також дружини та матері полонених ворогів народу. Лікар мовчки, хоч і без особливого бажання, узявся до виконання свого професійного обов'язку, а жінки, навпаки, здійняли такий галас і крик, що зрозуміти, чого вони хочуть, було геть неможливо. Леопольд, вирішивши, що революція в небезпеці і влада в місті може знову змінитися, тепер — на матріархат, уже збирався було застосувати силу проти цього войовничого жіноцтва. Але Джим, який мав великий (і неприємний) досвід участі у схожих словесних баталіях між статями, запропонував перечекати, поки спаде перша хвиля агресії.

Приблизно через пів години — за цей час усі дами встигли обійняти й приголубити своїх побитих і переможених чоловіків, які саме через це заслуговували на подвійне співчуття та любов, — буря дещо вгамувалася. Жінки трохи заспокоїлися і змогли крізь потік претензій та звинувачень сформулювати свою головну вимогу:

— Відпустіть їх негайно додому!

— Поки що це неможливо, громадянки! Зберігайте спокій! — незворушно повторював їм Леопольд.

Він залишався непохитним у цьому питанні з чверть години, але потім його накрив другий, ще вищий, вал проклять і лайок, уперемішші зі сльозами та благаннями. Проте серце істинного революціонера й удруге не здригнулося перед усіма цими міщанськими переживаннями, тим більше що вони стосувалися звільнення поплічників окупаційного режиму. Жінки, угледівши саме в Леопольдові осередок усіх своїх сьогоднішніх бід, взяли його в кільце й уже були готові буквально розірвати на шматки. Джима, звісно, тішило те, що він залишався на другому плані цієї драми, але остання загрожувала будь-якої миті стати кривавою, і він почав усерйоз переживати за Леопольда.

У кульмінаційну мить дійства, що розігрувалося в холі першого поверху, з другого сходами спокійно спустився Тед і, жуючи шматок чергового роздобутого гарбуза, спокійно повідомив:

— Ви наче якийсь мітинг влаштувати хотіли? Так ось там, — він недбало вказав великим пальцем у бік виходу, — схоже, зібралося вже все місто. Тому якщо ви маєте що сказати, то зараз — саме час.

Натхнений цією новиною, Леопольд одразу ж запропонував усім жінкам вийти з приміщення на вулицю, де зараз відбудуться великі збори, на яких їм усе пояснять. Тедові вдалося, за допомогою решти бійців, хоч і не одразу, та все ж вивести розпашілих леді з мерії. Джим велів усім своїм людям, а також Хом'яку та Тревісу, теж вийти надвір, спорудити там щось на зразок помосту і розкласти кілька багать. Товариші пішли на вулицю виконувати наказ, а Джим скористався вільною хвилиною, щоб наодинці поговорити з Леопольдом про головне.

РОЗДІЛ

29

Джим стояв біля віконної амбразури на другому поверсі й споглядав феєричне видовище, що розгорталося знизу. У темряві, на галявині перед мерією, палало два багаття, а між ними, на великому перекинутому сміттєвому баку, який був тепер революційною трибуною, стояв Леопольд. Він був освітлений язиками полум'я, від чого його постать здавалася майже інфернальною. Посилюючи це враження, позаду Леопольда вишикувалися ланцюгом його озброєні люди. Джим навіть пошкодував, що змушений спостерігати цю сцену з-за куліс, а не стоячи в першому ряду численних глядачів, де напевно можна було отримати ще більше емоцій та вражень. Проте він сам обрав для себе цю непомітну роль, вирішивши, що так буде краще для справи. І щойно втовкмачував це Леопольдові — разом із тими головними ідеями, які необхідно донести до зібрання. Той довго не міг збагнути, чому для революції краще, якщо товариша Донателло знатимуть особисто якомога менше людей. Тим більше що в будь-якому разі завтра-післязавтра він продовжить свій шлях — для виконання покладеної на нього важливої місії. І тоді вже йому, Леопольдові, доведеться очолити повстання в цій місцевості, а може, й у всьому штаті — а для цього просто необхідно, щоб народ знав свого лідера в обличчя, слухався й, бажано, навіть любив. Але врешті-решт Леопольд погодився з аргументами Джима, хоча зізнався, що зовсім не претендував на пост місцевого вождя.

Судячи з того, як упевнено вийшов з мерії й зійшов на трибуну цей революціонер з діда-прадіда, зі своїм завданням він упорається. Леопольд говорив так до ладу, наче все життя звертався до мас, — очевидно, позначилися його марксистські гени разом із досвідом участі в регулярних дискусіях у себе в комуні. Він закликав усіх перестати миритися зі своїм становищем, нав'язаним чужорідними прибульцями, а найбільш активних і сміливих чоловіків — вступати добровільно в їхній загін імені Нельсона Мандели. Зброєю, кого зможуть, забезпечать, але краще приходити зі своєю. Запис у збройні формування призначений на десяту ранку наступного дня. А після обіду буде відновлена безплатна роздача гарбузів проклятих загарбників, за подвоєною нормою (Джимові вдалося вчасно переконати Леопольда, що ці гарбузи насправді безпечні, а ті, заражені, були зеленого кольору). У самому місті, на невизначений термін, але точно тимчасово, Леопольд оголосив карантин — ніхто не в'їде й не виїде звідси без спеціального дозволу штабу. Те, що штаб — це колишня мерія, він уточнити забув, але, на його думку, це й так було зрозуміло. Також розпаленілий командир оголосив головного поплічника окупантів і винуватця всіх бід — пана Кейсі — поза законом і запропонував йому здатися в руки революційного правосуддя, — в іншому разі колишній мер пізнає всю суворість цього закону, разом з тими, хто сприятиме переховуванню класового ворога.

Аби показати не лише силу, але й справедливість нової влади, Леопольд, за порадою Джима, просто тут, на цьому історичному мітингу, дарував свободу і прощення всім рядовим виконавцям, які заплуталися й потрапили під вплив тепер уже колишнього голови тимчасової адміністрації. Останню звістку люди зустріли захватом, який визрівав у їхніх серцях протягом усього виступу Леопольда — і на цьому, воістину кульмінаційному, моменті таки вирвався назовні бурхливими оваціями та вигуками. Оратор, відчувши, що це — найкращий момент для закінчення промови, підняв угору стиснутий кулак на прощання, що могло бути витлумачене як завгодно, — і зліз зі сміттєвого бака.

Потім відбулося врочисте звільнення полонених і передача поранених на руки щасливим родичам. Усі обіймалися й плакали. Колишні «колабраціоністи», отримавши свободу, прилюдно каялися у своїх дрібних грішках та помилках, зривали з себе тепер ненависні зелені значки й утоптували їх у землю. Усіх переповнював захват: переможців і переможених, глядачів і учасників, — він хлюпав від краю до краю вулиці, заливаючи собою тротуари.

Коли простір перед мерією очистився від святкового і збудженого натовпу, зокрема й від охочих служити під проводом Нельсона Мандели просто зараз, Джим спустився вниз і привітав Леопольда з успішним виступом. Та він усе одно рекомендував не втрачати пильності — ні зараз, ні в майбутньому — і не знімати охорони з ключових точок. Не факт, що в Кейсі не зосталося більше прибічників, у чому Джим дуже сумнівався після побаченого цього вечора, проте загроза могла ховатися не тільки всередині міста, а й зовні. І завтра їм із Леопольдом доведеться добряче поміркувати над тим, як йому керувати тут далі — без товариша Донателло. Незважаючи на всі протести, Джим ще раз заявив, що скоро їде і що Леопольдові невдовзі доведеться ухвалювати всі рішення й відповідати за них самостійно. Як на початку Джим намагався підпорядкувати його собі, так тепер, напередодні їхнього прощання, він хотів усі повноваження делегувати назад, а тому почав у розмові замінювати вислови «наказую» та «я сказав» — на «я раджу» і «подумай над цим». Але Леопольд, у своїй улюбленій манері, хотів обговорити всі нагальні й майбутні питання негайно. Як Джим не відбивався приказкою «ранок покаже, що вечір не скаже», вони все одно проговорили допізна.

Уранці біля мерії стояло два десятки чоловіків, охочих вступити в революційний загін. Леопольд очікував, звісно, більшої кількості добровольців, бо ж пам'ятав, скільки їх було ще вчора ввечері, але Джим такій ситуації геть не здивувався — людям властиво відмовлятися від поспішних емоційних рішень, особливо якщо вони ухвалювали їх несвідомо, під впливом стадного інстинкту юрми. Леопольд, як завжди, швидко примирився з цим тимчасовим непорозумінням, вважаючи, що містянам ще треба все зважити й придивитися. Він почав знайомитися з добровольцями, серед яких виявилося двоє екземплярів, які ще вчора працювали в тимчасовій адміністрації, — однак командир усе ж таки вирішив, що це не може бути перепоною на шляху служіння справі революції. Джим нагадав йому про необхідність зробити ротацію охорони на складі, а також розпорядитися щодо розподілу пайків. Леопольд кивнув на знак того, що пам'ятає про це, і продовжив спілкування з новобранцями. Він повідомив їм, що ввечері вони складуть урочисту присягу перед строєм і цілуватимуть полковий прапор, а вдома — робитимуть собі нашивки з блискавкою.

Джим повернувся в будинок мерії, пройшовся кімнатами. Він розумів, що тут йому робити більше нічого і треба рухатися далі. Особистих речей, окрім листа

Меріон, у нього з собою не було, а тому він вирішив вирушати впорожні і навіть не брати ніякої зброї.

Джим відшукав Теда, який погодився провести його до блокпоста, і підійшов до командира — повідомити, що вже йде, а по дорозі перевірить, як там справи у хлопців на в'їзді в місто. Леопольд дивився у вічі своєму бойовому товаришу, ще до кінця не вірячи, що це — прощання. Джим почепив йому на шию його ж бінокль, повертаючи цей символ влади, і мовчки обняв. З деякого часу він почав ненавидіти прощання — їх у його житті в останні місяці стало занадто багато. Зробивши декілька кроків, Джим озирнувся, недбало махнув Леопольду рукою — наче справді вірив, що вони невдовзі зустрінуться, — і пішов разом із Тедом вулицею.

Джим прошкував по затишному Безінгтону спокійною ходою господаря становища й почувався задоволено, як після добре виконаної роботи. Ішов він мовчки, відзначаючи повну відсутність зелених кружал на дахах будинків і натомість — щоправда, поки що де-не-де — уже вивішені червоні клапті та прапорці. Джим був упевнений, що вночі він зміг донести до Леопольда основні ідеї стратегії автономного спротиву: усіма силами боротися з інопланетянами та їхніми прибічниками — будь-якими методами, за щонайменшої можливості, а також поширювати цей заклик якомога далі регіоном — утворюючи такі ж незалежні групи, об'єднані лише символом боротьби та головною метою, але не єдиним командуванням. Леопольд, щоправда, довго не міг допетрати, що не треба чекати вказівок із Центру, а слід діяти самостійно, розмножуючи нові паростки повстання брунькуванням чи іншими способами, які він зможе вигадати сам.

— І не треба чекати сигналу до загального наступу — вважай, що ви його вже отримали, — сказав Джим учора, вкладаючись спати.

— Як довго триватиме наш наступ? — уточнив в'їдливий Леопольд.

— До переможного кінця. Коли ящірки заберуться геть із нашої планети разом зі своїми гарбузами, дирижаблями та божевільними ідеями!

— А як ми про це дізнаємося, товаришу Донателло? — не вгавав революціонер, якому було геть не до сну, на відміну від сонного Джима.

— Як? У твоєму домі знову загориться лампочка, і я тобі подзвоню телефоном! — усміхнувся Джим, хоч у темряві цього й не було видно.

— Але в мене на фермі немає телефону, — знітився Леопольд.

— Сподіваюся, до того часу ти вже контролюватимеш резиденцію губернатора, отже, я подзвоню туди, у приймальню, — чи то жартома, чи то всерйоз відповів Джим.

— Гаразд, — його співрозмовник явно серйозно поставився до цієї інформації й запитав про головне: — А що буде далі? Як буде влаштований новий світ?

Джим розумів, що ні віджартуватися, ні вдати, що він уже спить, не вийде, бо в іншому боці кімнати чекали на його чесну відповідь.

— Не знаю, Леопольде, — зізнався він і повторив: — Не знаю. Спершу треба перемогти, а потім і обговоримо. Якщо виживемо. Давай спати.

Відповіді на поставлене запитання він і справді не знав. Він також не знав, чи взагалі вдасться перемогти прибульців і чи є ще осередки спротиву в інших районах країни та планети. Джим хотів вірити, що є. Адже якщо в це не вірити, то перемогти буде неможливо. Він не сумнівався, що на Землі є люди, які не хочуть миритися з нав'язаним режимом і способом життя. Ця думка вже давно непокоїла його й давала впевненість, що шанс перемогти в них усе-таки є.

— Дім Кейсі, — несподівано перервав роздуми Джима Тед і спинився біля розкішного маєтку.

— Тоді зайдімо в гості, раз ми вже тут, — сказав Джим і штовхнув хвіртку в кованій огорожі. Та знехотя прочинилася.

«Господаря напевно немає вдома, він же не псих, — думав Джим, ідучи гравійною доріжкою до будинку. — Утім, у Теда є з собою гвинтівка на такий випадок. І взагалі — це хороший знак, що старий більше не називає колишнього мера паном, отже, і в очах інших обивателів він утратив колишній авторитет».

Усередині просторого дому ні самого Кейсі, ні інших мешканців не було — там був тільки жахливий безлад зі слідами чи то поспішної евакуації, чи то раптового набігу мародерів. Блукаючи напівпорожніми кімнатами, де тепер жило тільки відлуння та протяги, Джим дійшов висновку, що вчора ввечері, покидаючи свій дім, лідер місцевих «колабраціоністів» навряд чи рятував ще щось, окрім власної шкури й дуже цінних, але не важких, особистих речей. А отже, весь цей розгром у його житлі вчинили, ймовірно, мирні мешканці Безінгтона, які скористалися моментом і під покровом ночі винесли звідси все, що можна було винести.

Не знайшовши в домі нічого для себе цікавого — бо важко знайти щось пристойне в недоїдках, залишених після банкету, — Джим попрямував до виходу. Уже в холі, біля перекинутого журнального столика з відламаною ніжкою, у купі макулатури на підлозі він нарешті побачив те, що йому було потрібно, — карту штату. Джим уже геть забув, що хотів пошукати цю карту в мерії, і зрозумів, що заглянув до оселі Кейсі таки недарма. Він сприйняв цю знахідку як знак, що він на правильному шляху, і ще раз переконався, що все в цьому житті стається саме так, як і має статися, — і з цією радісною думкою, картою та усмішкою на обличчі вийшов на вулицю. Теда поблизу не було, і Джимові довелося його кілька разів покликати, поки той не вигулькнув звідкись із надр будинку.

Увесь їхній наступний шлях Джим був змушений слухати нарікання старого на те, що він не зміг ретельніше оглянути барліг того сучого сина Кейсі, в якого напевно була прихована на чорний день плящина, і не одна.

— Хоча, — розмірковував Тед уголос, — чорний день у нього настав якраз учора, тож, може, бідолаха й напився десь із горя... Чи навпаки — не встиг, бо втікав із міста так, що п'яти мигтіли й земля під ними горіла...

Джим не вступав у розмову, але його супутник цього не надто й потребував. Вони вже вийшли з міста, так і не побачивши ніде жодного блокпоста, і тепер ішли дорогою через поле.

Раптом Тед змовк на півслові й став у стійку, як пінчер, зачувши дичину. Спереду й трохи ліворуч у небі висів символ руанського вторгнення — теледирижабль. Не зводячи очей із цілі, у повній тиші, намагаючись не робити зайвих рухів — наче все це могло її сполохати, — Тед зняв із плеча гвинтівку і прицілився. Він побачив боковим зором, як Джим йому коротко кивнув, і натиснув на курок. Пролунав постріл. Тед вилаявся і клацнув затвором. Джим погано бачив у сонячному небі летючий об'єкт, зате відзначив, що в Теда в руках не звичайна гвинтівка, а снайперка Кейсі — «ковбой» прихопив її з собою, ніби знав, що доведеться вести вогонь на відстані.

Після другого пострілу, на жаль, теж нічого не змінилося — «кабачок» продовжував літати у своїх пропагандистських справах. Джим хотів було запропонувати підійти ближче, але, знаючи характер старого, промовчав і вирішив набратися терпіння — тим більше що повітряний телевізор рухався в їхній бік. Знадобився третій постріл, а потім і четвертий. Тільки після п'ятого дирижабль спершу пригальмував, наче замислився, а потім почав повільно, дуже повільно спускатися, поступово відхиляючись убік.

— Є! — коротко висловив Тед свою радість.

— Як гадаєш, ти його на смерть? — спитав Джим, коли вони, дещо прискоривши крок, пішли далі.

Тед стенув плечима:

— Потім сходимо й подивимося.

Повітряна куля інопланетян знижувалася так само повільно, її все дужче зносило від дороги, тому вони вирішили передусім знайти своїх, а вже потім шукати дирижабль, який — було очевидно — приземлиться ще не скоро.

Джим і Тед уже більш ніж на милю відійшли від міста, а жодних ознак їхніх побратимів усе не було. Дорога поступово почала завертати, праворуч до неї притискався невеликий лісок, а ліворуч — там, куди летів підбитий руанський цепелінчик, — заросле бур'яном поле переходило в передгір'я. «Гарне місце для засідки», — відзначив подумки Джим, коли за поворотом вони наткнулися на дерево, що лежало поперек дороги. І на підтвердження цієї думки над їхніми головами раптом пролунало:

— Руки вгору!

Голос вимовив цю фразу нарочито грубо і явно зміненим тоном, після чого задзвенів задерикуватий і зовсім дитячий сміх. Джим, який і не думав піднімати руки, і Тед, який підняв лише дуло своєї гвинтівки, глянули вгору й побачили Леслі: той сидів на гілці найближчої до дороги сосни і метляв голими ногами.

— Злякалися? — запитав він уже своїм звичайним бадьорим тенорком. — Ну, скажіть!

— Дуже! — з усмішкою підтвердив Джим, після чого хлопець почав злазити.

— Це я придумав тут влаштувати засідку! Правда, круто? — він стрибнув на землю й отримав разом із привітаннями схвалення дорослих, на яке дуже сподівався.

Із найближчих кущів виліз Роб. Він мовчки привітався з подорожніми, і вони всі разом пішли в розташований неподалік табір лісових розбійників, де на них чекало ще троє бійців.

Джим пам'ятав, що Леопольд призначив головним у цій групі Роба, але побачивши, як усім тут орудує Леслі (зокрема як він відіслав Роба назад — охороняти дорогу), зрозумів, що командування тут змінилося.

— Я вас уже давно помітив — з того дерева добре видно. І як повітряну кулю ви підбили, я теж бачив. Я й сам її підстрелив би вже тисячу разів, але не можна видавати нашого розташування, — Леслі не змовкав, розказував і показував, як вони тут влаштувалися і який уже встигли звести курінь, тож пауза для розповіді про те, що за цей час сталося в місті, з'явилася не відразу.

Коли ж це нарешті сталося, Джим дав слово Тедові, аби той виклав свою версію подій, а сам попрямував до

Зевса, прив'язаного до дерева. Кінь упізнав його, почав задоволено форкати й мотати головою.

За час роботи цього блокпоста з міста ніхто виїхати не намагався, зате хотіло в'їхати кілька возів, які Леслі завернув, оголосивши візникам, що в Безінгтоні чума, і реквізувавши частину їстівних вантажів — нібито для проведення якихось аналізів. І тепер він пропонував прибулим узяти участь в об'єднаних лабораторних дослідженнях.

Після того як революціонери натовкли животи експропрійованими продуктами, Джим оголосив, що їде далі, і пішов сідлати Зевса. Тед здогадався про це вже давно, тож лише кивнув і почав збирати для нього торбу з харчами. А от Леслі дуже засмутився. Йому було абсолютно начхати на товариша Донателло, але він не міг пережити розлуки із Зевсом — він за ці дні майже зріднився з конем. Але Джим, як і належить істинному провідникові революції, проявив непохитність і не зронив жодної сльозинки, коли відтягав пацана, який заходився криком, від свого Зевса.

Тед, бачачи, що ситуація вимагає його втручання, запропонував Леслі піти з ним і добити інопланетного монстра, поки той не очуняв, — мовляв, я сам, без такого досвідченого слідопита, не знайду місця, де впав «кабачок». Леслі одразу ж захопився цією ідеєю й сухо, у традиціях своїх ексцентричних предків, попрощався з Джимом. Навіть не глянувши на Зевса, він узяв загострений кілок — найбільш придатну на такий випадок зброю — і вирушив на нове завдання. Старий, торкнувшись краєчка капелюха, кивнув ще раз Джимові й пішов слідом за хлопцем.

Джим раптом чітко зрозумів, що понад усе на світі хотів би залишитися разом із цими людьми, — але товариш Донателло мав продовжити свій шлях. Він мовчки сів на коня, підняв кулак угору на прощання і виїхав із лісу на дорогу.

РОЗДІЛ

30

Шлях до заповітної мети не завжди буває прямим. Джим добре це зрозумів за час своєї тримісячної мандрівки до рідних пенатів, мандрівки, яку взагалі-то можна було здійснити й за два тижні — якщо їхати коротким шляхом. Але дістатися дому якомога швидше не було головним його завданням. Після того як він покинув Безінгтон, на його шляху невдовзі постав Фрезервіль, потім Корсі, за ним Партус, а тоді щось іще і ще... Джим уже не пам'ятав назв усіх містечок, через які йому довелося проїхати. Ситуація всюди була майже однакова, з незначними місцевими відмінностями. У всіх поселеннях роздавали гарбузи та фрукти, але в різних обсягах і з різних приводів, навіть за надання інтимних послуг. Повсюдно чинилося те чи інше свавілля, завжди освячене іменем тимчасової адміністрації. У маленьких селах влади взагалі не було — і народ здебільшого самоорганізовувався на основі добування їжі та захисту її від грабіжників. Хлопців, які вийшли на велику дорогу, теж більш ніж вистачало, і Джим намагався уникати їх, бо з таким людом однозначно не варто було зустрічатися. Щойно вгледівши юрму розбишак на проїжджій частині, він одразу ж завертав коня — і шукав обхідних шляхів. Ці компанії не були схильні до спілкування і складалися здебільшого зі здичавілих містян, яким нічим стало годуватися там, де вони раніше жили, а до фермерського життя вони пристосуватися не могли або ж не хотіли, воліючи стати кимось на зразок волоцюг-кочівників.

Також Джим старався оминати великі міста, але вже з інших причин. Йому здавалося, що позиції іноплатенян там значно міцніші, або ж навпаки — мегаполіси потонули в безодні рукотворного хаосу. У кожному разі, великий населений пункт узяти під контроль буде важко. Тому Джим робив ставку на маленькі міста і селища. Десь він затримувався на кілька днів, десь вистачало лише одного виступу на загальних зборах, аби народ починав трощити вже ненависні всім зелені кружала й тих, хто жив і працював під ними. У цьому революційному турне Джим настільки відшліфував свою закличну промову перед натовпом, якому треба було поставити мізки на місце, що вона тривала тепер не більше десяти хвилин. Він трохи змінював текст — залежно від специфіки конкретної місцевості та ситуації, тож говорив те, що люди хотіли почути, обіцяв, погрожував або соромив, не боячись нікого й нічого, — і цим дуже надихав присутніх, схиляючи їх до того, що було потрібне вже йому. Завжди знаходилися гарячі голови, готові стати під знамена жовтої блискавки в боротьбі з прибульцями за повернення свого колишнього способу життя. Інструкції та настанови для наступного їхнього повстання теж якось стандартизувалися — й відскакували від Джимових зубів, наче десять заповідей, оселяючись у тих серцях, які розкривалися перед ним. Десь розповсюдження ідей спротиву йшло добре — досить було поговорити лише з місцевими авторитетами, пославшись на всемогутній Центр та загальну боротьбу із загарбниками. Десь доводилося вдаватися до локального збройного бунту. А ще десь Джим Гаррісон терпів і невдачі. Невелике містечко Ґрінстоун не повелося на його вмовляння, оскільки до цього вже захопилося ідеєю місцевого пастора: той організував у своїй парафії секту на зразок саєнтологів, яка поклонялася інопланетянам, — а тому врятувати цю прогресуючу божевільню просто неба, прищепивши його пацієнтам паростки революції, не було жодного шансу.

Незважаючи на деякі периферійні успіхи, Джим чудово усвідомлював: ситуації загалом вони не змінять, треба робити щось глобальне, що могло б рознести героїчний поголос про нього по всій країні — і підняти народ уже повсюди. Але що це має бути, він не знав. У кожному разі, таку акцію треба здійснювати у великому місті, де є якась база рептилоїдів. Де саме ця база і чи є вона взагалі, було невідомо, як і багато чого іншого про цих загадкових руанців, котрі дуже обмежували свої контакти з населенням Землі. Джиму не трапилася жодна людина, яка бачила б живого інопланетянина, і якби він сам не зустрівся з ящіркою під час евакуації, то думав би, що їх і взагалі не існує. Та все ж він продовжував уперто збирати «по людях» крихти інформації про прибульців, постійно відсіваючи їх від полови чуток і здогадів.

Зокрема Джим з'ясував, що гарбузи та фрукти поставляють рідко, але щоразу великою партією й тільки у значні населені пункти. Про це він дізнався від колишнього голови тимчасової адміністрації одного чималого містечка, де змінити владу вдалося всього за чотири години за допомогою колишніх любителів страйкболу. Керівний посіпака розповів усе, що знав про роботу як свого, так і головного офісу, розташованого в столиці штату. Його словам Джим повірив — на тому стільці, до якого був прив'язаний «колабраціоніст», будь-хто став би відвертим, особливо якби йому почали присмалювати другий черевик. Він розказав, що приблизно раз на два тижні прилітає величезний транспортний дирижабль, сідає на місцевому стадіоні — найбільшому відкритому майданчику в місті, — і з його заднього люка висипаються тисячі гарбузів чи фруктів, покритих якимось слизом. Потім, коли розвантажений корабель летів геть, працівники адміністрації організовували голодних добровольців для очищення, сортування, просушування, транспортування та складування інопланетної їжі, а вже згодом по неї приїжджали із сусідніх, дрібніших, адміністрацій і розвозили возами. Якщо ж до того часу на їхньому спеціальному майданчику накопичувалась гора виміняних та конфіскованих електроприладів, то дирижабль на хвилинку зависав над нею і бризкав зверху якоюсь страшенно смердючою кислотою. Всі зібрані залізяки та пластмаски одразу ж починали шипіти й плавитися, аж поки від них не лишалося нічого, крім калюжки, яка за декілька днів висихала.

— Але наступати на неї в жодному разі не можна! — попередив окупантів полонений поплічник, який раптом став дуже турботливим. — У нас був сторож, Конрад, раніше... Якось він вирішав скоротити шлях і пішов через цю калюжу. До середини тільки картуз дійшов, та і той невдовзі розчинився. У нас там тепер новий робітник — Норман, ми вже його інструктуємо ретельніше.

Мова чиновників завжди буде безликою, за будь-яких режимів, подумав тоді Джим.

— А ви? Від кого ви отримували всі інструкції й накази? — спитав він різко й напористо.

— Я?.. Я їздив у столицю штату... мені дали повноваження... на самому початку і потім ще кілька разів... А коли було щось термінове, то вони присилали гінця, на коні... Та й пошта, хай поганенька, але працює в нас, сер... ага. Це велике досягнення в роботі тимчасової адміністрації, а ще...

— Досить! — гаркнув Джим і сам злякався власного тону й люті. — Теж мені досягнення! Пошта! Ви забули, що ми втратили?

— Так... Так... але це було вже давно, в епоху технологічних помилок... — лепетав переляканий «колабраціоніст», який, схоже, уже настільки просякнув руанською пропагандою, що, мов губка, навіть під тиском не міг вичавити з себе нічого іншого, окрім липкої брехні.

Джимові вже почав набридати цей допит, але він продовжив:

— Я питаю: хто вам конкретно давав вказівки?

Здоровань у формі солдата бундесвера, який допомагав Джимові, запропонував зламати мерзотникові руку — для відновлення пам'яті.

Але Джим був проти таких методів, тим більше що переляканий мерзотник одразу ж зрозумів, чого від нього хочуть, і пробубнів:

— Містер О'Рейлі. Я з ним спілкувався в головному офісі, а іноді — з його заступником, містером О'Рейлі-молодшим...

— У них там сімейний підряд, чи що?

— Га? А, ні! Що ви! Головний офіс — це центральний орган управління всіма адміністраціями нашого штату... Там стільки людей, стільки роботи...

— Зрозуміло, — вирішив підбити підсумок безглуздої розмови Джим. — А зі самими інопланетянами ви контактували?

— Що?

— Ти глухий, чи що? — знову втрутився Джимів помічник і взяв свого підопічного за вказівний палець.

— Ящірка тобі у вухо свого язика пхала? — Джим, утративши терпець, теж перейшов на «ти».

— Що? Ай! Тільки не палець! Ні, не пхала, я лоскоту боюся... і взагалі... прибульців тільки по телевізору бачив...

Побачивши, що сенсу продовжувати допит немає, Джим наказав розв'язати ренегата й вийшов із кімнати.

Ця розмова відбулася ще місяць тому, але Джим не ризикнув вибиратися до столиці штату навіть на розвідку, покладаючись більше на власну інтуїцію, аніж на розум та його логічні висновки, які, втім, підказували те ж саме. Він і далі їздив околицями, діючи відносно ефективно в рамках своєї концепції периферійного підпалювання копиць, хоча розумів, що це, можливо, і некоректна аналогія, і така його стратегія — помилкова, бо революції в провінції не робляться. Та й люди тут менше постраждали від вторгнення. Їхнє життя, звісно, погіршилося, і багато хто нарікав, але тихо, бо воно принаймні не завалилося повністю — як у всіх містян, які — Джим на це сподівався — уже готові взятися за зброю, якщо досі не взялися. Але інформації про те, що коїлося у великих містах, у нього теж було обмаль. Один з останніх переселенців звідти, якого зустрів Джим, описав загальну картину короткою фразою: «Усе дуже погано!».

Життя, яке раніше було сконцентроване здебільшого в місті, справді перекочовувало в село, і якщо раніше сільськогосподарські райони залежали від центру, то тепер ситуація змінилася у зворотний бік. Заправляли ті, хто жив ближче до землі, а отже — до їжі, бо ж у бетонних коробках, коли не працюють усі комунікації, на сирих гарбузах довго не протягнеш — тільки й того, що з голоду не помреш. Однак створювалося враження, що люди були готові звикнути і пристосуватися до всього. Але Джим був не готовий миритися з таким станом речей, тому постійно й усюди шукав таких, як сам, — і знаходив.

Якось із компанією анархістів, що мали, окрім стрілецької зброї, ще й невелику гармату — її раніше використовували для салютів на святах, — Джим навіть намагався збити великий руанський транспортник. Один із тих, що періодично розвозили гуманітарні гарбузи, походження яких також з'ясувати не вдалося. Може, це полювання було його помстою — за те, що він пережив, мандруючи у смердючому череві, або він просто хотів перевірити живучість інопланетного левіафана, або ж прагнув заподіяти непоправну шкоду загарбникам його планети. Джим і сам до кінця не знав причини. Просто він зі своїми, хай і тимчасовими, але досить відчайдушними й некерованими однодумцями, які виступали проти будь-якої влади взагалі, скористався можливістю атакувати дирижабль, що летів досить низько. Безладна стрілянина з усього, що в них було на озброєнні, ніяк не вплинула на політ чужорідного гіганта, навіть постріл йому вслід із гармати — він прогримів як прощальний салют.

Під час своєї мандрівки Джим сподівався розшукати сліди присутності військових. Йому з перших днів вторгнення руанців не давала спокою думка: де ж звитяжна, наймогутніша у світі армія Сполучених Штатів Америки? Він, як і всі його співгромадяни, настільки вірив у її непереможність перед лицем будь-якого ворога, що ніяк не міг второпати, чому вона не чинила спротив цим гавкітливим ящіркам на їхніх неквапливих пузирях. «Чи вони їх своїми гарбузами закидали? — питав Джим себе самого. — Ну добре, техніка не працює, ракети й усе інше, але ж автомати й гармати стріляють — я ж сам бачив! А люди? Майже мільйон солдатів! Де вони?» Про те, що сталося з людьми на кораблях і підводних човнах, які після «скасування» електрики перетворилися на прості бляшанки, що заледве бовтаються у воді, Джим намагався не думати. «А де ж решта? У нас же купа військових баз усередині країни! Що з ними?!.. Гаразд, — міркував він далі, — зв'язку в них немає, командування, вважай, теж, але голова в них на плечах зосталася ж? А в армії вчать не тільки ж пілотки красиво на ній носити, а також кумекати цією головою в таких ситуаціях!..»

Джим постійно розпитував місцевих, чи хтось не бачив американську армію — наче вона була якимось загубленим цуценям. Хай би це були не полки на марші, а бодай один піхотинець у запорошеній формі, який би зупинився втомлений на околиці й попросив напитися води. А потім, обтерши губи твердою рукою, глянув би спідлоба на мирний люд довкола себе, що дивився б на нього очима, повними запитань і сподівань, і чітко вимовив би: «Так, нам тяжко, але ми боремося із триклятими рептиліями як тільки можемо — й обов'язково їх здолаємо». «Ура, товариші!» — вигукнула б юрма. І під оплески та підкидання вгору очіпків, уперемін зі стетсонами, прославлений американський воїн, поправивши на плечі М-16, вирушив би дорогою в червонястий захід сонця... Та нічого такого ніхто не бачив. Чинні військовослужбовці Джимові не траплялися, а ті, хто служив у Національній гвардії раніше, тепер часто заперечували навіть цей факт власної біографії. А от ветерани палко сприймали слова Джима про спротив і з задоволенням до нього приєднувалися — може, хотіли струснути світ і повний магазин, а може, і з патріотичних міркувань. Хоча такі вияви любові до батьківщини останнім часом вийшли з ужитку, поступившись місцем більш приземленим почуттям: самозбереження та необхідності напхати шлунок. Мало хто хотів воювати за Америку, а тим більше — за все людство. І все ж Джим не полишав спроб знайти тих, чиїм прямим обов'язком, підкріпленим присягою та контрактом, була боротьба. Йому навіть іноді вдавалося дізнатися точне місце розташування деяких військових баз, але щоразу він не міг їх виявити — дорога туди завжди приводила в чисте поле...

Про це й про інше розмірковував Джим, коли побачив удалині перші будинки свого рідного міста. Зевс розмірено стукав по асфальтованому шосе новенькими підковами, в які його нещодавно перевзули в одному автосервісі, що тепер спеціалізувався на різноманітній кінській збруї та ковальських роботах. Листя на деревах давно пожовкло й, утомившись від огидних осінніх дощів, почало падати на землю, аби переродитися в нове життя, ставши перегноєм. Джим дивився на нього й думав, що все зроблене ним за ці важкі місяці, все, що так змінило його самого навіть зовні, було марно. За його спиною не розгорається полум'я революції, радше навпаки: люди, мов ці опалі листки, тільки ледь хитнулися від його закликів — як від пориву вітру, а коли він поїхав, знову заспокоїлися і вляглися на старі місця, щоб і далі тихо жити, в очікуванні якогось кращого життя, не розуміючи, що в такому разі ні вони самі, ні їхні праправнуки його не застануть. Джим труснув головою, відганяючи подалі ці депресивні осінні думки, і пустив коня вскач.

Починалося передмістя. Джим під'їхав до дороговказу з назвою міста й зупинив Зевса. Він відчув, як його душу затопило щось дуже тепле й рідне. Мабуть, душа знала: десь, уже дуже близько, на нього чекає Меріон. І хай він ще так і не розумів до кінця, що ж для нього важливіше: її можливе кохання чи перемога над прибульцями — і те, й інше було вкрай малоймовірним, — але цієї миті Джим був упевнений, що якби він мав таку можливість, то вибрав би перше.

Джим пустив коня далі кроком, хоч йому й кортіло мчати щодуху, однак події останнього часу його також навчили стриманості й обережності. Але контролювати усмішку на своїх губах він уже не міг — надто ж коли угледів на одному з дорожніх знаків намальовану блискавку. І байдуже, що вона була чорного кольору — жовта фарба нині в дефіциті.

РОЗДІЛ

31

Рідне місто зустріло Джима неприязно. Одноповерхові передмістя, через які він їхав, і раніше вважалися не надто пристойними, але нині справляли просто гнітюче враження. Деякі будинки були покинутими чи то мали такий вигляд — вікна вибиті, або затулені фанерою, або затягнуті поліетиленовою плівкою. На дахах тут і там зелені кружала всіляких розмірів та відтінків. Частина жител повністю або частково зруйнована, замість деяких — просто випалені місця. На узбіччях — гори сміття й мотлоху, а в них порпаються люди із зацькованими очима. На самій дорозі, як і раніше, стояли де-не-де покинуті автомобілі, від яких тепер лишилися самі остови: скло вибите, нутрощі випатрані, колеса зняті. Як уже переконався Джим, шини з успіхом заміняли дрова, яких у місті було обмаль. Ту ж саму функцію виконували й усілякі ганчірки та шматки пластику — вони добре горіли, нагріваючи чорні каструлі й казанки на вогнищах, де-не-де розкладених біля вцілілих будинків. Від цього палива йшов їдучий дим, але на нього ніхто з місцевих уже не реагував, як і на сморід від куп сміття, — на відміну від того ж таки Зевса: кінь невдоволено форкав і косив очима навсібіч. Ще й року не минуло відтоді, як Джим залишив це місто, але зараз він майже не впізнавав його — так у випадковому безпритульному на вулиці ти, все ще не вірячи власним очам, заледве впізнаєш свого колишнього сусіда.

Джим їхав спокійно, ловлячи на собі недобрі погляди міських старців, якими, схоже, уже стало все населення міста. Після сільського життя, хай і скромного, збіднілого, але хоч з якимись нормами пристойності, сучасний міський пейзаж та його мешканці викликали тільки огиду.

Джим зупинився на роздоріжжі, де треба було зорієнтуватися й вирішити, куди їхати далі. Мандри останніх місяців позитивно вплинули на його здатність прокладати маршрути та діставатися потрібних місць, однак і тепер Джимові треба було для цього трохи більше часу, аніж пересічній людині. Наразі йому дуже допомогли вцілілі на перехресті дороговкази. Ознайомившись із ними ближче, він визначив, що, поїхавши прямо, потрапить рано чи пізно в центр, повернувши ліворуч — буде ближче до свого району, а дорога праворуч йому зовсім не потрібна. Тепер Джим замислився — поїхати додому відразу чи зробити гак через центр міста, аби розвідати тамтешню ситуацію і, якщо знадобиться, дістатися мерії.

Джим розмірковував, Зевс перебирав копитами, і тут на вулицю, напереріз їм, вибіг чоловік, притискаючи щось до грудей. За ним гналося п'ятеро інших людей, що зовні мало відрізнялися як між собою, так і від утікача. Усіх їх можна було віднести до одного виду — Джим його назвав «містянин здичавілий». Утікач перетнув вулицю й уже зібрався було пірнути в прохід між найближчими будинками, яким тепер дужче пасувало слово «халупи», та раптом послизнувся на віражі й упав у купу сміття на тротуарі. Переслідувачі відразу ж наздогнали його й узялися гамселити з усіх сил, добре, що цих сил, судячи з вимучених облич, було в них небагато, на відміну від ненависті та злоби. Той клубок, що його так відчайдушно рятував утікач, жалібно нявкнув, вирвався, перетворився на худющого кота й пустився навтьоки провулками, покинувши свого захисника на поталу кривдникам. Побої не припинялися, хоча чоловік на землі горлав, як оглашенний.

Джим, який останнім часом набачився дуже багато несправедливості, не міг не втрутитися, хоч і був сам, але він уже встиг звикнути, що люди до нього дослухаються. Він спрямував Зевса до розбишак і гримнув своїм новим, викуваним на численних мітингах, гучним голосом:

— Ану, припиніть негайно!

Усі, крім одного, зупинилися й глянули на незнайомця на коні.

— Тебе це що, не стосується? — звернувся Джим до садиста, який продовжував гамселити нещасного ногами.

Джим не сумнівався: якщо не з першого, то принаймні з другого слова йому має підкоритися кожен. Розбишака покинув терзати нещасного й підняв повний ненависті погляд на Джима, який дивився на нього зверху.

— А тобі яке діло? — з викликом відповів він сиплим голосом. — Він кішку в нас украв!

— Ага! І з'їсти її хотів! — вступили в перепалку його поплічники.

— А ми її самі зварити хотіли, — підсумував передісторію цієї бійки ще один із нападників.

Джим, переживши за цю хвилину кілька протилежних емоцій, обвів поглядом пики всіх присутніх, глянув на побитого крадія, який, стогнучи, почав закопуватися з головою в найближчу купу мотлоху, і зрозумів, що з усієї цієї компанії він симпатизує, здається, лише кішці. Він потягнув поводи вбік, наміряючись продовжити свій шлях, оскільки з цими істотами, що перестали скидатися на людей і поводитися по-людськи, говорити йому було вже ні про що.

Та самі вони, судячи з усього, так не вважали. Чіпкі руки вхопили спершу вуздечку, потім стремено, потім його ногу, руку... За кілька секунд Джим опинився на землі й міг бачити вже тільки чиїсь черевики, і ці черевики почали втоптувати його у грязюку. Не маючи жодної змоги підвестися, Джим намагався затулятися руками і встиг помітити, що колишній утікач витяг зі смітника, де перед цим намагався знайти сховок, якусь палицю й, дошкандибавши до них, замахнувся — але не на недавніх кривдників, а цілячись у голову своєму рятівникові. Останнє, що почув скинутий вершник, — перелякане іржання його коня й чийсь радісний вигук: «Скільки м'яса!». Потім у свідомості Джима спалахнуло полум'я й настала темрява...

Приходити до тями на сирому асфальті — це вам не те ж саме, що прокидатися ранком у своєму ліжку. Череп тріщав, Джим відчував свої розбиті губи й розхитані зуби, а також прилиплий до тіла, яке аж гуло від болю, одяг. Чи той одяг був мокрий від крові, чи від багнюки, зрозуміти було важко, як і підвестися. Останнє йому вдалося не з першої спроби, та й то за допомогою проміжної пози — ставши спершу рачки. Згадати, що ж із ним сталося, і випрямитися на повен зріст у нього вийшло одночасно. Спершу Джимові здалося, що він геть не в тому місці, де зчинилася бійка, але, придивившись, він зрозумів, що таки досі там, де й був, просто настали сутінки. Джима трусило — чи то від ударів по голові, чи то від того, що він пролежав на холодній землі кілька годин.

Ні нападників, ані коня ніде не було видно, тому Джим, хоч і через силу, але виліз на найближчу купу сміття, аби роззирнутися довкіл звідти. Однак і звідти він майже нічого не розгледів. Зате, глянувши вниз,

Джим чітко побачив на сірому асфальті величезну червонясту пляму. Передчуваючи найгірше, він спустився до неї, присів навпочіпки й мацнув рукою калюжу, яка вже почала підсихати. Поза сумнівом, то була кров. І, звичайно ж, то була кров Зевса. Тут, ось на цьому самому місці, закінчив свій звитяжний шлях його бойовий товариш, який вірно служив йому останні місяці й жодного разу не підвів. А Джим завів його сюди, з далекої безпечної ферми, і не зміг захистити в тяжку хвилину. І він завив від туги, безвиході та безсилля, а також від ненависті — передовсім до себе самого, а потім уже й до всіх інших. Він знову підвівся на ноги й кричав уже на всю горлянку. Цієї миті Джим був готовий вступити в бій з усіма волоцюгами міста — голими руками. Проте ніхто не відгукнувся на цей виклик і не вийшов битися. Відповіддю були тільки пітьма й тиша. Думка, що близького тобі створіння більше немає, терзала Джимові душу, а розуміння того, що останки його коня зараз хтось варить у брудній каструлі, стискало спазмами шлунок. Саме тієї миті Джим усвідомив: він уже ніколи не зможе їсти м'яса, бо при цьому завжди згадуватиме Зевса і йому здаватиметься, що він їсть саме свого коня.

— Краще я до смерті жертиму сирі гарбузи, але більше не їстиму живих істот. Присягаюся тобі, Зевсе! — сказав він.

Після цієї обітниці Джим трохи заспокоївся, перестав тремтіти й пошкутильгав у бік свого дому, повернувши на триклятому перехресті, де він втратив коня, ліворуч.

Починалася осіння ніч. Пройшовши зовсім небагато, Джим неймовірно стомився і зрозумів, що може в темряві легко збитися з дороги, тож вирішив пошукати місця для ночівлі.

Він вибрав найбільш занедбаний на вигляд будиночок, у вікнах першого поверху якого не було жодної шибки, й обережно заліз усередину. Опинившись у приміщенні, Джим прислухався, чи не потурбував своїм візитом господарів або ще когось, — недоречних зустрічей на сьогодні було вже більш ніж достатньо. Не почувши нічого підозрілого, він піднявся на другий поверх і вліґся, судячи з усього, у колишній спальні, просто на підлозі, закутавшись у якесь ганчір'я, — меблів, придатних для спання, він у будинку не виявив. Заснув швидко — проблема зі сном у нього вирішилася наче сама собою вже давно, і тепер він міг засинати де завгодно й у будь-який час. Коли він уже плив у країну сновидінь, йому здалося, ніби недалеко нявкнула кішка, — але він не звернув на це уваги.

Уранці Джим прокинувся від холоду, голоду й болю в побитому тілі. Відчувши себе щасливцем, який випадково вижив у автокатастрофі, він спустився вниз і, навіть не попрощавшись із домом, що його прихистив, продовжив свій шлях. Ішов не поспішаючи, бо не міг швидко, старався уникати людей, а зустрівши їхні подоби, не озивався до них. Іноді, збиваючись із маршруту, Джим повільно, але все ж наближався до своєї заповітної мети.

Головною розвагою в дорозі були трансляції з теле-дирижаблів — над цими руїнами, на які повільно, зате впевнено перетворювалося його місто, вони літали мало не зграями. Він помітив цих літаючих вісників руанської пропаганди ще напередодні, коли під'їздив до околиць, і відчув змішані почуття. З одного боку, це були його постійні подразники, які вже назавжди асоціювалися зі вторгненням рептилій, а з іншого, йому було цікаво, чого всемогутні інопланетні ментори хочуть від своїх недо-умкуватих молодших побратимів по розуму цього разу. Але вчора Джимові було якось не до телепередач. Зате сьогодні увесь його одноманітний і похмурий піший перехід, наче навмисне, постійно супроводжували один або й два «кабачки», які вели трансляцію одночасно.

Спочатку ведучі й диктори наввипередки розпові-дали про те, як чудово ведеться людям у селі: там, бу-цімто, можна досхочу їсти щодня, працюючи на землі власними руками, а якщо в когось виникнуть трудно-щі, то тимчасова адміністрація радо допоможе своїми безплатними пайками. Білясті екрани заповнювали усміхнені пишногруді доярки з повними відрами мо-лока й пузаті фермери, що підкидали вгору то кавуни, то дині, то усміхнених дітлахів. Усе це красиве життя, якого насправді не існувало, було змонтоване з фільмів та передач техногенного періоду, що тепер здавався чи-мось неймовірно далеким, і дуже контрастувало з тими руїнами, в які перетворювалися мегаполіси. Певно, на такий ефект і сподівалися творці цих роликів та їхні замовники — повністю знищити життя в місті. І, судячи з того, що спостерігав Джим, їм це чудово вдавалося: людей, принаймні на вулицях, було вкрай мало.

Після бадьорих закликів руанський телевізор перейшов до трансляції більш «приземлених» новин. У них тим мешканцям планети, які ще залишилися в живих, нагадували про заборони, які застосовуються для їхнього ж блага. Окремо акцентували на покаранні, яке потягне за собою непокора працівникам тимчасової адміністрації та представникам руанської цивілізації, а саме — на ізоляції аж до цілковитого перевиховання. Цю ж таки ізоляцію обіцяли й родичам людини, що вчинила найстрашніший злочин у рейтингу нових законів — нанесення будь-якої шкоди рептилоїдові. На того, хто на це зважиться, чекає страшна, але швидка смерть, а от його рідним доведеться десь виправлятися — можливо, довіку. «Може, йдеться про ту каторгу, якою мене лякав дядечко Том?» — подумав Джим. Але він не встиг розвинути цю думку, бо вслід за цим почув нове повідомлення — про те, що список районів та вулиць, до яких цього місяця буде застосована анігіляція, можна уточнити в офісах тимчасових адміністрацій. Миловидна дівчина, наче між іншим, прощебетала цю, судячи з бадьорого тону, чудову новину, адресовану тим, чиї будинки будуть знищені, — і зникла з екранів. «Мабуть, не дочекавшись, щоб міста спустіли самі, інопланетні добродії вирішили зачищати їх у ручному режимі, — подумав Джим і підсумував: — Справді, доброго тут мало...»

На борту чергового теледирижабля скінчилися новини, поступившись місцем якійсь науково-популярній передачі. У ній ішлося про влаштування Всесвіту, еволюцію та інші дурниці. Раніше Джим відчував до цієї теми дуже світлі почуття, але тепер, коли ящірки намагалися впхнути її в людей будь-яким способом, прикриваючи своєю ж наукою власне нахабне втручання в земні справи, таке просвітництво викликало в нього тільки роздратування. Тепер Джим хотів харчуватися не еволюцією Всесвіту, а пончиками з найближчого кафетерію, — але поки що це було неможливо.

Стомившись, Джим вирішив зупинитися і трохи відпочити перед останнім ривком у напрямку свого будинку та Меріон. Він зайшов у приміщення, де раніше розміщувався якийсь фешенебельний магазин, а тепер було звичайне звалище, — утім, на звалища тепер перепрофілювалася більшість таких закладів. Джим умостився на залишках канапи, закинувши втомлені ноги на металеву стійку, що стояла поруч. Після історії з Зевсом він геть зневірився в людях і не здивувався б, дізнавшись, що частина його земляків уже потроху почала сповідувати канібалізм. Сам Джим тільки ще дужче ствердився в намірі стати вегетаріанцем, однак при цьому не хотів стати чиїмось обідом. «Ет, таки треба було взяти ту волину, — подумав Джим, згадавши про восьмизарядний кольт із ручкою зі слонової кістки, який йому хотіли презентувати вдячні мешканці передостаннього звільненого села. — Учора на перехресті вона би мені неабияк стала в пригоді... Таки-так, підвела мене моя самовпевненість і геть не потрібна в цьому випадку принциповість... Замислив усепланетну війну, а сам зброю брати боїшся? Руки не хочеш бруднити, а інші, значить, хай гинуть?..» Такі роздуми наодинці з собою давно стали для нього звичними.

Перепочивши і, як зазвичай, не зробивши жодних висновків, Джим підвівся з наміром іти далі, але раптом почув звуки, схожі на ляпання по асфальту величезних босих ніг. Не очікуючи від цього звуку нічого доброго, він заліз за свою потріпану канапу й зачаївся. У невелику щілину він побачив, як вулицею промчало кілька постатей, але не зміг роздивитися їх до ладу, тільки помітив, як промелькнули лапи. Він хотів було висунутися, щоб подивитися їм услід, та цієї миті остання постать зупинилася — і зазирнула всередину магазину. Лише кілька секунд вона постояла в дверному отворі, але Джим устиг «сфотографувати» її поглядом. Це був руанець верхи на... іншому руанці. Той, що сидів зверху, виявився точнісінько таким самим рептилоїдом, якого Джим бачив на майдані, перед відправкою в село. Другий, що грав роль дволапого коня, був схожий на першого, але значно більший, потворніший, із темнішим відтінком шкіри, і на ньому була якась подоба збруї й навіть сідла. Він роздув ніздрі, наче хотів зачути Джима, і клацнув щелепами. Верхній, тримаючи в одній руці поводи, а в другій якусь палицю, трохи хитнувся вбік — і жахлива парочка побігла, тупочучи слідом за своїми.

У Джима від жаху похолола спина. Він ще довго сидів за канапою, прислухаючись, чи не повертається інопланетна кіннота.

Залишок шляху він долав особливо обережно, крадучись і озираючись, покладаючись тепер не тільки на зір, але й на слух. Свого району Джим дістався тільки ближче до ночі, зате тут він міг спокійно орієнтуватися навіть у темряві. Він пройшов повз порожню автобусну зупинку, не зупинився і біля свого дому, розуміючи, що ніхто там його не чекає, і рушив до сусідського будинку. У глибині душі Джим був вельми романтичною натурою, і йому дуже хотілося, аби їхня зустріч із Меріон пройшла за всіма відповідними нагоді канонами. Вона відчинить йому двері, а він, утомлений і побитий, після довгого й важкого шляху, скаже: «Ось я і прийшов до тебе». І вона впаде в його обійми. Що тієї миті робитимуть її чоловік та діти, Джим не замислювався.

Як не дивно, усе сталося саме так, як він і уявляв: Меріон сама відчинила йому двері. Вона була в домашньому халаті й тримала в руках запалену гасову лампу. Джим проказав свій текст, але вона, навіть не дослухавши, позіхнула, прикривши рота вільною рукою, повернулася спиною й пішла сходами на другий поверх. Розгублений Джим лишився стояти посеред холу. Він не знав, що йому робити, і не вигадав нічого кращого, аніж гукнути у спину мрії, що віддалялася:

— Меріон, це ж я!

РОЗДІЛ

32

Після Джимового вигуку Меріон різко повернулася на сходах і підняла каганець угору, намагаючись роздивитися чоловіка внизу.

— Джим? — дуже повільно й невпевнено мовила вона й стала неспішно спускатися вниз. Із кожним кроком її впевненість зростала, і коли він усміхнувся, Меріон, відкинувши всі сумніви, пробігла залишок шляху й кинулася Джимові на шию, мало не впустивши своєї лампи.

— Джиме, Джиме… Як ти? Що з тобою? Як ти тут опинився? Дебора з тобою приїхала? — сипала запитаннями Меріон. При цьому вона обіймала Джима, розглядала його змарніле, зарасле бородою обличчя, зазирала за спину в пошуках Дебори, поправляла перекошене скло в лампі й робила ще цілу купу дрібних метушливих рухів. А Джим так само стояв із дурнуватою усмішкою на губах — і боявся ворухнутися: а раптом цей сон перестане бути реальністю? Меріон, бачачи, що Джим не виявляє ознак усвідомленого життя, сама визирнула надвір і, не виявивши там ні своєї подруги, ані когось ще, щільно зачинила двері на засув.

— А я, уявляєш, подумала, що це Філ прийшов. На автоматі двері відчинила і знову спати пішла... — продовжувала сипати словами Меріон, щоб якось заповнити пустоту. — Він зараз пізно повертається. Якщо взагалі повертається... — додала вона пониклим голосом. — Ну що з тобою, Джиме? Чого ти мовчиш?

— Не знаю, що сказати, Меріон. Я такий радий, — зміг нарешті вимовити Джим, не відводячи від неї очей.

Цього пильного погляду, звісно ж, Меріон не могла не помітити.

— Не дивися на мене так. Я теж рада... — вона знітилася й опустила очі. — Але що з тобою сталося? Ти впав? — Меріон відволіклася, звернувши увагу на більш ніж неохайний вигляд Джима.

— Майже, — відповів той знічено й подумав, що, справді, на звалищі він мав більш-менш гармонійний вигляд, а тут, у домашньому інтер'єрі, — вочевидь дикуватий.

— Ходімо, помиємо тебе й перевдягнемо, — Меріон узяла Джима за руку, від чого в нього знову почало калатати серце, і повела на другий поверх.

— Як дістався? — продовжувала з'ясовувати Меріон; вона відпустила Джимову руку, бо йти вдвох вузькими сходами було незручно, але, впевнена, що навіть у сутінках він дивиться на неї ззаду, почала інстинктивно похитувати стегнами.

— Верхи. На коні, — відповів Джим.

— Справді? — здивувалася вона, навіть обернулася на ходу, наче вперше почула про те, що люди приручили коней. — А де він зараз?

— Його... гм... з'їли.

— Який жах! — вона автоматично притиснула руку до грудей, але кроку не спинила — до таких речей насправді всі вже давно звикли.

Коли вони проходили повз дитячу кімнату, Джим зупинився біля дверей і попросив:

— А можна я спершу на дітей подивлюся? Вони в себе?

Меріон завмерла на мить, ніби чогось злякалася, а потім сказала:

— Так, звичайно. Заходь.

Вони зайшли до кімнати й трохи постояли біля ліжок близнюків. Малюки, які помітно виросли за цей рік, спокійно спали у своїх ліжечках. Цієї хвилини, у цьому мирному домі, Джиму здалося, що нічого за час їхньої розлуки не сталося й не змінилося, інопланетяни ніколи не прилітали, а там, за вікнами, тече старе звичайне життя. Він дивився на трьох сплячих хлоп'ят, і в нього стискалося серце — бо він не має своїх дітей, бо його ніхто не чекає й навряд чи любить. Бо прибульці все-таки висадилися, а колишнього життя немає і вже не буде.

— Ходімо, — тихенько сказала Меріон, і вони обережно вийшли з кімнати. Попри сором'язливість і небагатослівність Джима, вона помітила, а точніше відчула, що в ньому сталися разючі зміни.

Вони пройшли в подружню спальню, де Меріон уже давно жила сама, бо Філ якщо й повертався додому, то майже завжди нетверезий, разом із перегаром приносячи з собою запахи чужих жінок, і тому вона переселила його вниз, у вітальню. Однак багато його речей, яких чоловік уже не носив, оскільки тепер віддавав перевагу стилю мілітарі, досі зберігалися тут, у цій кімнаті. Меріон часто наштовхувалася на них поглядом, іноді торкалася й навіть нюхала, згадуючи ті казкові часи, коли в них із Філом усе було добре.

Вона дістала з шафи найкращий одяг Філа, а потім почала сміючись допомагати Джимові скидати брудне шмаття, бо самостійно роздягнутися йому було важко — тіло ще надто боліло після вчорашньої бійки. Меріон сприймала цей процес як гру, легкий флірт, без якого будь-яка жінка не почувається жінкою, — але водночас вона продовжувала відзначати зміни, які сталися з другом їхньої родини. Адже Джим і зовні дуже змінився — він помітно змужнів і схуд, чим вельми відрізнявся від Філа, який, навпаки, став запливати жиром. Каганець світив слабо, і лише роздягнувши зніченого Джима до трусів, Меріон побачила на його тілі не тільки свіжі синці та кров, а й старі шрами від батога — на спині. Вона скрикнула, впустила його футболку на підлогу

354

й інстинктивно прикрила долонею рота, потім обережно торкнулася рукою до рубців:

— Де це тебе так?

— Та... було діло, — відповів Джим, який уже встиг трохи забути старі рани — його тепер більше непокоїли нові. — Де вода у вас? — спитав він, змінюючи тему розмови (чогось йому, майже голому, було зовсім не романтично стояти перед Меріон).

— Там, у ванній, — відповіла і якось одразу зів'яла Меріон. — Я сьогодні наносила з колодязя повну діжку... Тільки вона холодна...

— Нічого страшного, — відповів він і взяв лампу, яку Меріон поставила на нічний столик. — Ходімо, покажеш.

Вона мовчки кивнула і приготувалася йти за цим чоловіком не тільки у ванну, а й узагалі — куди б він її не повів.

Джим зачинився у ванній разом із каганцем, запевнивши Меріон, що він спроможний упоратися з миттям сам і що вже давно полюбляє холодну воду. Меріон весь цей час сиділа на стільці в темряві, зі складеними на колінах руками, і намагалася розібратися у своїх почуттях. Вона відчувала: з нею щось відбувається, але на те, аби в цьому розібратися, знадобиться не одна безсонна ніч. Отямившись, Меріон пішла готувати Джимові постіль — на звичному місці Філа, розуміючи, що чоловік сьогодні, найімовірніше, додому вже не прийде.

Коли Джим вийшов із ванної, канапа для нього була застелена свіжими простирадлами. Господиня зустріла його нейтральною усмішкою і сказала, що він може лягати спати. Гість заявив, що охоче ляже, але спершу хотілося б поїсти. Меріон похопилася, що не нагодувала гостя з дороги, і хотіла було розтопити пічку, на яку переробили камін у вітальні, але Джим зупинив її: його цілком влаштують холодні закуски, головне, щоб серед них не було нічого м'ясного. Меріон трохи здивувалася, але почала збирати на стіл згідно з бажанням Джима.

— З харчами в нас більш-менш, — сказала Меріон під час Джимової вечері. Вона сиділа за столом навпроти, продовжуючи розглядати цього знайомого й незнайомого їй чоловіка.

— Чому ти тоді сама не їси? — здивувався він.

— Я не голодна, — усміхнулася у відповідь Меріон і додала, що дуже любить спостерігати за тим, як їсть мужчина.

Джим усе ніяк не міг повірити своєму щастю. Що зміг дістатися заповітної цілі, що вимивсь й перевдягнувся в усе чисте, що сито їсть і скоро ляже спати в чисту білу постіль — останнього він не робив уже дуже давно.

— Розкажи, як ви тут? — попросив він, доївши вечерю, хоч і відчував, що в нього починають злипатися повіки і що навіть найцікавішу розповідь на світі він зараз не спроможний дослухати навіть до середини.

Меріон помітила це й відвела гостя до спального місця.

— Лягай. Завтра розкажу, — відповіла вона й турботливо, як дитину, уклала Джима в ліжко, а тоді не втрималася й поцілувала його в чоло.

Джим ще намагався збороти сон, що налягав на нього:

— Так ти носиш воду з колодязя? У вас є колодязь?

— Так, ношу. Так, є. Я багато чого ще роблю тепер сама. Знаєш же, який нині час... Спи, — сказала Меріон.

Джима не треба було просити двічі — і він із блаженною усмішкою заплющив очі. Вона ще деякий час дивилася на заснулого чоловіка, а потім, зітхнувши й підкрутивши гніт у каганці, який уже починав диміти, пішла до себе нагору.

Побачивши розкидані у спальні речі Джима, Меріон вирішила одразу ж прибрати їх, аби зберегти порядок у домі, який вона всіляко підтримувала, а також аби її чоловік, несподівано повернувшись із роботи, не зміг звинуватити дружину в тому, чого вона поки не скоїла. Ще не визначившись, чи прати Джимові речі, чи відразу ж їх викинути, Меріон про всяк випадок, а більше за звичкою, перевірила його кишені — і виявила в одній із них клаптик якогось брудного паперу, замазаний кров'ю. Яким же був її подив, коли вона впізнала в ньому свого листа Дебoрі, відісланого вже, напевно, тисячу років тому! Меріон була переконана, що він так і не дійшов до адресата, але виявилося, що листа не тільки отримали — він повернувся до неї, переживши разом зі своїм «листоношею», з огляду на стан обох, чимало поневірянь. Меріон із цікавістю перечитала своє ж послання і знову замислилася. «Що це все означає? Навіщо він приїхав? Чому приїхав один? До неї — чи ще до когось? А вона? А він? А Філ? А діти?» — запитання били її по голові, і Дебора вирішила лягти, розуміючи, що швидко заснути вони їй сьогодні навряд чи дозволять.

Уранці Джим прокинувся від того, що по ньому топтався табун мамонтенят і горлав людськими голосами. Джим протер очі й побачив, що він — на канапі в домі Коллінзів, а по ньому повзає, стрибає й верещить увесь їхній виводок.

— Ура, дядецько Дзим плокинувся! — крикнув Біллі.

— Ура, дядечко Джим приїхав! А ти привіз із собою рушницю? — вторили його брати.

— У тебе є рушниця, дядечку Джиме? У тата є! І навіть дві! Одна здоровенна, а з другої ми навіть стріляли!..

Запитання й вигуки сипалися градом і супроводжувалися боротьбою — кожний малюк поривався обійняти дорогого гостя першим. Меріон спостерігала цю сцену непомітно, стоячи зверху на сходах, ще сонна — вочевидь, її теж розбудили ці крики.

Наверещавшись і наборюкавшись досхочу, всі сіли за стіл в очікуванні сніданку, над яким квапливо клопоталася господиня дому. Сніданок — утім, як і вечеря — складався цілком із нормальних земних продуктів. Асортимент був невеликий, зате інопланетних гарбузів — до огидного смаку яких Джим уже встиг звикнути, однак ненавидіти їх не перестав, — на столі не було взагалі. Попоївши, він сказав, що хоче пройтися районом, а заодно й зазирне до Філа, на роботу, так би мовити. На це діти хором закричали, що теж хочуть піти з ним.

— Ок. Тільки якщо ваша мама не проти, — усміхнувся Джим.

— Мамо! Мамо! Мамусю! — прохала дітвора, удавано складаючи рученята, ніби для молитви.

— Добре! Добре! Ідіть куди хочете! — швидко й зі сміхом погодилася Меріон, піднявши долоні догори, ніби капітулюючи. — Тільки повертайтеся до обіду. Ага, й одягнутися тепліше не забудьте!

— Дякуємо, дякуємо, мамуню, ми тебе дуже любимо! — і маленькі шибайголови, які вельми невміло, що було особливо зворушливо, прикидалися цяцями, поскакали вгору вдягатися.

— Філові треба щось передати? — спитав Джим, встаючи з-за столу.

Меріон заперечно похитала головою, намагаючись зберегти усмішку, хоча нагадування про чоловіка було їй неприємне і трохи зіпсувало настрій.

Чоловік із дітьми вийшли на прогулянку, жінка залишилася вдома — усе, як має бути, за винятком невеликого, але важливого нюансу: Джим був для них чужий, майже.

Стояв погожий осінній день, пригрівало сонечко — ніби запрошувало до неспішного променаду вихідного дня. Утім, тепер будь-який день міг бути вихідним чи робочим — це вже кожен вирішував для себе сам. Джим крокував униз вулицею разом із трьома хлопчиськами й жадібно роздивлявся свій район, як вглядаються в обличчя давно не баченої рідної людини, намагаючись прочитати з ледве помітних змін, що ж із нею сталося за час розлуки. Насправді видимих змін було небагато, а сміття, що купами валялося на вулицях у перші місяці інтервенції, стало ніби навіть менше. Хоча Джимові могло просто так здатися, особливо на контрасті з тими звалищами, через які йому доводилося пробиратися вчора. Але, в будь-якому разі, їхній раніше завжди благополучний район і під час усепланетної кризи мав вигляд більш пристойний і охайний за деякі інші. Так, тут теж додалося покинутих та розграбованих будинків, і хіба половину з тих, що залишилися, можна було назвати жилими, зате практично на кожному такому красувалися зелені кружала, виготовлені як за стандартом. Собак, котів і навіть птахів не було видно, але ця «зачистка» їстівної живності почалася почасти ще при ньому. «При колишньому Джимові, — уточнив він подумки, наближаючись до будинку Крамса, — бо якщо район і не дуже змінився відтоді, то про себе я цього сказати не можу...»

Підійшовши до воріт офісу тимчасової адміністрації, Джим одразу ж постукав у них кулаком, ніби підтверджуючи свої думки дією, — бо «колишній Джим» не відважився б так учинити. Потім він став гатити в них ще вимогливіше — так, що якби ворота могли ухвалювати самостійні рішення, вони б уже відчинилися і впустили такого наполегливого й, судячи з усього, дуже поважного чоловіка.

— Хто це там ворота валить? — відгукнувся нарешті на стук чийсь п'яний голос. — Жити комусь набридло?

— Це тобі, схоже, набридло! — гукнув у відповідь Джим, бо він уже знав, як спілкуватися з такими типами. Діти перелякано відсахнулися, але він грайливо підморгнув їм, подаючи знак, що все це не всерйоз. — Термінове повідомлення з головного офісу! Ану, відчинити негайно й покликати сюди містера Коллінза, поки я тобі ніг не переламав, колодо ти дубова!

Джим підкидав усе більше жару в розмову, а діти намагалися за ним запам'ятати й навіть тихесенько повторили цю нову для них лайку. Крикун усередині замовк і почав відчиняти ворота. Джим зрозумів, що знайшов правильний підхід до цього чоловіка. Ворота відчинилися — і він побачив опухлу мордяку охоронця. «І звідки вони тільки таких беруть, — подумав Джим. — Геть усі обличчя з цілковитою відсутністю інтелекту, виховання й освіти. Але ж саме такими хлопцями й забиті здебільшого всі ці адміністрації. Як із ними інопланетяни збираються будувати наше світле майбутнє? Чи, може, саме такими вони уявляють еволюціонованих землян?» Замість відповіді на ці неозвучені запитання здоровило став у проході, не збираючись ні впускати Джима з дітьми, ані бігти по свого начальника.

— А... це... де? — тільки й зміг вимовити охоронець, вочевидь витративши на таке запитання останні свої сили, й оперся плечем об одвірок.

— Ти що, не втямив, колода ти трухлява? — несподівано пропищав Віллі. — Тата йди клич!

— А, це ви, маленькі містери Коллінзи, — постовий розплився в неприродній посмішці. — Авжеж, авжеж. Ун моменто, як кажуть.

Не зачинивши за собою воріт, але й не запросивши гостей усередину, він поплив до будинку. Джим вирішив не тупцяти на вулиці й зайшов разом із хлопцями у двір. «Давно ж я тут не був», — подумав Джим і обвів поглядом огороджений простір перед офісом, на який свого часу перетворили Крамсове житло. Тепер цей простір був забитий якимись коробками, ящиками, лантухами, валізами, різними меблями та іншими потрібними й не дуже речами — їх, судячи з усього, команда Філа збирала по всіх околицях і тягла до себе у гніздо, як жадібна, але дурна ворона.

Роздивляння непроханими гостями цього хаотичного, але для когось, певно, цінного звалища перервала поява на ґанку якогось товстуна в камуфляжі. Тільки після того, як діти кинулися до нього з вигуками «Тату! Тату!», Джим зміг розпізнати в цьому товстому «колабраціоністі» свого старого друга Філа — і обняв його, усупереч усьому, не без усмішки та задоволення.

Р О З Д І Л

33

Філ теж, здавалося, був радий Джимові, ще трохи — своїм дітям, а ще трохи він був п'яний. Від спільної прогулянки, запропонованої Джимом, він відмовився, заявивши, що вони там усе одно нічого цікавого не побачать, а в нього тут, в офісі, робота. Тому Філ провів друга та малюків на задній двір, де в невеликій альтанці він улаштував собі щось на зразок кабінету. Розсівшись у величезному шкіряному фотелі, Філ розкурив сигару й закинув ноги на спеціальний пуфик. Гостей він посадив навпроти себе, на канапі, і гукнув щосили:

— Карло!

На цей заклик ніхто не відгукнувся, і Філ, насупивши брови, спробував ще раз, але вже інше ім'я:

— Кортні!

Цього разу бокові двері в будинку відчинилися, і звідти вистромилася чиясь скуйовджена голова — судячи з довжини волосся, жіноча.

— Чого тобі треба? — буркнула вона невдоволено.

— Кицюню, принеси таткові чого-небудь буль-буль, а моїм солодким діточкам — чогось смачненького.

Голова пробурмотіла щось невиразне, але сердите, і сховалася.

Філ курив і розглядав Джима, той у відповідь робив те ж саме — щоправда, відмовившись від запропонованої сигари. Діти нудилися, але поводилися на диво сумирно. Розмова все не могла ніяк стартонути, як машина з несправним акумулятором. Приятелі мовчки вивчали один одного. Обоє змінилися за минулий рік, і кожному здавалося, що здав його товариш. Нарешті з'явилася власниця скуйовдженої зачіски, цього разу зі своїм, ще досить апетитним, тілом, пляшкою віскі, двома склянками та коробкою цукерок. Вона виклала пригощання на невеликий столик і відразу ж відчалила, не видавши ні звуку. Джим сподівався, що вона пішла розчісуватися.

Малюки несміливо потягнулися до солодощів.

— Ну, за зустріч! — сказав Філ і взявся наповнювати склянки. Джим уже забув, коли востаннє пив, до того ж так рано, але він не хотів образити господаря, та й сам був не проти відчути в роті пекучий смак гарного алкоголю. — Вибачай, льоду немає. Приходь узимку! — Філ засміявся з власного жарту, Джим усміхнувся, і вони випили, радіючи, що перша незручність позаду.

— Ну, як тут у вас? — спитав Джим якомога байдужіше, зручно вмощуючись на канапі.

— Та... — махнув рукою Філ. — Нічого особливого.

— Чим займається?

— Та все тим же, — позіхнув Філ і, допивши свою порцію, одразу ж налив другу, а також спробував нахилити пляшку над ще майже повною склянкою Джима.

— Мені поки вистачить, — зупинив його гість і продовжив розпитувати: — Що Крамс?

— А ти не чув хіба? Його... той... — Філ зробив невизначений жест рукою, який можна було витлумачити по-різному — наприклад, офіціант зрозумів би його так: печеню подавати ще рано.

— Відправили на підвищення? — обережно припустив Джим, стараючись приховати свою обізнаність.

— Ага! — Філ бризнув слиною й залишками віскі. — Відправили!

Джим удав, що не розуміє. Це було неважко, оскільки він насправді поки що не міг зрозуміти до кінця, що й до чого.

— У нас просто безжально боротимуться з корупцією і крадіжками. Таким людям не місце серед працівників тимчасової адміністрації, особливо — серед її регіональних керівників... — Філ явно декламував щось із пам'яті, але збився й голосно засміявся.

Здається, до Джима почало доходити.

— А ти сам не боїшся, що й тебе? — він теж невизначено повів рукою, ніби повторюючи попередній жест Філа й одночасно показуючи на звалене довкола, вочевидь, чуже майно.

— Хто? — наморщивши лоба, самовпевнено відповів нинішній директор цього складу мотлоху.

— Ну, не знаю. Якщо напишуть, поскаржаться там... — продовжив тягнути за ниточку Джим.

— Кому? — спитав Філ, підливаючи собі третю, але, судячи з його настрою, далеко не останню порцію віскі сьогодні. — Головне ж — знати, кому скаржитися і на що! Будьмо! — підбив Філ підсумок цій темі й підняв склянку за Джимове здоров'я, бо у власному добробуті місцевий бонза, схоже, не сумнівався.

— Тату, можна ми полазимо по завалах? — спитав Біллі, першим із хлоп'ят утративши терпець від цієї нудної дорослої розмови.

— Угу, — кивнув Філ, закушуючи цукеркою. Дітям не треба було казати двічі — вони вмить кинулися штурмувати гори речей, а заразом і вишукувати там щось цікаве для себе. — Ну, а ти як? Як житуха на природі? Що з їдлом? — Філ розпочав свою чергу розпитів, але було незрозуміло, чи його справді цікавить Джимове життя, чи він запитує тільки з ввічливості.

— По-різному, — відповів Джим невизначено.

— Отож-бо й воно: по-різному. Тут теж можна по-різному — дивлячись хто як улаштувався, — знову засміявся Філ.

— Я бачу, ти добре влаштувався, — Джим уже починав втрачати терпець — ця розмова дратувала його.

— Це точно, — продовжував посміхатися Філ, уважно розглядаючи одяг Джима. — Ти, я бачу, теж непогано почуваєшся, раз уже носиш мої костюми, — сказавши це, Філ перестав посміхатися. — Дивися, Джиммі, обережніше. Одне діло — встромляти ноги в чужі штани, і зовсім інше — встромляти в чужу... Ну, ти розумієш мене... друзяко, — і Філ знову почав посміхатися, щоправда, вже дещо інакше.

Джим не усміхався взагалі. Він згадав, що на ньому — штани Філа, і зрозумів, що дав маху. Утім, усе ж вирішив зберігати спокій і бути розсудливим:

— Ти ж знаєш, друже, — я встромляюся тільки у свої справи. А за одяг дякую тобі й Меріон, мій доїхав у дуже жалюгідному стані.

— Можеш залишити цей костюм собі — мені він ніколи не подобався, — Філ демонстрував щедрість, схожу на роздавання милостині.

Джим підвівся, даючи зрозуміти, що з нього цієї розмови досить. Філ, крехтячи, теж виповз зі свого фотеля й пішов проводжати гостя до воріт.

— Ну, а як почувається Дебора? Певно, ще дужче погладшала на сільських харчах? — Філ легенько обійняв Джима, намагаючись справити про себе все ж таки приємне враження.

— Вона — добре. Шле тобі палке вітання, — відповів Джим.

— Краще б вона прислала великий шматок окосту, — пожартував ще раз Філ, і вже обоє друзів засміялися, можливо, навіть щиро. — А то зі свіжим м'ясом у нас, бачиш, труднощі... — чи то продовжував веселитися, чи то вже почав скаржитися Філ.

— Зате з усім іншим, бачу, все гаразд... — і Джим обвів поглядом цвинтар речей навколо будинку.

— Та це ще так собі, — схоже, Філ не відчув сарказму й, коли вони спинилися за кілька кроків від воріт, поклав руку Джимові на плече. — За бажання, Джиме... Було б бажання — добре жити можна за будь-якої влади й у будь-який час. Отож, коли тобі набридне тягати чужі штани, приходь до нас — і ми тобі вставимо нове зелене серце, — і Філ торкнувся пальцем лацкана Джимового піджака, зображаючи круглий значок, а потім гукнув дітей: — Гей, братва!

Пацани, що порпалися в мотлохові аж у дальньому кінці ділянки, враз підняли голівки — наче троє бабаків. Їхній батько, що дужче скидався на великого хом'яка, махнув їм рукою:

— Давайте додому! Мама вас уже, мабуть, зачекалася.

Хлоп'ята, кожен із кількома іграшками в руках, підбігли до дорослих.

— Тато постарається сьогодні прийти з роботи раніше й перевірить, як ви навчилися читати... — Філ погладив по голові найближчого малюка — ймовірно, Віллі, і той невдоволено гмикнув — чи то від дотику, чи то від згадки про кляті книжки. Відпрацювавши свій номер, гостинний господар і турботливий татко відчинив двері, всміхнувшись чомусь своєму, а Джим, дивлячись на нього, подумки спитав себе, чи зможе вистрелити у Філа, якщо виникне така необхідність.

Дорогою додому троє близнюків наввипередки демонстрували Джиму скарби, знайдені в печерах старих валіз. Той кивав головою, вдаючи, що всі ті дрібнички йому також до вподоби, а потім запитав:

— А чиї вони?

— Хто? — не зрозумів Діллі.

— Ну, ці іграшки, чиї вони? — уточнив Джим.

— Не знаю, — сказав Діллі. — Ми їх там знайшли, у тата... — і він показав рукою назад, не розуміючи, чого від нього хочуть.

— Вони ніції, — впевнено сказав за всіх Біллі.

— Ні, — Джим заперечно похитав головою.

— Та вони ж там самі валялися. Вони нікому не були потрібні, — підтримав братів Віллі.

— Ага, — підтакнув йому Діллі.

— Вони не нічиї, — почав пояснювати їм Джим. — Це речі діток, які звідси поїхали. Але вони скоро повернуться й не знайдуть своїх улюблених іграшок. Що вони тоді робитимуть?

— Віддухопелять нас? — припустив Віллі.

— Вони засмутяться, — продовжив Джим. — От уявіть: ви приходите до себе додому, а там якісь інші діти забрали всі ваші іграшки. Ви ж засмутитеся?

— Я, мабуть, заплачу, — сказав Діллі, уже готовий почати цю справу просто зараз.

— Плакса! — осадив його Біллі й запропонував свій варіант: — А я скажу татові, і він у них все забеле або застлелить тих огидних хлопцаків.

— Це якщо у вас є тато, — похитав головою Джим. — А якби його не було, що тоді? А в тих діток, чиї іграшки ви взяли, може, його й немає. Хіба ж можна забирати в них усе?

— Ні, — відповів Біллі.

— От! — сказав Джим, задоволений тим, що домігся від своїх маленьких підопічних правильного висновку.

— Що ж робити, дядечку Джиме? — посмикав його за рукав Діллі.

— Повернути на місце, звичайно ж, — відповів дядечко.

— Плавильно! — сказав Біллі. — Завтла.

— Ми сьогодні трошки пограємося ними, а завтра віднесемо назад, — додав Віллі.

— Ага, — погодився з таким вирішенням моральної дилеми Діллі. — І ще своїх дамо. У нас їх багато! Правда ж?

— Так, — погодився Біллі, а Віллі просто кивнув.

— От тепер правильно, — схвалив їхнє спільне рішення Джим. — Я знав, що ви молодці й більше ніколи не братимете чужих речей. Тим більше в дітей.

Коли вони вже підходили до будинку Коллінзів, Джим запропонував: «Хто швидше?» — і першим кинувся бігти. Хлоп'ята з вигуками помчали за ним і, швидко обігнавши засапаного дядечка, почали боротися за призові місця вже тільки між собою. Джим поступово перейшов на крок, бо й не збирався перемагати в цьому чемпіонаті. Він розмірковував про те, що дорослим

неможливо от так просто й зрозуміло, як дітям, поясни-
ти важливі, але загалом прості істини.

На вигуки близнюків, які стрибали на ґанку, як на
п'єдесталі пошани, із дому вилетіла перелякана Меріон.
Побачивши, що все гаразд, вона відняла руку від сер-
ця — і провела нею по лобі, поправляючи пасмо волосся,
що вибилося зі свіжої зачіски.

— Ох, як же ви мене налякали! — сказала вона всмі-
хаючись.

Джим теж усміхнувся у відповідь і поцілував Ме-
ріон у щоку. Від несподіванки вона притулила долоню
до того місця — наче він ударив її. Діти без зволікань
просочились у двері, аби встигнути награтися новими,
але, як виявилося, тимчасовими іграшками. Меріон, отя-
мившись, узяла Джима за руку.

— Зайдеш? — запропонувала вона. — На обід.

Джим заперечно похитав головою, й усмішка спов-
зла з її обличчя.

— У мене справи.

— Ти вже їдеш?

— Поки що ні.

— Тоді я чекатиму тебе. Гм, ми чекатимемо... з діть-
ми... на вечерю...

— Я не обіцяю, — сказав Джим серйозно й, забрав-
ши руку, почав повільно спускатися з ґанку.

— А ти не обіцяй, просто приходь. Я чекатиму, —
сказала Меріон йому навздогін, прихилившись до од-
вірка, як до берізки.

— Гаразд, — сказав Джим, обернувшись на прощання, і пішов угору вулицею.

— Дякую, — відповіла Меріон, тихо, сама до себе, і повернулася в дім.

Їй було про що думати до самого вечора, але вона не уявляла, як хвилюватиметься вночі, якщо він раптом не прийде. Джим же, як і всі чоловіки, не міг постійно зосереджуватися на сердечних справах — і вже через два десятки кроків думав про інше.

Проходячи повз своє житло, він вагався, зайти йому чи ні — оскільки він прямував геть в інше місце, — але потім вирішив усе ж таки перевірити, як справи в його покинутого дому. Вхідні двері були замкнуті, а ключ лежав у валізі Дебори — за сотні миль звідси. Але Джим пам'ятав, що заднього входу він так і не зачинив. Він поліз через паркан, адже інших способів потрапити у внутрішній двір не існувало. Зовні з будинком було все гаразд, але, потрапивши всередину, Джим виявив, що всі шафи та комоди наче хтось вичистив пилососом. Зникли також деякі дрібні меблі — ті, які було легко винести, не привертаючи зайвої уваги. Навіть близьке знайомство господаря цього дому з ватажком банди місцевих «колабраціоністів» не вберегло володіння Гаррісонів від грабунку — хай часткового й навіть у чомусь інтелігентного, та все ж...

Джим вийшов у задній дворик і постояв трохи під своїм улюбленим кленом. Дерево докірливо скидало листя зі ще не до кінця ампутованих гілок на голову свого господаря. Наостанок він зазирнув до сараю. Той, на подив, стояв незайманий, хоча система замикання його дверей була не надто хитромудрою й точно б не витримала близького знайомства з якоюсь сокирою чи ломом.

Джим походив по своєму колишньому затишному сховку і навіть торкнувся запиленої моделі корабля, але вона вже не викликала в ньому колишніх почуттів. Це все було — наче спроба повернутися в минуле, юність чи навіть дитинство, як спілкування з пам'ятником, а не живою людиною, — тоскно й марно. Не пробувши в себе вдома й чверті години, Джим знову вийшов на вулицю.

Він крокував до автобусної зупинки, все швидше й швидше. Серце також билося частіше. Скільки ж йому всього треба розповісти містерові Харперу, якщо він застане його! «За умови, звичайно, що старий ще живий-здоровий і нікуди звідси не поїхав. Але якщо він ще спроможний ходити, — думав Джим, — то неодмінно прийде сьогодні, максимум завтра… А може, він і зараз на своєму, точніше — нашому, улюбленому місці». Однак зупинка була порожня. Навіть більше, від неї самої взагалі мало що лишилося: листи з навісу були обідрані, а про лавку нагадували тільки залізні стовпчики, на яких, утім, теж можна було сидіти, але без комфорту і задоволення, як колись.

Джим прочекав спершу до обіду, а потім і до вечора. Старий не з'явився. Коли вже остаточно стемніло, Джим неквапом пішов назад, але все одно вслухався — чи не цокне десь поруч знайома тростина.

Фактично весь цей день він роздивлявся місто, що розкинулося внизу. З такої відстані воно, здавалось, наче й не змінилося, але Джим не помітив у ньому жодних ознак життя. Аби наповнити час хоч чимось, він провадив свій звичний внутрішній монолог, репетируючи для Харпера розповідь про свої пригоди. А ще він подивився майже повний сезон мультсеріалу про черв'яка на ім'я Джим — його невтомно демонструвало руанське повітряне телебачення, навіть без перерви на новини.

Він давно помітив, що дирижаблі з'являються зазвичай ближче до обіду, а ввечері кудись відлітають — чи то харчуватися, чи то відсипатися, а найімовірніше — для того й другого. Але застати їх хоча б за одним із цих занять йому поки що не вдавалося. За цей рік Джим дізнався про прибульців украй мало, і, власне, саме по ці знання він приїхав у своє місто, бо зустріти руанців тут шансів було більше, ніж у сотні сіл. А без розуміння свого супротивника боротися з ним — все одно що їхати на автомобілі із заплющеними очима. Але поки що було незрозуміло, де саме взяти потрібну інформацію. Поза сумнівом, заради цього йому доведеться більше спілкуватися з Філом, хоча така перспектива не викликала в Джима особливого ентузіазму, а може, навіть вступити до лав «колабраціоністів», почепивши на груди зелений значок, — але то вже хіба в крайньому разі. Також він сподівався бодай щось розвідати у місцевого

374

люду, але проблема виявилася навіть у тому, аби зустріти цей самий люд, — його представники, схоже, взагалі перестали вистромляти носа на вулицю без нагальної потреби.

«Усі виїхати й вимерти за цей час точно не могли, а отже, ховаються, а раз ховаються — отже, бояться», — з таким нескладним висновком Джим підходив до будинку Коллінзів. Він не планував залишатися тут на ночівлю, обмеживши спілкування тільки вечерею та ввічливими фразами. «Дивна річ, — думав Джим, піднімаючись на ґанок, — я так довго добирався до Меріон і мріяв про неї, а приїхавши й зустрівши явну приязнь, на яку й не сподівався, тепер стараюся уникати цієї жінки. Невже я боюся?.. Може, тому що все йде надто легко? Не знаю. Але, чорт забирай, хто сказав, що в житті все обов'язково має бути складно й тяжко?» З цією думкою він тихо постукав у двері, і вони практично відразу ж відчинилися — його тут явно чекали.

РОЗДІЛ

34

Джим і Меріон мовчки лежали в ліжку, обережно обнявшись. Між ними вже все сталося. Швидко й легко, бо ж обоє цього хотіли. І тепер, у темряві, під однією ковдрою, кожен думав про своє, а ще — про їхнє нове, спільне. Як і всі коханці, що досягли бажаного, вони замислилися про наслідки, адже обоє розуміли: ця їхня короткочасна насолода і слабкість здатні зруйнувати не лише їхні власні долі, а й життя інших людей.

— Де мій одяг? — раптом спитав Джим, перервавши роздуми Меріон про тяжке жіноче щастя.

— Ти вже хочеш піти?

— Поки що ні, — відповів він. — Я мав на увазі брудний одяг.

— Навіщо він тобі? — здивувалася Меріон, піднімаючись на лікті й одночасно притискаючи до грудей ковдру, хоч її саму було ледве видно. — Я його викинула.

— Куди?

— Там, унизу, у кошику для сміття.

— Я його візьму.

— Нащо? Він дуже брудний, простіше викинути.

— Ні. Я його виперу.

— Я його сама тобі виперу. Якщо так треба.

— Треба.

— Гаразд. Як скажеш, — погодилася Меріон, а після деякої паузи уточнила: — Ти не хочеш носити його одяг?

— Я хочу носити свій одяг.

— Ну тоді б і взяв його в себе вдома.

— Це вже хтось зробив до мене...

— Добре, завтра виперу, — підсумувала Меріон цю не те щоб суперечку, але все ж трохи не надто приємну розмову. Вона ж хотіла поговорити з Джимом про щось інше, про щось, як вона думала, важливіше. Але вона не знала, як почати.

— Філ збирався сьогодні прийти, — сказав Джим, перервавши дещо затягнуту мовчанку. Меріон пильно подивилася на нього збоку, намагаючись у потемках розгледіти вираз його обличчя. — Хоче з дітьми почитати...

— А-а... — вона відкинулася на постіль. — Це він регулярно збирається. Можеш не хвилюватися, Філ не прийде.

— Усе одно я піду.

— Ти його боїшся? — запитала Меріон.

— Я нічого не боюся, — упевнено відповів Джим.

— Хо-хо-хо. То ти мене боїшся, чи як? — вона повірила йому, але все одно почала трохи гніватися.

— Ні, мені дуже добре з тобою, — відповів він щиро, і в Меріон відпустило серце, а по всьому тіло розтеклося тепло...

— Тоді в чому річ? Лишайся.

— А ти сама його не боїшся?

— Боюся. Одна. А з тобою — ні... Я тебе нікуди не пущу... — заявила Меріон, чи то жартома, чи то всерйоз, і міцно-міцно притиснулася до Джима.

І вона не відпустила його до ранку ще двічі. Останній був особливо яскравим — після нього у Джима геть не лишилося сил на боротьбу з ворогами земної цивілізації, і він заснув міцним сном...

— Ти не знаєш містера Харпера? — спитав Джим у Меріон, коли вони поснідали й діти випурхнули з-за столу.

— Хто це? — здивувалася вона, прибираючи брудний посуд.

— Та старий там один, із ціпком ходив.

— З яким ти на лавці постійно сидів? — спитала Меріон з іронією в голосі, наливаючи Джимові ще одну чашку чаю.

— Ти його знаєш? Де він? — Джим мало не кинувся до неї, але йому завадила стільниця.

— Звідки мені знати, де він? — здивувалася Меріон. — Я його й не бачила ні разу. А те, що ви з ним на автобусній зупинці перешіптувалися, мені Дебора розказувала.

— А вона звідки знала? — не вгамовувався Джим.

— Що ти причепився до мене?! Поїдь і сам у неї спитай! — Меріон не оминула нагоди показати свій характер і кігтики, що кудись ховалися минулої ночі. — Навіщо він тобі здався?

— Треба, раз питаю! — Джим теж перейшов на підвищені тони.

— Ну якщо треба, то сам його й шукай! А мені треба ще чийсь брудний одяг прати!

І вона вийшла з їдальні, а за кілька секунд грюкнула дверима вже десь у глибині будинку. «Оце тобі й на!..» — подумав Джим, який досі вважав, що тільки подружні пари гризуться через дрібниці, а виявилося, що й любовні стосунки нічим не кращі.

Тим часом Меріон, ставлячи на вогонь каструлю, аби нагріти води для прання, запитувала себе, чому вона вчора майже, а сьогодні вже точно розгнівалася на Джима, — і не могла дати відповіді. Уже ж не через те лахміття чи якогось там дідугана. Можливо, через те, що він приїхав і порушив її одноманітне нещасно-самотнє життя? Хоча вона, здається, не мала би вважати себе самотньою при забезпеченому за нинішніми мірками чоловікові та трьох прекрасних дітях. А може, всі люди насправді самотні й нещасні, просто хтось уміє прикидатися щасливим краще за інших? Якби Меріон мала під боком близьку подругу, їм напевно знадобилося б значно менше часу, аби все пояснити і з усім розібратися, — колективний жіночий розум ефективніше вирішує такі питання, чи принаймні швидший на вердикти. Але такої сердечної бойової товаришки в Меріон після від'їзду Дебори так і не з'явилося. Однак і присутність місіс Гаррісон навряд чи допомогла б у цій ситуації — не з Деборою ж урешті-решт обговорювати Меріон свої стосунки з Джимом. «І що ж у ньому, власне, так змінилося, що я сама, як дурепа, кинулася йому на шию? Чи я настільки стужилася за душевним теплом, що готова віддатися першому стрічному? — роздумувала Меріон. — Може, я — повія?.. Ні, Джим не перший стрічний, а давній друг. Отже, я не повія. Я — розлучниця!.. А от і не розлучниця, не розлучниця!» — сперечалася Меріон сама з собою.

Вона вже вивідала в Джима інформацію і про його дружину, і про дядечка Тома, і про падіння моралі в селі. А раз Дебора сама відмовилася від Джима, то Меріон не могла бути розлучницею. Хто ж вона тоді? «Мабуть, я краще буду спокусницею! Яка за бажання може викликати вогонь у серці й інших органах у будь-якого чоловіка!» Вирішивши, що ця роль пасує їй дужче, ніж пропащої жінки чи руйнівниці родин, Меріон усміхнулася й, наспівуючи щось собі під носа, почала замочувати той клубок бруду, на який перетворилися Джимові речі.

Так і не дочекавшись, поки Джим прийде до неї сам і принесе з собою вибачення, Меріон, наче між іншим, зайшла на кухню сама — аби дати йому шанс, після кількох холодних відмов, випросити-таки в неї пробачення, а собі — можливість удосталь насолодитися його словами про те, як він винен і як її обожнює. Однак Меріон — приборкувачка чоловіків — була позбавлена задоволення, яке звикла отримувати за цією схемою, — Джим уже пішов і, судячи з повної чашки остиглого чаю, доволі давно.

Вона стояла посеред кімнати з холодною чашкою в руках і почувалася вже не тільки самотньою й нещасною, а ще й покинутою та обманутою. Першу хвилину вона лютувала, наступні п'ять — просто гнівалася, через десять уже була готова віддати все що завгодно, аби відмотати час на годину назад і все йому пояснити. Через пів години Меріон хотіла бігти за Джимом куди завгодно, відшукати всіх стариганів у цьому місті й перепрати гору найбруднішого лахміття, — тільки б він знову опинився поряд із нею. Вона заплакала від безвиході: їй здавалося, що вона не побачить його вже ніколи. Згодом, удень, Меріон майже заспокоїлася. Вона стала терпляче чекати вечора і повернення Джима, списавши ранкову істерику й усі сумніви на вразливість своєї натури. Вона не могла знати, наскільки була близька у своїх передчуттях до правди.

Джим ні про що таке не думав, але, можливо, якби він якимось чином міг прочитати думки та почуття Меріон, то вже через годину поспішив би назад — аби втішити й ощасливити цю жінку, яка була для нього, всупереч усьому, такою жаданою. Однак він не володів жодними телепатичними здібностями, а тому продовжував займатися своїми справами і невдовзі взагалі забув про дрібний інцидент за сніданком. Джим настільки заглибився у власні роздуми, що просто не міг і намагатися зрозуміти чужі. Ба більше — виходячи з дому Коллінзів, він навіть не помітив, що за ним спостерігає якийсь чоловік.

Передусім Джим вирішив ще раз перевірити, чи не сидить Харпер на лавці, і якщо ні, то вже звідти почати його розшуки, залишивши там повідомлення для старого. Він ішов до автобусної зупинки, точніше до того, що від неї зосталося, не озираючись, а чоловік ішов за ним слідом — на іншому боці вулиці, тримаючись оддалік. То явно не був професійний шпигун, як і Джим, своєю чергою, не був досвідченим розвідником, здатним одразу помітити за собою хвоста — хоча зробити це було не так і складно в безлюдному районі. Однак Джим ні про що не підозрював, він просто йшов, удруге готуючись до привітальної промови для старого, а оскільки він її відрепетирував ще вчора, і досить детально, то сьогодні лише повторював.

Зупинка була порожня. Джим не надто засмутився, бо був готовий до цього, і не втратив духу, оскільки цього дня твердо вирішив відшукати свого друга — у будь-якому разі. Він присів на один із уцілілих стовпчиків, наміряючись годинку-дві все ж почекати на Харпера. Чоловік, який переслідував Джима, трохи постояв віддалік, дивлячись йому в спину, а потім — вочевидь на щось зважившись — швидко пішов геть.

Сидіти довго в самоті Джимові було сьогодні дуже тяжко. Його переповнювала жага діяльності, а тому, поблукавши трохи навколо зупинки й знайшовши камінця, яким можна було писати як крейдою, Джим вивів на асфальті великими літерами: «Я повернувся. Гаррісон». Обтрусивши з рук білі крихти, Джим зі спокійним серцем вирушив шукати старого або ж інформацію про нього та про все інше.

Цього разу він не пішов униз своєю вулицею, вирішивши, що ні в себе вдома, ні тим більше в Коллінзів йому робити поки що нічого. Джим повернув сперша на одну вулицю, потім на другу, далі — на третю, узявшись дослідити свій район уздовж і впоперек. Люди якщо й траплялися десь у далечині, то наближатися до нього не зважувалися й одразу ж ховалися — у своїх будинках або провулках. Джим кілька разів пробував стукати у двері, але ніхто на його заклики не відгукувався, створюючи враження покинутої оселі, навіть якщо звідти визирали в щілини чиїсь очі.

Половина дня минула в безплідних пошуках та блуканнях. Єдиним відкриттям для Джима стала наявність провалів на місцях деяких будинків. Йому ще вчора здалося, що на вулицях нібито бракує споруд, але тоді він не надто зважив на це — поспішав і думав про інше. Але сьогодні Джим таки переконався: багато будівель справді зникло. І їх не зруйнували чи спалили, бо на їхньому місці була тільки гола земля, де-не-де заросла бляклою травою. Коли він уперше побачив пустир — там, де раніше стояв котедж, — то сперша подумав, що господарі, певно, вирішили переїхати разом зі своїм домом. Джим навіть сприйняв це з гумором, уявивши, як власники ставлять дерев'яну споруду на величезну платформу на колесах і намагаються штовхати її по вулиці, а сусіди їм дружно допомагають. Він якось бачив такий переїзд по телевізору, ще в доруанські часи — щоправда, тоді тягловою силою була потужна вантажівка. Але коли рахунок зниклим будинкам підійшов до десятка, Джим збагнув, що тут справи серйозні й навряд чи пов'язані з переїздом — радше навпаки. «Напевно тут не обійшлося без наших зеленошкурих "друзів"», — подумав він, згадавши історію з анігіляцією собору та військовими базами, що зникли невідомо куди. Тут тільки масштаб був меншим. «Але навіщо й за що?» — дивувався Джим, однак замість відповідей на старі запитання знову наштовхувався на нові загадки.

Після смуги негараздів та невідомості доля зазвичай дає людині можливість перепочити, а потім знову починає гратися з нею і знущатися. Джимові теж випав невеликий бонус. На одному з перехресть він зіштовхнувся з місіс Мессенджер — вона кудись мчала з двома гарбузами під пахвами, як курка назустріч годівниці. Зіткнувшись із невідомим чоловіком, вона скрикнула від несподіванки і впустила гарбуза, а потім, упізнавши в незнайомцеві Джима, скрикнула ще раз — і, кинувши другого, пустилася навтьоки. Він, теж трохи сторопівши від такої зустрічі, швидко отямився, підняв із землі овочі й побіг навздогін за бабцею.

— Місіс Мессенджер! Це ж я — Джим Гаррісон! Не бійтеся, я не привид! Я не прийшов із царства мертвих, щоб ви відповіли за своє чаклунство! Бог простив вам і шле палкі вітання!

Джим примудрився рухатися поруч із місіс Мессенджер, сміятися й навіть щось пояснювати на ходу, адже біг літньої леді не дуже-то відрізнявся від його швидкого кроку. Урешті старенька чи то засапавшись, чи то визнавши, що Джим — жива людина, зупинилася й навіть відреагувала на його останню шпильку.

— Не згадуйте Господа всує, старий паскуднику! — вимовила вона ледве дихаючи й вихопила в нього по черзі обидва гарбузи.

Джим віддав їх із усмішкою, відзначивши про себе, що вперше на свою адресу чує звертання «старий», і ще більше дивно, що це звучить із уст жінки, років на тридцять старшої за нього.

Вочевидь, в останній період свого життя місіс Мессенджер доводилося спілкуватися переважно з паскудниками свого віку, і тому це словосполучення стало для неї вже ідіомою.

— І я радий вас бачити при здоров'ї і з рештками здорового глузду, — продовжив Джим кпинити сусідку їдкими компліментами.

Однак не було помітно, щоб вони на неї хоч якось діяли. Місіс Мессенджер узяла в руки себе та гарбузи і рушила далі своєю колишньою хитлявою ходою — так наче вона взагалі не бачила сьогодні Джима і він зараз не йшов із нею поруч. Що було причиною такого холодного ставлення до нього, Джим не знав, але, можливо, цього якось стосувалося маленьке зелене кружальце, прикріплене поряд із брошкою на бабському платті похоронного крою.

— То ви теж вступили в секту «Свідків Пришестя Інопланетян»? — поцікавився Джим, вказавши великим пальцем на круглий значок, що його місіс Мессенджер носила як орден Почесного легіону.

— Я б на вашому місці, містере Гаррісоне, утрималася від таких жартиків! — відповіла літня «колабраціоністка», ставши раптом неймовірно гоноровою. Не знизивши темпу й не обдарувавши співрозмовника навіть поглядом, вона несла свою ношу далі — так герцогиня несе прах передчасно померлого чоловіка.

— Відколи це гумор у нашій країні карається? — не переставав усміхатися їй Джим, тримаючись поряд із літньою дамою і сподіваючись, що вона все ж випустить повітря зі свого зоба, припинить огризатися на ходу і зволить нормально поговорити з ним.

Наче прочитавши його думки, вона врешті спинилася, глянула Джимові в очі й сказала:

— Може, відтоді, як не стало нашої країни?

Джим перестав усміхатися й подивився на неї серйозно. Такої відповіді він не чекав.

— Будьте обережні, — сказала старенька ще тихіше, швидко озирнувшись. — Мені час. І не треба за мною йти.

Вона вже ступила перший крок, аби мчати далі, але Джим зупинив її:

— Одненьке запитання, місіс Мессенджер. Де живе Харпер?

Бабця трохи відсахнулася від нього й, відвівши погляд, махнула кудись собі за спину:

— Поверніться назад і праворуч до кінця, остання вулиця, другий дім справа.

Джим глянув туди, куди показала всезнаюча Мессенджер, намагаючись зрозуміти й запам'ятати дорогу. Коли він перевів погляд на стару, то побачив лише її спину, що швидко віддалялася. Вирішивши теж не прощатися, Джим поспішив за вказаною жаданою адресою.

Завернувши востаннє і відшукавши потрібне місце, він виявив, що другого будинку праворуч не існує. Перший є, третій є, а от другого, між ними, немає. Провал. Порожнеча. Земля з ріденькою, вже посірілою травою. Дому Харпера більше не було. Певно, як і його самого. Побродивши по голій місцині, де раніше мешкав його друг, Джим хотів щось відчути, але не відчув нічого. Всередині нього теж була порожнеча. Може, він надто багато втратив за останній час і вже не міг достатньо емоційно реагувати на такі речі, а може, для того, щоб глибоко засмучуватися, потрібен був інший настрій. Джим навіть не став стукати до сусідів, аби спробувати з'ясувати, що сталося, — це було і марно, і небезпечно, причому для всіх. Він повернувся й пішов геть від цього місця — невідомо куди, з вельми невизначеними думками та намірами. Людини, яку можна було запитати, що робити, більше не було серед живих, а отже — діяти далі Джимові доведеться, як і раніше, самостійно.

РОЗДІЛ

35

Теледирижаблі літали сьогодні в небі мало не з самісінького ранку. «Мабуть, на дощ», — похмуро пожартував би старий через це, аби був поруч. Але його не було, і тому під час своєї спонтанної прогулянки Джиму доводилося слухати на самоті оті потоки протухлих новин, які не обіцяли землянам нічого доброго.

Почавши свій шлях у нікуди від місця, де раніше стояв дім Харпера, і потинявшись трохи вулицями, Джим зрозумів, що єдина людина, яка може відповісти на його запитання, — це Філ, і розмову з ним не варто відкладати.

Тож Джим повернув у бік офісу тимчасової адміністрації, щоправда, остаточно так і не вирішивши, чи продовжуватиме він прикидатися й навіть спробує вступити до їхніх лав, чи почне грати відкрито. «Зорієнтуюся на місці. Залежно від ситуації», — сказав він сам собі й упевнено постукав у чорні ворота цитаделі «колабраціоністів».

Цього разу двері відчинилися досить швидко. У проході стояв новий, не вчорашній, охоронець, але теж озброєний. Утім, Джим останнім часом настільки звик до людей зі зброєю й перестав їх боятися, що одразу спробував сміливо зайти всередину — наче він тут буває щодня — зі словами:

— Я до містера Коллінза.

Постовий уперше бачив Джима — тож знав напевне, що той тут щодня не буває.

— Нема його, — коротко відповів він і перепинив непроханому гостеві шлях.

— Де він? — вимогливо продовжив свій натиск Джим, щоправда, без особливого успіху.

Охоронець здався йому знайомим — схоже, саме він із Філом майже рік тому супроводжував подружжя Гаррісонів до руанського транспортника. Сам здоровило не впізнав Джима, що було навіть добре в цій ситуації, хоча, як свідчив вираз його обличчя, він і рідну матір упізнав би не зразу, а тільки після пред'явлення паспорта. Він так і не відповів на останнє Джимове запитання і втупився в нього поглядом корови, що розглядає траву.

— Поїхав куди, може? — Джим вирішив ставити прямі запитання, аби здоровило хоч якось відповідав.

— Ну, — мугикнув той у відповідь, що можна було трактувати дуже широко.

— А заступник його в офісі? — закинув Джим вудку в іншому місці.

— Хто-о-о? — «колабраціоніст» підняв свої «кущі» над очима, і стало зрозуміло, що риби тут нема.

— Хоч хтось є на місці? Карла, Клара, викрадачі коралів? Поклич того, хто розмовляти вміє, дубино! — Джим пішов на словесний приступ, оскільки фізичний йому не вдався.

— Га-а? — протягнув охоронець і, піднявши свого дробовика, пересмикнув затвор. Схоже, він вирішив закінчити цю неприємну розмову, поставивши крапку — дірку в лобі настирного співрозмовника.

Джим відчув, що пристрасті потроху нагнітаються, й інстинктивно відступив на крок убік від воріт, готуючись сховатися за найближчий стовп. Тепер, аби його дістати, здоровилові довелося б вийти на вулицю, де революціонер міг вступити з ним у рукопашний бій, — і він аж ніяк не збирався дотримуватися джентльменських правил. Ситуацію врятував, сам того не підозрюючи, чийсь писклявий, але чоловічий голос, що долинув із будинку:

— Френку, ти чого ворота відчинив? Бачиш же, що нікого нема? У нас спецоперація, а ти що?! Державного злочинця хлопці ловлять, а ти чим у цей час займаєшся? Кукурудзу охороняєш? Знову всі перепічки поїв, ненажера! Ось Філ повернеться, він тобі покаже! Що ти там мукаєш? Іди сюди!

Гора м'яса, в якої, виявляється, є ім'я, намагалася вставити хоча б слово в цю чергу реплік, що летіли на

391

нього мов з кулемета. Але врешті-решт охоронець здався. Навіть не визирнувши на вулицю в пошуках зниклого відвідувача, він зітхаючи замкнув ворота й посунув до будинку.

Джим зрозумів, що обрав для візиту невдалий час, і швидко пішов угору вулицею, не забувши кілька разів озирнутися, аби перевірити, чи не хоче та дресирована мавпа вистрелити йому в спину. Але все було спокійно.

Накрапав дрібний дощик, і він прискорив крок, розмірковуючи на ходу, куди ж усе-таки міг поїхати Філ. Якби Джим прийшов до офісу трохи раніше, можна було б напроситися разом із ним та щось і розвідати. «Раз так, піду я до Меріон, пообідаю — саме час, пограюся з малюками, а до вечора буде ясно, що робити далі», — подумав Джим і пішов ще швидше, як зазвичай робив, коли наближався до визначеної цілі, до того ж будинок Коллінзів уже було видно.

І раптом його свідомість осяяла блискавка, а тіло пробив піт — і він практично завис у повітрі з піднятою ногою... «Стій! Державний злочинець, про якого говорив писклявий і на якого почалася облава, — це ж я. Я, Джим Гаррісон».

Джим не знав, як він дійшов такого висновку, але хребтом відчув, що він — правильний. «Так, спокійно!» — умовляв він себе, обережно переходячи на тротуар навпроти будинку Меріон. Ставши біля чийогось паркану, він озирнувся на всі боки, і хоча нікого не помітив, та вже не міг позбутися відчуття, що за ним

стежать. «Так, так, так, — продовжував Джим заспокою-
вати своє серце. — Де вони можуть мене шукати? Отже,
у моєму домі, на зупинці та в Меріон. Дім її — ось він,
але наразі нікого не видно. Або вони вже всередині, або
вичікують надворі, або я параноїк... Зараз перевіримо!
Вони видивлятимуться мене, а я — їх».

З цією думкою він перемахнув через невеликий пар-
кан, перетнув незнайомий двір і перебрався ще через
одну загорожу, на сусідню ділянку — але й там нікого не
виявив. Садиба, куди проникнув Джим, була явно поки-
нута, судячи з куп сміття, якими її завалили. Зате тепер
йому стало зрозуміло, як вирішується проблема відходів
у таких-от пристойних районах — їх уже не кидають на
тротуари, а жбурляють через паркани у порожні двори.
Джим подумав, що з цього будинку йому буде зручно
спостерігати за домом Коллінзів та за всією вулицею, —
і обережно ввійшов у дім через незамкнені задні двері.
Але, схоже, так міркував не один він: опинившись у при-
міщенні, Джим почув чиїсь тихі голоси з другого поверху,
а на підлозі, просто перед ним, спав чоловік — у піща-
ному камуфляжі, із зеленим кружалом на грудях. Джим
спершу навіть не помітив «колабраціоніста» й мало не
наступив на нього, коли намагався підійти до сходів —
послухати, про що говорять угорі. Якусь мить він вагав-
ся, не знаючи, що робити, та потім вирішив, що головне
він уже знає — на нього тут улаштували засідку, тож
найкраще зараз — відступити й залишитися непоміче-
ним. Однак, перш ніж забратися звідси, Джим прихопив

двоствольну рушницю, що лежала поруч зі сплячим, — раз такі кепські справи, трохи озброїтися не буде зайвим.

Він вийшов, тримаючи зброю як звичайну палицю — аби вона привертала менше уваги, знову переліз через кілька парканів, але вже в інший бік, і опинився на сусідній вулиці. «Треба десь сховатися до темряви, а потім вибиратися з району», — вирішив Джим. Він зрозумів, що спілкування з Філом доведеться відкласти до кращих часів, а саме: коли той буде прив'язаний до стільця, а в будинок Крамса вдарить жовта блискавка і скине звідти зелене кружало. Вештатися вулицями з рушницею, коли ти в розшуку, було вкрай нерозумно, а тому Джим, дійшовши до наступної вулиці, вибрав будинок, який видався йому однозначно порожнім, і заліз усередину через розбиту шибку.

Дім, звісно ж, був не порожнім. Джим виявив у вітальні дівчинку й бабцю — вони сиділи на канапі в позах людей, які дивляться телевізор. Він остовпів посеред кімнати, не знаючи, що сказати.

— Доброго дня, — перервала незручну мовчанку дівчинка, така худа, що їй можна було дати років десять-одинадцять, хоч вона була явно старша.

— Хто тут? — спитала стара, дивлячись кудись повз Джима білястими невидющими очима.

— Це я. Доброго дня, — сказав Джим і розгублено всміхнувся.

Дівчинка відповіла йому дивною посмішкою. Було незрозуміло, чи вона завжди так змучено всміхається, чи тільки зараз. Джимові стало просто її шкода, але йому не спало на думку, що дівча, побачивши у своєму домі озброєного незнайомця, навряд чи всміхатиметься якось інакше.

— У нас гості, бабусю, — пролепетала дівчинка й узяла своєю тоненькою ручкою бабусю під лікоть, не перестаючи дивитися на Джима широко розплющеними очима.

— То пригости гостя чаєм, Бетсі, — запропонувала старенька, яка, ймовірно, разом із зором втратила й залишки розуму, однак зберегла доброзичливість і приязність.

— Добре, бабусю, — погодилася дівчинка й підвелася з канапи.

— Я не буду, я не голодна! — швидко кинула їй навздогін стара, хоча її вигляд свідчив про протилежне. — Я краще послухаю радіо, — додала вона, і Джим перестав сумніватися щодо її адекватності.

— Трохи пізніше, бабусю, — воно ще не прилітало, — сказала їй онучка і прошелестіла повз Джима, як легенький вітрець.

— Гаразд, я тоді почекаю. Займайся гостем, — відповіла стара.

Джим, вирішивши, що він, судячи з усього, втрапив до божевільні, пішов слідом за Бетсі на кухню.

Дівчинка дістала з шафи дві красиві чашки й пластмасову пляшку з якоюсь мутнуватою рідиною. Наповнивши одну чашку наполовину, Бетсі підсунула її ближче до Джима, а другу, куди вона хлюпнула зовсім трошки, взяла сама.

— Пийте чай, — сказала вона і пригубила першою.

Джим сьорбнув не замислюючись — і виявив, що п'є просто брудну воду.

— Бабуня осліпла вже давно, одразу після того, як загинули мама з татом, — сказала дівчинка, попереджаючи тим самим усі розпити, тоном, яким діти зазвичай розповідають про черговий нудний день у школі. — А коли гарбузи перестали давати, вона зовсім захиріла. Спершу все фіранки намагалася їсти. Потім, щоправда, перестала, а тепер майже не плаче й зовсім уже не кричить.

Джим зрозумів, що втрапив усе ж таки не в дурдом, а в звичайне пекло.

— А коли перестали роздавати пайки? — єдине, що він зміг видобути з себе тієї миті, уже готовий просто зараз іти й самотужки штурмувати офіс адміністрації, аби забрати звідти всю їжу — для цієї слабосилої дівчинки та її схибленої бабці.

Бетсі наче й не чула Джимового запитання і продовжувала свою розповідь:

— По радіо казали, щоб усі їхали звідси, а куди я з нею? Може, як помре, тоді поїду. Хоча останнім часом наче вже й не кличуть...

Джим устав зі стільця, підійшов до дівчинки й, притуливши її невагоме тільце до себе, став гладити по голівці, силкуючись не заплакати.

— Ви напилися? — спиталася вона, ніяк не відреагувавши на дотики Джима.

— Так, дякую, дуже смачно, — відповів він, відсторонившись від дитини, що була як крижинка.

Бетсі кивнула, злила залишки бурди з обох чашок назад у пляшку й акуратно прибрала посуд назад у шафу.

— Ти не бійся мене — я вночі піду. Але перед тим спробую дістати вам їжі.

Джим наразі не знав, як він збирається виконати таку обіцянку, але поспішив її дати, аби в нього не виникло бажання втекти від цих двох людей, які однозначно потребували допомоги. Але дівчинка, здавалося, не сприймала Джима як реальність. Вона сіла на своє місце й стала дивитися кудись у вікно — крізь дощ, який пускався все дужче й дужче. «Або вона погано чує, — вирішив Джим, — або в неї від голоду в голові потьмарилося. Або весь світ втрачає глузд — разом із цієї парочкою, та й зі мною також». Дивлячись на худеньке прозоре обличчя істоти з якоїсь дуже сумної казки, Джим думав про те, скільки ж життів і от таких доль погубило чиєсь прагнення змусити всіх жити за одним, чужим, образом та подобою. І про те, що з цим «кимось» треба якось боротися — за можливість вибору власної долі, за право жити своїм життям. Він зрозумів, що все робить правильно, що таки варто боротися за те, щоб ця дівчинка була щасливою або хоча б ситою.

На цій героїчній ноті Джим ще раз подякував маленькій Бетсі і спитав, де йому можна прилягти відпочити, бо ніч у нього буде, судячи з усього, довга й важка. «Відісплюся, а ввечері постараюся непомітно пробратися до Меріон. Попрощаюся з нею і з близнюками, наберу продуктів для дівчинки з бабусею, а вночі піду далі», — розмірковував Джим, поки маленька господиня проводжала його у спальню. Куди саме йти далі, Джим ще не знав. Головне — йому не можна більше залишатися у своєму районі.

Бетсі запропонувала гостеві найбільше ліжко й навіть постільну білизну, але Джим від неї відмовився. Він вважав за краще спати вдягненим, аби раптом що бути напоготові. Дівчинка, побажавши йому гарних снів, вийшла з кімнати, наче її видуло протягом. Джим доволі довго перевертався з боку на бік, перш ніж нарешті зміг заснути — обнявши рушницю, щоб не повторити помилку її минулого власника.

Джимові снилося, що Землю атакували інопланетяни і планомірно знищують землян, а ті не чинять жодного спротиву. Він прокинувся від якогось незрозумілого звуку. Дощ за вікном уже вщух. Небо починало тьмяніти в очікуванні довгого осіннього вечора. Крізь головний біль Джим згадав: усе погане, що йому нині привиділося, вже сталось. Він потер очі і спустився вниз, де виявив тільки стару, що спала на своїй канапі. Дівчинки ніде не було видно. Будити бабцю, аби розпитати в неї про внучку, було марно — вона могла взагалі почати заперечувати сам факт існування дівчинки. Тому Джим самостійно обнишпорив увесь дім, але не знайшов у ньому більше жодної живої душі. Він обережно визирнув із вікон першого поверху. Ні в дворі, ні на вулиці начебто не було нічого підозрілого. Проте якісь сумніви в його голові, що репалася після перерваного денного сну, все одно ворушилися — як жуки в земляній купі. Про всяк випадок Джим перевірив, скільки в нього зарядів у рушниці, адже шукати патрони в «колабраціоніста», що заснув у засідці, він тоді не став. У стволах було порожньо. «Ще одна добра новина», — подумав Джим і вже збирався піти на кухню — попити місцевого чайку, бо в горлі пересохло, — як звідкись знадвору долинув чийсь гучний голос:

— Джиме Гаррісоне, здавайся, тебе оточено! У разі спротиву ми відкриваємо вогонь!

Серце впало кудись до шлунка й почало там скажено стукотіти об його порожні стінки, кличучи на допомогу. Голос однозначно належав Філові, та Джим його спершу й не впізнав — такими новими й незвичними були інтонації.

— Чинити опір марно, нас багато, тобі не втекти — здавайся по-доброму!

Голос звучав усе гучніше й упевненіше, і доброго в ньому відчувалося мало. Навіть стара отямилась і спитала: «Хто тут?». Джим вирішив не відповідати ні їй, ні чоловікові надворі, а таки дочекатися темряви й спробувати вислизнути з пастки. Проте «колабраціоністи», що блокували будинок, не хотіли давати йому такого шансу. Голос, який то був схожий на Філовий, то наче й ні, заявив:

— Ми знаємо, що ти озброєний і що в тебе є заручник. Тож виходь із піднятими руками. Або ми відкриваємо вогонь!

«Ага, штурмувати мене вони все ж таки бояться, і тому смалитимуть здалеку, а бабці їм не дуже-то шкода», — подумав Джим і підійшов до вікна, сподіваючись хоч щось розгледіти з-за подраних фіранок.

— Яку цікаву передачу сьогодні транслюють! — висловилася стара щодо всього, що відбувалося довкола.

— Ага, дуже цікаву! — підтвердив Джим. — Не перемикайте канал, далі буде ще крутіше!

Бабця задоволено кивнула, вся перетворившись на слух. Джим вирішив, що її — саме навпроти вікна — зачепить першими ж пострілами.

— А поки що, бабусю, давайте пересядемо в крісло в кутку, вам там буде краще чути, — сказав він і спробував підняти стареньку, аби перенести в безпечніше місце.

Вона у відповідь замість вдячності закричала не своїм голосом:

— Не чіпай мене, покидьку! Рятуйте, людоньки добрі! Убивають, грабують, ґвалтують!

Джим відсмикнув руки від божевільної й витер із лоба піт.

— Облиш стару, Джиме! Вона тут ні до чого! — відреагував голос знадвору на вереск у домі.

— Та хто б її займав... — пробубонів Джим собі під носа й вирішив, що відтепер вони з бабусею — кожен сам за себе.

Він знову визирнув у вікно й цього разу помітив кількох чоловіків — ті ховалися за парканом та деревами, виставляючи звідти цівки гвинтівок.

— Гаразд, Філе! Не стріляйте! Я здаюся! — гукнув Джим несподівано для всіх, та й для себе самого. Він відчинив вікно й викинув свою, тепер уже непотрібну, рушницю. З обуреним стуком вона «пострибала» бетонною доріжкою перед будинком. Люди на вулиці почали вистромлятися зі своїх сховків. Одним із них справді виявився Філ.

— А тепер сам виходь! Тебе треба взяти живим! — сказав він.

Ця новина ніяк не вплинула на спонтанний план Джима, а навпаки — переконала його в правильності рішення. Філ казав щось там ще, але його голос долинав глухо й нечітко, бо Джим у цей час уже вилазив із вікна з іншого боку будинку — з того самого вікна, через яке він сюди проникнув кілька годин тому. Не озираючись і покладаючись тільки на швидкість і раптовість, Джим кинувся до найближчого паркану, але не зміг подолати його одним стрибком. Він якраз зависнув на верхівці й уже готувався стрибнути на той бік, як почув звук пострілу, йому в стегно наче ввійшов гарячий ніж — і він звалився назад у двір. Ще не вірячи остаточно в те, що сталося, Джим спробував підвестися, але не зміг: по нозі текло щось тепле, і через гострий біль він не міг нею поворухнути. Хтось підбіг до нього збоку й кілька разів ударив чимось по голові.

Джим не знепритомнів, він просто впав. Картинки перед його очима почали рухатися у сповільненому режимі і зі спотвореним звуком. Його вхопили за руки й потягли. Пропливали чиїсь ноги, кулаки й обличчя, але всі вони наче розтягувалися. Він погано бачив і ще гірше орієнтувався. Джима притягли до входу в будинок, довкола нього зібралися якісь люди, серед них з'явилася й Філова пика. Вона щось казала й навіть посміхалася, але Джим нічого не міг розібрати — усе забивав шум у голові. Він спробував відмахнутися від обличчя Філа, як від мари, але не вийшло. Той не щез, а навпаки — заніс над лежачим революціонером руку для удару. Останнє, що побачив Джим, перш ніж знепритомніти, — постать худенької дівчинки з двома гарбузами в руках. Розгледіти блаженну усмішку на її обличчі він був уже не в змозі.

РОЗДІЛ

36

Отямився Джим на якійсь трясучій підлозі, на смердю-
чих мокрих дошках, долілиць. Руки були зв'язані за спи-
ною, поранена нога пеком пекла. Довкола було темно.
Джим не міг збагнути, де опинився. Потроху приходячи
до тями й прислухаючись до дрібного стукоту з усіх сто-
рін, він врешті зрозумів, що його, мабуть, везуть у фур-
гоні. Джим спробував повернутися на бік, аби в цьому
переконатися й роззирнутися, але відразу ж отримав
стусана черевиком під ребра.

— Лежи, сволото, не рипайся!

Він не став відповідати на таку форму привітання.
Лежав мовчки. «Яка вже різниця, хто й на чому мене
везе? У будь-якому разі, там, куди ми приїдемо, нічого
доброго мене не жде. Хоча що вони можуть мені закину-
ти? Нічого! Але це все одно їх не зупинить: за старими
земними законами я майже нічого не порушив, але за

новими, руанськими, що з'являються, змінюються й усе одно не виконуються, вони можуть зробити зі мною все що завгодно. І мамі не поскаржишся!» — він пробував жартувати сам із собою, аби хоч трохи збадьоритися, але це не надто допомагало.

Джим не уявляв, ні скільки часу його везли в цьому фургоні, ні, тим більше, куди вони приїхали. Коли його виволокли, як сповиту ляльку, надвір, там теж було темно, і Джим вирішив, що зараз ніч. Потім його тягли якимись коридорами, сходами, все нижче й нижче — він дуже добре відчув усі повороти й сходинки. Чому з ним поводилися так грубо — чи то через те, що вважали особливо небезпечним злочинцем, чи то його конвоїри саме так уявляли транспортування будь-якої людини, хоч і пораненої, — Джим не знав. Він не бачив практично нічого, отримуючи інформацію про подоланий шлях здебільшого безпосередньо тілом, і лише намагався зрозуміти — чи забинтували йому ногу, чи кров зупинилася сама, бо ж якщо не зупинилася, то в такому разі на нього чекає повільна смерть від її втрати, ну або від зараження. Не те щоб Джим добре знався на медицині, але принаймні про це він мав певне уявлення, і йому поки що аж ніяк не хотілося вмирати. Жити перед загрозою смерті хочуть усі, і Джим не був винятком. А от пережити цю загрозу вдається не всім, і це він теж розумів і дуже хотів стати таким винятком.

Урешті-решт нічний атракціон з оббивання порогів та відбивання кінцівок завершився. Джима затягли в якусь кімнату, де було світло, стіл, стільці та якісь люди. Зосліпу йому було важко розгледіти обличчя присутніх і тим більше порахувати їх. Він не вигадав нічого кращого, аніж сказати: «Драстуйте». Відповіддю йому був удар у живіт. Джим скорчився на підлозі, устигнувши лише відзначити про себе, що бесіда з самого початку пішла не в те русло. Присутні по черзі, хто раз, хто двічі, найбільш чемні — тричі, привіталися за допомогою ніг із Джимовим тілом, і допит почався. Запитання не були надто оригінальними, на відміну від вишуканих стусанів, з якими вони чергувалися. Джимові доводилося сприймати і те, й інше лежачи, сидячи, стоячи, висячи на власних викручених руках та в інших позах, які погано надаються до опису. На самі запитання він не відповідав, видаючи тільки звуки, які навряд чи можна було вважати свідченнями й занести до протоколу. Тому що навіть за бажання він усе одно не знав би, що відповісти на те, чого від нього вимагали:

— Хто ще у твоїй групі? Хто у вас головний? Як ви зв'язуєтесь? Де зброя? Де патрони й вибухівка? Де таємна друкарня? Хто пише тексти листівок? Де ви збираєтеся?..

А потім знову по колу:

— Хто з тобою в групі? Хто головний?

Запитання і слова в них мінялися місцями, але сенс залишався той самий. Пройшовши так кілька разів по озвучених пунктах і безліч разів — по частинах

Джимового тіла, невгамовні ведучі цієї вікторини перейшли до погроз:

— Ти думаєш відмовчатися? Зараз ми тебе на шматки почнем розділяти, але відрубані пальці вже сам собі пришиватимеш! Ми їх тобі в кишені покладем. Якщо помістяться, звісно, бо там уже твої яйця лежатимуть! Та в такого невдахи, як ти, вони точно не дуже великі. Як і твій дрібний член! Але так навіть краще — зручніше тобі буде його ковтати!

Запитань тепер сипалося менше, образ і варіантів розправи — більше, а побиття взагалі не припинялося.

— Ви мене з кимось плутаєте, — нарешті, не дуже голосно, проте чітко, сказав Джим уже розбитими губами.

— Ти ба, воно заговорило! — засміявся один.

— До нас так просто не потрапляють! — підтакнув йому другий і — аби полонений краще це зрозумів — луснув Джима так, що той перевернувся довкола своєї осі.

Попри те що через постійні падіння й різкі переміщення кут зору в Джима швидко змінювався, а ліве око щодалі більше звужувалося, поки не перестало бачити взагалі, йому все ж удалося роздивитися своїх мучителів. Він очікував побачити якісь звірячі морди і величезні клишоногі постаті майстрів заплічних справ, але, на його подив, ці люди мали цілком звичайний вигляд. Та найдужче Джима вразило те, що на їхньому — абсолютно цивільному — одязі не було жодних значків! «Може, вони не з цих? Тоді хто вони? І як я від тих потрапив до цих? І що вони все-таки хочуть від мене?» Ці думки — коротко і зрідка — пробивалися в Джимову свідомість, крізь біль, яким, здавалося, вже наповнився весь його організм, до найменшої клітини.

Невідомо, як довго тривав би допит і в якому місці Джим зламався б, — екзекуція обіцяла бути вічною. Довести його до стану, коли він у всьому зізнається — і в тому, що робив, і в тому, чого не робив, — було лише питанням часу. Ще існував варіант умерти під час тортур — і Джим уже готовий був обрати саме його, але в якийсь момент раптом позаду прочинилися двері й чийсь спокійний, але владний голос спитав:

— Ну що?

— Поки що нічого, сер, — відповів той, хто ставив у цій кімнаті найбільше запитань і був, схоже, тут за старшого. Тепер же він витягнувся в струну і з'їдав когось поглядом за Джимовою спиною. Затриманого хоч і посадили знову на стілець, але в нього не лишалося сил навіть сидіти на ньому, не кажучи вже про те, щоб обернутися й спробувати роздивитися когось позаду себе. Та й бажання такого у Джима не виникло — йому було вже байдуже. Той, хто стояв поруч із ним і тримав його за плече, аби він не звалився, запевнив:

— Заговорить, сер!

— Якщо раніше не здохне, як учорашній... — начальник, який увійшов, а ймовірніше — тільки зазирнув до кімнати з коридору, був явно невдоволений і тепер, судячи з того, як опустили очі його підлеглі, обводив їх суворим поглядом. — Закінчуйте тут, — резюмував він і зачинив двері.

Ця вказівка, поза сумнівом, повинна була мати вирішальне значення в житті Джима, — але поки що не було зрозуміло, яке саме. Закінчувати з ним — малося на увазі порішити, ліквідувати? Чи все-таки припинити безрезультатне знущання? Ці запитання, які безпосередньо стосувалися його життя, промайнули у відбитому мозку Джима. Хоча загалом йому справді було байдуже — головне, що все нарешті закінчиться, і вже не так важливо чим. Іноді втома й відчуженість бувають сильнішими за бажання жити, і люди починають обирати смерть — як полегшення. Для Джима настав саме такий момент, і він зрозумів, що відчувають самогубці біля останньої межі. Він заплющив праве око (ліве було заплющене раніше — гематомою).

Однак ударів більше не було. Почувся скрип дверей і кроки людей, які дихали так важко, наче виходили зі спортзалу, — ці кроки віддалялися. Джим не вірив своєму щастю, але все одно всміхнувся. Чи це помітив останній «спортсмен», чи в нього були інші причини, але, перш ніж вийти з кімнати, він добряче штовхнув Джима ногою в спину — так, що той таки звалився зі стільця на підлогу.

Полежати довго Джимові не дали. Чиїсь руки знову підхопили його й поволокли — усе тими ж темними коридорами. Джимові чомусь здалося, що його знову повантажать у фургон і повезуть назад, — і тоді він до ранку зможе доповзти до порога Меріон, де його чекатимуть остаточний порятунок і відпочинок. Хоча він не дуже-то вірив у те, що його відпустять, однак надії не втрачав, — навіть падаючи з десятого поверху, людина напевно ще на щось сподівається.

Цього разу Джима тягли недовго, а потім просто кинули десь на холодну підлогу, і це явно був не фургон. Над його вухом грюкнули залізні двері — й усе стихло, окрім його крові, що шалено гупала у скронях. Може, вона так колотилася й раніше, але відчув він це тільки зараз, опинившись наодинці з тишею та пітьмою. Йому начебто дали спокій, і в цьому спокої Джим одразу ж гостро відчув своє побите, поламане, змучене тіло. Біль переповнював його і позбавляв такого жаданого спокою. А ще йому дуже хотілося пити. Він почав черв'яком повзати по підлозі і злизувати з неї вологу. Іноді кілька краплин води можуть бути смачнішими за всі напої на світі, і Джим зміг переконатися в цьому. Не напившись до ладу, але трошки все ж ослабивши відчуття спраги, він провалився у забуття, лежачи ниць на підлозі й притискаючись гарячим лицем до її майже крижаної поверхні.

Складно сказати, скільки часу Джим пролежав на тому місці. Розплющивши очі, він не побачив нічого, окрім чорної чорноти. Він не спробував ні підвестися, ні навіть ворухнутися. У нього не було ні почуттів, ні бажань, ні думок. Біль став іншим. Наче боліло не його тіло, а чиєсь чуже, яке йому дали тимчасово — поносити, як костюм. Але сам час у темряві та бездіяльності зупиняється, перетворюється на якусь студену масу, і Джим плавав у ній, не думаючи ні про що. Він напевно не раз провалювався в небуття і виринав з нього знову, у свідомість, не відчуваючи особливої різниці між цими двома станами. Здавалося, він може так пролежати вічність, бо ж вічність виглядає й відчувається саме так — і для Джима Гаррісона вона вже настала.

У цій тиші, де найголоснішим звуком були удари його серця, звук несподівано відчинених вхідних дверей прозвучав як грім. На периферії зору з'явилося світло. Хтось підійшов до Джима й, нахилившись, помацав пульс на шиї.

— Наче живий, — сказав цей хтось, посмикав мотузки й вивільнив руки полоненого.

Двері з гуркотом зачинилися, і світло знову щезло. Зате Джим тепер мав певну свободу, хоч і в межах своєї камери. Та він не поспішав скористатися цією свободою повною мірою, тільки змінив позу на більш зручну, — втім, коли в тебе болять абсолютно всі частини тіла, знайти таке положення дуже складно. Якось умостившись, Джим знову поринув у забуття.

Скільки годин, днів чи століть він провів у цьому кам'яному мішку? Якось, зібравшись із силами, він став повзати кімнатою й вивчати її на дотик: почав із підлоги, потім перейшов на стіни, двері й навіть зумів дотягнутися до низької стелі. Єдиною «прикрасою інтер'єру» виявився невеликий кран, із якого нічого не закапало, як він його не трусив і не облизував. Просто під краном був невеликий отвір у підлозі, запах свідчив про те, що внизу — каналізація. Вікон у камері не було, двері, як Джим і думав, виявилися залізними, а на стелі він намацав невелику решітку, під якою, ймовірно, ховався плафон, абсолютно зайвий у нинішніх реаліях.

Коли до Джима повернулося почуття голоду і спраги, він зрозумів, що його організм вирішив ще трохи пожити — певно, для того, аби побачити, чим це все закінчиться. Проте здатність мислити поверталася повільно. Тіло й біль поступово звикали одне до одного, і врешті-решт біль змилостивився і перетворився на глухі страждання. Джим обмацав себе, шукаючи місця кровотечі, але виявив уже тільки присохлі шкірки, зокрема на прострелений нозі: вона виявилася таки забинтованою й майже не боліла. А от ребра боліли, щойно Джим глибоко вдихав або хоч трохи нахилявся.

Джим не знав, скільки йому доведеться пробути в цьому склепі, і пригадував зі шкільного курсу виживання, як довго людина може витримати без води та їжі. Цифри, що спливли в пам'яті, його не тішили. Умерти від виснаження тут, у кам'яній могилі, йому хотілося значно менше, ніж там — на стільці в гостях у садистів. Спати він пристосувався в одній сухій місцині на підлозі, а харчувався лише краплями на найдальшій від дверей стіні, яка була вологою. Як довго можна так протягнути, він не знав, — вічність не дає відповіді на такі запитання, вважаючи їх недоречними.

Однак виявилося, що в цій конкретній нескінченності все ж існувала своя межа. Двері відчинилися різко, зі скреготом. Тьмяна гасова лампа, яку тримав один із двох візитерів, здалася Джимові прожектором на локомотиві: світло било просто в очі так, що довелося їх заплющити, аби воно не випалило сітківку.

— На вихід! — коротко кинув один.

Джим підвівся, тримаючись за стіну, і не поспішав відриватися від цієї опори, аби не впасти.

— Іти можеш? — запитав другий, що було дуже несподіваною люб'язністю для такого закладу. Джим навіть розгубився, не знаючи, що відповісти. Але йому не хотілося, щоб його знову волочили, як манекен, сходами-переходами, і він підтвердив:

— Так, можу.

Конвоїр — той, що з лампою в руці, — першим вийшов у коридор, а другий, підштовхнувши Джима у спину, пішов останнім. Темп їхнього руху був нешвидкий, оскільки визначався кульгавими підскоками Джима, — незважаючи на стусани й крики, він не міг іти швидше. Він сподівався, що завдяки такій повільній ході, та ще й при світлі, йому вдасться роззирнутися й зрозуміти, де ж він є. Можливо, у нього вийде навіть скласти в голові приблизний план будівлі, щоб потім долучити його до загального задуму втечі, — адже втечу, у його розумінні, повинен розробляти кожен справжній в'язень.

І навіть якщо цей план ніколи не здійсниться, його обдумування дасть не тільки поживу для розуму та надію, а ще й дозволить принаймні збавити час, бо ж останнього в будь-якій тюрмі зазвичай вистачає. Однак наразі зрозуміти, якими катакомбами його ведуть, і, тим більше, запам'ятати дорогу було неможливо. До того ж від ходьби довжелезним лабіринтом у Джима так розболілася поранена нога, що він не міг уже думати ні про що інше.

Досить довго поблукавши, здавалося, безконечними підземними коридорами, їхня коротка вервечка пішла якимись сходами вгору. Що вище вони підіймалися, то яскравішим та чіткішим ставало світло попереду. Врешті-решт перший конвоїр погасив свою лампу, але освітлення не зникло, і Джим зрозумів: вони вийшли з підземелля на поверхню і їх тепер осяває сонячне проміння. Уже готовий повірити в усі релігії світу, він очікував зустрічі зі світлом, як зі своєю воскреслою матір'ю. Однак цієї радості його позбавили, звернувши зі сходів у напівтемний бічний коридор. Джима провели по ньому, а тоді майже заштовхали в якийсь кабінет. Після короткого щастя зустрічі з денним світлом Джим приготувався до нових побоїв і, переступаючи поріг, весь стиснувся. Але до побаченого за цим порогом він був точно не готовий.

У кімнаті було троє — двоє людей і один рептилоїд, який тримав свого довгого червоного язика у вусі одного із землян.

РОЗДІЛ

37

Перед трійцею, що уособлювала земляно-руанську дружбу та взаєморозуміння в найпрямішому сенсі слова, Джим опинився сам — конвой залишився в коридорі, обережно причинивши за собою двері. Присутні в кабінеті сторони зацікавлено розглядали одна одну. Усі стояли — хто на ногах, хто на лапах, хоча в приміщенні був весь набір необхідних офісних меблів. Джим відчував, що коліна в нього тремтять і що довго він не простоїть. До того ж по прострелений нозі знову неприємно потекло щось тепле, а це означало лише одне — відкрилася рана і з неї почала сочитися кров.

Один із господарів кабінету — не пов'язаний із ящіркою язиковушним зв'язком — першим порушив мовчанку, очевидно, зрозумівши стан гостя:

— Можете присісти, містере Гаррісоне.

Джим не чекав повторного запрошення й опустився на найближчий стілець.

— У вас нездоровий вигляд, містере Гаррісоне, — продовжив говорити й водночас розглядати його чоловік, статус якого Джимові був поки що невідомий. Але голос він упізнав: саме цей владний пан припинив тоді знущання з Джима — і він вирішив називати його про себе Босом.

— Це після спілкування з вашими підлеглими, — відповів він, беручи світський тон, у якому поки що велася їхня бесіда.

— Точніше, після відмови спілкуватися, — уточнив Бос, дивлячись прямо й твердо Джимові в очі. Погляд співрозмовника різко контрастував із його зовнішніми ввічливими манерами, але він навіть не намагався сховати за ними своє справжнє обличчя, а наче навпаки підкреслював, що ввічливість наразі — тільки робоча маска.

— Я не розумів, про що вони мене запитували й чого хотіли. І зараз не розумію. Як і того, де я перебуваю і хто ви всі... — Джим вирішив і далі гратися в невинність, але на Боса це не подіяло. Він скривився, як від неприємного запаху, хоча, можливо, від Джима чувся й він, а не тільки неправильні відповіді.

— Це неважливо. Важливіше визначитися з вами, містере Гаррісоне: хто такий ви? І не прикидайтеся — ми все знаємо. — Бос почав трохи погойдуватися на носках — звичка, властива багатьом невисоким людям. — Адже ви не хочете знову повернутися в підвал?

— Ні, — відповів Джим відверто, дивлячись то на начальника, то на парочку, пов'язану язиком, яка поки що не брала участі в розмові, але уважно слухала її.

Бачачи, що в'язень шукає поглядом підтримки у представника іноземної цивілізації, Бос вирішив трохи змінити тему:

— До речі, забув вам представити — це Ксхана-шістнадцята, координатор нашого сектора.

Інформація прозвучала, але наразі вона Джимові нічого не сказала.

— Здрастуйте, — вирішив продемонструвати свою вихованість Джим, але прибулець і його перекладач промовчали. — Ласкаво просимо! — він ще раз викликав їх на розмову, та відповіддю знову була тиша, доповнена тільки поблажливою посмішкою Боса.

— У руанців своєрідне розуміння ввічливості, а тому можете навіть не старатися їй сподобатися, — сказав він.

— То все-таки «вона»? — подумав уголос Джим, продовжуючи зацікавлено роздивлятися іноплатетянина, який мало чим відрізнявся від екземпляра, якого він бачив біля транспортника, і другого, що катався верхи, — усі вони виявилися самками.

— Я ж сказав: Ксхана, — повторив Бос, якому явно не подобалося повторювати свої слова двічі, як і мати справу з тупуватими клієнтами. А ось рептилоїдиха ніяк не відреагувала навіть на власне ім'я, як і на те, що двоє підкорених землян обговорюють свою повелительку, наче якісь меблі, в її ж присутності. Воістину, в руанців були зовсім інші уявлення про поведінку в товаристві, ніж у місцевих гуманоїдів.

— А ви самі — хто? Ящірка щось там координує й пробки вушні чистить, а у вас яка посада, дозвольте поцікавитися? — Джим вирішив, що втрачати йому вже нічого, і пішов у словесну атаку, провокуючи одночасно і руанку, і її впливового поплічника.

Та нікому з них цей випад, схоже, не дошкулив.

— Ви даремно намагаєтеся прикритися агресією, містере Гаррісоне. Хто я такий — неважливо, головне, що я багато чого можу. Але тепер вирішується ваша доля. Помрете ви чи продовжите жити, залежить уже тільки від вас... — Бос був важким співрозмовником, він стояв на твердих позиціях і читав Джима, як розгорнутий журнал із коміксами, недбало перегортаючи сторінки в пошуках чогось цікавенького. — Я знаю про вас достатньо, містере Гаррісоне, але зараз мене цікавить лише одне питання.

Він підійшов до Джима впритул і витягнув голову вперед, не приховуючи, що його це хвилює по-справжньому:

— Де Харпер?

Джим сторопів від подиву, і це не могло лишитися непоміченим для глибоко посаджених, дуже уважних очей Боса. «То, виявляється, я арештований не за свою

417

провінційно-революційну діяльність, і навіть не через наклеп ревнивця та зрадника Філа, а тому що вони шукають старого Харпера! І, отже, він ще живий!» — від цих думок Джимове серце шалено закалатало, а побите обличчя осяяла щира усмішка.

— Я не знаю, — сказав він чесно, і це теж не сховалося від важкого погляду Боса. Він випростався й прикрив повіки.

Він зрозумів, що Джим не бреше. Однак більше нічим не видав свого розчарування — і продовжив допит. Він чіплявся і смикав за будь-які слабкі ниточки, хоч уже й знав: усі вони будь-якої миті можуть обірватися, і слідство знову зостанеться з порожніми руками.

— Ви спілкувалися з ним раніше?

— Так, — Джим вважав за краще сказати правду, бо розумів, що в цьому випадку не нашкодить ні собі, ні старому.

— Про що?

— Про всяке.

— Він вів пропаганду? Агітував?

— Не розумію.

— Він висловлював незадоволення прибуттям інопланетян?

— Не те щоб дуже... Так... Він же задиристий дідуган...

— Він закликав вас?

— До чого?

— Чим він займався?

— Уявлення не маю. Він же пенсіонер, та й узагалі вельми потайний ді...

— Де ви ще зустрічалися, крім зупинки? — запитання сипалися безперервно: Бос не втрачав надії спіймати Джима на протиріччях або змусити ляпнути зайве, але поки що йому це не вдавалося.

— Ніде більше не зустрічалися, тільки там, — Джим усе одно був обережним, аби не потрапити в пастку до цього живого детектора брехні.

— З яким завданням він відіслав вас у село?

— Ні з яким. Це моя дружина так вирішила.

— Де вона?

— Там лишилася.

— Чому?

— Це особисте.

— Навіщо ви залишили містерові Харперу повідомлення?

— Яке?

— Не відпирайтеся!

— Я справді не знаю.

— Коли людина говорить правду, їй нема потреби підкреслювати це однойменним словом, — Бос не думав, що підчепив Джима на гачок, він просто допрацьовував свій номер. — Нагадаю зміст повідомлення: «Я повернувся. Гаррісон».

— А-а... — знову всміхнувся Джим, згадавши нарешті про напис крейдою на асфальті. — На зупинці, чи що?

Бос коротко кивнув.

— Побачити його хотів. Я не знав, де він живе, — дуже щиро стенув плечима Джим.

— Але тепер ви ж знаєте? — спитав Бос, вкотре продемонструвавши широку обізнаність про дії свого підопічного.

Тепер уже настала черга Джима кивнути, але радше здивовано.

— То навіщо ви хотіли побачитися з Харпером? — Бос дотискав цей пункт як останню свою надію.

— Так просто, — відповів Джим. — Скучив за ним, він цікавий старий...

Бос, який впродовж усієї розмови пильно дивився Джимові в очі, нарешті відвів погляд, більше зітхнувши, аніж вимовивши:

— Дуже цікавий...

— А навіщо він потрібен вам? — спитав Джим.

Відповіді від Боса він не дочекався — той уже не слухав його, відвернувшись до інопланетянки та її людини-ретранслятора.

Раптом рептилоїдиха сказала якесь слово, лише одне, дуже коротке. Його значення Джим не зрозумів, на відміну від Боса — той кивнув ящірці й, уже не дивлячись на полоненого та, вочевидь, втративши до нього інтерес, вимовив:

— Можете йти.

Джим мало не підстрибнув від радості. Ця фраза прозвучала для нього як «Ви вільні!» — але побите тіло замість стрибати змогло тільки невпевнено звестися на хиткі ноги. Однак він вирішив більше тут не затримуватися і рушив до виходу, вимовивши на прощання «До побачення», але воно теж лишилося без відповіді.

За дверима Джима чекали ті двоє, які привели його сюди і допомоги яких він потребував, аби покинути цей заклад. Один із них, із погашеною лампою, став звично попереду, а другий, зазирнувши на мить у кабінет і почувши звідти все те ж незрозуміле слово — «оопів», знову підштовхнув Джима у спину. «Могли б тепер і ввічливіше», — подумав Джим, але це вже не мало для нього великого значення, адже він знав, що дуже скоро знову стане вільним.

Вони рушили коридором назад, дійшли до сходів і почали спускатися. Джим увесь цей короткий відрізок шляху був зайнятий тим, що намагався зрозуміти значення слова «оопів», яке сказав перекладач із руанської, а потім повторив Бос для конвоїра, але жодних ідей у нього не було, і він вирішив, що просто недочув. Джим покірно йшов, захопившись розгадуванням цієї шаради, й отямився, лише коли один із конвоїрів узявся знову запалювати лампу. В'язень зрозумів, що його ведуть назад до пекла.

— Куди це ви? Мене ж відпустили! — запротестував Джим і спробував розвернутися, але конвоїри спритно заломили йому руки і повели старою темною дорогою. Джим почав було опиратися, однак кілька ударів по вже відбитих нирках утихомирили його спротив — і він, як лантух із картоплею, був закинутий до того самого кам'яного погреба.

Ув'язнення, яке продовжилося після короткої надії на свободу, було для Джима вдвічі нестерпнішим. Він ледь не плакав, та, ймовірно, таки плакав. Чоловіки іноді плачуть у темній самотності, ніколи, втім, не зізнаючись у цьому навіть самим собі, і стараються якнайшвидше стерти з пам'яті відчуття гарячих крапель на щоках.

Залишок дня й ночі, що були в цьому мороці дуже умовними поняттями, які ґрунтувалися більше на внутрішніх відчуттях, Джим узагалі не міг думати — він перебував у цілковитій прострації. У наступні дві чи три доби він, трохи отямившись, почав розмірковувати, згадувати й аналізувати все підряд: свою останню розмову з Босом та прибульцем, усі події, що сталися з ним за останній рік, а головне — їхні бесіди з містером Харпером. І єдиний висновок, якого Джимові вдалося дійти, був такий: він вважав, що діяв самостійно, коли агітував і підіймав народ на боротьбу по селах та містах, тоді як завербованим виявився сам — та так спритно, що не міг цього зрозуміти до останнього дня. То хто ж цей загадковий старий? І де він тепер? Ці запитання терзали Джима, мабуть, так само сильно, як і Боса. «І головне — що ж він устиг накоїти за час моєї відсутності, якщо його шукає вся колабораціоністська контррозвідка, служба безпеки, чи як там вони себе називають, — словом, хлопці, крутіші за всі адміністрації і в чиї лапи потрапив я, Джим Гаррісон?» Але відповідей не було.

Блукаючи закапелками своїх спогадів у пошуках слідів невловимого Харпера, він наштовхувався на нових знайомих: Теда, Бреда, Леопольда, Леслі, інших революціонерів і тих, хто підтримував їх. Що роблять вони зараз? Чи розгорається запалене ним полум'я повстання, а чи погасло під осіннім дощем та вітром? Про Дебору і дядечка Тома Джим думати не хотів, хоча вони часом мелькали десь на задньому плані його думок, у блудливих позах. І, звичайно ж, він багато думав про Меріон: ця жінка ввійшла в нього міцно й надовго. Адже тепер Джим міг не тільки згадувати, як вона виглядає й говорить, — тепер він точно знав, яка вона на дотик, на запах і на смак. Видива минулого, в яких була вона, не те щоб підтримували потяг Джима до життя — радше давали йому певне заспокоєння: навіть якщо він ніколи не виборсається із цієї могили, то принаймні у нього в минулому були такі хвилини, заради яких, власне, й варто було жити.

Остаточно заспокоївшись, Джим почав готуватися до смерті. Раніше, в усіх небезпеках, в усіх халепах, що випадали йому, він не тільки не міг думати про кінець життя — він іноді навіть не встигав злякатися, адже боятися, а тим більше рефлексувати, у такі моменти було ніколи, бо належало діяти швидко й рішуче. А от тепер час на це знайшовся. Джим відчував фізично, що він, цей його час, закінчується, витікає, як у пісочному годиннику, разом із силами. Він майже не вставав із підлоги, поринувши у царство пам'яті та марень — почалася лихоманка. Джим часто притискав гарячий лоб до підлоги, і та щоразу здавалася все холоднішою.

У камері іноді з'являлися якісь люди та предмети, і навіть тиша змінилася на постійний шум моря у вухах. Він уже давно не розумів, де його сни, де спогади, а де галюцинації. Усе змішалося в хороводі образів, що пропливали перед його очима. Джим не уявляв, через скільки часу в таких умовах можна з'їхати з глузду, але в тому, що це неминуче, він не сумнівався. Хіба що він помре раніше від голоду та спраги. Джим уже не лежав на підлозі, а гойдався на хвилях, і ці хвилі іноді накривали його з головою. Якось потік підхопив його й кудись поніс. Він не противився, бо не міг, та й не хотів. Він просто підкорився цій течії долі, в якої, втім, з'явилися тьмяне світло, руки та голоси. Один із них вимовив здалеку, наче з іншої планети:

— Який гарячий...

— Давай, як завжди, під руки... — луною відповів йому другий.

Двоє конвоїрів протягли знерухомлене лихоманкою тіло Джима коридорами, виволокли у великий внутрішній двір і повантажили в залізний фургон — як згорнутий килим. У гарбі вже хтось був, але там ніяк не відреагували на появу нового нетранспортабельного пасажира. Із нутрощів будівлі продовжували виводити й витягати людей та заштовхувати їх у цей ящик на колесах, аж поки не забили його майже під зав'язку. Коли за останнім запханим бідолахою зачинилися двері, на них одразу ж повісили замок, і кінна пара, запряжена в цей невеселий конезак, заледве зрушивши його з місця, зі швидкістю катафалка посунула до воріт. Кіньми правив самотній візник, а троє озброєних людей із зеленими значками йшли поряд. Починалася дрібна осіння мжичка, що обіцяла бути безкінечною.

Джим не отямився ні всередині фургона — коли попутники використали його як лавку, ні за кілька годин — коли їх усіх вивантажили десь на околиці міста. Якісь люди, теж зі зброєю в руках, стоячи біля паркану з колючим дротом, вирішували: покинути його здихати просто тут чи все-таки затягти всередину, тим більше що дощ припускав, а мокнути під ним нікому не хотілося. Джим сам визначив свою долю, розплющивши очі й подивившись відчуженим поглядом зі свого світу в цей, де він зміг розгледіти тільки довгі трасери дощових крапель, що летіли йому в обличчя. Люди взяли чоловіка, який очуняв, за руки-ноги й занесли у ворота, не помітивши, що він знову закотив очі. Охоронець у плащі з капюшоном, півголосом лаючись, зачинив за ними вхід і став неспішно прогулюватися, шльопаючи чоботами по мілких калюжах. Над воротами, які він охороняв, висіла велика стара вивіска «Ласкаво просимо». Її було добре видно, на відміну від прибитої до стовпа значно меншої таблички «ООПіВ–112/37» із дрібним написом: «Організація осіб, які підлягають виправленню».

РОЗДІЛ

38

Джим остаточно отямився аж через тиждень, пролежавши весь цей час у лихоманці. Кілька разів присадкуватий чоловічок на ім'я Моріс, який зголосився доглядати за ним, уже думав, що той не дотягне і до наступного ранку. Жодних медикаментів не було, тому все лікування обмежувалося закутуванням хворого в усіляке ганчір'я, бо того постійно кидало то в жар, то в холод, та спробами влити в нього хоч трохи теплого «бульйону», що варився тут же з інопланетних гарбузів. Джим очуняв на восьмий день — почав пити та їсти самостійно, на десятий він спробував підвестися, а на чотирнадцятий, за допомогою того ж таки Моріса, вирушив на свою першу після відносного одужання прогулянку.

Новий приятель Джима раніше працював санітаром у моргу й чесно зізнався, що йому вперше доводиться доглядати за живими людьми. Також він запевнив, що у Джима переломів немає, якщо не рахувати кількох ребер, які скоро заживуть.

— Можливо, є пошкодження внутрішніх органів, але тут без патологоанатома не розберешся... — підсумував Моріс свій вердикт напередодні, після огляду тіла свого пацієнта.

— Ну, без розтину ми поки обійдемося, шановний, — намагався жартувати Джим, якому знову стало здаватися, що жити — це все-таки чудово.

Моріс кивнув, але дещо стурбовано, і додав:

— Внутрішньої кровотечі точно немає, інакше б ти вже давно захолов і здох.

Джима іноді пересмикувало від чорного, з трупним душком, гумору Моріса, але ці словечка вилітали з колишнього медпрацівника цілком природно й були наслідком професійної деформації — він не хотів ображати співрозмовника.

У ті дні, коли Джим був уже при тямі, але ходити ще не міг, він розпитував нового знайомого про місце, де вони опинилися. Тож коли через тиждень він вийшов, спираючись на руку Моріса, з халупи, в якій відлежувався, то вже нічому не дивувався. Це був, по суті, звичайнісінький концентраційний табір. Вони ж існували в усі часи — на зламах історії, і нинішній період, який охопив уже всю планету, не став у цьому винятком. Називали такі заклади скрізь по-різному, але створювали — за словами їхніх творців — завжди виключно з гуманістичних міркувань. Але суті це ніколи не змінювало: одні люди замикали інших, чимось не схожих на них, для виправлення і змушували — для цього виправлення — працювати чи вмирати, ну або вмирати від роботи. Заклад, куди потрапив Джим, був такого ж типу. Табір, розташований на території колишнього аеродрому, який нині не працював через відомі причини, складався з двох порожніх величезних ангарів та ще кількох підсобних приміщень меншого розміру. Усе це було огороджене по периметру двома парканами з колючого дроту, трохи віддалік від злітно-посадкової смуги. Зі слів Моріса, народу в ньому жило — десь близько тисячі осіб. Якщо порівнювати з Аушвіцом, це, звісно, дрібненькі квіточки, та й газових камер тут немає, хоча, можливо, ягідки ще просто достигають.

— А що, тут нормально, — висловив Моріс свою несподівану думку Джимові, коли вони йшли якоюсь бетонною доріжкою. — Принаймні пайок регулярно дають, дах який-не-який над головою є. Хворих, щоправда, багато привозять чомусь. Хтось видужує, от як ти, та більшість усе ж помирає. Так їх у яму кидають — он там, за парканом... Це від неї такий сморід! Ходімо в інший бік...

Це була Джимова перша ознайомча екскурсія територією табору, і екскурсовод Моріс базікав безперестанку.

— Тобі, звісно, пощастило, ти міцний, виборсався, — не вгавав він. — Хоча дісталося тобі добряче. До нас якось привозили в такому ж стані, але без голови. Казали, що поїзд...

— Які зараз поїзди? Перестань, Морісе, мене й так досі нудить!

— А що тут такого? — здивувався Моріс. — Мрець як мрець. Я таких набачився в моргу... Ага... І роботу я свою любив... усе більше з людьми...

Він ненадовго замовк, певно, пригадував старі добрі часи, які в кожного були свої. Моріс, як і більшість в'язнів, потрапив у табір за дармоїдство і був тут недовго — третій місяць, зате вже всіх знав. А ще він повідомив Джимові, що ходять чутки, буцім людей звідси кудись перевозитимуть, на інопланетних транспортниках. Сам він їх ще не бачив, але люди, які застали попереднє переселення, однак під нього не потрапили, запевняли, що ця процедура повториться, рано чи пізно.

Створювалося враження, що людей у таборі небагато, але це відчуття можна було пояснити великими відкритими просторами довкола, всередині і за колючим дротом, а також тим, що більшість постійно сиділа в ангарах, намагаючись хоч там якось зігрітися. Поблукавши майже порожнім полем і насолодившись виглядом застиглих у різних місцях аеродрому лайнерів — символів безповоротно зниклої епохи, — Джим відчув, що втомився, й запропонував повернутися до їхнього житла.

— Гаразд, — погодився його супутник. — Але спершу заберемо обід — цей захід не можна тут пропускати. Гарбуза дають тільки раз на день і тільки особисто в руки...

Джим був не проти, і вони вдвох із Морісом пішли до воріт. Джимові було важко йти, та ще важче — зрозуміти, що спонукало хлопця, на якого він зараз обпирався і який більшу частину свого життя провів поряд із мерцями, піклуватися про нього, геть чужого чоловіка, доглядати, ділитися своєю їжею, — тоді як більшість людей, що їх вони зустріли за сьогоднішній ранок, навіть привітатися з ним не схотіли. Джим вирішив не відкладати своєї цікавості на завтра і прямо спитав про це.

— Не знаю, Джиме, — відповів Моріс, не зупиняючись і не прибираючи свого надійного плеча. — Мабуть, тому що я завжди хотів стати лікарем, але був трохи тупуватий для стипендії студента, а в батьків не було грошей навіть на оплату місяця навчання в коледжі... А потім трапилася ця робота в моргу... Це ж усе одно частина лікарні, хоч і в підвалі... Ти знаєш, я стільки там набачився смертей, — а мені ж завжди хотілося рятувати життя. І тільки тут у мене з'явилася така можливість. Я вже намагався витягти з того світу двох людей, до тебе. Але все марно. А з тобою в мене вийшло. Ти — перший, хто в мене вижив. І я дуже радий цьому! — Моріс радісно і щиро подивився Джимові у вічі, знизу вгору.

— А який я радий, друзяко, ти навіть не уявляєш! — і Джим потріпав свого маленького лікаря по кучерявій голові.

Вони підійшли до довгої мовчазної черги, яка неквапно й перевальцем рухалася до місця видачі пайків. Цей процес був організований просто. Біля головних воріт відчиняли прохід між двома парканами з колючого дроту, які оточували весь табір. Люди заходили в утворений коридор з одного боку й ішли по всьому периметру, поки не виходили з іншого, уже з гарбузами в руках. Овочі їм видавали під час цього руху — зі складу, притуленого до огорожі із зовнішнього боку табору, через спеціальне віконце. Коли останній охочий скуштувати інопланетної їжі заходив на цей маршрут, перший навіть не встигав його подолати повністю, а тому отримати пайок удруге не виходило ні в кого. Таким оригінальним способом тут поєднували обід із прогулянкою. Якщо хтось не прийшов і не взяв гарбуза — значить, їжа йому не потрібна. Якщо хтось не зміг обійти весь табір і впав без сил — значить, він слабкий, не впорався, а отже, у новому суспільстві, яке невідомо як і для кого будується, він не потрібен. Природний відбір у чистому вигляді!

Джим, побачивши і зрозумівши сенс цієї процедури, вирішив сьогодні від неї утриматися: хоч його нога вже майже не боліла, але загальна слабкість не дала б йому подолати таку довгу дистанцію. Ця відмова трохи засмутила Моріса — схоже, йому вже дещо набридло ділити з Джимом свою пайку, і сьогодні він сподівався на подвійну. Але Джим його підбадьорив — сказав, що не голодний і завтра неодмінно піде й отримає свого гарбуза.

Моріс у потоці страдденного люду рушив далі периметром, а Джим умостився просто на землі неподалік від воріт, очікуючи на його повернення та сподіваючись зустріти когось знайомого, передусім — старого Харпера.

Коли ощасливлена гарбузами колона почала виходити з колючого коридору, Джим став уважно вдивлятися в обличчя в'язнів, однаково зарослі щетиною та бородами. Люд чомусь масово відводив очі, певно вважаючи, що він просить милостині. Можливо, до жебрацтва тут уже звикли, але все одно воно не викликало ні в кого ентузіазму — кожен тільки міцніше притискав свій пайок до грудей. У Джима від пильного вивчення місцевої публіки вже почала паморочитися голова, і тут у натовпі майнуло знайоме обличчя, що належало тепер чомусь іншій людині. Джим не відразу зрозумів, що бачить схудлого і змарнілого містера Крамса — той ховав під полу піджака, який тепер був на нього явно завеликий, недоїдену половинку гарбуза. Колишній голова місцевої адміністрації зігнувшись пройшов повз Джима й навіть не глянув у його бік. Але Джим усе ж послав услід колишньому «колабраціоністові» посмішку і привітання:

— Гей, містере Крамсе!

Колишній товстун обернувся на ходу, явно не розуміючи, хто б міг його покликати, і обвів поглядом людей, що йшли за ним слідом. Помітивши усміхненого Джима, він нічого не відповів, відвернувся й пішов собі. Упізнав його Крамс чи ні, Джим так і не зрозумів, але те, що колишній сусід не хоче спілкуватися ні зі своїми знайомими, ні з незнайомцями, було очевидно. Джим і сам не шукав цієї зустрічі й гукнув Крамса автоматично, і все ж після цього він чекав на Моріса чомусь у кращому настрої. Воістину — ніщо людині так не поліпшує душевного стану, як споглядання страждань свого ворога. Свого Харпера він так і не дочекався.

Моріс повернувся десь за пів години. Він був чимось стурбований і, коли вони вдвох, обнявшись, повернули від воріт до свого барлогу, прошепотів Джимові майже у вухо:

— З тобою тут хочуть поспілкуватися...

— Хто? — здивувався Джим, оскільки думав, що знайомих тут у нього немає, хіба що Крамс, але той явно не бажав зустрічатися з ним ще.

— Тс-с-с... — засичав Моріс замість відповіді. — Удома розкажу.

Домом Моріс називав залізний ящик невідомого в минулому призначення, який слугував притулком йому, а тепер — і Джимові. Вони вдвох у ньому ледве вміщалися. Моріс розказував, що ця житлоплоща дісталася йому тяжкою працею і боями, тому він нею дуже дорожить: вона дарує йому відносну незалежність і затишок, а цими благами в загальному ангарі й не пахло.

Моріс затулив вхід шматком залізного листа й одразу ж заходився розкладати під іржавим відром багаття: роздмухувати пригаслі вуглини й підкладати на них шматки пластику. Джим ніяк не міг збагнути сенсу цієї щоденної процедури, смороду від якої було більше, ніж тепла. Але Моріс як лікар вважав, що Джимові необхідне тепло та гаряча їжа, і тому навідріз відмовлявся навіть на короткий час прочиняти імпровізовані двері. Їдучий дим скупчувався вгорі, шукаючи виходу через невеликий отвір у стелі. Дихати більш-менш вільно можна було тільки внизу, де Джим і лежав на їхній спільній тепер постелі зі старих пластикових огорож, частина з яких уже пішла на розпал. Моріс порався біля вогнища, а Джим не знаходив собі місця, шукаючи причину нинішньої стурбованості свого напарника.

— Що сталося, Морісе? — спитав нарешті Джим, бачачи, що той усе ніяк не може почати розмову.

— Га? — Моріс озирнувся й глянув на Джима так, наче думав, що він у приміщенні сам. — А... Це... Та нічого не сталося. Просто з тобою Гаррі хоче зустрітися.

— Що за Гаррі? — здивувався Джим, адже він уже наче про все розпитав Моріса, але це ім'я чув від нього вперше.

— Гаррі-людожер! — сказав той і продовжив витріщатися на полум'я.

— А хіба канібалізм не заборонений новим законодавством? Та й старе його, здається, не дуже заохочувало, — поцікавився Джим, поки що не розуміючи страхів товариша.

Моріс у відповідь лише приречено махнув рукою й узявся розрізати шматком скла гарбуз, аби приготувати свій фірмовий «бульйон» за простим рецептом: покладіть нарізаний гарбуз у воду й варіть до готовності. З водою, до речі, у таборі проблем не відчувалося — штучний резервуар біля одного з ангарів завжди стояв майже повний, важко було тільки набирати її й фільтрувати, тому Моріс так і трусився над своїм безцінним посудом — гнилим відром, зробленим із якогось старого ліхтаря, та пластиковою пляшкою.

Згодом Моріс відважився й коротко розповів про цього Гаррі:

— Сюди він потрапив уже давно, за що — точно ніхто не знає, але подейкують, що раніше він полюбляв людське м'ясце. Та й тут... — Моріс знову перейшов на шепіт, — зникають іноді люди... живі!

Дивно було чути такі слова з уст людини, яка зі смертю на «ти» — але, мабуть, у кожного свої страхи. Джима не тішила перспектива побачення зі справжнім людожером, тому він поцікавився, чи можна уникнути цієї зустрічі.

— Краще сходити, — почав умовляти його Моріс, наче готував дитину до прийому дантиста. — Потім гірше буде, якщо не піти. Він там не один...

Дуже добре, подумав Джим. Ціла банда людожерів орудує в таборі, і його запрошують до себе на вечерю, де він, можливо, стане основною стравою. Хоча це навряд. У такому випадку його взяли б раніше, коли він тільки прибув сюди — тоді він був хорошою відбивною... Але, може, вони люблять спершу поговорити? Джим подумки намагався жартувати сам із собою, хоч йому було геть не смішно, а вголос сказав:

— Ну раз треба, значить піду. Коли й куди?

— Увечері, коли стемніє. Я проведу до місця, але всередину не піду. Ну, ти розумієш, — знітився Моріс, боячись зізнатися в боягузтві. — Тебе ж одного кликали.

— Звичайно, я все розумію. Не хвилюйся, друзяко, — і Джим поклав руку на плече Моріса. — І я, в будь-якому разі, тобі дуже вдячний. А поки трохи відпочину. — І він відвернувся обличчям до стіни, аби не бачити винуватого виразу обличчя свого нещасного друга.

— Обідай без мене, — додав він через плече. — Я не хочу. Тим більше, я не знаю смаків старого Гаррі — раптом він не любить людей, фаршированих вареними гарбузами?

— Він не старий, — тільки й сказав Моріс. Він не засміявся у відповідь, схоже вважаючи, що в такій ситуації таки не до жартів.

Джим чесно намагався заснути, але йому не вдавалося. Він чув, як ще довго вовтузився Моріс, готуючи їжу, як він потім узяв своє бездонне відро й кудись пішов, грюкаючи ним, — чи по воду, чи ще кудись.

Останнім часом Джим не довіряв майже нікому, навіть своїм. Замість того щоб спати й набиратися сил для нічної сутички в печері людожера — Джим не сумнівався, що той, для повного антуражу, як мінімум вирив собі нору, — він розмірковував про людожерство взагалі і в таборі зокрема. Те, що люди зневірені або просто хворі, скориставшись повсюдним безладом, почали їсти собі подібних, Джима не дуже здивувало. Те, що недоумкуваті представники тимчасових адміністрацій та їхні зеленолапі господарі, а заодно, як виявилося, і спецслужби не зможуть із цим явищем ефективно боротися (утім, як і з багатьма іншими), — теж було очікувано. Це вам не у вухах язиком ящірок колупатися, зелені кружала розвішувати або ганятися за кульгавим дідуганом. Джима дужче вразило в таборі інше — те, що більшість утримуваних тут людей не злочинці, не людоїди і навіть не революціонери на зразок Джима, а просто ледарі, які не хочуть приносити користь суспільству — так, як це розуміли його нові керівники. Вочевидь, за відсутності грошових відносин (товарні ще залишалися — народ активно займався натуральним обміном) ящірки ніяк не могли збагнути, чому без папірців із чиїмись портретами, за які раніше можна було купити все що завгодно, а тепер вони годяться тільки на розтоплювання грубки, земляни відмовляються робити необхідну їм же самим роботу безоплатно. Інопланетяни, схоже, щиро не розуміли, чому люди, отримуючи раз на день дармовий гарбузець, не поспішають узятися після цього за кайла та лопати, дружно і з піснями почати будувати зрошувальні канали, копати землю чи хоча б розчищати купи сміття, якими загидили всі вулиці. Невже земляни самі не хочуть трудитися задля процвітання власної цивілізації? Руанці, в яких суспільне замінило особисте, відмовлялися вірити в такі збочені особливості людської психіки, як і в те, що хтось може не підкоритися наказові старшого. Сперш вони наповнили екрани своїх теледирижаблів соціальною рекламою та передачами, в яких вихваляли користь земляних робіт для суспільства. Коли це не спрацювало, прибульці припинили роздавати безплатні пайки, намагаючись пробудити ентузіазм у цих безвідповідальних гуманоїдів через почуття голоду. Однак пісні та кайла на ударних будовах так і не зазвучали — люди почали просто вмирати від виснаження. Роздавання гарбузів після цього відновилося, та вже не скрізь. Напевне, хтось із «колабраціоністів», наближених до іапланетних тіл, пропонував почати платити їжею за роботу — але вперті рептилоїди категорично відкинули цю деструктивну, в їхньому розумінні, ідею. Земляни самі мали зрозуміти, що розвиток і покращення планети та життя її населення залежать виключно від них — і за це не може бути жодної плати. Якщо люди, поки вони ще населяють Землю, не усвідомлять цього основоположного принципу влаштування правильного суспільства у Всесвіті: «Від кожного за максимальними здібностями — кожному за мінімальними потребами», — вони не зможуть розвиватися далі! І тоді або руанці поможуть поставити на місце цей, зсунутий колись убік, фундаментальний камінь, або землян просто розчавить ця історична брила. І тоді прибульці допомагатимуть розвиватися комусь іншому, хто, на їхню думку, стоїть на наступній сходинці розвитку. Мурахи — ось дуже організовані й суспільно мотивовані хлоп'ята, та тільки контакт із ними налагодити поки що не вдається...

Джим чудово уявив розмову на цю тему, особливо з Леопольдом. Тому точно припали би до душі такі ідеї космічного комунізму... Наразі прибульці пішли на компроміс — щоб люди остаточно не вимерли, а отримали шанс виправитися з лопатою в руках — і влаштували трудові табори. В один із них невдовзі відправлять і Джима з Морісом, а тут, де вони перебувають зараз, — щось на зразок накопичувальної зони. Сюди відловлюють напівздичавілих містян, тих, які потім, уже під наглядом та з невеликою настановою, почнуть трудитися на благо всієї цивілізації, а заодно — вдосконалювати особисті моральні якості. Для цього й назву дібрали відповідну: «Організація осіб, що підлягають виправленню». Наче в цю організацію можна вступити, а розчарувавшись, у будь-який момент вийти. Щоби ще не повністю самовдосконалені її члени не повтікали, як таргани, в різні боки раніше терміну — тобто до відправки у трудові табори, — їх оточили не тільки турботою, а й колючим дротом та озброєною охороною.

Дискутуючи у формі ось такого обміну припущеннями та думками з Леопольдом, Босом і навіть гавкітливою Головною Самкою, Джим не помітив, як заснув. Уві сні його хтось тягнув безкінечним темним коридором із безліччю однакових дверей; деякі йому вдавалося відчинити — він шукав Харпера, але щоразу знаходив тільки рептилоїда, який копирсався в чиємусь вусі.

Він прокинувся раптово — від того, що хтось трусив його в темряві за плече. То був Моріс, але Джим не відразу впізнав товариша й навіть замірився його вдарити, та, на щастя, не влучив.

— Джиме, це я. Час. Сонце вже сіло, — сказав Моріс.

Джим протер очі й відповів:

— Ну, час — отже, час. А мені ж нічого тобі навіть заповісти — якщо я таки не повернуся...

Обіпершись на вірного Моріса, Джим вибрався назовні.

— Хочеш, залишу після себе анекдот про сексопатолога? Тобі сподобається, він із некрофільським душком. От слухай. Приходить один кульгавий до сексопатолога й каже: у мене дружина...

І друзі, обнявшись, зашкутильгали у бік ангара, схованого в глибоких сутінках.

РОЗДІЛ

39

Вечори стали вже дуже холодними, тому охочих прогулятися практично не було — всі сиділи у своїх закапелках, намагаючись там хоч якось зігрітися. Джима здивувало, що вони не ввійшли в сам ангар, а проминули його. Але він не втримався — і зазирнув. Усередині не виявилося нічого цікавого: купки тіней тіснилися біля поодиноких вогників. Звідти чувся запах гару, сирості та брудного ганчір'я, в яке були вкутані давно не миті тіла. Парочка друзів рушила далі. Коли вони проминули цей лепрозорій, Моріс сказав:

— Прийшли.

У першу хвилину Джим не міг повірити, що жахливий і всемогутній Гаррі призначив йому зустріч, по суті, серед чистого поля. Але потім Моріс тицьнув пальцем на невеликі двері, що вели в якийсь погріб, — і Джим зрозумів: його здогади про печери та нори сучасних людожерів справдилися. Відчувши, що Моріс далі не піде, Джим самотужки відкинув важкі дверцята й став навпомацки спускатися сходами. Підвал, утім, виявився неглибоким. Опинившись на бетонній підлозі, Джим пішов далі — на миготливе світло за поворотом і на голос, який протрубив:

— Хто там?

Джим не знав, що відповісти, і за нього це зробив Моріс, крикнувши зверху:

— Це я, Моріс! Ось привів!

Після цього друг зачинив віко погреба. Джим зрозумів, що опинився в підземній пастці, та все ж вирішив іти далі. Коридор повертав і закінчувався не дуже великим приміщенням. На ящиках, із яких і складався весь його інтер'єр, сиділо кілька людей. Хто з них Гаррі, визначити поки що було складно: тьмяне світло заледве падало на обличчя присутніх, та жоден із них наче не скидався на страшного казкового людожера. Бункер, початкове призначення якого було незрозумілим, освічував каганець, зроблений із вогнегасника: його нутрощі були наповнені чимось, що помаленьку горіло й світилося крізь невеликий отвір. Джим бачив такий саморобний каганець в одному старому фільмі про війну — ним там користувалися якісь дикі партизани.

Присутні мовчки розглядали гостя. Не знаючи, що сказати і що робити, Джим умостився на найближчий до нього порожній ящик, який, вочевидь, виконував роль стільця. Поряд стояв довгий контейнер — стіл, а на ньому лежали порізані сирі гарбузи. І раптом Джим відчув, що його голод нараз сильніший за страх. Він узяв шматок гарбуза і почав смачно, з хрускотом, жувати, спльовуючи на підлогу грубу шкірку.

— Альо, дядю! Ти чого без запрошення? — сказав здоров'як, що сидів найближче до нього.

— Ну, по-перше, мене запросили. У гості. А по-друге, якщо кличуть у гості, то зазвичай чимось пригощають, — спокійно відповів Джим, доїдаючи перший шматок і беручись за другий. — І оскільки ви всі мовчите, то я й подумав, що, може, потрапив до компанії глухонімих.

— Ну-ну, не строчи, дядю, — намагався його вгамувати здоров'як.

Інші, хто хмикнувши, а хто, як і раніше, мовчки, взялися за свою скромну вечерю, точніше — продовжили її, бо ж Джимів візит, судячи з усього, перервав їхню трапезу. Сам Джим, крім того що поїдав їхні гарбузи, придивлявся до присутніх. Їх тут було менше десятка, практично всі — досить спортивної статури, а віком — такі, як Джим, і молодші. «Отой міцний хлоп із перебитим носом і прикритими повіками і є той самий Гаррі», — подумав Джим, завершивши попередній огляд цієї футбольної команди і практично відразу визначивши, уже зі свого досвіду, її капітана. Він вирішив і далі діяти напролом, адже такі люди розуміють й поважають тільки відповідну форму спілкування. Джим подивився прямо в очі ймовірному Гаррі і спитав:

— Навіщо кликав?

Той не відвів погляду і, теж продовжуючи вивчати свого гостя, відповів:

— Отже, треба було.

— Що хотів? — не здавався Джим, вдаючи, що йому вже час іти, бо тут нудно й розмова якась порожня виходить.

— Тебе привезли тоді з підвалу?

— З якого підвалу? Ми й зараз у підвалі, — спробував жартувати Джим, бо ще не збагнув, куди хилить співрозмовник.

Але Гаррі не був гумористом.

— Не дури. Два тижні тому приїхав фургон звідти, з політичними, неблагонадійними. Ти в ньому був. І, судячи з того, як тебе розмалювали, ти їм або добряче сала за шкуру залив, або знав щось важливе.

— Нічого такого я не знав і нікому не лив, — відповів Джим, вирішивши поки що не бути надто відвертим із цим типом, і поклав до рота третій шматок гарбуза — аби заповнити плямканням паузу в розмові.

— Не прикидайся, дядю, — знову встряв у розмову парубійко, що сидів поруч із Джимом. — Ми тобі не вороги, а швидше навіть друзі.

— Відколи це в мене з'явилися друзі-людожери? — досить щиро здивувався Джим, обводячи поглядом усю компанію.

Замість відповіді всі тільки дружно розреготалися.

— Це дах, дядю, — пояснив Джимові сусід і поклав свою лапу гостеві на плече.

— Відводняк, — уточнив Гаррі.

Він єдиний не засміявся, певно, не бажаючи виходити зі свого образу. Джим не знав точних значень почутих слів, але загальний їхній зміст — що чутки про людожерів є тільки прикриттям — зрозумів.

— Так нас бояться й не лізуть у наші справи, — продовжив Гаррі. — Ми — підпілля.

Тепер уже настала черга Джимові сміятися. Він мало не виплюнув при цьому залишки гарбузової м'якоті.

— Справді? — уточнив він, отямившись і відкашлявшись. — Не всі, хто сидять по підвалах, так називаються. Ви більше скидаєтесь на банду скінхедів.

— Це вже в минулому, — коротко відповів Гаррі за всіх.

— Ну, як скажете, — Джим махнув рукою, відчуваючи, що страшна попервах казка стає смішною та кумедною. — То чим же ви тут займаєтеся, мої юні підпільники? Віднімаєте пайки в місцевих бідолах і з поважним виглядом засідаєте у своєму бункері?

Джим вирішив ще підняти градус розмови, розуміючи, що, якби він мав справу зі справжніми пациками, ним би вже почали шпаклювати стіну. Гаррі тільки трохи повільніше, ніж зазвичай, моргнув, попускаючи Джимові його чергове нахабство, — певно, він йому і справді був потрібен.

— Ми поки що не знаємо, хто ти і чи можна тобі довіряти.

— Довіряти що? — відповів Джим запитанням. — Аж розказати про себе я можу все що завгодно. Так само, як і ти.

Гаррі зітхнув. Було помітно, що він розмовляє з цим, хоч і запрошеним, але вже вкрай знахабнілим гостем на межі свого терпіння.

— Нащо я вам треба? — знову спитав Джим. — Я ж навіть сюди ледве дійшов...

— Нам потрібна людина з досвідом. І я поки не знаю, чи такий ти. Чи тебе, як і решту з того фургона, схопили просто так?

— Не просто, — відповів Джим, дивлячись Гаррі очі в очі, і в підвалі повисла тиша. — Що ви замислили? — спитав він, витримавши паузу.

Цього разу Гаррі — мабуть, упевнившись, що не помилився, — нахилився до Джима й вимовив:

— Ми збираємося захопити їхній транспортник!

Джим відкинувся назад і всміхнувся, але вже зовсім інакше, не поблажливо. І зовсім не тому, що ідея видалася йому божевільною — у цей скажений час поняття нормальності відключилося разом із електрикою. Він просто зрадів за цих хлопців — і водночас здивувався, як така думка не навідала його самого. Ще годинку Джим проговорив із шайкою Гаррі — іншої назви в його очах вони поки що не заслуговували — і вийшов нарешті надвір, зачинивши за собою двері у погріб.

Спершу йому здалося, що Моріса поряд немає, що він усе ж таки втік. Та вже за мить його товариш виріс мов із-під землі — і підставив Джимові себе як живу милицю. Вони рушили до свого затишного ящика.

— Ти хоч і боягуз, Морісе, але відданий, — сказав йому з серцем Джим.

Санітар геть не образився на правду, а тільки винувато кивнув.

— Що вони там із тобою робили? — спитав він обережно, коли вони відійшли від лігва Гаррі на відстань кидка ручної гранати.

— Нічого надзвичайного. Трохи побазікали та перекусили. Тим, що в них лишилося від попередніх гостей, — спокійно відповів Джим, і його напарник зиркнув на нього ще з більшим жахом на обличчі. — Я й тобі шматочок прихопив, будеш? — запропонував Джим і вдав, що виймає щось із кишені.

Моріс замотав головою, як кінь, і різко відскочив убік, від чого Джим, втративши опертя, мало не впав. Не побачивши в його руках людського м'яса — хоча в нічній темряві розгледіти щось було складно, — Моріс повернувся до своїх обов'язків підтримки.

— Гаразд. Не хочеш, як хочеш. Завтра доїм, — начебто розчаровано сказав Джим і запхнув порожній кулак назад у кишеню. Він продовжував кепкувати з напарника, бо вирішив: не варто поки що розповідати Морісові всю правду, а історія з людожерством — і справді непогане прикриття.

Повернувшись до своєї халупи, вони відразу лягли спати. Моріс, попри пережитий за день стрес, досить швидко засопів, а Джим ще довго обмірковував розмову з Гаррі та їхній спільний план. Про свої минулі подвиги ватажок місцевого гуртка «канібалів»-революціонерів волів мовчати, зосередившись у розмові на теперішньому та майбутньому, але його татуювання говорили про нього більше, ніж деякі томи карних справ. Як колишніх гангстерів захопила ідея спротиву, теж не обговорювалося, але це загалом і неважливо — головне, що ці хлопці були готові діяти. На свободі вони напевно займалися мародерством та грабунками, а не підготовкою до повстання, і тільки потрапивши за ґрати, з'ясували для себе, що їм тепер по дорозі з бронепоїздом революції.

А втім, план Гаррі був простий. Інопланетний транспортник уже прилітав, і не раз, а значить — прилетить ще. Привезе гарбузи, а зворотним рейсом візьме людей — на виправні роботи у трудовий табір. («Колупати землю в кінці листопада — саме той час», — Джим укотре віддав належне руанському глупству в спробах утвердити свій порядок на цій планеті.) У кожному разі, людей вантажитимуть у дирижабль. Якраз у цей момент і треба напасти на охорону, роззброїти її або перебити — у разі спротиву, а далі... Далі в задумі Гаррі був пробіл. І хоч як він намагався переконати Джима, що корабель, опинившись у їхніх руках, одразу ж почне слугувати виключно цілям революції, та той легко здогадався: Гаррі та його однодумці мають намір підняти над цим небесним фрегатом прапор із Веселим Роджером, а самого Джима за першої ж можливості викинуть за борт. Пробіл же полягав у тому, що майбутні пірати не знали, як керувати руанським транспортом, і сподівалися, що їм у цій справі допоможе чоловік більш просунутий, який до того ж уже контактував із прибульцями. Вони шукали такого спеціаліста давно — відтоді, як потрапили в табір і в голові Гаррі з'явилася ця смілива ідея з дирижаблем. І от нарешті їхня банда зустріла Джима. Хоча, може, і навпаки — це він їх зустрів. Після першого раунду переговорів ще не було зрозуміло, як складуться стосунки сторін надалі. Поки що вони, не розкриваючи до кінця карти один одному, домовилися далі грати спільно, хоч обидва чудово розуміли: це — лише перша роздача. Джим не розповів хлопцям, хто він насправді, — наче у відповідь на те, що й Гаррі не відкрив йому своєї біографії, — одначе дав зрозуміти, що він не тільки контактував із ящірками, але й літав на їхніх кораблях, а кілька «пузирів» навіть удалося збити під його командуванням. Таким чином Джим, не розпатякавши зайвого і не збрехавши ні слова, постав перед Гаррі та його компанією саме тим досвідченим чоловіком, який був їм потрібен.

Та це все було під час розмови в підвалі, де Джим почувався й поводився дуже впевнено, а зараз, коли він лежав у холодному ящику, кутаючись у якісь смердючі ганчірки, його почали опосідати сумніви. Чи вдасться захопити транспортник, якщо він узагалі прилетить? Чи зможуть вони здолати охорону і проникнути всередину дирижабля? І головне — як він зможе ним керувати?

Відповідей Джим наразі не знав. Але він не сумнівався, що зможе їх знайти, а також розробити власний план дій — таємне доповнення до задуму Гаррі. І, перш ніж остаточно відключитися, його свідомість, розслабившись, видала — бонусом до цього й так результативного дня — просте і логічне рішення: «Хочеш керувати кораблем прибульців, але не знаєш як? Захопи самого прибульця і змусь його це робити для тебе!». Подякувавши долі, Джим заснув із блаженною усмішкою на вустах. Насамкінець він згадав Меріон — і мало не обняв спросоння Моріса, але вчасно похопився.

Наступні дні спливали спокійно. Джим так само гуляв із Морісом територією табору: він поступово перестав опиратися на його плече, але мав потребу в інформованому попутникові. Він навіть почав самостійно вистоювати чергу за своїм гарбузом — на велику радість Моріса, який тепер міг варити аж пів відра свого «бульйону». Джим старався якомога більше знайомитися і спілкуватися з іншими членами «організації з виправлення осіб», при цьому обережно шукаючи поміж них ворогів режиму та схиляючи їх на свій бік. Але, на його великий подив, таких людей було дуже мало, а готових не тільки говорити, а й діяти — ще менше. Тепер він розумів, чому звідси ніхто не втікав. Охочі були, але одиниці, більшість же розуміла, що за парканом на них чекає ще гірше життя, крім того — дорогою туди можна отримати кулю в спину. Єдиною боєздатною групою, якій було під силу вирватися звідси, була група Гаррі.

Але вона чекала транспортника. Джим же намагався формувати альтернативну, свою, команду. І йому вдалося залучити кількох людей — але вони мало нагадували «олімпійців життя». Наприклад, містер Фрідкін, який утратив після вторгнення дружину. Вона покинула його з одним зеленозначковим — точніше, це «колабраціоніст» почав ходити в його дім і тягати десерти для місіс Фрідкін, — і обманутому, але гордому чоловікові довелося покинути розорене сімейне гніздо. Він навіть усі свої речі залишив, бо його, якщо спробує повернутися, обіцяли знову віддухопелити. Джим, аби схилити на свій бік цього рекрута революції, розповів натомість власну історію про підступну дружину, щоправда, у більш фольклорному варіанті — аби містер Фрідкін відчув свою драматичну перевагу над майбутнім прибічником.

Ще одного «олімпійця» — містера Добкіна — найбільше дратувала в нових порядках відсутність футбольних трансляцій по теледирижаблях — і Джим із радістю пообіцяв, що він особисто гарантує відновлення прямих ефірів.

— Ну хай хоч для початку старі матчі показують, — знічено пробурмотів задоволений такою увагою до своїх забаганок колишній диванний спортсмен, який, як з'ясувалося, уже зі старту був готовий до компромісів.

— Ні! — твердо заперечив йому Джим. — Ми не ставитимемо перед собою половинчастих цілей! Прямі ефіри — і ніякої пощади окупантам, мій друже! — і Джим підбадьорливо поплескав містера Добкіна по спині.

Вони прогулювалися вздовж колючки самі — Джим вважав за краще не брати Моріса на такі вербовки, вигадуючи для нього якесь доручення.

— Ну от що ви готові зробити, аби здійснилася ваша мрія, вельмишановний містере Добкіне? — Джим різко спинився і зазирнув просто в душу зголоднілого вболівальника.

— Все! — рішуче заявив той і навіть спробував стати навитяжку, спокусившись чи то обіцяним футболом, чи то ввічливим звертанням, адже в таборі його інакше як «свинопасом» ніхто не називав.

Ось так, гуляючи та спілкуючись, спілкуючись та гуляючи, Джим за наступні три тижні завербував чимало добровольців, — однак вони хоча кількісно й переважали команду розбишак Гаррі, та явно поступалися їм бойовими якостями. Свіжих в'язнів привозили, як і раніше, регулярно, але добитися від них нової, а головне — цінної інформації вдавалося не завжди. Із Гаррі Джим за цей час зустрівся лише кілька разів, та й то вночі; перебратися жити до нього в підвал він відмовився, пославшись на необхідність дотримуватися конспірації. Хоч насправді в такій таємності не було особливої потреби, бо охорона табору переймалася практично одним — щоб ніхто не ліз через паркан. Цим успішно користалася бригада Гаррі-«людожера»: вони взагалі не ходили по свої пайки, але їм щодня приносили невелику данину — три десятки гарбузів, аби тільки ці спортсмени тренувалися окремо й самостійно, тобто за ангаром, а не всередині — вдосконалюючи прийоми вуличного бою на його мешканцях. Ще одна людина «зі сторони» носила в бункер воду і прибирала там. Сам Гаррі на поверхню виходив украй рідко, певно, підтримуючи легенду про самого себе. А от його підопічні любили позайматися фізкультурою на свіжому повітрі, завдяки чому навіть у таких умовах примудрялися підтримувати спортивну форму. Загалом жили вони зовсім непогано — за мірками табору, але амбіції Гаррі, утім, як і прагнення його хлопців, сягали значно далі — і це була аж ніяк не перспектива махати киркою та лопатою заради слави чиїхось утопічних ідей. Нинішній період вони сприймали лише як тимчасове затишшя, таке собі залягання в очікуванні реальної справи.

Приліт транспортника, що його так очікував увесь табір — передусім як шансу врятуватися від холоду, який уже дуже дошкуляв, — пропустили всі. Він приземлився якось уночі, дуже тихо, і його величезне, розпластане на злітній смузі біласте тіло побачили тільки вранці.

РОЗДІЛ

40

Подивитися на чудо інопланетної біотехніки висипали всі в'язні. Судячи з пожвавлення серед охорони, затягувати з його відльотом не збиралися, тим більше що дирижабль прилетів, скидалося на те, порожнім, без їстівного вантажу.

Того ранку Джим одним із останніх виліз назовні — і швидко змерз, хоча й був закутаний у якусь подобу ковдри. Снігу ще не було, але його наближення відчувалося в повітрі — як і наближення чогось іншого, значно важливішого. Побачивши знайомий силует руанського транспорту, Джим одразу ж дав розпорядження Морісу, який тинявся поряд, щоб той оббіг усіх його підпільників, сказав їм лише одне слово «Почалося!» і зібрав докупи ліворуч від головних воріт.

Моріс одразу ж щодуху кинувся виконувати наказ свого командира. Він хоч і не був посвячений в усі деталі майбутньої операції, але знав, що готується щось серйозне, і хотів узяти участь у цій великій справі хоча б у ролі зв'язкового. Сам Джим зазирнув про всяк випадок у їхній житловий відсік, де ще раз переконався, що брати йому із собою звідси нічого: він так і не надбав тут жодних речей, а єдина цінність, яку він будь-коли мав — лист Меріон, — уже повернулася до своєї прекрасної господині. Він не був схильним до накопичування і не прив'язувався до місць, де йому випадало жити (а власної оселі не мав уже давно), тож легко попрощався і з цим закутком — і попрямував до лігва Гаррі. «Хоча, з іншого боку, — розмірковував він на ходу, — іти по життю впорожні — це, може, і є справжня свобода!»

Біля входу в підвал уже стояли всі «канібали» на чолі зі своїм ватажком і розглядали величезний дирижабль, що лежав неподалік. «А я ж зовсім не боюся, — несподівано впіймав себе на думці Джим, — ні цих покидьків, ні їхнього вожака, ні охорони, ні майбутньої, без сумніву, небезпечної операції, взагалі нічого!» Відчуття повної свободи і відсутність будь-якого страху чи сумнівів додавали йому стільки сил, що це не могло лишитися непоміченим. Аж настільки, що Гаррі, завжди напоказ упевнений у собі, а сьогодні трохи розгублений, навіть ледь вклонився Джимові, коли той підійшов. Бачачи деяку невпевненість лідера групи й уже знаючи, що не всі її нинішні члени потрапили до табору одночасно з ним (частину людей Гаррі наблизив до себе вже тут, і тому його команда була не такою монолітною, як могло видатися на перший погляд), Джим почав віддавати розпорядження відповідно до їхнього спільного плану, а також з урахуванням своїх змін до цього плану, які були відомі тільки йому. Спортсмени зиркнули на Гаррі, відчувши, що настає вирішальний момент не лише у здійсненні операції, але й у боротьбі за верховенство, — і Гаррі коротко кивнув їм, даючи зрозуміти, що тепер треба слухатися Джима, а далі, мовляв, побачимо. Бойовики почали виконувати доручення, а Джим, перемовившись про щось із Гаррі наодинці й визначивши точку їхнього збору — праворуч від вхідних воріт, рушив туди першим, сам. Він мав вирішити ще дещо на місці, та головне — подивитися початок завантаження, щоб, якщо буде потрібно, внести додаткові корективи до плану.

Біля воріт уже зібралася величезна юрма народу. Усі чекали новин і прагнули якомога швидше покинути табір, наївно сподіваючись, що їх повезуть у набагато краще місце. Джим помітив, що Моріс уже зібрав частину його прибічників, відданість та хоробрість яких належало перевірити найближчим часом, але не став підходити до них. Натомість він спробував підібратися якомога ближче до паркану, аби добре роздивитися все, що відбувається за ним. Натовп, через який Джимові довелося проштовхуватися, збуджено вирував у передчутті близьких змін. Нарешті діставшись, не без зусиль та лайки, до заповітної колючки, він обережно взявся за неї рукою й почав вивчати ситуацію.

Дирижабль приземлився далі, аніж він розрахову-вав, але це було добре — охороні доведеться ще дужче розтягнутися. Транспортник лежав, повернутий до воріт своєю задньою частиною, призначеною для завантаження, — і це було очікувано. Охоронці метушилися, однак здебільшого безладно — певно, їм передалося збудження натовпу й вони просто не могли встояти на одному місці. Їх було близько тридцяти, не більше, і цю кількість Джим знав заздалегідь. Це, звісно, багато, й очевидно, що захоплення судна не обійдеться без жертв, але головне й відрадне — охороні не прислали підмоги, яка могла дуже ускладнити здійснення Джимового плану або й зірвати його.

Колись, в іншому житті, переглядаючи фільми або передачі про концтабори, в'язнів чи заручників, Джим ніяк не міг зрозуміти, як купка охоронців, хай і озброє-них, тримала в покорі величезний натовп. Аж ті люди, здавалося, могли вирватися звідти навіть із голими руками, якби накинулися одночасно, — перестріляти всіх напевно ж забракло би навіть патронів. І тільки опинив-шись усередині покірної, позбавленої волі й сили до бо-ротьби маси, він зрозумів, а точніше, відчув на власній шкурі, що це таке — стадний страх. Справді, один лише страх смерті та охоронець із єдиним патроном можуть керувати тисячею людей — якщо кожен із цієї тисячі думає тільки про те, щоб цей єдиний патрон не дістав-ся йому. Але стадний страх працює доти, доки в цьому величезному натовпі не з'являється організована купка, готова ризикнути своїми життями заради загального успіху. Наразі у Джима було навіть дві такі групи — щоправда, він не був упевнений до кінця в жодній із них, але іншого варіанта не мав.

Однак дещо порушувало їхній початковий план. Бракувало його головного, визначального, елемента: на злітній смузі не було руанця, тобто пілота, без викрадення якого захопити інопланетне судно неможливо. Джим очікував, що ящірка обов'язково виповзе зі свого кокпіта, щоб — як тоді біля мерії — поспілкуватися з кимось із «колабраціоністів», обмінятися привітаннями, отримати польотне завдання або, навпаки, дати інструкції, чи ще з якоїсь причини. Проте зеленошкурої рептилоїдихи на напівзігнутих лапах ніде не було видно, і Джима це непокоїло. Він уявив, що ящірка цього разу взагалі не виліе звідти, де вона зазвичай сидить, керуючи своїм літаючим монстром, — і його спиною пробіг гарячий струмочок поту, попри холод ранньої зими. «Може, вони просто бояться змерзнути, як усі рептилії? — гарячково думав Джим. — Або рандеву в них уже відбулося — вночі, зразу після прильоту? Чи їм узагалі немає потреби спілкуватися? І руанський льотчик, точніше льотчиця, поводиться так, як водій самоскида у зимовому кар'єрі: під'їхавши кузовом до екскаватора, він, гріючись біля автомобільної пічки, просто чекає, поки його завантажать, шукає приємну мелодію по радіо і не має жодного наміру вилазити на мороз із теплої кабіни...»

Наче на підтвердження його недобрих передбачень, охорона, нарешті розібравшись, стала у два ланцюги, які витягнулися від воріт до дирижабля й утворили у такий спосіб живий коридор. Вони всі були озброєні найкращими американськими автоматичними гвинтівками — і Джим про це чудово знав. Це й тішило, і спантеличувало водночас: було б дуже непогано отримати таку зброю у свої руки, та ще й у такій кількості, та зробити це дуже важко — з тієї ж причини. Тим часом двоє охоронців біля паркану прочинили одну половину воріт, аби потік людей не надто розростався і його можна було контролювати. Люди, які з нетерпінням чекали на евакуацію, враз нерішуче застигли. «Воістину отара овець», — подумав Джим. Один із «колабраціоністів», кинувши міцне слівце, дав команду в'язням і, аби вони відчули всю серйозність його наказу, двічі вистрелив у повітря. Юрма почала просочуватися тоненькою цівкою й покірно текти у напрямку до транспортника. Лише тоді Джим помітив, що дирижабль, який до цього був майже сплюснутий, почав набирати в себе повітря, а задній вхід у ньому відчинився.

Джим гарячково думав, що робити. Скасувати операцію? Спробувати пробиватися навмання? Усе пішло не так, як задумувалося, а жодних нових, а головне — цінних ідей у нього не з'являлося. Водночас час тік разом із людьми. Перша їх сотня вже пройшла злітною смугою й почала обережно заходити у нутрощі транспорту. Джим зрозумів, що ящірка не з'явиться на капітанському містку свого корабля, аби, наче Ной, споглядати за тим, як вантажаться в її «ковчег» створіння, котрих вона має намір врятувати.

«Усе, що нам треба, — це паніка», — вирішив Джим, розуміючи, що чекати більше нема чого і настав час діяти, поки не стало остаточно пізно. Він почав продиратися крізь щільний натовп людей, що знемагали від бажання поїхати геть із цього пропащого місця. Джим ішов упоперек течії з людських тіл до першої групи, яку Моріс ледве втримував на місці. Діставшись своїх «олімпійців», Джим був уже настільки лютий, що миттю відновив порушену дисципліну: просто сказав, що вони всі сьогодні помруть — якщо не робитимуть того, що скаже він.

— Діємо швидко, чітко і сміливо. Це всіх стосується, — Джим виставив вказівного пальця, як дуло пістолета, і вказав ним у кожного свого «олімпійця» — так переконливо, що вся група енергійно й схвально закивала головами. «Але це ненадовго. Надовго їх не вистачить, — подумав Джим і обвів прощальним поглядом обличчя цих горе-штурмовиків. — Та хай вони бодай хвилину протримаються. За цю хвилину все й має вирішитися. А потім, якщо виживуть, вони перестануть боятися».

Давши останню інструкцію й призначивши Моріса старшим — несподівано для всіх і для себе самого, — Джим відчалив крізь хвилі людського моря до команди Гаррі.

Пробитися до «канібалів» було ще складніше, оскільки довелося перетинати основний людський потік, що виходив із воріт, а той намагався потягти Джима за собою. Гаррі та його хлопці нервувалися значно менше, ніж перша команда, але, можливо, це було тільки зовні, — адже перед боєм тиск підскакує в усіх. Своє власне хвилювання, як і претензію, що він, мовляв, очікував побачити Джима раніше, Гаррі вклав в одне коротке слово:

— Ну?!

— Зараз почнемо, — відповів трохи задиханий, але зате вже достатньо розігрітий Джим. Він побачив, що гангстери досі вірять у нього й навіть не підозрюють, що їхній початковий план зірвався й відтепер починається чистісінька імпровізація.

Розподіливши ролі в оновленій п'єсі й перевіривши заготовлений акторами реквізит — нагострені шматки арматури під одягом, — Джим, узявши з собою тільки Гаррі, вирушив до авансцени. Залишалося тільки сподіватися, що кожен відпрацює свій номер як треба або ж що їм пощастить.

Прокравшись до воріт і ставши біля зачиненої стулки, Джим поставив ногу на її основу, підвівся й обернувся назад, щоб роздивитися рекогностування ворожих і своїх сил. Він побачив, що група Моріса розосередилася позаду загального натовпу, а хлопці Гаррі, навпаки, рухаються ядром у її центрі, — і зрозумів, що все готово. Вийшовши разом зі своїм напарником через прохід,

Джим не влився в загальний потік, що покірно йшов до дирижабля, а намацав засув, який стримував другу половину воріт, витяг його із землі — і вони з Гаррі різко розчахнули їх на всю ширину. Засувна залізяка вислизнула зі свого паза й опинилася в руках Джима, — і він вирішив, що вона буде його тупою зброєю, хай і не надто зручною, зате досить важкою.

— Ну-ну! Не дуріть там! — гукнув до них охоронець, що стояв неподалік і помітив їхні дії. Він підійшов ближче до Джима й Гаррі і спрямував свою гвинтівку на цих двох баранів, що відбилися від отари.

— Тісно ж, пане начальнику, — звернувся до нього з несподівано щирою усмішкою роззяви Гаррі, демонструючи неабиякі здібності до перевтілення і вкотре показуючи Джимові, що його не варто недооцінювати.

— Ану, зачиняй назад! — охоронець ступив ще крок уперед і хитнув дулом гвинтівки, підганяючи їх.

Тим часом у відчинені навстіж ворота стало проходити більше людей, які вирішили, що так і треба. Охоронець почав нервуватися й уже готовий був наводити лад прикладом. Гаррі вдавав, що намагається зачинити стулку воріт, а Джим знову обернувся до табору — бо саме зараз настав вирішальний момент і час пішов на секунди.

І тут, як на пожежі, розлігся несамовитий крик Моріса:

— Нас голодом заморити хочуть! Вивезуть кудись, а самі наші гарбузи тут жертимуть!

Його крик одразу ж підхопив десяток голосів, які лунали десь позаду й повторювали те ж саме на різні лади. Юрма почала гудіти й колихатися. Джим знав і хто напирає на неї, і хто підбурює. Наступні вигуки, поступово підхоплені натовпом, перейшли з теми голоду на ангар, що начебто ломився від згаданих гарбузів, — і ще дужче розігріли люд. І він посунув у ворота вже повноводним потоком. І це була не вода, а бензин, у який Джим у потрібний момент кинув сірника:

— Гайда, братці, на склад! Він відчинений стоїть!

Ця ідея, як полум'я, пробігла по людях, миттю перетворивши їх на юрмище дезорганізованих тварюк, і це юрмище попело через вихід праворуч, до продуктового складу. Проживши безліч тижнів у голоді, вони не бачили перед собою нічого, окрім гори жаданих гарбузів. «Колабраціоністи» сперту сторопіли, не знаючи, що робити. Хтось заходився смалити в повітря, а хтось навіть хотів стріляти в людей, але поки стримувався, вважаючи, що ті не збираються нападати на конвой. Охоронець, який змушував зачинити ворота, уже забув про це, бо відволікся на юрму, що бігла через них. Його секундною розгубленістю скористався Гаррі: в один стрибок опинився поруч із конвоїром і коротким ударом відправив супротивника в нокаут. Щелепа охоронця і гвинтівка клацнули об бетон, і остання вмент змінила свого власника.

Серед людей, що опинилися на злітній смузі, була невелика групка, яку мало цікавив ангар з іншопланетними овочами, — вона шукала зустрічей з охоронцями, і ці зустрічі закінчувалися для останніх вельми сумно. Друзі Гаррі стали швидко озброюватися, але тільки завдяки тим «колабраціоністам», до яких докотився потік в'язнів. Більша частина охорони опинилася осторонь і стояла в нерішучості, не знаючи, що робити. Залунали поодинокі постріли, але хто в кого стріляв, було незрозуміло. Чи то конвоїри, похопившись, відстрілювали найбільш агресивних, на їхню думку, бунтарів, чи то спортсмени, отримавши в руки гвинтівки й лишаючись у натовпі, намагалися вцілити в уже нещільні лави прибічників режиму: ті тепер були чудовими одиночними мішенями.

Джим, бачачи, що напрямок юрми треба скоректувати, до того ж склад, імовірно, зачинений, а ентузіазму в народу може надовго не вистачити, гукнув на всю горлянку:

— Дивіться, вони хочуть полетіти без нас! Усі чимдуж до корабля!

Але його голос потонув у загальному реві й мало що змінив: уже після перших пострілів на злітній смузі почався цілковитий хаос.

— Нас тут кидають! Усі на транспортник! — заволав Моріс, що якимось чином виринув з людської лавини й опинився поруч із Джимом. Кілька десятків людей кинулися вперед, до дирижабля, за ними потяглися інші.

У цій метушні банда «канібалів» на чолі з ватажком продовжувала виловлювати і знешкоджувати охоронців поодинці. Хтось, хто стояв біля самого корабля, бачачи, що ситуація стала критичною й повністю вийшла з-під контролю, скомандував охороні відкрити вогонь на ураження. Інтенсивність стрілянини різко посилилася, як і хаос серед людей, — усі кинулися в різні боки, хтось падав на землю від страху, хтось звалювався туди ж від куль. Тільки озброєні хлопці Гаррі чітко розуміли своє завдання й вели вогонь у відповідь — стоячи, з коліна або навіть лежачи на бетонці.

Бій, а точніше безладна стрілянина, продовжувався недовго: охоронці почали відступати, а деякі — просто втікали, бачачи очевидну чисельну перевагу супротивника. Їхній головний козир — тваринний страх натовпу перед смертю — був побитий. Тепер уже їм здавалося, що в усіх, хто вирвався з-під їхнього «опікунства», в руках є зброя.

Джимові не трапився жоден «колабраціоніст», аби він міг бодай разок махнути своєю залізякою. До того ж у цій каші з миготливих людських тіл він втратив із поля зору Гаррі. Проте Джим пам'ятав, що їхня головна мета — корабель, а тому, ухопивши за комір Моріса, він пригнувшись почав рухатися в бік уже повністю надутого дирижабля. Стрілянина на диво швидко розсіює народ, тож другу половину шляху до транспортника Джим і Моріс пробігли практично тільки вдвох, зрідка перечіпаючись через людей на землі.

Коли вони опинилися біля вхідного отвору, Джим відразу ж відчув знайомий сморід із нутрощів інопланетного монстра. Раптом він побачив Гаррі — той разом з одним зі своїх побратимів вів вогонь на цій передовій по охоронцях, які іноді ще відстрілювалися, але частіше просто втікали. Джим якусь секунду розмірковував, що робити далі. Гаррі обернувся до нього й зробив запитальний жест рукою. Джим притиснувся до живої стінки корабля, відчув, як той трохи здригнувся, і зрозумів, що люк зараз зачиниться. Не роздумуючи далі, він кивнув Гаррі й, підштовхнувши вперед Моріса, першим зайшов у дирижабль. Гаррі, смикнувши за плече свого товариша, теж кинувся до повітряного судна, готового ось-ось злетіти. Хлопець, що прикривав відхід свого боса, хотів було бігти за ним, але несподівано простягнувся на гладкому бетоні й залишився там лежати — зі здивовано розплющеними очима, у червоній калюжі, що швидко розтікалася під ним. Гаррі побачив це, обернувшись біля майже зачиненого люка, — але збагнув, що допомогти хлопцеві вже нічим, і практично пірнув у вузький отвір. Люк одразу ж зімкнувся у твердий вузол — і транспортник почав відриватися від землі.

41

Дирижабль часто дихав і дуже хитався — відчувалося, що цей зліт був для нього екстреним. Джим після скаженої гонки й сам сопів, як паровоз. Гаррі теж не зразу отямився від лихоманки недавнього бою і, вочевидь очікуючи його продовження на борту, водив дулом поверх голів пасажирів. Але врешті-решт, не виявивши нікого схильного до спротиву і збагнувши, що тут, усередині цього темного живого трюму, летять тільки колишні в'язні — так поспішно вони присіли, побачивши зброю, — він опустив свою гвинтівку.

— Ну й смердить же тут, — сказав він після того, як стало зрозуміло, що небезпека минула.

— Тут завжди так. Звикнути неможливо, — трохи відсапавшись, пояснив йому Джим.

Він сидів просто на підлозі, бо ноги його вже не слухалися і дрібно тремтіли — до перебування під вогнем звикнути неможливо. Поруч із собою він поклав засув від воріт, якого досі не випускав із рук. З іншого боку до нього підсів Моріс. У того трусилося все тіло, а не тільки ноги, зате він не висловив жодного обурення через місцевий запах, тільки зауважив, що всередині людина пахне не краще, особливо несвіжа. Решта присутніх — а їх устигло повантажитися близько двох сотень — поводилися досить сумирно. Вони помаленьку розсілися в трюмі цього смердючого корабля, затулили носи руками й тільки час від часу півголосом перемовлялися між собою.

Гаррі почав викрикувати імена та клички своїх друзів, але ніхто не відгукнувся, тільки раз у відповідь почулося обережне «Га?», але то був лише випадковий тезка. Моріс устав і взявся робити те ж саме, викликаючи людей зі своєї групи, але Джим зупинив його: він розумів, що ті просто не встигли б добігти до дирижабля.

— Схоже, ми тут одні... — зробив підсумок цієї сумної переклички Гаррі.

— Ні, — Джим заперечно похитав головою й показав рукою на людську масу, що колихалася в тьмяно-червонуватому світлі.

Гаррі критично посміхнувся, вочевидь не дуже-то вірячи в бойові якості цієї маси. Він відстебнув магазин гвинтівки й перелічив патрони, на які покладався більше, ніж на людей, що опинилися з ним в одному череві летючого кита. Це не зайняло в нього багато часу.

— Дві штуки. І один уже в дулі. Усього, значить, три, — підсумував Гаррі свої нескладні арифметичні підрахунки і вставив магазин на місце, а саму гвинтівку перевів у режим одиночної стрільби. — Ну що, ходімо штурмувати кабіну, чи де там вони засіли...

Гаррі був явно готовий продовжити боротьбу навіть із таким обмеженим боєкомплектом і з такими ненадійними прибічниками. Здавалося, колишній «людоїд» не надто засмучений втратою всіх своїх побратимів і тим, що захоплення судна пішло взагалі не за планом. Можливо, він був людиною, для якої нічого не означали чужі життя, а може, у нього ще не минув бойовий раж, а тому він просто не міг міркувати адекватно.

— Хто засів? — спитав Джим, глянувши на нього знизу вгору.

— Ну ця... охорона. Чи хто там цією штуковиною керує? — Гаррі стояв над ними, широко розставивши ноги, тоді як і Моріс, і решта вже вмостилися на підлозі.

— Дирижабль пілотують інопланетяни. Один чи більше — я не знаю. Де розміщений цей самий кокпіт і як туди потрапити, теж невідомо.

Джим уже відсапався й говорив спокійно, але йому від цього не стало краще, адже він чудово розумів: вони сидять у летючій і живій, але все ж пастці. Гаррі мовчав і сопів, намагаючись зрозуміти і прийняти цей стан речей.

— Я сподізався, що ми зможемо захопити цього руанця під час посадки, але ж ти бачив, як там усе пішло... — продовжив пояснювати Джим, намагаючись не скотитися до виправдань.

— Ага, пішло все якось не дуже. Але це був твій план, — Гаррі вказав на Джима пальцем, знятим зі спускового гачка: він явно готувався до ескалації конфлікту.

— Це був наш план, — нагадав йому Джим. — Але зараз не час це з'ясовувати, як і починати воювати один з одним. Поки що в нас є важливіший супротивник.

— Нащо ж ти тоді скочив усередину? — поцікавився Гаррі, трохи заспокоївшись, але не вважаючи питання вичерпаним.

— Не знаю, — чесно відповів Джим. — Інтуїція. Та й лишатися там, на смузі, було небезпечно.

— Ти в цьому впевнений? Що, тут безпечніше? Там хоч хлопці мої лишилися... хто живий, звісно... — не вгавав Гаррі.

— Тоді нащо стрибнув ти? — спитав Джим.

— Ти ж мене покликав! — здивувався Гаррі.

— Я?! — Джим уже й сам не міг збагнути, чи справді хотів бачити Гаррі поруч.

Суперечка швидко розгоралася й переходила на особистості. Джим підвівся і приготувався битися. Але несподівано втрутилася третя особа, і то був не Моріс. До них підійшов один із попутників і обережно спитав:

— Прошу вибачення, панове, але я чув вашу розмову, і мене, можливо, як і багатьох інших, цікавить питання: що ви робитимете далі?

Джим глянув на незнайомця — його мовлення, а також довготелеса худорлява статура видавали в ньому інтелігента. Гаррі, схоже, зробив такий самий висновок.

— Чого тобі, професоре? Не бачиш, ми розмовляємо! — «людожер» явно був готовий за будь-якого варіанта відповіді вдарити некликаного співрозмовника прикладом.

— Але мені здається, що ваша бесіда перестала бути конструктивною... — обережно сказав Професор, якого, схоже, навіть життя в концтаборі не відучило ні від інтелігентної манери спілкування, ні від звички пхати носа в чужі справи.

Джим ледве стримав руку Гаррі, що вже замахнувся.

— Ми ще не знаємо, що робити, — сказав він прямо, намагаючись у напівтемряві краще роздивитися обличчя нового учасника розмови.

— Ви знаєте, куди нас збиралися транспортувати? — наївно спитав Професор.

— Ні.

— Чи не думаєте ви, що маршрут, можливо, буде змінений через події під час посадки? — не вгавав інтелігент, який однозначно мав аналітичні здібності.

— Напевно, — відповів Джим, усвідомлюючи, що Професор насправді озвучує його власні думки.

— Ти такий розумний, дядю, — резюмував Гаррі і штовхнув плечем Професора. — Краще б ти сказав, де тут прохід у кабіну пілота, ну або там, на бетонці, підібрав би пару обойм.

— Я пацифіст, — парирував той з інтонацією занудного стоїка.

Та Гаррі його вже не слухав — він пробирався в дальній кінець приміщення, грубо розштовхуючи всіх, хто сидів у нього на шляху.

— Морісе, сходи з Гаррі, — попросив Джим свого безвідмовного маленького товариша, і той, схопившись, швидко подрібоотів за ледве помітною в темряві постаттю їхнього войовничого компаньйона. — І подивися, чи таки немає там когось знайомого! — гукнув йому вслід Джим.

Потім він запропонував Професорові сісти й запитав:

— У вас є якісь конкретні ідеї, пропозиції?

— Ні, — інтелігент енергійно замахав головою й навіть трохи відсунувся від Джима, як часто роблять люди, що зазвичай уникають важливих рішень і воліють спостерігати й коментувати все збоку.

— Зрозуміло. А ви справді професор? — спитав Джим.

— Ні. Чому ви так вирішили?.. Я — доктор.

Джим усміхнувся й поплескав співрозмовника по плечу:

— Чудово! Лікар нам може знадобитися в цій мандрівці.

— Ви не зрозуміли, — труснув Професор давно не митою головою. — Я доктор філософських наук, очолюю кафедру в... лауреат...

Учений взявся перелічувати свої видатні регалії й навіть трохи випростався, демонструючи на публіці свої досягнення. Можливо, він очікував у кінці овацій, але Джим спинив його монолог, побачивши, що повертається Гаррі. Той нагородив Професора коротким ляпасом зі словами: «Ану, професура, дай місце», — і сів поряд, поставивши гвинтівку між ніг.

— Немає там нічого, — оголосив він. — Такий самий прохід, стиснутий у тугу гузку, як і цей... — і Гаррі кивнув на зовнішній отвір, біля якого вони сиділи. — Я й потикав у нього, й постукав. Не відчиняється...

Джим кивнув і почав розмірковувати вголос:

— Варіантів, куди він зараз летить, два: або до мерії — там головний офіс «колабраціоністів», або на якусь свою базу. Але де вона — невідомо. Хоча може бути й третій — ми летимо його колишнім маршрутом, назад, тобто у трудовий табір, але де це, теж невідомо...

Він замислився, намагаючись упорядкувати власні думки, які кружляли хороводом у його голові так, що в нього вже нили верхні зуби. Цей процес перервало коротке запитання Гаррі про те, хто такі «колабраціоністи». Джим відповів, що це ті, у кого він стріляв на злітці чверть години тому. Гаррі кивнув, а Джим продовжив:

— Але, в кожному разі, куди б нас не привіз цей дирижабль, нас там не жде нічого доброго. Отже...

— Отже?

Гаррі з озвученим запитанням, а Професор — з німим подивилися в очі Джимові. Той витримав невелику паузу, необхідну тут за всіма законами жанру, і закінчив речення:

— ...отже, треба змусити корабель або змінити курс, або здійснити аварійну посадку.

Слухачі, які тим часом активно підтягувалися до цього «мозкового центру», чекали, що ще скаже його неформальний лідер, але Джим не додав більше нічого й заглибився в роздуми.

Крізь ряди страдденних, які його оточували, пробрався Моріс, мало не тягнучи когось за руку.

— Джиме! Я знайшов твого знайомця! — гукнув він радісно й вивів із натовпу містера Крамса.

Той явно не чекав на таку зустріч.

— Добридень, містере Гаррісоне, — сказав він після секундної розгубленості, начепивши на лице свою найширшу посмішку, і почав кланятися мало не в пояс.

Побачивши Крамса і згадавши його звичайний гордовитий вираз обличчя — цей вираз тепер був переданий, разом із усім господарством тимчасової адміністрації, в розпорядження Філа, — Джим із удаваною недбалістю звернувся до свого сусіда:

— Колишніх «колабраціоністів» ми з'їмо першими... Еге ж, Гаррі?

«Вождь канібалів» відповів удоволеним і жахливим вишкіром, який заміняв йому усмішку, і «засвердлився» в Крамса гострим поглядом. Переляканий бідолаха вмить утратив свою запопадливу міміку — і позадкував, але ряд співчутливих глядачів став щільнішим і не випустив його з утвореного кола — всі чекали продовження вистави. Крамс, зрозумівши, що порятунку немає, звалився на підлогу й почав тихенько завивати.

Бачачи, що зло хоч і не цілком, але все ж покаране, Джим підвівся і, взявши в руки засув від табірних воріт, сказав:

— Ми змусимо корабель приземлитися зараз. Хто ще не зрозумів — ця штука жива. Отже, їй можна завдати і болю, і шкоди. Усім, що в кого є, нумо колупати дірки в його пузі. Якщо він не зрозуміє, чого ми від нього хочемо, то, можливо, вдасться пробити наскрізний отвір — повітря вийде, й тоді дирижабль буде змушений спуститися.

І Джим перший, показуючи приклад решті, узявся довбати з усього маху залізякою по стінці. Вона спершу ледь пружинила й не піддавалася, але невдовзі від неї стали відлітати невеликі шматки плоті, забризкуючи обличчя руйнівника червонуватою рідиною. Але це нітрохи не зупинило Джима, а навпаки — навіть заохотило, і його удари стали ще сильнішими. Гаррі, Моріс, а за ними й інші, діставши зі своїх торбинок, узятих на борт, усе, що могло колоти-різати, почали терзати летючого монстра зсередини.

Однак не всі пасажири поспішили взяти участь у такій відчайдушній і ризикованій справі. Багато хто сумнівався, чи варто активно ставати на бік людей, які їдять собі подібних. Може, краще залишитися пасивними прибічниками тих, хто безплатно роздає їм гарбузи?

Та врешті-решт практично всі приєдналися до цього флешмобу. Виняток склали одиниці, серед них і Професор, який вирішив не бруднити своїх високоморальних принципів та чистих рук. Крамс же, навпаки, одним із перших кинувся шкребти стіну — нігтями, хоч і безрезультатно, зате поряд із Джимом, періодично кидаючи на нього запопадливі погляди. А Гаррі, закинувши М-16 за спину, дістав із-за пояса невеликий ніж і взявся сікти інопланетну плоть із вправністю досвідченого м'ясника.

Робота кипіла, рідина текла, шматки живої обшивки дирижабля падали під ноги бунтівним пасажирам, але на польоті це майже не позначалося, хіба що з'явився легенький дрож у підлозі та стінах.

— Боїться, сволота! Ми зараз такий тобі геморой влаштуємо, кишка ти летюча! — закричав розпаленілий Гаррі.

Джим, зауваживши ці перші незначні результати їхніх дій, додав:

— У глибину старайтеся! У глибину! Треба прорізати його наскрізь!

Одначе пробити монстра наскрізь ніяк не вдавалося. Та невдовзі стало очевидно, що це й ні до чого: стінки почали стискатися, видавлюючи з ран усе більше червонуватої рідини. Дуже скоро її було вже по коліно, дихати стало зовсім нестерпно — і деякі люди падали непритомні в утворений липко-водянистий басейн. Їх підіймали, аби не захлинулися, підбадьорювали — і вони знову колупали зсередини живу тушу транспортника.

Раптом його різко хитнуло — так, що майже всі пасажири повалилися на підлогу. Щойно вони підвелися, як корабель смикнуло ще раз.

— Не зупинятися! Ріжемо далі! — вигукнув Джим, відпльовуючись смердючою рідиною.

Хто міг, знову почав шматувати стінки, але більшість борсалась у кривавій каші, намагаючись бодай звестися на ноги. Це виявилося вкрай важко — усе довкола було слизьке, тряслося й хиталося. Стало очевидно, що дирижабль почав знижуватися, щомиті все швидше й швидше. Судячи з усього, вони летіли невисоко — чи то через низьку температуру за бортом, чи то через позаштатну ситуацію, а може, й через якісь інші причини.

Удар від падіння був такий різкий і раптовий, що Джим заледве встиг прокричати:

— Приготувалися!

Одразу ж після жорсткої посадки зовнішній люк транспортника відчинився, а його стінки стиснулися ще дужче — і більшість людей, що борсалася в слизові, вилетіла разом із ним назовні. Джима теж виплюнув іноплянетний кит; при цьому він добряче вдарився об когось головою й плечем, однак своєї закривавленої зброї із рук не випустив. Пасажири, які ще лишалися в череві чудовиська, що випускало дух на очах, виповзали звідти практично рачки.

Хоча багато хто під час падіння, вочевидь, отримав легкі травми, а хтось, можливо, навіть вивихи та переломи, одначе загиблих, схоже, не було. Джим, тримаючись за голову, що розривалася від болю, озирав місце посадки. Це був пустир, з одного боку якого пролягало шосе, з іншого — невелика лісосмуга, а далеко позаду виднілося місто. Огляд спереду затуляло величезне тіло повітряного левіафана. Він досі тремтів, важко дихав і трохи постогнував. До цих стогонів долучалися зойки й крики поранених. Хтось намагався їм допомогти, хтось переймався собою, безуспішно силкуючись очиститися від залишків крові та плоті інопланетної істоти.

Дехто стояв і нерішуче роззирався, оглушений божевільним польотом, а найбільше — його закінченням. Інші, ледве отямившись, одразу ж кинулися врозтіч — групками й поодинці, прагнучи забігти якомога далі від цього небезпечного місця. Хтось тікав просто в нікуди, а ще хтось, можливо, хотів знайти новий табір, де годуватимуть раз на день безплатним гарбузом, не надто боляче битимуть і дадуть змогу хоч якось зігрітися. Джим для таких нічого не міг зробити. Він уже давно зрозумів, що не варто ні за ким бігати й умовляти. Треба просто йти своєю дорогою й робити свою справу — і рано чи пізно поряд опиняться люди, які йдуть у тому ж напрямку, — ото й будуть свої.

Джим почав обходити дирижабль із лівого борту, прямуючи до передньої його частини. Неподалік він побачив Гаррі — той ні на кого не звертав уваги, а, як істинний воїн, перевіряв «бойовий дух» своєї гвинтівки.

— За мною, — тільки й зміг вимовити Джим, і то неголосно.

Гаррі рушив за ним, як і Моріс, головною чеснотою якого було завжди опинятися поряд у потрібну хвилину. Моріс навіть намагався, за старою звичкою, підставити Джимові плече — бо той хитався, як п'яний. Але Джим відмахнувся від пропонованої послуги і, стискаючи в руці свою залізяку, йшов самостійно.

— Ну що, працює? — кинув він через плече Гаррі.

— Зараз перевіримо, — одказав колишній «людожер», зрозумівши задум свого напарника.

Джим не обертався й не бачив, скільки ще людей пішло за ним. Він вирішив, що для перемоги над тим, хто сидить у кабіні дирижабля, йому вистачить залізяки у власній руці, Гаррі з трьома патронами і Моріса. Та навіть і без них, вірив Джим, він виграє цей бій. Але це, звісно, уже була бравада: одна людина нічого не може.

РОЗДІЛ

42

Підійшовши до носа корабля, Джим зіткнувся з тією ж проблемою, що й під час усіх своїх попередніх контактів із біотехнікою прибульців: визначити місцезнаходження мозкового центру, а відповідно й кабіни з екіпажем, було вкрай складно. Вони з Гаррі й Морісом так і не виявили жодних отворів і зачинених входів у передній частині дирижабля, хоча морда тварини — якщо її можна так назвати — була вся поорана якимись зморшками й складками. Гаррі, використовуючи ці нерівності, почав видиратися по борту, аби пошукати що-небудь там, нагорі. Джим намагався бодай щось зрозуміти своєю головою, яка гула, мов дзвін після удару. Раптом він помітив Професора, що тягнув до них на буксирі Крамса — той кульгав, але чинив шалений спротив.

— Ходімо, ходімо, — умовляв учений «колабраціоніста». — Ви, як людина, що співпрацювала з прибульцями, напевно можете бути корисним і щось знаєте про влаштування їхнього транспортного корабля.

Крамс упирався, мов норовливий бичок, і заперечно мотав головою, але в хирлявого на вигляд Професора наполегливості й сил виявилося більше. Щойно угледівши Джима, Крамс одразу ж заголосив:

— Мені нічого про них не відомо! Я бачив їх тільки здалеку й сьогодні вперше побував усередині... Відпустіть мене, будь ласка...

На останніх словах він упав на коліна. Джим укотре подивувався тому, як перебування в таборі надломило моральний дух і психіку колишнього голови тимчасової адміністрації, який раніше, здавалося, нічого не боявся. Відмахнувшись від нього рукою, Джим звелів Морісові назирати за ним, бо Крамс міг їм ще знадобитися.

— Що ви збираєтеся робити? — спитав Професор у своїй звичній нав'язливій манері.

Не встиг Джим і рота розтулити, щоб відповісти, як згори долинув голос Гаррі:

— Тут якась така штука — схожа на око, тільки під плівкою...

— Мембрана, — одразу ж висловив припущення Професор.

— Зараз перевіримо, — відповів Гаррі і тицьнув кудись ножем.

Монстр, який досі лежав цілком сумирно й тільки обережно зітхав, різко смикнувся всім своїм розпластаним тілом, та так, що гангстер, не втримавшись, скотився з нього, як із дитячої гірки. Він перекинувся через голову, спритно приземлився й одразу ж схопився на ноги, готовий до продовження «атракціону». І воно не змусило себе чекати.

Одна складка, приблизно десь у ділянці нижньої губи — якщо розглядати дирижабль як подобу кита, — розкрилася, звідти вискочив рептилоїд і клацнув зубами. Всі від страху трохи відступили, а надто вже чутливий «колабраціоніст» навіть упав ниць. Рептилоїд дивився просто на Джима, очевидно обравши своєю жертвою саме цього землянина. Джим умить згадав, де зустрічав таку ящірку, — у зруйнованому магазині, і тоді на ній зверху сиділа друга, як з'ясувалося потім, самка. Отже, це був самець, і налаштований він був украй вороже. Джим обома руками підняв свою залізяку, яка тепер була єдиною перепоною між ним і чудовиськом. Руанець приготувався до стрибка, а Джим — у позі баскетболіста в очікуванні подачі — до того, щоб відбити його напад.

Невідомо, чим би скінчилося їхнє зіткнення — але навряд чи на користь земного спортсмена, — якби Гаррі, який опинився збоку від звіроящіра, не всадив у череп агресора три кулі. Йому довелося витратити весь свій скромний боєкомплект, бо ні після першого, ні після другого пострілу прибулець і не думав падати. І лише коли гримнув третій, рептилоїд таки впав, ударившись об землю своєю зубастою мордою, трохи пошкріб її задніми лапами й уреші затих — без жодного звуку.

— Готовий, — коротко сказав Гаррі.

Він підійшов до своєї здобичі, тримаючи її на прицілі гвинтівки, хоча чудово знав — патронів більше немає, але так, можливо, він почувався більш упевнено.

Цієї миті зі щілини в борту дирижабля, звідки хвилину тому вистрибнув зеленошкурий іноплянетянин, долинув жалібний голос загубленого цуценяти. Попри явно не агресивний звук, усі, хто стояли біля виходу, приготувалися до нової атаки. Гаррі прицілився в цей люк зі своєї зброї, хоча тепер вона не була вже небезпечною, Джим знову замахнувся залізною битою, Моріс підняв із землі камінь, а Крамс остаточно прикинувся мертвим. Але ніхто з них не відважився підійти ближче. Тільки Професор із дитячою безпосередністю й цікавістю спробував зазирнути всередину.

— Ану, виходь по одному, з піднятими лапами! — грізно скомандував Джим, не будучи впевненим, що його зрозуміють, а більше сподіваючись бодай налякати тоном.

На загальний подив, його почули — і до них виліз іще один прибулець. Поводився він куди спокійніше, але вигляд мав не набагато привабливіший за першого. Однак різниця не тільки в поведінці, а й у зовнішності та розмірі між двома ящірками все ж була помітною. Джим не сумнівався, що тепер перед ними самка.

Гаррі спробував «кивками» дула своєї гвинтівки змусити руанку лягти на землю, але вона явно не розуміла не лише його, а й узагалі всього того, що відбувалося довкола. Іноплянетянка продовжувала так само тужно повискувати й крутити головою, розглядаючи людей і свого одноплемінника, що лежав перед ними.

— Та заткни вже писок, сучко! — несподівано гримнув Гаррі.

Ящірка сфокусувала погляд на цьому грізному чоловікові, а точніше — на його зброї, і замовкла.

— Розуміє... — сказав Моріс.

— Навряд чи мову, імовірніше — інтонацію й ситуацію... як вища тварина... — припустив Професор. Він, схоже, єдиний сприймав усе це мов якусь захопливу гру. Джим подумав, що рептилоїдові навряд чи сподобалось би порівняння їх із тваринами, але він, тобто вона, була не в тому становищі, щоб чванитися.

Цієї миті Крамс, який теж умів чудово відчувати ситуацію, бадьоро схопився на обидві свої ноги. Схоже, вони раптом перестали боліти — і це був цілком зрозумілий медичний факт: видовище перемоги землян над прибульцями вилікує кого завгодно.

Виникла пауза, в якій представники двох різних цивілізацій уважно вивчали одне одного.

Джим не знав, як змусити інопланетянку вступити в контакт, але в ящірки, схоже, виникло таке ж бажання — і вона, обережно ступивши крок уперед, вистромила свого довгого червоного язика. «Хоче поспілкуватися, — здогадався Джим. — І знає як...» Він почав думати, кого б призначити перекладачем із руанської. Джиму, ясна річ, кортіло самому безпосередньо поспілкуватися з рептилоїдом, однак він усе ж вирішив не ризикувати і вибрав для цієї ролі Моріса — як найменш цінного в їхній команді персонажа, якому, попри це, Джим цілком довіряв.

Можливо, це був не найгуманніший і не найсміливіший вчинок у житті Джима, та він уже знав, що справжній лідер, на жаль, не всіма своїми рішеннями може пишатися.

— Морісе, підійди ближче, — сказав він, і товариш підійшов до нього впритул.

— Ні, — похитав головою Джим і вказав пальцем. — До неї йди. І не бійся, — додав він, бачачи, що Моріс боїться й готовий уже пожбурити в страшну морду монстра свою каменюку, а це, звісно ж, зірвало б такі важливі переговори.

Моріс, як зачарований, рушив до ящірки.

— Кинь негайно камінь і стань із нею поруч! — наказав Джим. — Це не страшно! Якщо боїшся — просто заплющ очі.

Моріс покірно підійшов, став збоку від ящірки й міцно заплющився. Руанка відразу ж звичним рухом запхнула язика йому у вухо.

Усі різко смикнулися, одночасно з Морісом, а Гаррі з переляку навіть натиснув спусковий гачок. Гвинтівка лише приречено клацнула, але ніхто на це не звернув уваги.

— Тихо, спокійно! Морісе, не смикайся! Ти мене чуєш? Які відчуття? — заспокоював і одночасно розпитував свого перекладача Джим. Шия Професора від цікавості, здавалося, ще дужче видовжилася, а Крамс розсудливо сховався за спину Джима.

— Лоскотно, — відповів нарешті Моріс все ще із заплющеними очима. Та раптом він розчахнув їх дуже широко — і глянув перед собою невидющим скляним поглядом.

— Ти мене бачиш? Чуєш? Га, Морісе? — звернувся до нього Джим.

Відповідь була несподіваною:

— Чого вам треба?

Це був голос Моріса, але з якоюсь незвичною інтонацією.

— Морісе, це ти? — обережно спитав Джим, уже не вірячи в ствердну відповідь, а радше перевіряючи, чи є контакт.

— Я — Псілкс-десята. Чого вам треба?

— Є! — вигукнув, не стримуючи радості, Джим.

— Контроль органів мовлення, слуху, а може, й усієї свідомості, — здогадався Професор. — Простий спосіб комунікації. І мови не треба вивчати.

Почувши про контроль мозку, Джим похвалив себе за правильний вибір перемовника — Моріс, навіть за бажання, не зможе видати ворогові жодних таємниць.

— Ближче до діла! — запропонував Гаррі, який не знав, як довго він зможе вдавати, що в нього повна обойма, ще й переконувати в цьому ящірку.

— Ви порушили припис, — почав озвучувати Моріс послання інопланетянки, — заподіяли шкоду нашому транспорту і знищили мого партнера. Покарання за це — смерть.

Це було вимовлено так просто й буденно, ніби Моріс оголошував автобусну зупинку.

— Ти тільки глянь на цю сучку, вона нам ще й погрожує! — сказав Гаррі.

— Усім представникам раси землян залишатися на місці до прибуття групи підтримки, — продовжувала руанка транслювати присутнім свої інструкції.

— Ти ще покомандуй тут у мене, ящірка дурноверха, — не витримав Гаррі й, ступивши крок уперед, хряснув прибульцю прикладом по черепушці.

Від удару рептилоїдиха похитнулася, смикнула головою й потягла за собою Моріса, однак язика свого не вийняла, і контакт не перервався, але із трохи розтуленої зубатої пащі знову долинуло легеньке повискування.

— Отак буде краще, — резюмував Джим першу частину переговорів, під час якої високі сторони обмінялися своїм баченням ситуації й означили вихідні позиції. У землян вони виявилися міцнішими.

— А тепер, як там тебе, слухай уважно, — почав говорити Джим, узявши ініціативу у свої руки. — І відповідай на мої запитання, інакше цей чоловік і далі битиме тебе. Тобі зрозуміло?

— Так, — коротко і ясно відповів Моріс, і скарги маленької собачки припинилася, а її жовті очі забігали, не розуміючи, за ким уважніше стежити: за тим, хто говорить, чи за тим, хто б'є.

— Що за група сюди прийде?

— Мобільна група реагування й розв'язання проблем.

— Озброєні?

— Так.

— Чисельність?

— Стандартна.

— Яка?

— Стандартна. Але зараз я попросила посилену, оскільки виникла загроза життю представника руанської цивілізації.

— У тебе є рація?

— Ні.

— Передавач?

— Ні.

— Телепатія! — у захваті вигукнув всюдисущий Професор. Він поводився так, наче брав участь у якійсь захопливій телевікторині, досі не розуміючи, що головним призом у ній будуть їхні власні життя, а шансів на перемогу в наступних турах практично немає.

— Вона все ж таки баба, — озвучив свій висновок Гаррі.

— Так, — кивнув Джим. — А ти порішив самця.

І він знову звернувся до інопланетної рептилії:

— Коли прибуде ця група?

— Немає інформації.

— Чи ти просто хочеш нас обманути? — втрутився Гаррі і знову заніс приклад для удару.

Руанка трохи зігнулася, але голос Моріса при цьому не затремтів і не змінився:

— Не треба насилля. Руанці ніколи не брешуть, на відміну від інших, нерозвинених, цивілізацій.

Після цих слів Гаррі захотілося вмазати по зеленій морді з подвоєною силою, але Джим зупинив його і спробував розрядити ситуацію жартом.

— Це вона, зокрема, й вас має на увазі, містере Крамсе, — сказав він і витягнув колишнього поплічника прибульців з-за своєї спини.

Вражений Крамс не знав, що сказати, — за останні десять хвилин він дізнався про чужопланетну расу більше, ніж за пів року роботи на неї.

— Дивно, вона розмовляє як людина: жодних своїх, невідомих нам, слів і понять... — висловив свої думки вголос Професор, який у пошуках відповідей тер своє неголене вже багато тижнів підборіддя.

— Ми адаптуємо свою мову, беручи за основу місцевий лексикон, аби нас добре розуміли представники нерозвинених цивілізацій... — почав пояснювати прибулець голосом Моріса.

Удруге образи на адресу землян Гаррі витерпіти вже не зміг — і голова ящірки знову заскавучала, зіштовхнувшись із прикладом.

— Ти себе у дзеркало хоч раз бачила, ігуано балакуча? — спитав він.

Високорозвинена руанка нічого не відповіла, тільки відступила ще на крок назад.

Джим роззирнувся вусібіч, але не побачив поблизу людей, на допомогу яких можна було розраховувати, — простір довкола корабля порожнів із кожною хвилиною. Через слабкий зір він не помітив руанського загону, що наближався до них по шосе — одне на одному верхи, з якимись палицями в лапах, — але відчув, що часу в них дуже небагато.

— Дирижабль може летіти? — спитав він в інопланетянки.

— Це неможливо, — відповіла вона за допомогою Моріса. — Час на повну регенерацію — мінімум шість годин.

— А на неповну?

— Немає інформації, — прозвучала відповідь з експресією платіжного термінала.

«Від моменту нашого падіння минуло максимум пів години, — швидко аналізував ситуацію Джим. — Покинути рептилоїда й відходити самим? Є шанс урятуватися. Але якщо ця мобільна група схожа на ту, яку я бачив біля магазину, то далеко нам не втекти... А тут така можливість дізнатися все про прибульців із перших уст... Однак тягти її з собою — глупство: вона ретранслюватиме своїм, де перебуває, і нас знайдуть ще швидше». Джим обмірковував можливі варіанти дій, а всі дивилися на нього й мовчали.

І тут до них долинув тупіт босих лап, який посилювався з кожною миттю. Джим, звичайно ж, упізнав його й, навіть не обертаючись, зрозумів, що часу не лишилося — власне як і варіантів. Погляди інших, що дивилися йому за спину, засвідчували: загін уже зовсім поруч.

— Усі на борт! — прогарчав Джим і схопив за комір Крамса.

Разом із Гаррі, потягнувши за собою ящірку з Морісом, вони вдерлися в теплі нутрощі корабля. Останнім заліз Професор. Глянувши вже зсередини на те, що діялося за бортом, він розгублено мовив:

— Ого, скільки їх!

— Зачинити двері, негайно! — наказав Джим руанці й замахнувся своєю залізякою.

Інопланетна льотчиця ступила крок до якогось ящика, схожого на ванночку з желе, встромила туди передні лапи і застигла в нерішучості. Джим обернувся до виходу: крізь щілину вже виднілися зелені пухирчаті лапи, і їх було багато.

— Присягаюся, я вб'ю тебе раніше, ніж вони сюди залізуть, — вимовив Джим, цього разу — тихо й страшно, і притулив кінець своєї тупої зброї до голови ящірки так, наче приміряв вдарити. Він дав їй відчути холод заліза, яке вже за мить може позбавити її найважливішого й найпрекраснішого, що є і у високорозвинених цивілізацій, і в нижчих, — життя.

Мабуть, у системі цінностей прибульців особиста безпека вважалася ціннішою за все інше, зокрема й за суспільну користь, бо руанка, повагавшись трохи, зробила свій вибір — ворухнула пазуристим пальцем. Вхід швидко й надійно зімкнувся. Джим видихнув полегшено й прибрав свого бруска від голови рептилоїдихи.

— Усім приготуватися до зльоту, — сказав він, безсило сповзаючи на підлогу.

РОЗДІЛ

43

Кабіна пілота була набагато тісніша за трюм корабля, зате смерділо в ній значно менше. На перший погляд видавалося дивним, що зовні величезний дирижабль має такі малі внутрішні порожнини для розміщення пасажирів та екіпажу. Однак не варто забувати про те, що й сам транспортник — живий організм, тож він має десь зберігати і власні тельбухи. Тут доречна аналогія зі старовинним дирижаблем — там теж здоровенний пузир несе невеличку гондолу. Про все це розмірковував Джим, коли, трохи заспокоївшись після сутички, влаштувався на підлозі рубки руанського транспортника.

Вони так і не змогли злетіти, як і попереджала інопланетянка: біологічне судно відмовлялося здійматися в повітря, не залікувавши своїх внутрішніх пошкоджень.

— Потрібен час, — коротко пояснила вона.

Гаррі, який уже почав втрачати терпіння, приставив цівку гвинтівки до потилиці ящірки:

— Скільки?

— Кілька годин, — відповіли губи Моріса, і Джим подумав, що прибульці, може, ніколи й не брешуть, зате вміють відповідати нечітко й ухилятися від прямих відповідей, — утім, цілком можливо, що цьому вони навчилися вже від нас.

— Вони можуть сюди проникнути? — уточнив він.

— Це неможливо, — твердо відповіла інопланетянка.

Усі дещо розслабилися й налаштувалися терпляче чекати. Руанка теж застигла у звичній для своєї раси позі, в якій, здавалося, вони можуть стояти роками.

Жодних засобів огляду того, що відбувалося за бортом, у кокпіті не було передбачено — ні тобі екранів, ні ілюмінаторів, кватирок або хоча б щілин. Освітлення, як і в пасажирсько-вантажному відсіку, було тьмяно-червоним і йшло від стінок та стелі, однак Джимові здавалося, що тут усе ж трохи світліше.

— Як ти бачиш, що там назовні? — спитав Джим у руанки.

— Він бачить, — прозвучало у відповідь.

— Вона контактує з кораблем так само, як і з людиною, — припустив Професор.

— Цього чоловіка звуть Моріс, раптом що, — уточнив Джим, вирішивши, що їхньому перекладачеві теж не завадить відпочити. — Відпусти його поки що. А коли дирижабль буде готовий злетіти, посигналь нам — ну там гавкни тричі абощо… І дивись мені — без фокусів!

Руанка ніяк не відреагувала на порівняння свого мовлення із собачим, але язика з вуха Моріса витягла. Той щосили заморгав, а Джим поплескав його по плечу й посадив поруч із собою:

— Як відчуття, друзяко? Що ти бачив?

— Нічого, — відповів здивований Моріс. — Спершу було лоскотно, потім трохи боляче… І от я розплющив очі, а ми вже не знати де, — він крутив головою, намагаючись визначити місце їхнього перебування.

Поки Джим йому все коротко розтлумачував, Професор не втримався від чергових наукових висновків:

— Цілковита втрата самоконтролю. Нічого не відчував, нічого не пам'ятає… — він нахилився ближче до Моріса й почав уважно розглядати його — наче кролика, що вижив після ядерного катаклізму.

Джим знову звернувся до свого товариша:

— Ти нам добряче допоміг, друже, і, сподіваюся, ще поможеш. Ти ж не будеш проти, якщо цей веселий динозаврик ще полоскоче тобі у вусі?

Моріс здригнувся від спогаду, зиркнув на завислу над ним постать рептилоїда й неохоче кивнув:

— Не дуже мені б цього хотілося, Джиме, але раз так треба…

— Треба, Морісе, треба, — Джим розчулено притиснув до себе голову друга, а потім звернувся до «колабраціоніста», що свого часу проштрафився перед своїми

495

господарями, а тепер забився в найдальший і найтемніший куток: — Ну а ви, містере Крамсе, що скажете про це — як колишній поплічник окупаційного режиму?

— Вас усіх уб'ють! — відповів той несподівано різко.

— Ну тоді вже разом із вами, шановний... — Джим посміхнувся, хоча насправді зовсім не зрадів такій відповіді, оскільки за реакцією Крамса, як за термометром чи барометром, можна було визначити ступінь небезпеки, — і зараз він був дуже високий.

— А ось і ні, дзуськи, містере Гаррісоне, не зараховуйте мене до своєї банди! Я все зможу пояснити, мене зрозуміють і пробачать.

— Ага, — не втримався від сарказму Джим, — ти вже раз пояснював — так, що в табір разом з усіма втрапив. А в цьому випадку тим більше ніхто не розбиратиметься — покришать у салат разом із нами...

— Та ні, друже, — додав від себе Гаррі. — Вони тебе не вб'ють! Бо я зроблю це сам, раніше. І повір — не без задоволення. Якщо ти зараз не заткнешся! — Ці слова Гаррі підтвердив своїм черевиком — настільки переконливо, що Крамс замовк, і вже надовго.

Джим, давши всім змогу відпочити ще пів години, вирішив знову з'єднати Моріса з інопланетянкою, аби бути в курсі подій назовні. Жестами він показав руанці, що робити, — і контакт відновився.

— Що відбувається навколо корабля? — Джим одразу спитав про головне, сподіваючись, що ящірка не ухилятиметься від відповіді.

— Група підтримки намагається проникнути всередину, — прозвучала відповідь, чесна й холодна, як некролог.

Джим від несподіванки тяжко глитнув слину: це була дуже погана новина.

— Їм це вдасться?

— Немає інформації, — відповів Моріс чужою інтонацією.

— Які ще зміни? — поцікавився Джим обережно: він і потребував новин, і вже боявся.

— Я попросила повітряної підтримки.

— Навіщо? — гримнули на неї Джим і Гаррі майже в один голос.

— Аби завадити можливому польоту, — Моріс відповів спокійно й відсторонено, і це так роздратувало Гаррі, що він інстинктивно мало не вдарив його — замість ящірки.

— Ах ти ж гадюко інопланетна! — закричав він і прикладом перевірив на міцність хребет рептилоїдки, так що вона від болю аж зігнулася.

— Не треба насилля, — у голосі Моріса цього разу ніби прозвучали якісь жалісливі нотки.

— Не треба насилля, тварюко ти проклята! — лютував Гаррі. — Та я з тобою ще й не починав! — і він ударив рептилоїдиху прикладом у шию.

Намагаючись утримати рівновагу, ящірка на мить вийняла лапи з ванночки керування — і корабель трохи хитнуло.

— Досить! — перервав Джим побиття, а тоді підійшов ближче до руанки й зазирнув їй у найближче око, яке одразу ж засмикалося мембраною. — Ти хіба не розумієш, що ти в нас у полоні?

— Про це я теж доповіла.

— Кому?

— Усім, — прозвучала коротка й така вичерпна відповідь, що Джимові стало геть уже тісно й тоскно — і в цій будці, і на цій планеті.

— Тупа тварюка... — Гаррі все ніяк не міг заспокоїтися, та цього разу стримався, хоча, судячи з напруженої спини ящірки, вона чекала на удар.

— Може, корабель уже відновився? — обережно припустив Професор, який теж поки що не поспішав умирати.

— Ану, швидко заводь! — скомандував Джим. — І молися всім своїм зеленошкурим богам, щоб цей жирний слимак нарешті злетів!

— У руанців немає релігії, — прозвучало у відповідь, однак лапи льотчиці — принаймні Джимові так здалося — щось стиснули там, усередині ванночки.

Дирижабль почав часто, але нерівномірно дихати, набираючи в себе повітря для підйому. Усі завмерли в напруженому очікуванні, і стало добре чути, як працюють легені левіафана.

— Що там наші друзі назовні? — спитав Джим.

Руанка відповіла не відразу — вочевидь, намагалася зрозуміти зміст його слів. Можливо, прибульці не мали уявлення не тільки про бога, але й про гумор.

— Спроби проникнення припинилися, — ящірка нарешті розродилася відповіддю.

— Яка ж ти все-таки задрипана черепашка без панцира! — висловив свою характеристику льотчиці-заручниці Гаррі, і всі спробували засміятися.

— Я — чиста, — відреагувала рептилія після ще довшої паузи, хоч ніхто від неї відповіді й не чекав, і Джим ще раз переконався, яка між ними глибока прірва. Але потім вона сказала те, чого всі ждали вже давно й нетерпляче: — За наявного рівня регенерації політ можливий.

Джим від радості навіть поплескав рептилію по спині, але відразу ж відсмикнув руку, наче торкнувся до мокрої жаби.

— Молодець, — сказав він уже спокійніше. — Злітай.

Інопланетянка щось ледве помітно натиснула. Корабель хитнуло, але від землі він явно не відірвався. Ящірка продовжувала свої маніпуляції всередині коритця. Завислою тишею скористався Професор, який бажав поділитися черговими науковими спостереженнями:

— Схоже, вона тактильно впливає на нервові вузли дирижабля, і ймовірно...

— Заткнися вже ти, професуро! — перервав його Гаррі.

Джим додав більш коректно:

— Ви ж наче філософ, Професоре, а не біолог. Звідки вам знати?

— Я не професор, а доктор, про що я вам уже пові-домляв, — учений знову почав надиматися, як індик. — Крім того, сучасна філософія охоплює дуже широке коло питань, включно з такими, як...

Чим ще займається його наука, Професор не встиг сказати, бо корабель знову хитнуло, цього разу дужче, а потім настало якесь полегшення.

— Відрив? — нетерпляче уточнив Джим.

— Так, — відповів Моріс безбарвним голосом.

— Набирай висоту, курс на місто, — сказав Джим і став нервово походжати капітанським містком.

— Що ти замислив? — недовірливо спитав Гаррі, який уже втомився тримати на прицілі інопланетянку, але, схоже, був готовий узяти на мушку Джима.

— Побачиш, — відповів той і, відчуваючи, що на-парник знову йому не довіряє, додав: — Повір мені!

Гаррі замість відповіді тільки мотнув головою й не-вдоволено щось пробурмотів собі під носа.

Підйом продовжувався, з'явилося легеньке похиту-вання, характерне для польоту на дирижаблі.

— Які в нас висота, напрямок і швидкість? — спитав Джим у інопланетного пілота.

— Висота 30 футів, швидкість 10 миль на годину, розворот на північний схід завершено, — відзвітувала рептилія.

— Що внизу?

— Видимість обмежена.

— Не ухиляйся! Ти знаєш, що я питаю про вашу групу!

— Ставте запитання коректно. Група слідує за нами.

— Навіщо?

— Я так схотіла.

Джим уже не мав сил гніватися на цю твердолобу ящірку, на відміну від Гаррі — той, схоже, був завжди готовий когось та бити.

— Ти можеш припинити спілкуватися з ними? — спитав Джим.

— Це неможливо, — пролунала відповідь, відмітаючи будь-які інші варіанти.

Професор зважився заступитися за інопланетянку — схоже, не здатну пояснити свою поведінку:

— У них постійний нейролінгвістичний телепатичний зв'язок. Усе, що вона думає, одразу ж стає відоме решті. Цього не можна вимкнути, як не можна заборонити людині дихати.

— Ти, професоро, що — не за нас? — з погрозою поцікавився Гаррі.

— Я лише намагаюся зрозуміти й розібратися у причинах, — почав виправдовуватися Професор, про всяк випадок відійшовши подалі від такого агресивного й неконструктивного співрозмовника, а потім вирішив трохи помовчати.

— А де повітряна підтримка? — спитав у прибулиці Джим, розуміючи, що вони рухаються наосліп, а руанці знають про них усе. Цей політ здавався йому схожим на ходіння голяка із зав'язаними очима по палаючій мотузці, натягнутій над майданом, на якому повно ярмаркового люду.

— Наближається, — як завжди, лаконічно й не дуже зрозуміло відповіла рептилія.

— Вони можуть збити нас? — вирішив уточнити Джим.

Вона на мить замислилася, можливо, радячись зі своїми щодо перспектив повітряної атаки.

— Можливо, — озвучений підсумковий вердикт теж можна було витлумачити і так і сяк — як передбачення Нострадамуса.

— Що це в біса за відповіді? Жаба ти філіппінська! — не вгавав Гаррі, то вигадуючи нові прізвиська для інопланетянки, то прагнучи її скалічити. — Коли хочеш, відповідаєш чесно, а тільки-но щось не так — починаєш метляти хвостом!

— У руанців немає хвоста. Цей атавізм відпав ще мільйон років тому, — із гідністю відповів Моріс за всіх ображених прибульців.

— Дані! — перервав Джим бесіду цих двох істот, які геть не розуміли одне одного, попри наявність перекладача.

— Висота 70 футів, швидкість 18 миль, курс той самий.

— Гаразд, — кивнув Джим. — Скільки ще летіти до міста?

— Куди саме? — уточнила рептилія, але людина розгадала її наївні хитрощі.

— Я пізніше тобі скажу куди. Скільки часу до передмістя?

— Орієнтовно 40 хвилин. Якщо не збільшувати швидкість.

— Витискай усе з цієї летючої гусені! — скомандував Джим і замовк.

Він знову сів під стінку — йому треба було продумати план дій. Принаймні так це виглядало збоку, і тому всі інші теж замовкли, не підозрюючи, що жодного плану насправді й близько немає. Тільки Гаррі стиха бурчав:

— Чого пертися знову в місто? Хто нас там жде? Ніхто!

Згодом він підійшов до Джима зі старим запитанням:

— Що ти замислив?

Джим мовчки кивнув у бік рептилоїда — і до Гаррі нарешті дійшло, що, звісно ж, нерозумно озвучувати свої наміри відразу всім прибульцям округу.

— Сподіваюся, що цього разу ти знаєш, що робиш.

Джим ствердно кивнув.

Невдовзі довгу мовчанку в рубці перервав голос Моріса — рептилія сама виявила ініціативу й озвучила інформацію про політ:

— Передмістя під нами. Висота 120 футів, швидкість 24 милі за годину — це максимум наразі.

— Чудово, — сказав Джим, виходячи з короткого анабіозу. — Скільки приблизно летіти до аеропорту?

— Тридцять хвилин.

— Ти хочеш повернутися туди? — здивувався Гаррі.

— Це самогубство, — висловив свою думку містер Крамс, який увесь цей час сидів тихенько.

— Скільки до центру? — зробив новий запит Джим.

— Менше двадцяти.

— До залізничного вокзалу? — не вгавав Джим.

— Близько двадцяти п'яти.

Моріс відповідав, як і раніше, монотонно, нітрохи не дивуючись такій кількості місць призначення, на відміну від решти пасажирів.

— До 16-го району? — це був рідний район Джима, але він долучив і його до списку фальшивих цілей.

Йому раптом захотілося, понад усе на світі, повернутися саме туди, в дім, де на нього чекала Меріон. Але його місце сьогодні було не там. Він ще повернеться в той дім, до тієї жінки — щоб вона стала назавжди його. Однак станеться це пізніше, бо сьогодні в нього запланована битва з прибульцями, ну або, як мінімум, із їхніми поплічниками. Приблизно про це розмірковував Джим, коли його думки перервав запит від пілота:

— Курс?

— Той самий. Прямо, — відповів він і не став нічого пояснювати.

Руанка, відчуваючи, що її намагаються заплутати й обманути, завмерла. Певно, вона перемовлялася

504

про щось зі своїми братами, та імовірніше — сестрами. «Звісно ж!» — Джима пронизав несподіваний здогад, якого він міг дійти й раніше, якби був трохи розумніший або мав більше часу.

— То у вас там що, матріархат? — спитав він у прибулиці. Джим хотів задовольнити власну цікавість, а заразом відволікти своїх супутників від похмурих очікувань, а ящірку — від спроб розгадати його наміри.

— Так, — пролунала коротка відповідь.

— Чому? Розкажи, — продовжив тему Джим, тим часом розробляючи подумки маршрут їхнього польоту.

— Самці менш схильні до інтелектуальної діяльності, тому вони виконують здебільшого роботу з охорони і транспортування...

— Ага! Тягають на загривках своїх надто розумних самочок, — вставив Гаррі антифеміністичний коментар.

— ...а також, — продовжував Моріс монотонно описувати устрій життя руанців, — вони відповідають за продовження роду та виховання потомства.

— А ще миють посуд і ходять по магазинах, — підтримав Джим чоловічу солідарність, згадавши при цьому свою дружину та її бачення ідеального суспільства, втілене в життя цими зеленошкурими рептиліями.

— Самці теж телепати? — спитав Професор, що, як завжди, виявляв особливу цікавість до всього нового.

Ящірка вагалася, чи то добираючи потрібні слова в людському словнику, чи то вигадуючи, як уникнути відповіді.

— Тільки спробуй сказати «Немає інформації», — пригрозив Гаррі, наступаючи черевиком їй на лапу.

— Ні, — пролунала негайна відповідь.

— Ну хоч щось, — сказав Джим і спитав наче між іншим: — Де летимо?

— Пролітаємо над центром міста, — відзвітував Моріс так, наче він був штурманом на цьому судні.

— Де мобільна група?

— Позаду.

— Далеко?

— Приблизно три милі.

Джим ледь усміхнувся, але постарався не видати себе голосом:

— А повітряна?

— Супроводжує транспортник.

— Хто саме? Скільки їх?

— Чотири орнітоптери.

— Що це за чортівня така? — вліз Гаррі зі своїм запитанням.

Йому зважився пояснити Професор:

— Це щось на зразок бабок, дуже великих. Ви хіба їх не зустрічали? Вони ще голосно так тріщать...

Гаррі здвигнув плечима, а Джим кивнув — так наче це йому відомо з дитинства, — відзначивши про себе, як мало він ще знає про інопланетян. Але часу на з'ясування подробиць у них уже не було — настав час діяти.

— Де мерія? — спитав Джим.

Він помітив, як, почувши його запитання, здригнувся у своєму кутку Крамс, — і збагнув, що принаймні одна людина здогадалася про справжню ціль.

— Чверть милі праворуч за курсом, — відповіла ящірка. Попри її внутрішню переконаність у вищості їхньої раси, вона, схоже, вже перестала щось розуміти в усіх цих розмовах і діяла як біоробот — а це Джимові якраз і було потрібно.

— Повертай на мерію.

Руанка наче нічого й не натискала, але корабель явно став хилитися на правий борт, виконуючи заданий маневр.

— Час підльоту до цілі? — голос Джима дзвенів, як на параді.

— Менше хвилини.

— Підлетиш і зависнеш над нею, — Джим командував так упевнено, що ніхто, мабуть, не здивувався б, якби Моріс, хай і від себе, став би додавати в кінці відповідей шанобливе звертання «сер».

— Щоб повністю спинитися, треба починати гальмування заздалегідь або скидати висоту, — сказав Моріс.

— Роби й те, й інше, але зависни над будівлею якомога нижче, — наказав Джим, досі нікому нічого не пояснюючи.

Інопланетянка вдалася до більш складних маніпуляцій у своїй ванночці керування, і підлога потроху стала втікати з-під ніг. Джим уявив, який зараз здійнявся рейвах у цьому мурашникові «колабраціоністів». Хоча якщо руанці не встигли попередити своїх зеленозначкових посіпак, то ті, навпаки, мали б сприймати появу транспортника як звичайну подію, адже рептилоїди часто використовують майдан перед мерією як безплатний майданчик для паркування.

Дирижабль ледь помітно гойднуло, але не так, як зазвичай — убік, а цього разу — назад і вперед.

— Мерія внизу. Висота 50 футів.

— Гаразд, — повільно і спокійно вимовив Джим і, трохи почекавши, додав: — Розбризкати рідину для анігіляції.

Руанка замислилася — чи то намагаючись осмислити наказ, чи то радячись зі своїм начальством.

— Час на підготовку до анігіляції — дві хвилини. Почати підготовку? — спитала вона, наче даючи Джимові шанс опам'ятатися. Але він залишився непохитним і підтвердив початковий намір одним словом:

— Так.

Гаррі дивився на нього з цікавістю, Крамс — із острахом, але щось сказати спромігся лише Професор:

— Ви хочете знищити будівлю разом із усіма людьми?

— Це не люди, — різко відповів Джим, ще не розуміючи, що йому зараз доведеться пережити, мабуть, дві найтяжчі хвилини в житті.

— Ні, люди! — не вгавав Професор, підійшовши до Джима ближче й зазираючи йому в обличчя. — Ви збираєтеся знищити істот, подібних до себе, а це називається людиновбивство, це смертний гріх, і це — громадянська війна.

Джим подивився йому просто в очі й сказав:

— Хочете ви цього чи ні, але вона вже триває. І якщо ви не готові приєднатися до тих, на чиєму боці правда, то хоча б не заважайте помсті.

Повисла тиша, в якій невдовзі прозвучав холодний голос Моріса:

— Підготовка до анігіляції завершена.

Джим, не зводячи очей із Професора, спитав:

— У мерії є живі істоти?

Руанка відповіла стандартно:

— Немає інформації.

— От бачте, Професоре, — сказав Джим і твердо скомандував: — Почати анігіляцію! — і додав трохи тихіше: — Хто не заховався — я не винен.

Після цього Джим відійшов від Професора — він хотів знайти затишний куточок у цій кабіні, де стало аж надто задушливо.

Не минуло й хвилини, як чіткий голос Моріса відзвітував:

— Анігіляція завершена.

— Курс на аеропорт. Повний вперед! — наказав Джим і вперше розшифрував свій намір: — Спробуємо забрати тих, хто зостався...

Гаррі коротко й схвально кивнув. Крамс і далі сидів на підлозі, обхопивши голову руками й похитуючись.

У могильній тиші, де знову стало чути глибокі зітхання дирижабля, який почав набирати висоту, голос Моріса прозвучав особливо доленосно:

— З вами хоче говорити Головна Самка...

Усі глянули на Джима, розуміючи, що ці слова звернені саме до нього. І, на підтвердження, Моріс додав:

— ...містере Гаррісоне.

РОЗДІЛ

44

Джим підійшов і став поруч із Морісом та руанкою, аби бути ближче до ретрансляторів майбутньої важливої розмови з очільницею всіх інопланетян, які прилетіли на Землю.

— Говоріть, — сказав він.

Він очікував почути якісь клацання, перемикання й неприємний голос телефоністки: «З'єдную». Але відповідь Моріс вимовив тією ж інтонацією, хіба, може, трохи урочистіше:

— Тлісса Четверта, Головна Самка Руанської мирної місії. З ким я розмовляю?

— Джим Гаррісон, Сполучені Штати Америки, потомствений революціонер.

— Твої батьки теж були революціонерами?

— Мої — ні, — відповів Джим. — Це був гумор.

— Гумор?

— Ага, така штука, щоб жити було веселіше.

— Сенс?

— У чому? Щоб жити чи щоб жити веселіше?

— Навіщо жити — я знаю. Навіщо жити веселіше?

Джим не розумів, що відповісти на таке запитання. Розмова взагалі звернула кудись із офіційного русла, на яке всі розраховували. Професор, скориставшись паузою, спитав Моріса пошепки:

— А що означають номери в їхніх іменах?

— Ім'я дається відразу на весь виводок, а число — це номер яйця у кладці, — прозвучала чітка й досить голосна відповідь, від якої Професор трохи знітився. Він зрозумів, що на цій конференції інтимна бесіда неможлива, і знову відступив на задній план, пробурмотівши собі під носа: «Дуже зручно...».

— Чого ви хочете? — перейшов Джим до більш змістовної частини переговорів.

— Це я хочу дізнатися, чого ви хочете? — відповіла запитанням на запитання генеральша всіх рептилоїдів, а потім почала перелічувати вчинені групою Джима злочини: — Ви полонили представника руанської цивілізації, умертвили її самця, захопили транспортний корабель, знищили будівлю, повну працівників тимчасової адміністрації...

У цьому місці Джим непомітно закусив губу, а Головна Самка поставила чергове своє запитання:

— Чого ви хочете досягнути цими деструктивними діями?

Та він і сам не знав поки що відповіді, тому вирішив затягти час, а заодно й витягнути хоч трохи нової інформації з цього дуже обізнаного джерела.

— А ви хіба не в змозі прочитати мої думки? — поцікавився Джим із усмішкою й викликом.

— Телепатичний контакт можливий тільки між представниками високорозвиненої цивілізації.

Гаррі, знову почувши, як об землян намагаються витерти ноги, але не маючи змоги дотягтися до самої Головної Самки, хряснув ту ящірку, яка була в нього цієї миті напохваті.

— Негайно припиніть насилля! — пролунав наказ із вуст Моріса.

— Це ви припиніть насилля над нами! — крикнув, не стримавшись, Джим.

— Руанська цивілізація мирна, ми дотримуємося ненасильницьких методів впливу та розвитку... — продовжив спокійно вимовляти Моріс ті ж самі сентенції, які за рік, що минув, уже добряче набили оскому Джимові, а тому він перебив співрозмовницю:

— Однак ви ведете проти нас війну!

— Ні. Ми тільки допомагаємо вам стати на такий самий природний шлях розвитку цивілізації, бо він — єдино правильний...

— Зате ми ведемо! — знову перебив її Джим. — Справедливу визвольну війну проти загарбників, що висадилися на нашу планету, не спитавши дозволу. Забирайтеся геть!

— Ви помиляєтеся, містере Гаррісоне, — Моріс не втомлювався переконувати його. — Ми тільки хотіли вам допомогти й урятували від загибелі вашу цивілізацію за крок від техногенної катастрофи...

— А що якщо ми хочемо жити хай і неправильно — за вашими переконаннями, але правильно — за своїми?

— Це ваша приватна думка, і вона помилкова, — резюмувала всезнаюча руанка на протилежному кінці контакту.

— Але якщо вона приватна, то чому ж народ по всій планеті чинить спротив вашій присутності й усім цим ідіотським новим порядкам? — Джим викинув цей удар навздогад, але відчув, що хоч і поцілив у блок, однак за ним явно щось приховувалося.

— Далеко не по всій, — прозвучала відповідь, яка підтверджувала це.

— Скільки? Скільки саме людей проти? — він продовжував бити в це місце.

— Немає інформації, — його співрозмовниця сховалася за універсальну форму руанського словесного захисту, як земна ящірка ховається під камінь.

— А скільки людей уже померло завдяки вашій миротворчій діяльності?

— Немає інформації.

— Отже, усі ці наслідки не дуже вас і обходять, — продовжував Джим свою атаку на редути інопланетної життєвої філософії.

— Якби не ми, ви б усі загинули, і набагато швидше.

— А це вже ваша приватна думка, — повернув Джим Головній Самці її ж аргумент.

— Розмова не конструктивна, — відповіла очільниця, не бажаючи ставити під сумнів те, у що вона щиро вірила разом з усією своєю пухирчатою расою, і повернулася знов до конкретики. — Чого ви хочете?

— Поверніть електрику й забирайтеся з нашої планети, — сформулював Джим свої вимоги, дивуючись самому собі, бо ж ніколи не думав, що зможе стати космічним терористом, братиме в заручники інопланетних ящірок і висуватиме настільки абсурдні вимоги.

— Електрику назад повернути неможливо, а планету ми залишимо самі, щойно переконаємося, що наша місія успішно завершена, — прозвучала однозначна відповідь глави окупаційних сил.

— Але чому? — знову не витримав і втрутився в розмову Професор. — Чому і як вам вдалося розправитися з електрикою? Це ж закони фізики! Це ж...

— Довго пояснювати, і ви все одно не зрозумієте, — відрізав Моріс, як іноді батько ставить на місце надто допитливого синочка.

Однак Професор хотів продовжити дискусію на цю тему, і вже Джимові довелося остудити його запал жестом руки — зараз його цікавила важливіша тема:

— Як ви зрозумієте, що ваша місія добігла кінця і настав час повертатися додому?

— Немає інформації.

Джим спересердя вже й сам був ладен хряснути по якійсь стінці їхнього кокпіта або й ударити інопланетянку, що стояла поруч, — її вища цивілізація своїми стандартними відповідями почала виводила його з себе. Але він стримався.

— А якщо, — почав Джим повільно, — ваша місія виявиться нездійсненною і виконати її не вдасться?

— Це неможливо, — відповідь не передбачала інших варіантів.

— Ну, ми теж раніше думали, що гавкаючих ящірок на живих пузирях не буває... — сказав Джим.

Усі засміялися, крім Моріса, звичайно, та його ручної ігуани.

— А бос не образиться? — поцікавився Гаррі, посміхнувшись, бо жодної реакції від рептилоїдів не було.

— Через що? — здивувався Джим, міряючи рубку кроками вперед і назад. — У них же немає ні честі, ні гумору, ні ввічливості, ні доброти, ні бодай дружби. Про любов можна й узагалі не запитувати! Усе, що мають ці холоднокровні рептилії, — це імена, яких і не вимовиш, і номер яйця, з якого вони вилупилися.

Усі знову засміялися.

— Зате у нас повно цього добра! Немає тільки патронів! — підтримав загальні веселощі Гаррі й одразу ж похопився, що ляпнув зайве. Та він не розгубився, миттю вихопив ножа й притулив до зморшкуватого горла ящірки: — Але ти не хвилюйся, крокодилице, я тебе й цією штукою зумію розкроїти на сотню крихітних гаманців.

Інопланетянка за рідинним штурвалом не ворухнулася, але схоже, що й вона, і її начальниця зробили висновки з ненавмисної обмовки Гаррі.

— Пропоную негайно посадити транспортник, відпустити представника руанської цивілізації та здатися, — висунула Головна Самка свою зустрічну пропозицію.

— А якщо ні? — поцікавився Джим, який став нестримно сміливим, як усі люди, що приречені на загибель і добре це усвідомлюють.

— Вас буде знищено, — прозвучала категорична відповідь.

— Разом із вашою чарівною представницею? — Джим спробував бути люб'язним і насмішкуватим водночас, але інопланетянки виявилися нечутливими ні до компліментів, ні до насмішок.

— Я не можу ризикувати рештою, а однією заради всіх можна пожертвувати, — прозвучали слова, які враз пов'язали всіх присутніх у рубці однією смертельною мотузкою.

Джим похитав головою — Головна Самка виявилася важкою перемовницею, але ж недарма хтось призначив її всім тут керувати.

— Що ви пропонуєте нам натомість? — запитав він, готуючись торгуватися.

Але відповідь Головної Самки цього не передбачала:

— Нічого.

— Украй невигідна для нас угода, але ми подумаємо, — відповів Джим, вважаючи розмову завершеною.

— У вас немає часу, — продовжила зачитувати свій вирок очільниця рептилоїдів голосом Моріса. — Якщо через хвилину корабель не почне знижуватися, я віддам наказ атакувати!

— З вами приємно мати справу, — сказав Джим і усміхнувся, хоча приводів для радості було дуже мало, а точніше — взагалі жодного. Не дочекавшись компліменту у відповідь, він вирішив наостанок ще хоч щось дізнатися:

— Останнє запитання.

Відповіддю була тиша, але Джим сподівався, що Самка ще на зв'язку, і поставив його:

— Де Харпер?

— Немає інформації, — прозвучала стандартна руанська мантра, а за нею доповнення: — Головна Самка припинила своє спілкування.

Усі одночасно замовкли. Кожен замислився про своє. Інопланетянка стояла за пультом управління у тій самій позі, навіть жодного разу не ворухнула лапами, наче новина про те, що їх просто зараз можуть збити, її не стосувалася. Гаррі першим продемонстрував, що не втратив духу, і ляснув ящірку по її шершавій спині — не боляче, майже по-дружньому, але все одно її тілом пробігла легка судома.

— Ну що, жабенятко? Тепер ти з нами! Твої сестриці однояйцеві тебе зреклися!

На це Морісом відповіли в стилі японських камікадзе:

— Головна Самка ухвалила правильне рішення! Моє життя вартує менше, аніж життя решти самок.

— Ну, якщо в тебе такий високий ступінь жертовності, чого ж ти не жахнула нами об землю? — спитав у неї Джим. — Чи просто відмовилась би підкоритися, щоб Гаррі наробив у твоїй шкурі безплатних дірок.

— Руанці не здатні завдати собі шкоди — ні самі, ні з примусу.

— Та боягузи вони просто, от і все, — зробив свій висновок Гаррі і знову взяв гвинтівку напоготів, хоч у цьому вже геть не було сенсу, але, можливо, йому саме така смерть здавалася більш героїчною.

— Час, — тихо нагадав Професор, як похмурий посланець замкненого в підземеллі Хроноса.

— Висота? — швидко спитав Джим у пілота.

— Вісімдесят футів.

— Скільки до аеропорту?

— П'ятнадцять хвилин.

— Чому так довго? — обурився Гаррі.

— Корабель повільно набирає швидкість, — спокійно відповів Моріс, який особисто не переживав разом із усіма, і в цій ситуації це було для нього навіть добре. Джим охоче помінявся б із ним місцями, якби хтось міг зараз ухвалювати рішення замість нього. Але такої людини поруч не було, тому доводилося командувати самому.

— Що відбувається назовні? І ти знаєш, що я маю на увазі, — з притиском звернувся Джим до руанки.

— Винищувачі заходять на бойовий розворот.

— Почати зниження! — віддав Джим новий наказ.

Дирижабль одразу ж хитнувся вперед і вниз — попри зовнішній холод і відчуженість, Псілкс-десята, вочевидь, не поспішала вмирати.

— Не так швидко. Плавніше, — осадив Джим її надто різкий маневр і додав: — Повідом про посадку. Де ти можеш сісти приблизно за нашим курсом?

— Міський стадіон.

— Час підльоту?

— П'ять хвилин.

— Лети туди й поступово знижуйся.

Джим почав гарячково згадувати околиці стадіону, де він бував усього кілька разів.

— Як діють винищувачі? Це ті ж самі орнітоптери, схожі на бабок? — поставив Професор запитання, цього разу доречне.

— Так, вістря з отрутою, — пролунала, як завжди, коротка й вичерпна відповідь.

— Як вони діють? — захотів уточнити Джим.

— Нащо вам це все? — озвався зі свого кутка Крамс, який за весь цей час не знайшов у собі відваги навіть підвестися. — Ви ж усе одно зібралися здаватися.

Джим і Гаррі синхронно повернули до нього голови й глянули так, що «колабраціоніст» одразу зрозумів: це ще не кінець вистави.

— Ви всі божевільні! Ми всі загинемо! — тільки й зміг пробелькотіти колишній поплічник космічних загарбників.

— Це ми ще подивимося, — відповів Джим і підійшов до рептилоїдихи, яка тихенько гралася у своїй калюжці з нервовими пучками дирижабля і проігнорувала його останнє запитання.

— Як діє отрута? — повторив Джим.

— Спершу параліч, потім смерть.

— Як швидко?

— Залежить від розміру істоти й отриманої дози.

— Отже, транспортник умиратиме повільно... — припустив Професор, і Джим змушений був визнати, що цей живий баласт іноді здатен мислити в правильному напрямку.

— Скільки ще летіти до стадіону? — спитав Джим.

— Три хвилини. Я сповільнюю корабель для зупинки.

— Тільки не дуже. Можливо, там ще зайнято все, — попросив Джим, намагаючись заплутати руанку й підморгнувши Гаррі за її спиною. — Висота?

— П'ятдесят футів. Опуститися нижче заважають будівлі.

— Де група підтримки?

— На стадіоні.

— Уже? Так швидко? Ти ж казала, що вони відстали! — Джим був здивований і розлючений одночасно. — Чисельність?

— Немає інформації.

— Скільки? Приблизно? — Джим перейшов на крик. — Більше сотні?

— Менше.

— Двадцять? Тридцять?

— Немає інформації, — продовжував товкти одне й те саме Моріс, якого Джим, сам того не бажаючи, уже почав сприймати як палкого поплічника прибульців.

— Перелякалися вони не на жарт... — прокоментував ситуацію Гаррі, так наче він дивився фантастичний блокбастер, а не брав у ньому участь особисто.

— Ще й не те буде! — запевнив його Джим. — Час підльоту до цілі?

— Дві хвилини.

— Підготуватися до анігіляції! — несподівано скомандував Джим, а Гаррі вигукнув лише:

— Так!

Усі в кабіні захвилювалися, окрім, звісно ж, холоднокровної ящірки та її перекладача, які вмить остудили надмірне загальне збудження:

— Анігіляція неможлива.

— Що?! — вигукнув Джим, не повіривши.

— Шкодуєш своїх сучок? Так вони ж самі тебе кинули! — Гаррі метнувся до інопланетянки, готовий зробити з її м'яса відбивну.

— Залози повністю випорожнені. Час на відновлення секреції — близько восьми годин, — надав Моріс чергову довідку.

— Чорти б тебе забрали! — лайнувся Джим і щосили луснув по стінці — сподіваючись, що живому дирижаблеві буде якщо не боляче, то бодай соромно, — але відразу ж опанував себе й, попри невдачу, продовжив керувати: — Де винищувачі?

— Летять за кораблем.

— У судна є ще зброя?

— Ні.

— Інші засоби впливу?

— Ні.

— Додаткові можливості?

— Ні. Це транспортник.

— Гарна вантажівочка — мерію за хвилину розчинила! — додав від себе Гаррі, але це вже ніяк не впливало на розв'язання проблеми.

— Стадіон за тридцять секунд польоту, — доповів пілот. — Необхідне різке зниження швидкості для зупинки.

— Відставити! — скомандував Джим. — Збільшити швидкість і висоту на максимум! Курс — на аеропорт!

— Самогубці! — прокоментував Крамс цей відчайдушний наказ.

Підлога в рубці почала тиснути в ноги й водночас хилитися вбік — дирижабль виконував новий маневр.

— Передай своїм, що посадка на стадіоні неможлива, тому ми летимо до аеродрому — там повно місця, де можна спокійно сісти, — сказав Джим руанці.

— Ну, й мої хлопці там, може, вже все захопили, — не дуже доречно додав Гаррі, хоча Джим у таку розв'язку не надто вірив.

— Руанці ніколи не обманюють, — інтонація, з якою відповів Моріс, була дуже зверхньою й поєднувалася з нордичним тембром. — Інформація для містера Гаррісона: зачистка території аеродрому й ООПіВ–121/37 завершена.

— Я ж казав… — почав було Гаррі, але відразу ж осікся: він зрозумів, від кого і хто насправді зачистив аеродром.

І тієї ж хвилини, як фінальна фраза п'єси, прозвучало:

— Винищувачі лягли на бойовий курс зближення.

— Додати максимум швидкості та висоти! — віддав останній наказ Джим, розуміючи, що це навряд чи зможе вплинути на їхню долю, вже вирішену кимось іншим.

Інопланетянка помітно напружилася, туша летючого кита задихала важче й частіше, стало відчутне додаткове прискорення.

— Атака, — сказав Моріс трохи голосніше, ніж зазвичай, і це засвідчило, що певні емоції рептилоїди все ж здатні переживати (втім, така відмінність тону могла бути пов'язана і з труднощами перекладу).

Підйом різко припинився, дирижабль перестав нагнітати в себе повітря, його тілом пробігла судома.

— Часткова втрата керування, — прокоментувала руанка ці зміни. — Про швидкість і висоту інформації немає.

Вона звітувала вже за звичкою, хоча й без приладів було зрозуміло, що корабель почав падати.

Усі в кабіні почали готуватися до майбутньої зустрічі з землею та смертю. Джим хотів було роз'єднати

Моріса і прибулицю — щоб попрощатися з ним, але потім вирішив, що буде краще, якщо той помре в невіданні.

Джим запропонував своїм супутникам сісти на підлогу, аби трохи легше зустріти удар об поверхню, і навіть примусив це зробити ящірку, яка пручалася, вочевидь вважаючи за краще мужньо загинути на своєму посту. Але Гаррі звично штовхнув її черевиком — і вона вийняла свої лапки зі слизької коробки управління й незграбно влаштувалася внизу. Моріса просто поклали поруч із Джимом, як ляльку. «Може, падіння буде все ж таки м'яким», — подумав Джим, пригадавши, як спускався теледирижабль, підбитий Тедом, — тоді, кілька місяців тому, в якомусь позаминулому житті. Але ж то був маленький «кабачок», а ця летюча цистерна напевно грюкне об землю набагато дужче.

І, наче на підтвердження цих його думок, зниження почало різко прискорюватися. Джим уявив усе це збоку: величезний левіафан летить над будинками, довкола нього бабками кружляють винищувачі, а слідом по землі мчить загін руанського спецзагону, одне на одному верхи. Цікавий, мабуть, атракціон — якщо дивитися на нього відсторонено, а не сидіти всередині цього левіафана, який стрімко падає. Але Джим усе одно продовжував зважувати варіанти й шанси. Якщо вони все ж таки виживуть після падіння, на них чекає або швидка смерть від зубів звіроящірів, або повільне гниття замурованими — уперемішь із кишками цього мертвого гіганта. Якби Джим мав вибір — вибрав би перше.

Він устиг це обміркувати й навіть уявити, а зіткнення із землею все не було. Однак Джим помітив, що й без того слабке світло в їхній кабінці почало тьмяніти. І він вирішив наостанок — перш ніж для нього все остаточно згасне — зробити чи хоча б сказати щось хороше. Поряд виднівся профіль ящірки. Він звернувся до неї:

— Я розумію, що в тебе був тяжкий день... як там тебе?

— Псілкс-десята, — відповів замість неї Моріс.

— Так-так, саме вона... Ти втратила мужа... Та й узагалі...

— Це не проблема. У руанок завжди є великий запас вільних самців.

От воістину ідеальний світ для жінок, подумав Джим. Дебора була б задоволена, дізнавшись, що хоч десь баби живуть, як у раю... Цікаво, а в рептилоїдів є свій рай?.. Ось які, виявляється, дурниці лізуть у голову перед смертю.

— Все одно, вибач мені, раптом що... — сказав Джим.

Відповіді не було — прибульці не відчували ні сорому, ні жалю.

Світло повністю згасло, і Джим подумав, що зараз життя закінчиться й треба б до цього підготуватися. Але як можна бути готовим до такого?

Раптом у мороці пролунав голос, який Джим найменше очікував почути. До нього потемки пробрався містер «колабраціоніст», присів зовсім поряд і тепер шепотів майже у вухо:

— Може, нас усіх зараз не стане. Я теж хотів вам сказати дещо важливе, містере Гаррісоне. Я чув, що ви шукаєте Харпера. Так-от, я знаю, де він...

І саме цієї миті, не давши Крамсу договорити, корабель зіштовхнувся нарешті з землею. Усі пасажири полетіли по рубці шкереберть. Джим чув, як хтось відчайдушно кричить, але не усвідомлював, що це кричить він сам.

РОЗДІЛ

45

Очікування смерті завжди страшніше за саму смерть. Джим добре це знав. Він розплющив очі й побачив слабке світло, яке йшло звідкись зверху, і здогадався, що то — клаптик зимового неба. І він поповз туди, попри те що пересуватися йому вдавалося здебільшого лише за допомогою рук. Джим допов до межі світла — і побачив над собою розчахнуте на всю ширину небо. Він підтягнув тіло на край люка — і перехилився назовні.

Джим лежав на боковій поверхні дирижабля — після приземлення корабель перевернувся, і тепер його борт височів над землею. Ще було чути, як скрекоче, віддаляючись, руанський винищувач. Чи двері кабіни розімкнулися від удару, чи з іншої причини, Джим не знав, як і того, що наразі відбувається взагалі, — у його голові все переплуталося.

Із печери, звідки він щойно вибрався, долинув слабкий голос — хтось кликав його на ім'я, і це повернуло Джима до реальності. Він згадав, що тут не сам, що відповідальний за інших людей, які йому довірилися. І одним із них був Моріс — це він гукав на допомогу вже своїм звичайним, людським, голосом.

— Я тут, Морісе, — прохрипів Джим кудись униз, у темряву, де борсалося кілька тіл. — Повзіть до мене, на світло! Усі на вихід! Хутчіш!

Останні слова Джим вигукнув уже зміцнілим голосом — він раптом чітко збагнув: так, одна небезпека минула, зате друга ось-ось наздожене їх на своїх пазуристих лапах. І Джим ухопив першу простягнуту до нього з темряви руку.

Люди вибиралися назовні по одному, хто з молитвами і вдячністю, хто з лайкою та прокляттями — як Гаррі, який загубив там, унизу, свою гвинтівку. Поки вони спускалися на землю по застиглих зморшках на тілі мертвого гіганта, Джим зазирнув ще раз у колодязь кабіни. Там зоставалася тільки самотня ящірка: вона стояла на дні, задерши морду, і дивилася вгору — чи то на людське обличчя, нависле над нею, чи то на небо за ним. Джим не знав, що робити. Йому чомусь захотілося взяти її з собою — вона стала вже майже своєю. Він навіть щось таке гукнув їй туди, вниз, і махнув рукою, але відразу ж осікся: інопланетянка його не розуміє, тягти її за собою — велика дурниця, а головне — ніяка вона не своя. Та й рептилія ніяк не відреагувала на такий його порив, навіть не ворухнулася. Вона все дивилася вгору — мабуть, не хотіла залишати рідний корабель і воліла загинути разом із ним.

Джим відірвався від цього сумного видовища і вже зібрався спускатися, аж раптом відчув, як усе тіло левіафана зсудомила коротка передсмертна агонія. Щілина в рубку, крізь яку вони щойно вилізли, намертво зімкнулася, і там, глибоко, в цьому саркофазі із плоті, заскімліла жива істота — мов маленьке цуценя, замкнене в порожній квартирі. Джим труснув головою, намагаючись відігнати від себе і жалібний звук, і щойно бачений образ руанки, яка прощається із життям.

Він почав швидко спускатися до своїх супутників, що стояли біля підніжжя цієї дохлої гори й підганяли його. Прострелена нога, яка ще не зажила повністю, саме в цю мить вирішила підвести господаря — і він шкереберть полетів додолу.

Можливо, свою страдденну кінцівку Джим зламав не від цього «польоту», а ще раніше — у момент падіння дирижабля, та в кожному разі йти самостійно він уже не міг. Моріс звично підставив йому плече, але Джим, не ступивши й кількох незграбних кроків, упав на землю.

— Марно, — це було єдине пристойне слово з вимовлених ним після останнього жорсткого приземлення.

— Треба йти, — сказав Гаррі, який разом з усіма стояв біля лежачого Джима. — Ящірки будуть тут із хвилини на хвилину.

— Він не може, — озвучив очевидне Крамс, який знову побачив шанс для порятунку своєї шкури, та все ж був готовий стати на бік революції, оскільки на шляху до відступу лежала розпластана жива перепона.

— Тоді ми понесем його! — майже крикнув Моріс.

Усі інші були змушені погодитися і, підхопивши страждальця під руки і за здорову ногу та намагаючись не торкатися до травмованої, потягли подалі від корабля. Кожен їхній крок відгукувався йому болем не тільки в поламаній нозі, а й у всьому тілі. Джим терпів, скриплячи зубами, однак все одно швидко рухатися вони не могли. А треба було: на сцену от-от мала вискочити зубаста група переслідування, аби вмить перетворити її на гладіаторську арену, а радше — просто на криваву бійню.

Утікачі не знали, де опинилися, куди їм іти, у чому ховатися. Вони чітко розуміли одне — треба поспішати, і вони поспішали як могли. Місцем аварії виявився звичайний міський район, забудований депресивними п'ятиповерхівками, які за цей рік так обезлюділи, що мали вигляд величезних брил із мертвого бетону та каменю.

— Треба негайно йти геть із вулиці! — сказав Гаррі, взявши командування на себе, адже Джим переймався здебільшого тим, що стримував власні стогони та крики.

Вулиця зберегла тільки свою назву, але не вигляд. І загальна розруха наразі була ні до чого: дирижабль під час падіння повалив цілі ряди будинків, і, якщо не звертати уваги на розпластану в епіцентрі величезну тушу, могло здатися, що цей район пережив бомбардування. Купка людей із пораненим товаришем на руках гарячково шукала сховку в руїнах, коли до них долинув тупіт безлічі величезних лап. Вони впізнали цей звук — почувши його раз, уже ніколи не забудеш і не перестанеш боятися.

Не маючи часу на пошуки кращого варіанта, Гаррі звелів усім лізти через вузеньке віконце в підвал найближчого будинку, верхні поверхи якого були геть зрізані черевом падаючого транспортника. Усі по черзі пірнали в цей лаз, трохи ширший за людське тіло. Заминка сталася тільки коли всередину заштовхували Джима. Цього разу йому не вдалося стримати крик болю, але той потонув у дикому тупоті кремезних лап прибульців, що були вже майже поруч. Щойно земляни пірнули у свій новий сховок і Моріс, котрий залазив туди останнім, загородив отвір якимось картонним ящиком, гуркіт різко стих.

Настала така тиша, що було чутно, як усі важко дихають, а Джим поскрипує зубами. Знадвору не долинало жодного звуку. Наземні сили інопланетян, поспішно прибувши на місце аварії, наразі завмерли, вочевидь вистежуючи свою здобич.

— Може, вони подумають, що ми зосталися всередині корабля? — обережно пошепки припустив Крамс, аби підбадьорити всіх, а насамперед себе.

— Аби ж то. Але пілот напевно подумала, що нас там немає, — відповів Професор.

— Теж правильно, — погодився Гаррі й одразу ж просичав: — Тс-с-с! — і приклав пальця до губ.

По той бік, дуже близько, почувся шурхіт битої цегли і сміття. Хтось зовсім поруч — дуже обережно, намагаючись, аби його не почули, — шукав зустрічі з людьми, що схоsalися. Усе це нагадувало смертельну гру в хованки, виграшем у якій були їхні життя.

Раптом у щілині з'явилася величезна лапа з пазуром. Люди практично перестали дихати, аби нічим себе не виявити. Ящик, що загороджував віконце в підвал, почав повільно прогинатися — і всі зачаєні під ним обережно розпласталися вздовж передньої стінки приміщення, щоб їх не було видно знадвору. Коробка різко смикнулася — так наче гість, потупцявши біля порога, усе ж таки вирішив зайти в дім. Вона ввалилася всередину, просто на руки Джимові, що лежав під самим віконечком, і він ледве стримався, але не видав жодного звуку. Він уявив, як там, над його головою, чиясь огидна зелена морда намагається зазирнути в їхній притулок. Джим не бачив рептилоїда, але добре чув його дихання, ще нерівне після скаженого бігу. Трохи посопівши, прибулець відступив від віконця. Кроки наче віддалялися.

Усі видихнули з полегкістю, але повністю розслаблятися ще було рано.

— Прочісують, — сказав самими губами Гаррі.

Джим мовчки кивнув йому й акуратно поставив коробку поруч із собою. Гострий біль у його нозі минувся, і тепер вона просто нила. Це було більш-менш терпимо, тож Джим уже міг сяк-так міркувати. Він переймався питанням, як довго й наскільки ретельно їх шукатимуть ящірки.

— Цікаво, вони діставатимуть свою льотчицю? Чи покинуть її вмирати всередині корабля — бо ж вона забруднила свою зелену честь? — пошепки озвучив Гаррі свої думки, коли всі звуки з вулиці стихли.

Джим невизначено повів плечима — зараз його дужче цікавила їхня власна доля. Гаррі підсунувся до краю отвору й почав непомітно, проте дуже уважно спостерігати одним оком за тим, що відбувалося назовні. Хоч там і не було помітно ніякого руху, однак впевненості, що інопланетяни могли так швидко піти геть, теж не було.

Професор, скориставшись затишшям, підповз до Джима зі стандартним запитанням:

— Що ми робитимемо?

Джима потішило нове формулювання традиційного запитання, в якому вчений нарешті з'єднав своє «я» з їхнім «ви» в набагато міцніше «ми», — отже, він тепер поділяє їхні спільні завдання та відповідальність. Авжеж, пацифістами необхідно бути в мирний час — аби війна не починалася, та якщо вона вже йде, всі чоловіки, зокрема й такі, як цей Професор, мають стати воїнами — щоб у ній перемогти.

— Нікого не видно, — тихо підсумував свої спостереження крізь амбразуру Гаррі.

— Гаразд, — відповів йому Джим, а потім звернувся до Професора та всіх інших: — Треба дочекатися темряви й тоді забиратися звідси.

— Куди? — захотів одразу ж уточнити Професор.

Джим залишив це запитання без відповіді. Він наразі згадав дещо важливіше — і жестом покликав Крамса. Колишній «колабраціоніст» неспішно підсів до нього з іншого боку й прихилився спиною до стіни.

— Містере Крамсе, там, на кораблі, перед падінням, ви говорили про Харпера, — почав бесіду Джим і, побачивши, як забігали очі співрозмовника, строго додав: — Раджу вам одразу сказати правду. Обіцяю, якщо ви скажете, де він, революція пробачить вам минулі гріхи і дасть шанс послужити для її перемоги разом із усіма іншими патріотами Землі.

Джим знав, що на словесних поворотах його іноді заносить на пафосні узвишшя, але з чужою пропагандою часто доводиться боротися власними голосними гаслами.

Крамс помовчав, збираючи докупи свої о́чки й ду́мочки, а тоді сказав:

— Я знаю дуже мало, містере Гаррісоне. Просто я чував, що ви цікавилися людиною з таким прізвищем у цієї... як її... — він, схоже, не міг швидко дібрати слово для означення Головної Самки, оскільки величати її офіційним титулом тепер йому, кандидатові в полум'яні революціонери, начебто вже не личило.

— Байдуже. Далі! — перервав його шарпання Джим.

— Просто я знав одного джентльмена з таким прізвищем, він жив у нашому районі — старий із ціпочком, — продовжив Крамс.

— Так, це він! — майже вигукнув Джим, але вчасно стримався і знову перейшов на шепіт: — Що з ним? Де він?

— Я не знаю, — похитав головою Крамс. — Але подумав, що, може, ви шукаєте іншого Харпера?

— Іншого? — здивувався Джим.

— Так. Я чув про людину з таким прізвищем у таборі.

— Я не знаю іншого Харпера, — зізнався Джим.

Крамс, відчуваючи, що його кар'єра карбонарія будується просто зараз, похапцем додав:

— Я також. Зате я знаю, де раніше базувався його загін.

— Загін?

— Ага, загін, — закивав вдоволений Крамс.

— Де? — жваво спитав Джим, зацікавившись ще однією групою спротиву, яку очолює тезко знайомого йому дідуся.

— У катакомбах, під Старим Містом, — прошепотів Крамс найбільшу таємницю у своєму житті, очікуючи за це як мінімум ордена, причому ще до заходу сонця.

— Чогось мені не віриться, — сказав Джим, — що хтось там партизанить просто під носом у поплічників.

— Я правду вам кажу, містере Гаррісоне! — вигукнув Крамс так голосно, що Гаррі невдоволено цитькнув. —

Я правду кажу, — повторив Крамс тихіше і продовжив: — Про це розказував один хлопець місяць тому. Я його не дуже-то розпитував — він поранений був, але про цього Харпера й загін у катакомбах я точно пам'ятаю!

— Де? Де цей хлопець? — ухопився Джим за комір цінного джерела інформації.

— Він помер ще тоді, його перед тим добряче обробили, — закінчив свою розповідь Крамс.

Джим дуже добре знав, де і як могли закатувати таку людину. Але зараз він думав не про минуле, а про те, наскільки отримана інформація була достовірною. Він чув про глибокі закинуті підвали, в які навіть ремонтні бригади не зважувалися заходити надто далеко, але вважав це радше міською легендою. Та навіть якщо це правда, то чи актуальна вона зараз, коли минув аж цілий місяць?

Поряд із Джимом присів навпочіпки Гаррі, лишившись замість себе на посту Моріса.

— Як нога? — спитав він.

У відповідь Джим тільки скривився, даючи зрозуміти, що не дуже.

— Що робитимемо?

Джим знову промовчав, намагаючись не дивитися на Гаррі.

— Можна спробувати шину накласти й ноші з чогось зробити... — обережно запропонував Моріс від віконечка.

Джим усміхнувся й похитав головою:

— Тоді вже краще одразу швидку викликати, — і побачивши, що ніхто не сміється, додав уже серйозно: — Ні. Зі мною ви далеко не зайдете, а дорога у вас буде тяжкою.

— Ми вас тут не покинемо, — висловив свою позицію Професор, приєднуючись до розмови.

— Ви мене й не кидаєте. Ви підете й виконаєте завдання, а тоді повернетеся по мене. Днів три-чотири я спокійно протягну. Але я думаю, ви зможете повернутися раніше, з підмогою, і винести мене — якраз уже все заспокоїться, — Джим говорив так твердо й упевнено, що всі інші теж почали вірити в його план. — Район однозначно оточений і патрулюється, тому вибиратися краще, коли стемніє. Ми для них — важлива мішень. Ми багато накоїли за сьогодні, але дізналися ще більше, і цю інформацію треба зберегти й передати кому слід.

— Харпер? — здогадався Гаррі.

Він, звісно, здогадався й про те, що це буде, найімовірніше, дорога в один кінець, і навіть якщо вони досягнуть мети, то навряд чи зможуть повернутися по Джима. Революціонер глянув в очі колишньому бандиту й, побачивши, що той зрозумів усе й навіть більше, кивнув.

— Так, саме йому. Крамс знає його. Вони в катакомбах. Розкажіть йому все, що знаєте. Ну, й вітання від мене передайте. Він скаже, що далі робити, — закінчив Джим свій інструктаж.

Його товариші кивнули у відповідь, однак було видно, що таким розпорядженням задоволені не всі.

Потяглося томливе очікування вечора. Усі здебільшого мовчали.

Джим хотів сказати наостанок Морісові, як він йому вдячний за все і що він був радий зустріти таку людину у своєму житті, — та замість цього послав колишнього працівника моргу пошукати інший вихід із дому, через двір.

Ще Джим хотів поговорити з Професором, який зголосився стояти на чатах замість Моріса, — про те, як його вразили глибокі й різнобічні знання пана доктора наук, і що, він упевнений, ці знання ще послужать їхній, тепер спільній, справі. Але і йому Джим не сказав нічого — тільки уточнив раз, чи все спокійно назовні.

Крамсу, який виявився не такою вже й поганою людиною, теж варто було б приділити увагу або сказати бодай одне добре слово — але воно так і не прозвучало.

З Гаррі вони коротко обговорили деталі майбутньої операції, — але Джим не зумів сказати йому, що без таких людей, як цей суворий хлопець із перебитим носом, не можна звершити жодної революції. Що їхня енергія, яка не знаходила виходу в мирний час, потрібна саме тут і тепер, коли робляться по-справжньому великі справи. Що Джим спочатку не довіряв йому, і Гаррі відповідав тим самим, але тепер його ставлення змінилося. Так, слова не змогли би пояснити, як завжди, головного — вони й так добре розуміли один одного, — але висловити це вголос усе одно не було би зайвим.

Однак Джим нічого так і не сказав. Йому не хотілося, щоб товариші подумали, що він уже прощається з ними.

А ще йому хотілося згадати всіх хороших людей, яких він зустрів останнім часом, подумати про Меріон та її близнюків, а також уявити, як і коли вони переможуть прибульців. Однак голова у Джима була порожня — і він тупо сидів на своєму місці, розуміючи тільки те, як же смертельно він втомився.

Лише ввечері Моріс повернувся нарешті зі своєї розвідки. Він доповів, що знайшов хороший і надійний шлях, але йти треба зараз, поки зовсім не стемніло, бо вони заблукають.

Упродовж тих кількох годин, які втікачі провели в цьому підвалі, згори не долинуло жодного підозрілого звуку і не було помічено жодного руху на вулиці. Тільки пролетіло двійко теледирижаблів, які передавали класичну музику — останнє віяння руанського декадансу. Це затишшя дуже не подобалося Джиму, воно здавалося йому оманливим, але відсиджуватися далі в підземеллі сенсу вже не було — хай краще темрява застане його друзів у дорозі й надійно сховає їх.

Почали прощатися. Коротко і без зайвих люб'язностей — так, як розлучаються чоловіки на війні. Моріс запропонував перетягти Джима кудись у затишний схованок на першому поверсі, але той відмовився, сказавши, що вже обжився тут.

І Джим залишився, а вони пішли.

Коли їхні кроки стихли, він піднявся на своїй здоровій нозі, чіпляючись руками за край віконця, й обережно визирнув надвір. Сутінки опускалися швидко. Виднілися тільки силуети будинків на тлі сірого неба, та десь праворуч стирчав край корпусу транспортника прибульців, який уже відлітався.

Раптом Джим помітив, що від купи каміння по той бік вулиці відділилася подвійна зігнута тінь, потім ще одна, і ще, і ще. До нього долинув шурхіт гравію, що осипався під кроками, — і він зрозумів, що це засідка. Рептилоїди весь час були тут, вони причаїлися й чекали, доки кролик вибереться з нірки сам. І ось ці дурненькі люди вирішили, що небезпека минула остаточно, і покинули свій сховок. Полювання почалося.

Як саме ящірки помітили більш ніж обережний рух своїх жертв, було незрозуміло, але думати про це зараз уже не мало сенсу. Незграбно підстрибнувши на одній нозі й не зважаючи на гострий біль, що пронизав другу, Джим вистромився з отвору мало не до пояса — і закричав на всю горлянку. Джим не усвідомлював, що саме він кричав, та це було байдуже, — головне, щоб інопланетяни на нього відреагували.

І вони почули цей заклик — і вмить змінили напрямок свого руху. Голосно тупаючи й уже не ховаючись, ящірки кинулися з усіх лап до людини, яка стирчала в підвальному вікні. Джим побачив, що руанська кіннота наближається до нього з обох боків вулиці, а отже — пастка була розставлена досить широко. Усю вулицю швидко заповнили зелені ящірки, верхи одна на одній.

Перший самець, який підскочив зі своєю вершницею до підземного лазу, хотів було відразу схопити могутніми щелепами Джима за голову, але той не схотів здаватися так швидко. Він шмигнув назад у свій сховок, як миша від кота, який не встиг її спіймати. Здоровенна рептилія застромила туди голову вслід за людиною, намагаючись своїми жовтими очищами видивитися її в темряві підвалу, — й отримала в зіницю штурхана палицею, яку Джим підібрав із підлоги і мав тепер за єдину зброю. Ящір заревів і спробував висмикнути голову, але від збудження та болю невдало повернув морду — і застряг у пастці. Джим завдавав свої колючі удари абикуди, розуміючи, що не може заподіяти огидному монстрові критичної шкоди, а тільки його розлютить. Тим часом він метикував, як далеко встигли зайти за ці кілька хвилин його товариші та як довго зможе протриматися він сам.

Знадвору почулися могутні удари по стіні, але навіть найбільш твердолобим і великолапим ящіркам швидко зламати її не вдалося. «Цей атракціон триватиме доти, доки вони не знайдуть другий вхід, через який пішли мої хлопці», — думав Джим, сидячи в мороці й періодично тривожачи обламаною дерев'яною «шпагою» чудовисько, застрягле в щілині.

Минуло ще хвилин зо п'ять, перш ніж Джим почув приглушений тупіт уже звідкись ізсередини будинку.

Спершу цей шум долинав здаля й зверху, але поступово він наближався й посилювався, поки не загупало майже поряд. Джим чітко зрозумів, що це кінець. Йому страшенно хотілося, аби все було не так. І прожити інакше, а тим більше — вмерти. Хоча б не в темряві, хоча б не на самоті. Голосні кроки ввірвалися в підвал, але Джим усе одно нікого не встиг розгледіти. Біль був сильним, але коротким, а після нього вже не було нічого.

ЕПІЛОГ

День був сонячним, із невеликим теплим вітром і дрібними білими хмаринами, які слухняно, наче вівці, паслися на своїй безкраїй блакитній галявині. Центральний майдан уже заповнився народом, але він усе ще прибував. Люди йшли головно парами, родинами чи компаніями. Грала музика, лунали чиїсь голосні промови. Настрій у більшості був святковий, виднілися усмішки, і навіть чувся сміх, який останнім часом став дефіцитнішим за хліб.

Але сьогодні було можна, сьогодні було свято. Перша річниця Відльоту. Хоча чимало промовців на сцені називали його Днем перемоги над інопланетними загарбниками. Містяни ж, які зібралися на майдані перед колишньою мерією — цей майдан став тепер ще більшим завдяки знищеній прибульцями будівлі адміністрації, — називали цю подію простіше: Відліт.

А несподівану появу рептилоїдів на Землі вони вважали Прильотом — на відміну від професійних горлопанів, які йменували його не інакше як початком інопланетного вторгнення чи окупації. Але це вже як кому було зручно та вигідно.

Чому руанці забралися геть, ніхто не знав, як і того, навіщо та звідки вони прилітали. Коли знову запрацювали земні телевізори, армія експертів та офіційних осіб одразу ж на всі лади взялася сперечатися про істинні причини появи прибульців на цій планеті. Версії були різні, та всі вони заперечували офіційну — тобто версію рептилоїдів, що вони, мовляв, просто хотіли врятувати людську цивілізацію. Нині в таке не вірила жодна людина на цих нескінченних ток-шоу. На кожному кроці стали з'являтися численні Герої Спротиву — писати їхній статус із маленької літери було тепер федеральним злочином. Створювалось враження, що все чоловіче населення поголовно було в партизанах — і ніхто не служив у тимчасових адміністраціях. Усіх колишніх колабораціоністів пробачили й амністували гуртом, тільки заборонили — кому на рік, а кому й на три — обіймати керівні посади в державних інститутах влади, що відновили свою діяльність. Не покарали навіть тих, хто охороняв, як потім з'ясувалося, численні концентраційні табори, — усе списали на підступи та злочини інопланетян, які, вочевидь, просто хотіли винищити весь ненависний їм рід людський.

Якщо політичні діячі, виринувши з невідомого підпілля, і незліченні ветерани партизанських загонів змагалися в розповідях про те, хто більше своєї та руанської крові пролив, звільняючи батьківщину від ворогів, то вчені ламали списи в наукових баталіях. Яйцеголові сперечалися, як прибульцям вдалося вимкнути електрику по всій планеті одночасно і як вони змогли здійснити свою міжзоряну мандрівку. Учені брали участь і в дискусіях дрібніших: про особливості розвитку руанців, устрій їхнього суспільства, виробництво їжі та інше — і тільки в одному були одностайні: усі біологічні цивілізації на зразок руанської приречені на неминуче вимирання, як і будь-які динозаври.

Прибульці покинули Землю поспішно, не пробувши на ній і двох років. Після їхньої евакуації залишилася величезна кількість теледирижаблів. Вони нічого вже не транслювали, й учені ловили їх мало не сачками. Одначе спроби вивчити їхнє влаштування в лабораторних умовах успіху не мали: літаючі «кабачки» масово здихали в неволі. Усі величезні руанські транспортники — крім чималої кількості тих, які чомусь загинули в аваріях протягом останніх місяців окупації, — щезли разом зі своїми господарями. Ті ж, що валялися і гнили на землі тут і там, теж були досліджені. Вони навіть продавалися на чорному ринку — шматочками, заспиртованими в баночках. Але хвацькі спецслужби, повсталі з небуття, нещадно боролися з такими проявами незаконної спекуляції науковими цінностями — замість того щоб розшукувати зрадників, причетних до викрадень, тортур та вбивств. Утім, спецслужби стверджували, що вони працюють і над цим. Було навіть ініційовано кілька голосних процесів над тими, хто надто вже старанно співпрацював із загарбниками, — але суди ці чомусь досі не були доведені до кінця, і здавалося, вже й не будуть.

Одним із головних трофеїв у перемозі над рептилоїдами були численні склади з інопланетними гарбузами. Ці овочі не хотіли рости в земних умовах, зате допомогли трохи пом'якшити продовольчу кризу чергового перехідного, тепер уже постокупаційного, періоду.

Були на цій війні й полонені ящірки. Але вступити з ними в жоден контакт не вдалося. Наука, змучившись, роздала їх урешті-решт у зоопарки — всі залишені на Землі нечисленні руанці виявилися тупими самцями. Їхні супутниці дружно покинули цю планету.

За минулий, вільний від влади прибульців, рік відбулися дострокові вибори президента, на яких переміг у першому ж турі губернатор від Луїзіани. Попередній глава держави дискредитував себе разом зі своєю адміністрацією, бо не зумів зберегти важелів управління країною й об'єднати націю в такий важкий для всіх американців час. Новий лідер був молодший і більш променистий, а виступав ще краще за свого попередника. Щоправда, подейкували, буцім він свого часу співпрацював із руанцями й навіть очолював головний офіс тимчасової адміністрації штату. На ці закиди його прихильники незмінно відповідали, що він водночас керував і всім підпіллям, а посада колабораціоніста була лише прикриттям. І що тільки завдяки його активній діяльності на цих двох постах — на одному він готував повстання, а на другому саботував роботу всієї окупаційної системи — і стала взагалі можлива перемога. Сам герой-президент намагався уникати таких запитань: то посилався на державну таємницю, то заявляв про свою скромну роль, але з таким натяком, щоб усім було зрозуміло: саме він — істинний визволитель Землі.

Його сьогоднішній виступ уже транслювали з самісінького ранку всі телеканали країни. Він багато говорив про внесок усього американського народу в справу перемоги над інопланетними загарбниками й дякував усім своїм співгромадянам за мужність. Що відбувалося в решті світу, цих співгромадян на чолі з їхнім президентом переймало, як завжди, мало — вони б не здивувалися, дізнавшись, що в Китаї й досі їдять гарбузи, а десь у Росії все ще немає електрики.

Однак і в самій Америці життя поки що було далеке від ідеалу й навіть від того рівня, який був раніше, до Прильоту. Доларам почали довіряти не відразу і ще довго користувалися натуральним обміном. Світло в будинках горіло не весь день. З продуктами усе ще траплялися перебої. Президент побіжно згадав про численні проблеми зруйнованого господарства, які дісталися йому від колишньої адміністрації й підступних інопланетян і над вирішенням яких він працює разом з усією своєю прекрасною командою. Але для усунення всіх наслідків об'єктивно знадобиться не один рік, заявив національний лідер, натякаючи на свій другий президентський термін. Наприкінці виступу він пообіцяв скасувати талони на харчування й повноцінно запустити банківську систему — якраз до дати свого можливого переобрання. У голові його помічника з піару одразу ж виник передвиборчий лозунг: «Він скасував талони й повернув нам кредити!» — і відданий співробітник одразу ж записав це до свого блокнота.

Крім державних урочистостей, у кожному місті та селищі відбувалися свої, місцеві. Саме на такий захід, який почався на головному майдані міста, перейменованому сьогодні на майдан Перемоги, і поспішали всі його мешканці, зокрема й Меріон, Філ і троє їхніх дітей, які ще дужче підросли за цей час. У життя Біллі, Діллі та Віллі повернулися не тільки улюблені мультики та комп'ютерні ігри, а й заклад із ненависною назвою «школа». Це зайвий раз доводило, що все хороше на світі збалансоване поганим, і навпаки, і звикати до цього краще з раннього дитинства. Філ пропонував заради такої святкової нагоди поїхати на автомобілі, оскільки йти було досить далеко, але Меріон сказала, що в такий погожий день можна й прогулятися, до того ж талони на бензин у них на цей місяць уже майже скінчилися, а хлопчиків ще треба возити на навчання.

Вони вийшли з дому зарані й дружно попрямували вулицею до центру. Меріон уже давно там не була, і їй хотілося не стільки заощадити на пальному, скільки подивитися, як місто повертається до життя, а заодно й вигуляти свою нову волошкову сукню. Меріон поки що не працювала — добиратися до її старого госпіталю було дуже далеко, а ближче вона наразі нічого не знайшла. Утім, тепер багато хто сидів без роботи. Філ же, навпаки, після оголошення загальної амністії, коли відпала потреба ховатися в погребі, швидко влаштувався будівельником. Ця професія нині стала найбільш затребуваною. Він працював вахтовим методом: у понеділок по нього та інших трудяг приїздив автобус і віз їх на якийсь далекий об'єкт — на весь тиждень. Повертався Філ тільки на вихідні, зате привозив не лише гроші, на які нині мало що можна було купити, а й головне — харчовий пайок і додаткові талони.

Він знову став зразковим чоловіком і навіть трохи схуд, щоправда, так і не повернувся до своєї довоєнної кондиції. Меріон пробачила всі його грішки окупаційного періоду, однак не забувала за нагоди нагадати йому про цю свою душевну щедрість і незлопам'ятність, а тому чоловік тепер був у неї ще на коротшому та міцнішому повідку. Сама Меріон продовжувала грати роль поважної господині, як би не косилися на неї сусіди: возила дітей до школи, утримувала дім в ідеальному порядку й удосконалювала свої кулінарні здібності. Хоч кількість і різноманітність продуктів у неї на столі помітно зменшилася, порівняно з часами правління зелених кружал, але тепер Меріон намагалася надолужувати якістю страв. Їй у цьому неабияк допомогли томи кухонної бібліотеки Дебори: колишня сусідка подарувала її своїй подрузі під час телефонної розмови невдовзі після Відльоту.

Ця бесіда, на подив обох приятельок, була чудесною, — хоча яким ще могло бути спілкування найближчих подруг після довгої розлуки? Дебора розповіла, що на її фермі все добре і повертатися в місто вона не планує. Тим більше що в садибі багато роботи, і вся вона тепер — на Деборі, бо здоров'я її нового чоловіка Томмі тільки погіршується і він уже не в змозі управляти їхнім великим господарством.

— Ти ж знаєш як медсестра, — говорила Дебора, прагнучи хоча б на відстані дошкулити самолюбству Меріон, яка себе йменувала набагато солідніше — медичним працівником, — як зараз сутужно з ліками! Хоч Бредді і вважає, що пігулки вже тут безсилі... Нам довелося навіть ізолювати бідолаху — він часом буває таким імпульсивним...

Вони тоді пробазікали більше години, навввипередки розповідаючи одна одній новини, геть усі хороші. Щоправда, при цьому обидві жінки трималися своєї лінії розмови, слухаючи співрозмовницю тільки з увічливості. Ці лінії були паралельні й жодного разу не перетнулися не тільки між собою, а й із головною точкою, яку кожна з них намагалася обійти і не наступити, наче то була піхотна міна. Кожна боялася почути від іншої запитання: а де ж Джим? Але, на щастя обох, ця тема так і не була озвучена, і їхня розмова закінчилася благополучно. Більше вони ніколи не телефонували одна одній.

Виходячи сьогодні з дому на свято, Меріон уголос згадала, що треба б зайти до крамниці — дізнатися, коли наступного разу привезуть хліб. Здійснивши цей нехитрий маневр, їй вдалося повести родину сусідньою вулицею й у такий спосіб уникнути необхідності проходити повз покинутий будинок Гаррісонів. Їй досі було важко його бачити, адже й порожні будівлі здатні пробуджувати зовсім не порожні спомини. Тому навіть по кулінарні книги Дебори вона посилала Філа — і її чоловікові тоді здалося, що в домі їхнього колишнього друга хтось мешкає. Але Меріон не вірила ні у звичайних привидів, ні в любовних.

На виході з району ця зовні щаслива родина пройшла повз маленького дідуся, який сидів на залишках лавки, підклавши під зад дощечку замість сидіння, і навіть такого теплого дня кутався у старий картатий плед. Автобуси ходили ще далеко не скрізь, тому до ремонту цієї зупинки в муніципальної влади руки все не доходили — вона переймалася важливішими проблемами.

Харпер сидів, звично обіпершись підборіддям на складені поверх ціпка руки. Він ще дужче постарів і ніби висох за цей час, але очі його палали тим самим блиском, який не властивий людям його віку. Зазвичай такий блиск втрачають разом із молодістю, а цей чоловік зміг зберегти на все життя. Однак погляд його був сумним і замисленим. Годі було зрозуміти, що під ним ховалося. Може, старий знову поринав у темні й сирі підземелля, де йому довелося провести досить багато часу, — адже він навіть не піднімався звідти на поверхню, плетучи свої тенета там, унизу, і звідти смикаючи за нитки, як павук. Може, він подумки дивився на перший збитий транспортник. Чи на те, як було виявлено старий склад зі зброєю, після чого справи пішли жвавіше? Чи то згадував момент, коли стало зрозуміло: рептилоїди тільки на позір дуже захищені й незламні, а насправді — такі ж смертні, як і люди? А може, старий просто грівся на сонечку й розмірковував, чим нині вечерятиме?

Куди Харпер зник і що робив у найтяжчий для країни час, ніхто не знав, та його надто й не розпитували — кому яке діло до самотнього старого, коли навколо таке творилося? Одначе Філ його таки впізнав — але не показав цього (про деякі речі людина воліє не думати й не згадувати, наче вони трапилися не з нею). Харпер, своєю чергою, теж ідентифікував колишнього колабор[а]ціоніста, але теж не став його зупиняти — він знав, що Філ усе одно не зможе відповісти на те єдине запитання, яке непокоїло старого: де Джим Гаррісон?

Родина Коллінзів, влаштувавши собі досить тривалу й одноманітну ознайомчу прогулянку містом, влилася разом із іншими людськими струмочками в народне море, що хлюпалося на всю ширину майдану. Свято чимось нагадувало ярмарок, і стомлені довгим ходінням діти, побачивши гамірну юрму, одразу ж пожвавішали й звеселіли. Мерія, яка перебралася тепер до сусідньої будівлі, постаралася на славу. По периметру всієї площі стояли ятки з безплатними бутербродами та лимонадом без газу. Пригощання, щоправда, швидко закінчувалося, на відміну від людей у чергах, але його запаси періодично поповнювалися. Посередині розташувалися атракціони, гойдалки, каруселі та ігрові автомати, зокрема й для покеру, теж усі безплатні (однак щасливчики не могли забрати свого виграшу, оскільки не платили за гру). Повсюди висіли якісь гірлянди та прапорці, а ввечері обіцяли навіть салют. Над майданом гриміла музика — з усіх боків різна.

У центрі, на головній сцені, уже скінчився привітальний виступ мера, і тепер до мікрофона проривалися всі кому не ліньки. Оратори намагалися своїми промовами, яких майже ніхто не слухав, перекричати музику — звісно, без особливого успіху, тому що жодні слова не можуть бути смачнішими за безплатні сандвічі та лимонад, нехай і без газу.

Натовп притиснув Коллінзів майже впритул до цього помосту зі стрічками та мікрофоном. Уже вдосталь наштовхавшись по всіх наметах на майдані, покатавшись на каруселях, повеселившись і навіть устигнувши причаститися безплатною їжею від муніципалітету, вони вирішили трохи перепочити тут і послухати довготелесого дядька на сцені. Початок його спічу сімейство пропустило, але навіть із середини оратор зумів привернути до себе їхню увагу — своєю експресією й тим, що він періодично розмахував якимось червоним прапором із пришитою жовтою блискавкою. Коли

Філ і Меріон почали вслухатися в його виступ, мова саме йшла про звитяжні кавалерійські атаки дивізії імені Нельсона Мандели, якою мовець командував у ті героїчні дні, і так далі, і так далі... Реальні та вигадані розповіді учасників спротиву ще цікавили деяких людей, особливо наживо, але в повітрі вже відчувалася певна втома від них, втома, після якої настане роздратування з відторгненням. Потім довготелесий, широко розставивши ноги, почав говорити про ті правильні речі, які не робилися до нашестя інопланетян і тепер теж не робляться, а саме: про рівність та братерство, про справжню, а не лише задекларовану свободу, про те, що є ще надія все змінити, хоча її світло й гасне щодня, а натомість з'являється відчуття, що все зостанеться так, як і було, і шанс побудувати справедливе суспільство знову буде змарнований.

Коли оратор перейшов від своїх воєнних спогадів до політичних лозунгів і закликів, а особливо після фрази: «Боротьба ще триває — і її необхідно продовжувати!» — слухачі почали поволі розходитися. Цього дня всім хотілося відпочивати й веселитися, а не вдумуватися в мудровані промови чи будувати барикади. Чи то помітивши повернуті до нього спини, чи то дотримуючись початкового плану свого виступу, Леопольд запропонував згадати загиблих — справжніх героїв цієї війни. Він називав багато імен, але вони практично ні про що не говорили присутнім, хоч серед публіки був і його син. Люди, потупцявши ще трохи задля ввічливості, як біля свіжозакопаної могили, знову рушили до столів цих ситних поминок.

Коллінзи теж пішли разом з усіма, але оскільки вони стояли в самісінькій гущі, то швидко вибратися звідти не могли. Філ і Меріон тримали дітей за руки, щоб вони не загубилися: Біллі та Діллі йшли обабіч, а Віллі — між батьками. Коли вони вже відходили від сцени, до їхнього слуху долинули останні слова Леопольда: він особливо відзначив заслугу такого собі товариша Донателло, уродженця цього міста, внесок якого у загальну перемогу — неоціненний.

— Завдяки тому, що таких людей було багато, завдяки тому, що він був не один, — хрипів оратор від хвилювання вже натрудженим горлом, — і кожен із нас робив усе, що було йому під силу й навіть більше, ми й змогли перемогти! Такі, як товариш Донателло... — на цьому імені Леопольд остаточно зірвав голос, і організатори, що вже майже висіли на його руках, нарешті змогли потихеньку вивести зі сцени ветерана, який поривався ще щось сказати.

— Донателло! Точнісінько так ми називали нашого дядечка Джима! Пам'ятаєш, Віллі? — голосно й уже правильно вимовляючи всі літери, сказав Біллі дорогою від сцени до атракціону, який їм зараз належало випробувати.

— Ага, точно! — підтвердив Віллі, навіть підстрибнувши на ходу від цієї новини, й одразу ж звернувся до матері, смикнувши її за руку: — Мамо, а де дядечко Джим?

Меріон промовчала, тільки, мабуть інстинктивно, міцніше стиснула дитячу долоню.

— Ой, мамо, боляче! — скрикнув Віллі.

Вона ослабила потиск і знічено усміхнулася синові.

— Він поїхав звідси, — відповів Філ замість неї. — Далеко й надовго.

— А-а-а... — засмучено сказав Біллі. — Шкода. З ним було весело.

— Ага! — погодився з братом Віллі.

І Коллінзи пішли вп'ятьох далі, а Діллі, щось пригадавши, додав:

— А нунчаків він мені тоді так і не зробив... — і шморгнув носом.

Того вечора вони довго чекали обіцяного святкового салюту, але його так і не було, і їм довелося повертатися додому в темряві.

З М І С Т

Літературно-художнє видання

Олег Сенцов
Другу
також варто
придбати

Переклад з російської *Сергій Осока*
Дизайн обкладинки *Іван Шкоропад*

Головний редактор *Мар'яна Савка*
Відповідальний редактор *Ольга Горба*
Літературний редактор *Наталка Фурса*
Художній редактор *Назар Гайдучик*
Макетування *Альона Олійник*
Коректор *Анастасія Єфремова*

Підписано до друку 16.04.2019. Формат 84×108/32
Гарнітура «Rolleston Text». Друк офсетний. Умовн. друк. арк. 29,40
Наклад 1000 прим. Зам. № 66/11.

ВИДАВНИЦТВО
СТАРОГО ЛЕВА

Свідоцтво про внесення до Державного реєстру видавців
ДК № 4708 від 09.04.2014 р.

Адреса для листування:
а/с 879, м. Львів, 79008

Львівський офіс:
вул. Старознесенська, 24–26

Київський офіс:
Ⓜ Контрактова площа
вул. Григорія Сковороди, 6

Книжки «Видавництва Старого Лева»
Ви можете замовити на сайті starylev.com.ua
📞 0(800) 501 508   ✉ spilnota@starlev.com.ua

Партнер видавництва

Надруковано у ПП «Юнісофт»
61036, м.Харків, вул. Морозова, 13 б
www.unisoft.ua
Свідоцтво ДК №5747 від 06.11.2017 р.

UNISOFT